गाय

गाय

मुरगन लेन्श

अनुवाद

मो.ग. तपस्वी

ज्ञान गंगा, दिल्ली

सौजन्य : सरदार संभाजी आंग्रे सरखेल
तथा श्री लक्ष्मीनारायण मोदी

प्रकाशक : ज्ञान गंगा, २/१९, अंसारी रोड, दरियागंज, नई दिल्ली-११०००२
 / संस्करण : २०१९ / मूल्य : पाँच सौ रुपए
मुद्रक : आर-टेक ऑफसेट प्रिंटर्स, दिल्ली ISBN 978-93-86054-19-7

GAYA *by* Murgal Lensh ₹ 500.00
Published by Gyan Ganga, 2/19, Ansari Road, Daryaganj, New Delhi-2

उन करोड़ों भारतीयों को,
जिनका देश मेरा दूसरा घर हो गया है
और जिनकी आशाएँ और चिंताएँ
अब मेरी अपनी बन गई हैं।

प्रस्तावना

सन् १९५९ में फोर्ड फाउंडेशन ने भारत सरकार के अनुरोध पर एक रपट तैयार की, जिसका शीर्षक था—'भारत का अन्न संकट तथा उससे उबरने के उपाय'। रपट बृहत् थी तथा पूरे विवरण के साथ उसमें कृषि तथा पशु-संवर्धन विशेषज्ञों की वर्तमान राय को दर्ज किया गया था। ये विशेषज्ञ न केवल भारत के थे, अपितु विदेशी भी थे। भारत में उस समय जनसंख्या विस्फोट होने जा रहा था। अन्न की माँग प्रतिक्षण बढ़ती जा रही थी और इस सबके परिणामस्वरूप लगभग अठारह करोड़ पशुओं में से जो एक तिहाई निरुपयोगी हो गए थे, उनके कत्ल पर लगी पाबंदी हटाने का दबाव बढ़ता जा रहा था। इस दबाव के कारण भारत उस समय महा अनर्थ के कगार पर पहुँच गया था। अत: फोर्ड फाउंडेशन ने सिफारिश की कि पशुहत्या पर लगा प्रतिबंध या तो हटा लिया जाए या उसे अविलंब शिथिल किया जाए ताकि भारतीय जनता को आसन्न अकाल से बचाया जा सके।

इस पुस्तक का लेखक सन् १९६४ में एक अनुसंधान अनुदान योजना के अंतर्गत पहली बार भारत आया तो वह भी फोर्ड फाउंडेशन की इस राय से सहमत था। कई अंतरराष्ट्रीय संस्था-संगठनों के विशेषज्ञों की भी यही धारणा थी। उस समय इस लेखक ने जो शोध कार्य किया तथा जानकारी की छानबीन की, उसके आधार पर वह भी इन्हीं निष्कर्षों पर पहुँचा था।

सन् १९७४ में लेखक दूसरी बार भारत आया और कई महीने भारत में भ्रमण करता रहा। फलस्वरूप उसे अपनी पहलीवाली धारणा का पुनरीक्षण करने के लिए विवश होना पड़ा। पशुहत्या पर लगे प्रतिबंध के बावजूद तथा जनसंख्या विस्फोट होने के बावजूद यहाँ की खाद्यान्न की उपलब्धता न केवल और गंभीर नहीं बनी, बल्कि वास्तव में उसमें सुधार और स्थिरता आने के स्पष्ट आसार लेखक ने देखे।

अत: प्रश्न उपस्थित हुआ कि भारत में तथाकथित 'पवित्र गाय' को जनमानस

में जो विशेष स्थान प्राप्त है उसकी समीक्षा क्या केवल पारंपरिक तथा विशुद्ध रूप से तकनीकी दृष्टिकोण के आधार पर ही की जा सकती है ? या इस विषय में जो कतिपय अन्य धारणाएँ तथा विचारधाराएँ हैं उनमें तालमेल रखकर सार्थक परिशीलन करना आवश्यक है ?

सन् १९६९ में ओदेंधाल ने भारत में जो अनुसंधान किया था, उसके नतीजे सुस्पष्टता से बता रहे थे कि अधिक व्यापक तौर पर इस विषय के गहरे परिशीलन की आवश्यकता है। अनेक विदेशी विशेषज्ञ, जिन्होंने बरसों से अपनी धारणाएँ तथा निष्कर्ष बना लिये थे, ओदेंधाल के निष्कर्षों की अनदेखी करना चाह रहे थे, क्योंकि वे उनके बरसों से पाल रखे अपने निष्कर्षों के ठीक विपरीत थे। पश्चिम बंगाल में किए अपने गहन अनुसंधान द्वारा ओदेंधाल ने विविध धारणाओं का जो तुलनात्मक विश्लेषण प्रस्तुत किया था, उसमें यह सिद्ध कर दिया था कि भारत में प्रचलित पशु-संवर्धन प्रणाली से प्राप्त ऊर्जा सत्रह प्रतिशत होती है, जबकि अमेरिका में मांस के लिए पाले जानेवाले पशुओं से वह केवल चार प्रतिशत ही होती है। ओदेंधाल के अनुसार इसका कारण यह था कि भारत में पशुओं से प्राप्त सभी पदार्थों का अधिकतम उपयोग किया जाता है। प्रख्यात नृवंशशास्त्री हैरीस ने सन् १९६६ तथा १९७४ में इस विषय पर जो लेख लिखे थे, वे भी इस निष्कर्ष की पुष्टि करनेवाले थे।

ओदेंधाल द्वारा की गई छानबीन से प्रोत्साहित होकर इस लेखक ने विषय में गहरी पैठ लगाने का निश्चय किया। पशु-संवर्धन की विविध शाखाओं में विविध विचारधाराओं तथा धारणाओं को लेकर जिन विशेषज्ञों ने अपनी प्रस्तुतियाँ पेश की थीं, उनसे उसने सविस्तार चर्चाएँ कीं। इन विशेषज्ञों ने अपनी-अपनी प्रस्तुतियों में भारत पर ही विशेष ध्यान केंद्रित किया था। इन विशेषज्ञों में अर्थशास्त्री, समाजशास्त्री, पर्यावरणविद्, नृवंशशास्त्री, नीति निपुण हिंदू पुरोहित, इतिहास के विशेषज्ञ, धर्म का सामाजिक आशय स्पष्ट करनेवाले समाजशास्त्री, भारत विद्या विशेषज्ञ तथा मानव कल्याण कार्य में बरसों से निष्ठा से जुटे कार्यकर्ता थे। इन लोगों से लेखक ने कई वर्षों तक विचार-विनिमय किया, चर्चाएँ कीं तथा वाद-प्रतिवाद किया।

सन् १९७४ में किए गए इस परिशीलन से तथा विविध प्रणालियों के तुलनात्मक अध्ययन से सामने आए निष्कर्षों ने लेखक को स्वयंप्रेरणा से भारतीय पशु संपदा का व्यापक अध्ययन करने के लिए प्रेरित किया और उस काम के लिए वह सन् १९८३-८४ में फिर भारत आया। अबकी बार उसके अध्ययन का विषय था ठाँठ पशुओं का उपयोग। इस विषय की लेखक द्वारा दूसरी भारत यात्रा में की

गई विविध चर्चाओं में तथा अध्ययन-बैठकों में उपेक्षा ही हुई थी। वास्तव में दुधारू पशुओं से प्राप्त होनेवाले दूध तथा दूध के पदार्थों तथा मांस की अपेक्षा ठाँठ पशुओं की आर्थिक उपादेयता कहीं अधिक होती है।

इसके बाद लेखक ने अपने अध्ययन को भारत के इतिहास की ओर मोड़ा। उसने 'पवित्र गाय' वाली चमत्कारपूर्ण अवधारणा के सामाजिक बल्कि समाजशास्त्रीय पहलुओं का अध्ययन किया। इसका कारण यह था कि यह मान लेना कि उच्च सुसंस्कृत तथा बुद्धिमान ब्राह्मण लोग तथा आम भारतीय भी सदियों से चली आ रही इस अवधारणा के कारण गोहत्या या पशुहत्या पर लगे प्रतिबंध के दुष्परिणामों से अनभिज्ञ थे, बहुत कठिन था। लेखक द्वारा किए गए इस अध्ययन तथा अनुसंधान में अब तक उपेक्षित सामाजिक परिणाम सामने आए। उदाहरण के लिए, गरीब-से-गरीब को अपने गुजारे के लिए पशु-मांस का कितना उपयोग होता है? सामाजिक-आर्थिक पहलू भी सामने आया कि ठाँठ बैलों को खेती के कामों तथा गाड़ियाँ हाँकने के काम में प्रयुक्त करने से परिवहन प्रणाली को कितना लाभ पहुँचता है? अध्ययन में यह भी प्रश्न विचारार्थ सामने आया कि देश में जितनी भैंसें हैं वे कितनी मात्रा में दूध तथा मांस की कमी को पूरा करती हैं? इन प्रश्नों के कारण अब तक उपेक्षित काफी नए पहलू सामने आए।

देश में छह लाख गाँव हैं। इनकी आधी आबादी तो भूमिहीन छोटे किसानों की है। उनकी कृषि संपदा में चंद मरियल गायें-भैंसें ही तो होती हैं, जिनके सहारे ही यह आबादी अपना गुजारा करती है। इन मवेशियों का भी कत्ल कर दिया गया, तो कई गुना लोग शहरों की ओर पलायन करेंगे। यहाँ यह बात नहीं भूलनी चाहिए कि अनेक गाँवों में बेरोजगारी का अनुपात चालीस से साठ प्रतिशत होता है। ऐसे में इन भूमिहीन किसानों को, उनके गुजारे का आधार ही छिन जाने पर, भारी संख्या में गाँव छोड़कर जाने के लिए विवश होना पड़ेगा। इस प्रकार १०-२० करोड़ गरीब लोगों को अपनी जड़ से उखाड़ने-खदेड़ने के सामाजिक दुष्परिणामों को भी अनदेखा नहीं किया जा सकता। मुंबई, दिल्ली, मद्रास (अब चेन्नई) तथा कलकत्ता जैसे ज्यादा आबादीवाले शहरों पर कितना असाधारण बोझ ऐसे निष्क्रमण से आएगा, इसका भी विचार किया जाना चाहिए।

अनुक्रम

अध्याय-१

भारत में पशुपालन तथा संवर्धन की पृष्ठभूमि

जनसंख्या, क्षेत्र तथा धर्म

भारत अनेक राज्यों का संघ है तथा जनसंख्या की दृष्टि से उसका स्थान विश्व में दूसरा है। (सन् १९८३ में) देश में ३२,८७.५९० वर्ग कि.मी. क्षेत्र में ७१.२८ करोड़ लोग बसते हैं। वार्षिक विकास दर २.१ प्रतिशत है। प्रतिवर्ष जनसंख्या में १.५ करोड़ की वृद्धि होती है। सन् १९७१-८१ के दशक में भारत की जनसंख्या में २४.२५ प्रतिशत की वृद्धि हुई (यानी औसतन प्रतिवर्ष २.२ प्रतिशत)।

होनहोल्ज के अनुसार (१९८४) इस जनसंख्या में ८२.७२ प्रतिशत हिंदू, ११.२ प्रतिशत मुसलिम, २.६ प्रतिशत ईसाई, १.८९ प्रतिशत सिख, ०.७१ प्रतिशत बौद्ध, ०.८४ प्रतिशत जैन तथा ज्यू और पारसी मिलाकर ०.४ प्रतिशत थे।

एक मान्यता है कि आदिम जातियाँ तथा ज़ातिविहीन लोग हिंदू समाज से अपने आपको अलग मानते हैं। तथाकथित अनुसूचित जातियाँ एवं जनजातियाँ कुल जनसंख्या का अनुमानत: २२ प्रतिशत हैं यानी प्रत्यक्ष संख्या में १५ करोड़ ६८ लाख। यह जनसंख्या देश की मुसलिम आबादी से दूनी है। इसे हिंदुओं की कुल जनसंख्या से घटा भी दें तो भी हिंदू कुल जनसंख्या का ६० प्रतिशत हैं, जोकि स्पष्ट बहुमत है।

हिंदी और अंग्रेजी के अलावा १८ प्रादेशिक भाषाओं को मान्यता प्राप्त है और उन्हें प्रमुख भाषाएँ मानी गई है। इसके अलावा २४ स्वतंत्र भाषाएँ हैं और १२० से अधिक बोलियाँ भी देश में बोली जाती हैं।

आम कृषि की रचना

विगत ३० वर्षों में औद्योगिकीकरण के बृहत् प्रयास होने के बावजूद भारत की अर्थव्यवस्था कृषि पर ही आधारित है। कोई ४० प्रतिशत सकल राष्ट्रीय उत्पाद कृषि क्षेत्र में आता है और रोजगार प्राप्त जनसंख्या का कोई ६१.७ प्रतिशत अपनी आजीविका कृषि क्षेत्र से ही प्राप्त करता है। भारत की कुल भूमि ३२.९ करोड़ हेक्टेयर है। इसमें से १६.५५ करोड़ हेक्टेयर भूमि में कृषि की जाती है और उसमें से भी १.१८ लाख हेक्टेयर भूमि चारागाह है। वनक्षेत्र ७५ लाख हेक्टेयर का है। (विश्व कृषि संगठन वार्षिकी, १९८२)

जलवायु के अनुसार इस विशाल महाद्वीप की कृषि में काफी विविधता पाई जाती है। उत्तर में हिमालय की तलहटी में जमीन भू-स्खलनों के कारण बनी है और वहाँ सघन खेती की जाती है। फिर गंगा और उसकी उप-नदियों के कारण विशाल समतल उपजाऊ जमीन आती है, जिसपर अधिकांश कृषि उत्पादन होता है। यह सिलसिला नीचे दक्षिण तक जारी रहता है।

पश्चिम भारत में अधिकतर गेहूँ पैदा होता है। इस क्षेत्र में हिमाचल प्रदेश, पंजाब, हरियाणा और पश्चिमी उत्तर प्रदेश का क्षेत्र आता है। मध्य क्षेत्र में (उत्तर प्रदेश) गन्ने की खेती के साथ ही गेहूँ और धान भी लगभग समान मात्रा में बोए जाते हैं, जबकि पूर्वी क्षेत्र (पश्चिम बंगाल) में मुख्य फसल धान की ही होती है और कहीं-कहीं तो साल में दो या तीन बार धान की फसल की जाती है।

उत्तर-पश्चिमी क्षेत्र के दक्षिण भाग में थार का रेगिस्तान तथा राजस्थान के जंगली घास के मैदानों का समावेश होता है। यहाँ विस्तृत नहर द्वारा ही—भले ही वह पारंपरिक क्यों न हो—खेती करना संभव है। सूखे मध्य क्षेत्रीय दक्षिणी पठार पर तरह-तरह की ज्वार, बाजरा, मक्का तथा कपास की खेती होती है।

पूर्वी तथा पश्चिमी घाटों का क्षेत्र अयनवृत्तीय वर्षा-वनों का क्षेत्र है। इसमें वृक्षारोपण अहम भूमिका निभाता है, जबकि तटीय प्रदेशों में मुख्यतः धान की ही खेती होती है।

सन् १९५० के बाद आज तक का कृषि विकास

विगत तीन दशकों में यानी सन् १९५०, १९६० तथा १९७० के दशकों में भारत में कृषि विकास विभिन्न चरणों में हुआ है। पचास के दशक में कृषि उत्पादन में प्रतिवर्ष ३.२ प्रतिशत की वृद्धि हुई। इस दशक में जनसंख्या वृद्धि २.१ प्रतिशत हुई थी। अतः कृषि उत्पादन में उससे अधिक गति से वृद्धि होने के कारण अनाज

आपूर्ति की स्थिति में उल्लेखनीय सुधार हुआ। यह प्रगति चामत्कारिक है, क्योंकि उस दशक में भारत सरकार की विकास नीति में कृषि को कोई प्रधानता नहीं दी गई थी। फोर्ड फाउंडेशन ने सन् १९५९ में एक रिपोर्ट तैयार की थी, जिसका शीर्षक था—'भारत का अन्न संकट और उससे उबरने के उपाय'। इस रिपोर्ट में आने वाले जमाने में भारत में अनाज आपूर्ति में नाटकीय ह्रास होने की भविष्यवाणी की गई थी। किंतु यह भविष्यवाणी गलत साबित हुई। सन् १९५० में कृषि विकास को बढ़ावा देने के लिए कुछ उपाय किए गए थे। भूमि सुधार उनमें एक उपाय था, जो पाँच साल चलना था। उरफ ने (१९८४) इन सुधारों पर अमल की समीक्षा कुछ विस्तार से की थी, जैसे—

१. जमींदारी प्रथा का उन्मूलन,
२. काश्तकारी सुधार,
३. चकबंदी निर्धारण,
४. काश्त की पुनारचना तथा
५. सहकारी संस्थाओं की स्थापना।

१. जमींदारी प्रथा का उन्मूलन

लॉर्ड कार्नवालिस के नेतृत्व में ब्रिटिशों ने सन् १७९३ में बंगाल में तथा बाद में ईशान्य भारत में 'स्थायी बंदोबस्त' प्रथा शुरू की थी। उसे जमींदारी उन्मूलन कानून द्वारा भारत सरकार ने समाप्त कर दिया। अब जमींदार अपनी जमीन के स्थायी स्वामी नहीं रहे, बल्कि उन्हें सरकार में निर्धारित संपदा-कर जमा करना पड़ा। किसानों को दखली किसान माना गया, जिनके किराए में जमींदार अपनी मरजी से चाहे जितनी वृद्धि कर सकता था। परिणामतः काश्तकार और जमींदार वर्गों में आर्थिक विषमता की खाई बढ़ती ही जा रही थी। किसानों से लगान वसूलने के लिए जमींदार दलालों को नियुक्त करते थे। परिणाम यह होने लगा कि कभी-कभी तो काश्तकार और सरकार के बीच दस-दस दलाल खड़े हो जाते थे।

जमींदारों के पास ४० प्रतिशत कृषि योग्य जमीन थी। उसी अवस्था में जमींदारी प्रथा समाप्त कर दी गई। इसके लिए सरकार ने उन्हें मुआवजा दिया और २ करोड़ किसान अपनी जोत के स्वामी बन गए। इस प्रकार उनके और सरकार के बीच में कोई दलाल नहीं रहा। एक निर्धारित रकम सरकार में जमा करने के बाद वे अब अपनी खेती के मालिक बन गए। भूमि सुधार का यह हिस्सा बिना किसी खास कठिनाई के अमल में लाया गया।

२. काश्तकारी सुधार

काश्त कानून के माध्यम से रैयत को लाभ पहुँचाते हुए खेतों की संरचना में सुधार लाने का सरकार ने जो प्रयास किया, उसके कारण बटाईदारों को काश्त अधिक सुरक्षित लगेगी, सरकार की यह मंशा पूरी नहीं हुई। इस प्रकार जमीन काश्त के लिए बटाई से देना एक आम रिवाज था। इसके अंतर्गत जमींदार तथा काश्तकार उपज का आधा-आधा हिस्सा बराबरी में बाँट लेते थे। किंतु यह अनुपात अकसर ऐसे-ऐसे रूप धारण करता कि अंत में काश्तकार को नुकसान ही पहुँचता था। जमीन मौखिक करार द्वारा बटाई में दी जाती थी और कभी-कभी उसकी अवधि साल भर की न होकर केवल एक मौसम तक ही सीमित रहती थी। ऐसी स्थिति में काश्तकार को अपनी स्थिति के बारे में कभी निश्चितता अनुभव नहीं होती थी।

भूमि सुधारों का मुख्य उद्देश्य सभी पट्टे लिखित करार के रूप में दर्ज कराना था। काश्त की अवधि भी सुनिश्चित कर करार में अंतर्निहित करना था। उद्देश्य यह था कि काश्त के पट्टे की दर उपज का चौथा या कहीं-कहीं तीसरा हिस्सा होती थी। काफी लंबे समय तक काश्तकार यदि उसी खेत में खेती करता रहा हो तो अब उसे उस खेत का स्वामी बनाया जा सकता था। पट्टे पर दी गई जमीन केवल स्वयं खेती करने के लिए ही उसके मालिक को वापस मिल सकती थी।

किंतु सुधारों का यह हिस्सा भी कारगर नहीं हो सका। जोतनेवाले की जमीन के प्रावधान को काश्त का पट्टा बारी-बारी से और बार-बार बदलते रहकर निष्प्रभ कर दिया गया। मालिक स्वयं खेत जोतने वाला है, यह कारण देकर पट्टे का करार अकसर खारिज कर दिया जाता था और फिर उन्हीं काश्तकारों को, जिन्हें पट्टा रद्द करने के कारण बेदखल किया गया है, भूमिहीन मजदूरों के रूप में दिहाड़ी पर रखा जाता था। इस प्रकार स्वयं खेती करने की शर्त भी आसानी से बगल कर दी जाती थी। इसके अलावा कानून द्वारा अधिकतम सीमा में जमीन पट्टे पर देने का प्रावधान भी केवल कागज पर ही रह जाता था, क्योंकि अतिरिक्त करारों के तहत जमींदार को पट्टे से अधिक लाभ मिल जाता था।

३. चकबंदी निर्धारण

चकबंदी कानून सन् १९६१ तक लगभग सभी राज्यों ने बना लिये थे। जमीन की उर्वरता या ऊसरता के अनुसार जमीन की अधिकतम सीमा निजी स्वामित्व के लिए ७.२ हेक्टेयर से ८६.४ हेक्टेयर तक कर दी गई थी। अधिकतम सीमा लागू करने के बाद उपलब्ध होनेवाली अतिरिक्त जमीन विषमता को समाप्त करने तथा किसानों की सहकारी खेती बढ़ाने के उद्देश्य से वितरित की जानी थी। इसके

अलावा इस कानून के अंतर्गत भूमिहीन खेतिहर मजदूरों को, जो वे जोत रहे थे उस जमीन पर सीधा स्वामित्व मिलने वाला था।

किंतु यह कानून भी अपने उद्‌देश्यों को प्राप्त करने में असफल ही रहा। इसके शिकंजे से बचने के रास्ते ढूँढ़ने में देर नहीं लगी। कानून पारित होने से लेकर उसपर अमल जारी होने तक के समय का जमींदारों ने चालाकी से लाभ उठाया और अपनी जमीन का कागज पर ही अपने रिश्तेदारों और सगे-संबंधियों के नाम बँटवारा कर दिया।

४. काश्त की पुनारचना तथा ५. सहकारी संस्थाओं की स्थापना

भूमि सुधार कानूनों के आखिरी दो पहलू भी सफल हुए ऐसा नहीं कहा जा सकता। खेती योग्य जमीन के स्वामित्व की पुनारचना बहुत ही सीमित रही। उत्पादकों की सहकारी समितियाँ भी अपवादस्वरूप ही कहीं खड़ी हुईं। संयुक्त स्वामित्व की कृषि उपज समितियाँ भी बहुत ही इनी-गिनी ही स्थापित हो पाईं। किसानों की सहकारी समितियाँ बनते-बनते रह गईं। अपने ही सगे-संबंधियों को सहकारी समितियों के भागधारक बनाकर नकली संस्थाएँ बनाई गईं। फलस्वरूप सरकार से ग्रामीण सहकारी समितियों के लिए मिलनेवाला धन प्राप्त करते हुए भी भूमि की अधिकतम सीमा को धत्ता दिखाना संभव हो गया।

सन् १९५२ में सामुदायिक विकास कार्यक्रम शुरू किया गया था। किंतु उसके कारण कृषि उत्पादन में कोई खास वृद्धि नहीं हुई। किसानों के लिए विस्तार सेवाएँ मुहैया करना इस कार्यक्रम की एक अहम बात थी। वास्तव में यह अकेली बात ही उस कार्यक्रम को सफल बनाने में भारी योगदान कर सकती थी। किंतु विस्तार कार्यकर्ताओं की अपर्याप्त तकनीकी पात्रता, अत्यधिक दायित्व का बोझ, और किस अधिकारी के दायरे में ठीक से कौन सा कार्य विशेष आता है, इसके बारे में विभ्रमकारी असमंजसता तथा विभिन्न कार्यक्रमों में सामंजस्य एवं एकसूत्रता स्थापित करने में आनेवाली कठिनाइयों के कारण यह कार्यक्रम धरा रह गया। फिर भी ग्रामीण किसानों को तकनीकी उपायों से अपना कृषि उत्पादन बढ़ाने के कौन से तरीके तथा उपाय उपलब्ध हुए हैं, इसकी जानकारी इस कार्यक्रम के कारण अवश्य प्राप्त हो गई। जिनके पास इस नई जानकारी का लाभ उठाने के लिए पर्याप्त पूँजी थी, उन्होंने इसका पूरा लाभ उठाया। वाकई सन् १९५० के दशक में निजी क्षेत्र में खेती में लगाने के लिए आश्चर्यकारी मात्रा में काफी धन उपलब्ध रहा, जिसके फलस्वरूप इस दशक में कृषि क्षेत्र में सकारात्मक विकास हो पाया। पहली पंचवर्षीय योजना (१९५१-५६) के काल में निजी पूँजी कृषि क्षेत्र में ५.८

अरब रुपए की लगाई गई, जो योजना–अनुमानों से ३ गुना थी। दूसरी पंचवर्षीय योजना (१९५६–६१) में अनुमानतः कृषि क्षेत्र में २.८ अरब रुपए की पूँजी लगाने का लक्ष्य निर्धारित था। प्रत्यक्ष में ५.३ अरब रुपए लगाए गए, जो लक्ष्य से २.३ गुना अधिक थे।

छठे दशक में भारत में कृषि उत्पाद पाँचवें दशक की तुलना में काफी कम रहा। खाद्यान्नों का औसत उत्पादन विकास दर २.५ प्रतिशत रहा, जो जनसंख्या वृद्धि की २.२ प्रतिशत दर से थोड़ी ही अधिक थी। गरीबी रेखा के नीचे गुजर–बसर कर रहे लोगों की संख्या यद्यपि पूरे छठे दशक में घटी नहीं, उनका कुल जनसंख्या से अनुपात कुछ गिरा था। शहरी क्षेत्रों में रहनेवाले कम आयवाले जनसमूहों के लिए खाद्यान्नों की आपूर्ति, हो सकता है कुछ खराब हो गई हो।

सातवाँ दशक सफलता और असफलताओं का मिलाजुला दशक रहा। सन् १९८० में अनाज का उत्पादन १४.५ करोड़ टन था जोकि बहुत ही अच्छा था। उससे तुलना करने पर सातवें दशक के वार्षिक खाद्यान्न उत्पादन की वृद्धि ३ प्रतिशत बैठती है, जो छठवें दशक की वार्षिक वृद्धि से थोड़ी अधिक है। इसी काल में जनसंख्या वृद्धि की दर लगभग २.५ प्रतिशत रही।

सन् १९८३–८४ के कृषि वर्ष में खाद्यान्न उत्पादन बहुत अधिक हुआ। उस वर्ष १५.१५ करोड़ टन खाद्यान्न की पैदावार थी। परिणामतः अनाज का आयात भारत ने नहीं किया। २.२ करोड़ टन अनाज का सुरक्षित भंडार भारत के पास होने के कारण भारत रूस को कोई २० लाख टन अनाज का निर्यात भी कर सका। रूस के साथ प्रतिकूल रहे व्यापार संतुलन को संतुलित करने का ही यह प्रयास था।

आठवें दशक में (१९७०–८०) भारत में गेहूँ का उत्पादन अनुमानतः ५० प्रतिशत तथा धान का ३२ प्रतिशत बढ़ा। नई प्रजातियों का उपयोग तथा कृषि की सुधारित पद्धतियों के कारण यह आश्चर्यकारी सफलता मिली, जो सभी दृष्टियों से आशातीत रही।

किंतु डी. रोदरमंड (१९८४) के अनुसार प्रत्येक भारतीय के लिए आहार में अत्यावश्यक तेलहन, दालें और विभिन्न प्रकार की ज्वार आदि फसलों का उत्पादन अनाज उत्पादन से काफी पीछे रह गया।

सन् १९७४ तक भारत का सुरक्षित अनाज भंडार केवल ३० से ४० लाख टन का ही होता था और इतने कम भंडार के लिए अगली फसल की ओर आश्वस्त रूप से नहीं जाया जा सकता था। १ करोड़ टन का अनाज भंडार कर पाने के लिए भारत को सन् १९७५ की राह देखनी पड़ी। उसके बाद अवश्य ही हर कृषि वर्ष के

अंत में भारत का सुरक्षित अनाज भंडार १.५ करोड़ टन का होता रहा। इस भंडार के कारण न केवल अगली फसल आने तक आराम से काम चलता रहा अपितु वास्तव में भारत के पास सुरक्षित अनाज भंडार है, इसकी जानकारी विश्व को भी मिल गई। विगत कुछ वर्षों में भारत का उत्पादन बढ़ते ही जाने के कारण आज भारत इस क्षेत्र में आत्मनिर्भर हो गया है।

सातवें दशक में भारत में औद्योगिकीकरण की प्रक्रिया अपना शुरू का वेग खोने लगी। सन् १९५० से १९६५ तक औद्योगिक उत्पादन प्रतिवर्ष ५ से ९ प्रतिशत की गति से बढ़ता रहा था; किंतु सातवें दशक के उत्तरार्द्ध में वह ३ प्रतिशत तक गिर गया। आठवें दशक में वह ४.५ प्रतिशत हो गया। प्रारंभिक वर्षों में कृषि क्षेत्र की बजाय पूँजी औद्योगिक क्षेत्र की ओर स्थलांतरण कर रही थी। किंतु अब उसने घुमाव किया और औद्योगिक क्षेत्र में लगाई जाती रही पूँजी कृषि क्षेत्र की ओर अग्रसर हो गई। यही कारण था कि भारत में औद्योगिक विकास की गति धीमी हो गई।

यद्यपि भारत खाद्यान्नों के मामले में आत्मनिर्भर हो गया था और कभी-कभी तो अनाज की बचत इतनी अधिक होती कि भारत कुछ अनाज का निर्यात भी कर लेता था, फिर भी काफी लोग पर्याप्त पोषाहार के बिना ही रह जाते थे। प्रभावी माँग को पूरा करने के लिए तो अनाज उत्पादन पर्याप्त था, किंतु शारीरिक माँग पूरी नहीं होती थी। वास्तव में प्रभावी माँग में शारीरिक माँग का समावेश होता ही नहीं था और माँग तथा आपूर्ति के गणित में इस शारीरिक माँग की हमेशा अनदेखी ही की जाती थी।

भारत का कृषि प्रधान समाज औद्योगिकीकरण की ओर जा तो रहा था, किंतु इसमें कई आर्थिक कठिनाइयाँ भी उसके सामने आती थीं। किंतु ठोस आहार देनेवाला अनाज का उत्पादन आशातीत पैमाने पर बढ़ जाने के अवश्यंभावी प्रभाव को किसी तरह कम नहीं आँका जाना चाहिए। कई निरीक्षकों के लिए अनाज उत्पादन में हुई यह बढ़ोतरी भले ही अनपेक्षित रही हो, यह सकारात्मक परिवर्तन संसाधनों की पूरी क्षमता का उपयोग किए बिना ही हुआ था, यह बात विशेष ध्यान देने योग्य है। इसमें कोई संदेह नहीं कि गेहूँ और धान की नई किस्में एवं प्रजातियाँ देश की जलवायु के लिए अनुकूल सिद्ध होने के कारण ही कृषि उत्पादन में यह आश्चर्यकारी वृद्धि संभव हो सकी। ये नई किस्में 'सी.जी.आई.ए.आर.' (यानी कंसल्टेटिव ग्रुप ऑफ इंटरनेशनल एग्रीकल्चर रिसर्च—अर्थात् कृषि अनुसंधान में अंतरराष्ट्रीय परामर्शदाता संस्थान) की अंतरराष्ट्रीय संस्थानों ने भारत को मुहैया की थीं। 'सी.जी.आई.ए.आर.' के मातहत ३८ 'दाता' संस्थाएँ काम करती हैं तथा

१३ संस्थान उसके दायरे में आते हैं। इसका वार्षिक बजट १८.४ करोड़ डॉलर का होता है। भारतीय अनुसंधान एवं विस्तार कार्यक्रम तथा नई किस्मों के सुधारित तौर-तरीके अपनानेवाले भारतीय किसान भी इसके लिए बधाई के पात्र हैं। नई तकनीक अपनाते हुए भी उन्होंने अपनी जलवायु की परिस्थितियों का मान रखा। नई किस्मों के नए बीज, नई प्रजातियाँ तथा उनकी खेती के लिए आवश्यक नई तकनीक, खाद, बुआई, निराई, छटनी, कटनी तथा संभरण के नए तौर-तरीके किसानों ने अपनाए। इस काम के लिए उन्हें काफी धन लगाना पड़ा। यहीं 'सी. जी.आई.ए.आर.' की संस्थाओं द्वारा भी दुर्लक्षित एक हकीकत उजागर होती है कि भूमि की सफल जोत तथा पशु-संवर्धन के बीच परस्पर पूरक तालमेल कितना बड़ा काम कर जाता है। जिन किसानों के पास दूध की बिक्री का पैसा हर रोज आता था, वे उस पैसे को खेती के नए तौर-तरीकों के वास्ते आवश्यक साज-सामान खरीदने में लगा देते थे। इन्होंने ही नए तौर-तरीके अपनाने में पहल की और वे इसमें निरंतरता भी बनाए रख सके।

भारत में हुए कृषि विकास का पूरा आलेख प्रस्तुत करने में 'हरित क्रांति' की भूमिका अहम रही है। उस हरित क्रांति का सघन अध्ययन इस संदर्भ में महत्त्वपूर्ण हो जाता है। इस अध्ययन से यह उजागर हो जाएगा कि कृषि उत्पादन के लिए अब तक उपयोग में नहीं लाए गए संसाधनों का प्रबंधन तथा गोधन और भैंसपालन को योजनापूर्वक बढ़ाने के बीच कितना घनिष्ठ संबंध है।

हरित क्रांति और पशु-संवर्धन

भारतीय कृषि में हुई हरित क्रांति के अनिवार्य संसाधन हैं—नई किस्म के उन्नत बीज, सिंचाई का पर्याप्त प्रबंध, रासायनिक उर्वरक तथा कीटनाशक। अधिक उपज देनेवाली किस्मों के लिए पर्याप्त सिंचाई तथा उर्वरक परमावश्यक होते हैं। बारानी भूमि में, जहाँ सिंचाई का समुचित प्रबंध नहीं था, अधिक उपजाऊ किस्मों ने भी स्थानीय किस्मों की अपेक्षा कम ही उत्पादन दिया है। अत: यहाँ ध्यान में रखना आवश्यक है कि हरित क्रांति गेहूँ तथा धान के उत्पादन में ही क्रांति लाने के लिए थी, न कि समूचे कृषि उत्पादन में। बारानी खेती के क्षेत्रों में, जहाँ कपास, दालें तथा तेलहन बोया जाता है, उत्पादन में वृद्धि बहुत ही सामान्य रही है। इस संदर्भ में धान की उत्पादन वृद्धि की ओर विशेष ध्यान दिया जाना चाहिए। धान की उन्नत किस्मों की खेती के लिए सिंचाई की मात्रा भी महत्त्वपूर्ण होती है। अपर्याप्त अथवा बहुत ज्यादा सिंचाई से फसल नष्ट हो सकती है।

इस नई तकनीक में, क्योंकि सिंचाई अत्यंत महत्त्वपूर्ण घटक होती है, वर्षा निर्भर क्षेत्र कृषि विकास के दायरे से बाहर ही रह जाते हैं और यह स्वाभाविक भी है। भारत तथा पाकिस्तान में केवल २५ प्रतिशत खेती ही सिंचाईवाले क्षेत्र में होती है। यही कारण है कि प्रादेशिक असंतुलन भी पैदा हो जाता है। इसलिए हरित क्रांति केवल सिंचाईवाले क्षेत्रों तक ही सीमित है और ये क्षेत्र ही कृषि के मुख्य क्षेत्र हैं। फिर खेतों का आकार भी हरित क्रांति में महत्त्व रखता है। जिनके पास बड़े-बड़े खेत हैं, उन्हें स्वभावत: खेती के आधुनिकतम तौर-तरीके जानने-सीखने का अधिक अवसर मिला। अपनी उद्यमशीलता और नए तौर-तरीकों को अपनाने की सिद्धता के कारण उन्होंने बहुत जल्दी नया ज्ञान प्राप्त कर लिया। इसके अलावा सरकार की ओर से दी जानेवाली भारी आर्थिक सहायता का लाभ लेने के लिए वे बेहतर स्थिति में थे। अपने बीज को वे अच्छी किफायत से छोटे-छोटे किसानों को बेचने में भी सफल रहे। आमतौर पर कहा जा सकता है कि छोटे किसानों के पास पर्याप्त धन न होने के कारण नए तौर-तरीकों को अपनाने में उन्हें काफी देरी हो गई। यह बात खासकर काश्त करनेवालों के बारे में ज्यादा सही है। नए तौर-तरीकों का तकाजा था कि संसाधन खरीदे जाएँ, क्योंकि वे तो खेतों में पैदा नहीं होते थे। खासकर अनुभवी किसानों के लिए इसका अर्थ होता कि खेती में ज्यादा खतरे उठाकर ज्यादा पूँजी लगाएँ। ऐसा वे कैसे कर सकते थे? कहाँ से इसके लिए पैसा लाते? पहले के जमाने में कभी फसल मार खा जाती, तो अपने खर्च में कटौतियाँ करते हुए जैसे-तैसे अगली फसल तक गुजारा कर ही लेते थे। किंतु नए तौर-तरीकों और सुधरी किस्म के बीज बोने के बाद भी यदि फसल मार खा जाए तो किसान कर्ज की गर्त में गहरे धँस जाने के अलावा क्या कर सकते थे? नए तौर-तरीके अपनाकर की जानेवाली खेती को बाजार की अर्थव्यवस्था के साथ अभिन्नता से जोड़ना पड़ता है। यह काम आर्थिक दृष्टि से जो मजबूत थे उन्हींके लिए करना संभव था। छोटे किसानों के लिए तो इसका अर्थ होता परावलंबन के नए रास्तों पर चलना।

हरित क्रांति ने केवल लाभ-ही-लाभ नहीं दिए, उसने सिंचाई की भी समस्याएँ खड़ी कीं, जिनका सारी राष्ट्रीय अर्थव्यवस्था पर प्रभाव पड़ा है। भू-स्तर के नीचे पानी की सतह बढ़ गई है। परिणामत: खेतों की जमीन में क्षार बढ़ने का खतरा है, क्योंकि कई क्षेत्रों में जल-मल नि:सारण की पर्याप्त व्यवस्था नहीं है। तेल पर होनेवाला खर्च बढ़ता ही जा रहा है और उसके कारण खेती के अन्य संसाधन भी अधिक खर्चीले हो गए। ऐसे में यदि एक-दो फसलें पिट गईं तो छोटा किसान

पूरी तरह से मटियामेट हो सकता है। हरित क्रांति से उत्पादन तो बढ़ता दिखाई देता है, किंतु सामाजिक खर्च के बढ़ने की बदौलत ही वह बढ़ पाता है। अनुसंधान संस्थानों, उर्वरक के कारखानों, सिंचाई की व्यवस्था तथा परिवहन के लिए नई सड़कों का निर्माण, करदाता के पैसों से ही होता है और इससे आम जनता को इन सामाजिक खर्चों का भारी बोझ उठाना पड़ता है। यानी लाभ उठाते हैं केवल बड़े किसान और कर भरता है आम आदमी। कृषि उत्पादन में परिणामकारक प्रगति हो सकी है, इससे इनकार नहीं किया जा सकता; किंतु उसके कारण सामाजिक-आर्थिक सतह पर कतिपय समस्याएँ भी खड़ी हुई हैं। अत: इन समस्याओं पर काबू पाने के लिए समुचित उपाय करना भी लाजमी हो गया है, जैसे नए तौर-तरीकों से लाभ उठा पाने के लिए कृषि में ढाँचागत क्या-क्या खमियाँ हैं, उन्हें दूर कैसे करें ताकि नए तौर-तरीकों के विपरीत परिणामों को निरस्त किया जाए, आदि। यह एक हकीकत है कि हरित क्रांति के कारण किसान और उसकी जमीन के बीच जो भावनात्मक संबंध या रिश्ता रहा है, उसमें काफी रद्दोबदल हो गया है। यह परिवर्तन असंतोषजनक भले ही प्रतीत होता हो, किंतु वह हुआ तो अवश्य है। परिणामस्वरूप ग्रामीण इलाकों में कुछ लोगों की सोच-समझ में काफी अंतर आ गया है। भारत को अनाज के उत्पादन में आत्मनिर्भर करनेवाली हरित क्रांति का यह दूसरा पहलू भी विचारणीय है।

अर्थव्यवस्था पर जब भी चर्चाएँ चलती हैं, उनका केंद्रबिंदु अकसर यही किसान और उसकी जमीन में सदियों से चला आया भावनात्मक रिश्ता रहता आया है। हरित क्रांति के कारण कृषि क्षेत्र में जो परिवर्तन आया है उसके परिणामों के अध्ययन से यह बात साफ तौर पर सामने आती है। (कुहनेन, १९८०)

बड़े किसान

किसानों का एक वर्ग है, जिसे बड़े किसान कहा जाता है। ये लोग तथाकथित 'छोटे जमींदार' होते हैं और इनके पास इतनी जमीनें होती हैं जिनको ये स्वयं या अपने ही परिवारजनों की सहायता से नहीं जोत सकते। इन किसानों के पास ३० से १०० एकड़ बागवानी जमीन होती है। सामाजिक दृष्टि से इस वर्ग के जमींदार ग्रामीण क्षेत्रों में छोटे सरकार ही कहलाते हैं। ये संभ्रांत लोग आर्थिक तथा राजनीतिक क्षेत्रों में काफी प्रभाव रखते हैं। आर्थिक एवं राजनीतिक सत्ता भी इनके हाथ होती है। गैरहाजिर जमींदारों की एशिया तथा दक्षिण अमेरिका के देशों में जो जमात पाई जाती है, उनसे ये लोग अपने प्रभाव के कारण भिन्न ही होते हैं।

ये अधिकतर कृषि तकनीकों में माहिर होते हैं और अपनी जमीन स्वयं जोतते हैं। इसके अलावा इनमें से अधिकांश लोग देहातों में ही रहते हैं। यह सही है कि इन ग्रामीण तकनीशियनों में से अधिकतर लोगों ने किसानी तकनीकों का खास प्रशिक्षण प्राप्त किया होता है या वे उच्च शिक्षा विभूषित होते हैं।

नई किस्मों के सुधारित बीजों की खेती के लिए सिंचाई का प्रबंध अत्यावश्यक होता है। इसलिए इन जमींदारों के खेतों में सिंचाई व्यवस्था भी काफी सुधरी हुई होती है। इनके पास उच्च तकनीकी जानकारी होती है तथा खेती के आधुनिकतम तौर–तरीकों का इन्हें ज्ञान होता है। साथ ही भू–संपदा के रूप में इनके पास आवश्यक हामियाँ होती हैं। अत: ये बड़े जमींदार किसान खेती–बाड़ी में काफी धन लगा पाते हैं और फलत: कृषि उत्पादन तो काफी बढ़ा ही लेते हैं, साथ में काफी मुनाफा भी कमा लेते हैं। ब्रिटिश सत्ता के जमाने और स्वाधीनता के प्रारंभिक वर्षों में कृषि का विस्तार ज्यादा और सघनता कम थी। अपवाद पंजाब का था, जहाँ हरित क्रांति काल में खेती आधुनिक तौर–तरीकों और सघनता से की गई और सिंचाई व्यवस्था को भी सुधारा तथा दूर–दूर तक फैलाया गया। इन बड़े किसानों को एक समस्या का सामना भी करना पड़ा। नए तौर–तरीकों के साथ ही यह लाजमी था कि ठाँठ पशुओं को जोत में लगाने के स्थान पर नई मशीनें खेती में प्रयुक्त करें। इस समस्या के निराकरण के लिए और ठाँठ बैलों को जोत में लगाने की बजाय ट्रैक्टर खरीदना आसान करने के इरादे से तमाम कृषि यंत्रों का आयात करमुक्त कर दिया गया और साथ ही डीजल तेल की बिक्री में अर्थ सहायता दी गई।

विगत कुछ वर्षों में अधिकतर भू–संपदा पट्टों पर ही दी जाती थी, पर बड़े किसानों की नई पीढ़ी ने अपनी व्यूह रचना बदल डाली। उन्होंने अपनी जमीनें स्वयं जोतना शुरू किया और सघन खेती करने पर बल दिया। परिणामस्वरूप काश्त की सामाजिक प्रतिष्ठा में बाधा आई। अब यह रैयत पट्टे खो चुकी थी और वे केवल भूमिहीन खेत–मजदूर ही रह गए थे। आमतौर पर देहातों में बेरोजगारी ४०–६० प्रतिशत होती है और इसीलिए देहातों में मजदूर आवश्यकता से कहीं अधिक होते हैं। यही कारण है कि खेत मजदूरों की मजदूरी की दर लगभग स्थिर रही है। कृषि तकनीशियनों के लिए तो अतिउत्पादक खेती द्वारा अनाज का उत्पादन खूब बढ़ने की तथा खेत मजदूर सस्ते दामों पर उपलब्ध रहने की संभावना स्पष्ट दिखाई देने के कारण खेती एक बहुत ही किफायती धंधा बन गया। शीघ्र ही खेती में एक नया दौर प्रारंभ हुआ। शहरों के धनी उद्योगपतियों ने अपनी पूँजी का एक हिस्सा देहातों में जमीनें खरीदने में लगाना शुरू किया। वे चाहते थे कि देहातों की खेती में होनेवाले

मुनाफे में अपना भी हिस्सा रहे। इसी कारण जमीन की खरीद–फरोख्त का बाजार गर्म हो गया। सिंचाई प्रबंधवाली बागवानी जमीनों की माँग उपलब्धता से कई गुना बढ़ गई। जमीनों के दाम बढ़ गए। परिणाम यह हुआ कि न तो भूमिहीन खेत मजदूर न ही छोटे किसान अतिरिक्त जमीन खरीदने की स्थिति में रहे।

पहले तो बड़े किसानों का राजनीतिक प्रभाव केवल देहाती क्षेत्रों में ही होता था। अब तो राज्य तथा केंद्रीय स्तर पर भी उन्हें आर्थिक तथा राजनीतिक दायरों में भी काफी प्रतिष्ठा प्राप्त हो गई; क्योंकि उनके पास अधिकतर करमुक्त, विशाल आमदनी जो हो गई थी। अत: स्पष्ट है कि हरित क्रांति का लाभ मुख्यत: जमीन के बड़े–बड़े मालिकों को ही पहुँचा। पहले देहाती खेत मजदूर को या दिहाड़ी करनेवाले को जमींदार का पितृतुल्य संरक्षण प्राप्त था। ऐसा किसी कानून की किसी धारा के कारण नहीं, अपितु परंपरा से चले आए नैतिक दायित्व के कारण ही उसे प्राप्त था। यह संरक्षण अब समाप्त हो गया। इस प्रकार काश्तकार और मजदूर जो भी निम्न आर्थिक संरक्षण पाते रहे थे, उससे वंचित हो गए और उनके स्थान पर सस्ते और जवान मजदूरों को काम मिलने लगा।

परिवार खेत

बड़े किसानों की भाँति कृषि क्षेत्र में परिवार खेत, जिनमें औसतन १० से ३० एकड़ बागवानी जमीन होती थी—भी हरित क्रांति से लाभान्वित हुए। इन खेतों का प्रबंध केवल परिवार के सदस्यों के ही हाथों में होता है। रोजंदारीवाले तथा फसल के दिनों में ही काम पर रखे जानेवाले मजदूरों को मौसम समाप्त होते ही हटा दिया जाता है। परिवार खेत मालिकों के पास विशाल संपत्ति होती है, जिसमें से अधिकांश पर कोई कर नहीं लगता और वे लोग ऊँची जाति के होते हैं और फलत: ग्रामीण जनजीवन में प्रतिष्ठाप्राप्त होते हैं। इसके अलावा वे देहात की राजनीति पर भी हावी रहते हैं। फिर भी यह तो कहना ही होगा कि इन मालिकों को भी आधुनिक ज्ञान–विज्ञान उपलब्ध होते हुए भी, उनमें बड़े किसानों की भाँति उद्यमशीलता न होने के कारण हरित क्रांति से लाभ उठाने में ये लोग काफी पीछे रह गए। अंत में ये परिवार खेतों के मालिक भी हरित क्रांति के मार्ग पर आ तो गए, किंतु काफी देर हो चुकी थी। पर दो–तीन साल पिछड़ जाने पर भी उन्होंने सुधरी प्रजातियों एवं किस्मों के बीज अपने खेतों में बोए और काफी लाभ कमाया। उन्होंने अपने परिवार खेतों में सिंचाई प्रणाली को सुधारा तथा ट्रैक्टर आदि यंत्र खरीदकर अपनी खेती को आधुनिक बनाया, उसके लिए आवश्यक नया साज–सामान खरीदा और खेती

की कमाई फिर से खेती में ही लगाकर काफी लाभ भी कमाया। छोटे किसानों में भी इनके रिश्तेदार थे। उनकी भी जमीनें इन्होंने या तो खरीद लीं या लगभग स्थायी पट्टे पर ले लीं। इसके अलावा पड़ोसी के खेत जोतने के लिए अपने ट्रैक्टर किराए पर देना भी इन्होंने प्रारंभ किया। इससे इनके ट्रैक्टरों की पूरी क्षमता का उपयोग भी होता गया और इन्हें अतिरिक्त आमदनी भी होती गई। इसके अलावा इन लोगों ने अपने खेत में जो नलकूप खोदे थे, उनका पानी भी उन किसानों को बेचना शुरू किया, जो छोटे किसान थे और जिनके पास अपने खेतों के लिए पर्याप्त पानी नहीं होता था। आमतौर पर कहा जा सकता है कि ये लोग आखिर ग्रामीण किसान ही रहे और बड़े किसानों की भाँति 'व्यापारी किसान' नहीं बने। व्यापारिक दृष्टि से खेती करने का तर्क कृषि से संबंधित सभी मामलों पर हावी होने लगा और इन खेतवालों के पास संपत्ति के ढेर लगने लगे। परिणामस्वरूप आर्थिक क्षेत्र में इनके सामने कई गुंजाइशें उभरीं और सबसे बड़ी बात यह कि साहूकारों के शिकंजों से इन्हें मुक्ति मिल गई।

इस प्रकार हरित क्रांति के माध्यम से परिवार खेतों को काफी आर्थिक मुनाफा पहली बार होने लगा। अब वे लंबी अवधि की योजना बनाने की स्थिति में आ गए। इन नए प्रवाहों के कारण तथा नई परिस्थितियों के फलस्वरूप ग्रामीण जनजीवन की सामाजिक-आर्थिक संरचना में काफी दृढता एवं स्थिरता आ गई, इतना तो अवश्य कहा जा सकता है।

छोटे और मझोले खेत

स्थानीय भूमि की उर्वरता के अनुसार ये खेत १ से १० एकड़ के होते हैं। कई बार तो इनका आकार ५ एकड़ से भी छोटा होता है। ये इतने छोटे होते हैं कि एक परिवार के लिए काम और गुजारा भी मुहैया नहीं कर पाते। जमीन का एक छोटा सा टुकड़ा ही पास होने के कारण छोटे खेतवाले किसान उसमें से अधिकतम फसल निकालने की चेष्टा करते हैं। इस कारण बहुत ही सघन खेती करनी पड़ती है।

ऐसे खेतों में घास तथा चारा उगाने के लिए जमीन ही नहीं होती, क्योंकि जमीन का जर्रा-जर्रा किफायती अनाज उत्पादन के लिए ही जोता जाता है। छोटे खेत से परिवार का गुजारा करने के लिए पर्याप्त अनाज तो निकालना ही पड़ता है। मवेशियों को तो सड़कों के आसपास उगनेवाली घास तथा धान की सस्ती भूसी खिलाई जा सकती है।

अपना छोटा सा खेत जोतने का काम छोटे किसान को साल भर तो नहीं

ही करना पड़ता। अतः वे पास-पड़ोस के खेतों में मजदूरी करते हैं। ये काम उन्हें रोजंदारी या दिहाड़ी के रूप में ही मिलते हैं। इसका कारण यह होता है कि छोटे किसान अपने छोटे से खेत से जुड़े होते हैं और बड़े खेतों पर उन्हें काम केवल फसली मौसम के समय ही मिल पाता है।

इसलिए ये छोटे और मझोले खेतोंवाले किसान अपने खेत पर भैंसें पालते हैं और उनका दूध बेचकर दैनिक खर्च के लिए नकद पैसा कमा लेते हैं। इस रुझान ने किसानों के जीवन को नया मोड़ दिया। बिचौलियों से मुक्ति पाने के लिए ये लोग अपनी गाय-भैंस का दूध स्वयं ही बेचते थे। किंतु अब उन्होंने अपने दूध का वाजिब दाम पाने के लिए आपस में सहयोगी संगठन बनाने शुरू किए। यहीं दूध सहकारी संस्थाओं का जन्म हुआ। ये छोटे खेत मालिक बाजार या विपणन के अभिमुख नहीं होते। अपवाद केवल दूध बेचनेवालों का ही है। अधिकतर छोटे किसान अपने गुजारे के लिए आवश्यक या वस्तु विनिमय द्वारा गुजारे के लिए पर्याप्त उत्पादन ही करते हैं। कभी अधिक उत्पादन हुआ तो ये लोग व्यापारी किसानों को उसे बेच देते हैं। फसल चौपट हो जाए तो ये लोग भारी सूद दर से पैसा उधार लेने के लिए विवश हो जाते हैं। पर्याप्त प्रतिभू न दे सकने के कारण ये छोटे किसान बड़े बैंकों से ऋण नहीं ले सकते। अतः ऊँची ब्याज दर से निजी साहूकारों से वे उधार लेने पर मजबूर हो जाते हैं। मूलतः इनका आर्थिक आधार बहुत ही कमजोर होता है। अतः कोई बड़ा जोखिम ये उठा नहीं सकते वरना उनका अस्तित्व ही बरबाद होने का डर रहता है। इसलिए नए तौर-तरीके अपनाकर खेती करने की संभावना इन छोटे किसानों के लिए तो न के बाराबर ही रहती है। बहु उत्पादक बीजों का प्रयोग करने से भारत के छोटे किसान इसलिए भी कतराते हैं क्योंकि इन नए बीजों से आनेवाला अनाज स्थानीय स्वाद नहीं दे पाता तथा डबलरोटी आदि बनाने के काम में स्थानीय अनाज काफी घटिया पड़ जाता है।

छोटे किसानों को दो वर्गों में बाँटा जा सकता है। पहला वर्ग उन किसानों का है जो बुनियादी कारणों से खेती के नए तौर-तरीकों को नहीं अपनाते। दूसरा उन किसानों का है जो नए तौर-तरीकों में निहित भारी आर्थिक खतरे से पूरी तरह परिचत होते हैं। परिणामतः इन किसानों का एक तिहाई हिस्सा ही इन तौर-तरीकों में सफल रहा और दो तिहाई विफल। इसका कारण यह रहा कि छोटे किसानों में से अधिकांश को इन तौर-तरीकों की जानकारी उपलब्ध नहीं थी और उनके पास पर्याप्त आर्थिक आधार इसके वास्ते नहीं था। इस परिप्रेक्ष्य में भारत में उत्तराधिकार से संबंधित कानूनों पर अधिक ध्यान देने की आवश्यकता है। इन कानूनों में प्रावधान

है कि माता-पिता की जायदाद तथा संपत्ति उनके बच्चों में बाँट दी जानी चाहिए। इसके कारण कभी-कभी अनपेक्षित झंझटें खड़ी हो सकती हैं। उदाहरण के लिए, खेत मालिक की अचानक मृत्यु होने के कारण उसके छोटे से खेत का भी बँटवारा टालने के लिए विगत कुछ वर्षों में यह रुझान पाया गया कि पूरा खेत एक लड़का रखे और उसके भाई-बहन अपना हिस्सा नकद न माँगते हुए उस खेत का मालिक बने लड़के को पट्टे या किराए पर दे दें।

कई छोटे तथा मझोले किसानों ने अपने खेत बड़े किसानों को लंबी अवधि के पट्टे पर किफायती दामों पर देकर हरित क्रांति की सफलता के लाभों को प्राप्त किया। किंतु इस प्रकार अपना खेत पट्टे पर देने के कारण छोटा किसान अब भूमिहीन हो गया और स्वाभाविक परिणाम के नाते खेतिहर मजदूर भी बन गया। अत: उसे तब तक प्राप्त सामाजिक प्रतिष्ठा से भी हाथ धोना पड़ा।

काश्तकार

प्रथमत: भारतीय काश्त व्यवस्था को ठीक से समझने के लिए कुछ बुनियादी बातों की ओर ध्यान दिलाना आवश्यक है। कुहनेन (१९८०) ने चार प्रकार की काश्तों का उल्लेख किया है। ये हैं—मजदूरी, पैसा, प्राकृतिक उपज, वस्तु विनिमय तथा बटाई पर आधारित काश्तें। मजदूरी पर आधारित काश्त में काश्त रैयत को पट्टे पर दी हुई अपनी जमीन के बदले में पट्टाधारी के किसी खेत में निर्धारित अवधि तक मजदूरी करनी पड़ती है और अकसर पट्टाधारी को अपने ठाँठ बैलों की जोड़ी तथा हल भी देना पड़ता है। धनाधारित काश्त में काश्तकार पट्टाधारी को आपस में मान्य धन देता है और उसके तहत खेती करने तथा उपज को बाजार में बेचने आदि में जो भी खतरे हों उसकी जिम्मेदारी अपने पर ले लेता है। किंतु इस प्रकार पट्टे पर दी हुई अपनी जमीन पर आनेवाली पूरी फसल पर उसका अधिकार होता है। वस्तु विनिमय के सिद्धांत पर आधारित काश्त में रैयत को खेतों में आनेवाली प्राकृतिक उपज का निर्धारित हिस्सा पट्टाधारी को देना पड़ता है और पट्टाधारी विपणन में आनेवाले खतरे का काफी बड़ा हिस्सा स्वयं वहन करता है। कई विकासशील देशों के समान भारत में भी बटाईती काश्त का प्रचलन काफी विस्तृत भागों में पाया जाता है। इस व्यवस्था के अंतर्गत खेती की कुल उपज पहले से ही मान्य अनुपात में मालिक तथा काश्तकार के बीच बाँट ली जाती है। भारत में काश्तकार की आर्थिक हालत खराब ही है। ये सब लोग गरीब होते हैं। पट्टे पर जमीन लेने-देने की माँग क्योंकि बहुत होती है, उपज को आधा-आधा बाँट

लेने का करार पहले ही कर लिया जाता है। फलस्वरूप काश्तकार खेत में अधिक फसल उगाने की प्रेरणा खो बैठता है। वह अधिक मेहनत तथा संसाधन खेत में नहीं लगाता, न ही अधिक पैसा लगाना चाहता है। और तो और ऐसे पट्टे केवल साल-दो साल के लिए ही होते हैं। फिर क्यों वह मेहनत और पैसा लगाएगा?

हालाँकि लगभग सभी पट्टे हर साल नए से दिए ही जाते हैं, किंतु काश्तकार में असुरक्षा की भावना स्थायी रूप में बरकरार रहती है और वह आर्थिक दृष्टि से पट्टाधारक पर ही निर्भर करने लगता है। हरित क्रांति ने पट्टाधारियों के लिए तो आमूलचूल परिवर्तन लाए। यह बात खासकर सिंचाईवाले खेतों पर अधिक ही लागू होती है। कई बड़े जमींदारों ने पुराने पट्टे फिर से देना बंद कर दिया। उन्होंने अपने खेतों को स्वयं जोतना प्रारंभ किया। इससे उन्हें अधिक लाभ की आशा थी। इस प्रकार अनेक ने अपने काश्तकारों को केवल खेत मजदूर बना दिया और उन्हें केवल फसल कटाई के मौसम में ही रोजगार देना प्रारंभ किया। काश्तकारों के लिए साल भर काम न मिलने के कारण वे आधे से अधिक समय बेरोजगार रहने के लिए विवश कर दिए गए। यह तो अच्छा था कि उन्होंने कुछ दूध देनेवाले पशुओं को पाल रखा था। उनके कारण ही काश्तकार एकदम दरिद्र होने से बच गया। अधिकांश काश्तकारों के पास एक बैल जोड़ी तथा चार-पाँच गाय-भैंसें होती थीं। बैलों को जोत के समय ही नियमित घास-चारा दिया जाता और गाय-भैंसों को केवल दूध निकालते समय ही खिलाया जाता था। बाकी समय वे सड़क के पास उगनेवाली घास तथा पेड़ों की पत्तियाँ खाकर गुजारा कर लेती थीं। इसलिए ये बैल तथा गाय-भैंसें काश्तकार के लिए आर्थिक दृष्टि से काफी अच्छा आधार होती थीं। मोटे तौर पर कहा जा सकता है कि दूध बेचकर तथा गाय-भैंसों के पैदा होनेवाले बछड़ों के कारण खेतिहर मजदूर के लिए आमदनी का मुख्य जरिया मिल जाता था। इसके अलावा जुआ भी अतिरिक्त आमदनी का जरिया बन जाता, जिसे जोत के काम के लिए तथा परिवहन के वास्ते देकर काश्तकार अतिरिक्त आमदनी कमा सकता था।

सारांश यह कि काश्तकार को बिरला स्थितियों में ही हरित क्रांति के लाभ मिले हैं और गाय-भैंस आदि पशु पालने से उसकी आजीविका चलती रहने की हामी प्राप्त होती रही है।

भूमिहीन मजदूर

भूमिहीन मजदूरों में दो प्रकार हैं—एक नियमित रोजगार पानेवाले तथा दूसरा मौसम विशेष में आवश्यकतानुसार कभी-कभार मजदूरी पानेवाले। अकसर ऐसा

भी होता था कि नियमित मजदूरों को ट्रैक्टरचालक, पंप चलानेवाले आदि कामों पर पदोन्नति दी जाती और वे अधिक वेतन पानेवाले मजदूरों की पंक्ति में शामिल कर लिये जाते। फसल कटाई के मौसम में दिहाड़ी पर रखे मजदूरों की कमाई अधिक होती तो थी, किंतु उसका लाभ अल्पजीवी होता था। मौसम समाप्त और इनकी आमदनी भी बंद, ऐसा हाल होता था। ऐसे में जिनके पास गाय-भैंसें होती थीं, या जुआ तथा बैल जोड़ी थी उन्हें अतिरिक्त आमदनी मिल जाती थी और अपना अस्तित्व बनाए रखने का आधार मिल जाता था। इन दोनों प्रकार के खेतिहर हरित क्रांति द्वारा लाए गए परिवर्तनों को तुलनात्मक दृष्टि से बेहतर झेल गए, यद्यपि उत्पादन-प्रक्रियाओं में दोनों का सहभाग परोक्ष था और दोनों में भी भेद मुखर हो गए। जवान, स्वस्थ तथा लचीले खेत मजदूर ज्यादा मजदूरी कमा लेते थे, क्योंकि काम के मौसम में उनकी माँग उपलब्धता से कहीं ज्यादा हो जाती थी। अधेड़ तथा बुढ़ापे की ओर बढ़ते मजदूर अकसर बीमार चलते थे और नई व्यवस्था में अपने पितृतुल्य सामंती संरक्षण से बेदखल कर दिए जाने के कारण बेहाल हो गए थे। अब जमींदार और उनमें केवल व्यापारिक नाता ही रहा था।

सारांश रूप में कहा जा सकता है कि एक ओर जहाँ खेतिहरों की मजदूरी में काफी बढ़ोतरी हो गई थी, वहीं दूसरी ओर पितृतुल्य सुरक्षा की पारंपरिक प्रणाली बाजाराभिमुख प्रणाली में बदल जाने के कारण दुर्बल, बीमार तथा बूढ़े काश्तकारों की सामाजिक सुरक्षा समाप्त हो गई थी।

हरित क्रांति के परिणाम

एक विदेशी प्रेक्षक की नजर से हरित क्रांति के भारतीय कृषि पर जो परिणाम हुए उन्हें नीचे संक्षेप में प्रस्तुत है—

१. हरित क्रांति का मुख्य लाभ बड़े जमींदारों को तथा परिवार खेत मालिकों को हुआ, जो अपनी आर्थिक स्थिति में काफी सुधार कर सके। इनमें बड़े जमींदारों को तो काफी लाभ हुआ, जबकि चंद अपवादों को छोड़कर छोटे किसानों की माली हालत में बहुत ही मामूली प्रगति हो पाई। छोटे किसानों, काश्तकारों तथा खेतिहर मजदूरों की कुल हालत गंभीर हो गई और भूमि के मालिक तथा भूमिहीन खेतिहर ओर-छोर के दो सुस्पष्ट खेमों में बँट गए।

२. यह हकीकत है कि सिंचाईवाली बागवानी जमीन के इलाकों को नए अवसरों का काफी लाभ मिला, परंतु कथित बारानी या वर्षा

निर्भर जमीन के क्षेत्रों—जो भारतीय भू-प्रदेश का तीन-चौथाई हिस्सा है—में उत्पादन वृद्धि विशेष उल्लेखनीय नहीं रही। परिणामत: आर्थिक विषमता अवश्य बढ़ गई।

३. कृषि का व्यावसायिक प्रशिक्षण या किसी विश्वविद्यालय में उसकी उच्च शिक्षा प्राप्त करनेवाले बड़े किसानों को खेती के नए तौर-तरीकों की जानकारी मिली और उन तरीकों को उन्होंने अपना लिया। उन्हें बैंकों से ऋण भी आसानी से मिलते गए, क्योंकि जमींदारों के पास आवश्यक आर्थिक प्रतिभू तैयार थी। इसके अलावा फसल चौपट होने के कारण होनेवाले नुकसान को ये लोग आसानी से झेल जाते थे और आगामी अच्छी फसल से होनेवाली प्रचूर आमदनी से पहलेवाला घाटा पूरा कर लेते थे। यहाँ स्मरणीय है कि खेतीबाड़ी में मिलनेवाली आमदनी पर कोई कर नहीं लगता। अत: सारी आमदनी फिर से खेती में लगाई जा सकती है।

४. जमीन मालिकों के पास आर्थिक और राजनीतिक सत्ता बहुत ज्यादा आ गई, क्योंकि उनकी आमदनी बहुत बढ़ चुकी थी। फलस्वरूप अब वे कृषि विषयक रीति-नीतियों पर प्रादेशिक तथा केंद्रीय सतह पर प्रभाव डालने लगे। इन नीतियों में क्या हो इसका निर्णय भी करने-कराने में वे सक्षम हो गए। इसके अलावा विदेशों में कृषि विज्ञान और तकनीक में क्या-क्या नई प्रगति हुई है इसकी अद्यतन जानकारी वहाँ जाकर प्राप्त करना इनके लिए आसान था। वे यह तय कर पाते थे कि कौन सी नई तकनीक तथा नई प्रजातियाँ अपनी जमीन में खेती में लाने में कोई खतरा है अथवा नहीं। इसके अलावा नए बीज वे छोटे किसानों को आकर्षक दामों पर बेच भी सकते थे।

५. सिंचाई सुविधाप्राप्त क्षेत्रों में खेती करनेवाले आज के किसानों को अब जमींदार नहीं कहना चाहिए, उन्हें तो व्यापारिक किसान ही कहना समीचीन होगा। उनके लिए जमीन अब चालू पूँजी तथा खेती एक कृषि औद्योगिक धंधा हो गया है। पूर्वकाल में परंपरा तथा कल्याण के सिद्धांतों पर आधारित नाते-रिश्ते अब समाप्त हो गए हैं। अब मालिक तथा मजदूरों के बीच के संबंध उनमें हुए करार मात्र पर आधारित हैं। इन करारों के द्वारा मजदूरों को एक ओर जहाँ प्रति घंटा प्रतिदिन ज यादा मजदूरी मिलती है, वहीं दूसरी ओर उन्हें प्राप्त सामाजिक सुरक्षा

से वंचित कर दिया जाता है। संक्षेप में कहा जा सकता है कि प्रचलित अधिकार तथा दायित्व के स्थान पर अब एक प्रकार की नई सामाजिक संरचना आ गई है।

६. सिंचाईयुक्त बागवानी क्षेत्रों में कृषि उत्पादन कई गुना बढ़ा है। उत्पादन प्रक्रिया काफी ज्यादा पेंचीदी हो गई है और इसलिए चोट खाने लायक भी हुई है। बागवानी क्षेत्रों में हो रही आधुनिक खेती अब पहले जैसी स्वतंत्र तथा आत्मनिर्भर नहीं रही है। अब वह राष्ट्रीय अर्थव्यवस्था का अभिन्न अंग हो गई है। अत: अब किसीके लिए फिर से अपने गुजारा लायक आधार के रूप में खेती की ओर देख पाना संभव नहीं रहा है। वाणिज्य तथा व्यापार की परिस्थितियाँ समय-समय पर बदलती रहती हैं और परिणामस्वरूप कृषि उत्पादन भी चोट खाने लायक हो गया है।

७. हरित क्रांति ने भारतीय जनसंख्या को पर्याप्त अनाज अवश्य मुहैया किया है। विश्व खाद्य संगठन (फाओ) द्वारा प्रकाशित तालिका दिखाती है कि सन् १९८३ में भारत में प्रति व्यक्ति २,०५० ऊष्मांक (कैलोरीज) उपलब्ध था। इनमें ९६ प्रतिशत ऊष्मांक प्राणिज मूल का नहीं है। उदाहरण के लिए, गेहूँ तथा चावल कुल ऊष्मांक का ५० प्रतिशत मुहैया करते हैं। इससे यह निष्कर्ष तो निकाला जा सकता है कि उत्तर प्रदेश, पंजाब, हरियाणा, बिहार, राजस्थान और मध्य प्रदेश जैसे प्रमुख गेहूँ उत्पादक राज्यों में गेहूँ की खेती ने दालों की खेती का स्थान काफी विस्तार से ले लिया है (तालिका-२३ देखें)। कुल ऊष्मांक ऊत्पादन में ४ प्रतिशत प्राणिज है और वह दूध (३.३ प्रतिशत), मांस तथा अंडा (०.५ प्रतिशत) एवं मछलियों (०.२ प्रतिशत) से आता है। उपर्युक्त विस्तृत जानकारी से स्पष्ट है कि औसत भारतीय के आहार में कार्बोहाइड्रेट्स की मात्रा बहुत अधिक और प्रोटीन तथा चरबी की मात्रा बहुत कम होती है।

८. एक नियम सा बन गया है कि बड़े किसान शायद ही कहीं गाय-भैंसें पालते हैं। उदाहरण के लिए पंजाब में बड़े-बड़े खेतों का आधुनिकीकरण किया गया। उससे स्पष्ट हो गया कि व्यापारिक किसानों को, चंद अपवाद छोड़कर, पशुपालन एक आर्थिक घाटेवाली बात लगती है। प्रत्युत छोटे किसानों, काश्तकारों तथा खेतिहर मजदूरों के लिए दो-चार गाय-भैंसें पालना जीविका के लिए आवश्यक हो

गया है। हरित क्रांति ने दिखा दिया है कि भारत की ६ लाख देहातों का जनजीवन पशुपालन के बिना बनाए नहीं रखा जा सकता। अनगिनत बूढ़े तथा निकम्मे गायों, भैंसों आदि पशुओं की हत्या करने से तो देहात में दरिद्र कृषि मजदूरों की संख्या बेतहाशा बढ़ जाएगी। हरित क्रांति ने यह भी दिखा दिया है कि छोटे किसान, जैसे-तैसे गुजर-बसर कर पानेवाले जोतदार तथा भूमिहीन खेतिहर अपने-अपने अनुभवों के आधार पर यही धारणा बनाए हुए हैं कि दुधारू पशु तथा यथासंभव एक जोड़ी बैल पास हो तभी वे जीवित रह सकते हैं।

९. सारांशतः हरित क्रांति के कारण एक ओर जहाँ कृषि उत्पादन का आधुनिकीकरण हो गया, वहाँ दूसरी ओर विद्यमान बहुआयामी विषमताएँ और भी सुदृढ हो गईं। भारतीय कृषि की रीढ़ आज भी पारंपरिक खेती ही है और आगे भी रहनेवाली है। अतः हरित क्रांति और भारत के औद्योगिकीकरण ने यद्यपि विगत दो दशकों में असाधारण उपलब्धियाँ उछाली हैं, भविष्य में इन दो बातों को अत्यंत सावधानी से ही आगे बढ़ाना चाहिए। (कुहनेन, १९८०)

□

अध्याय–२

भारतीय पशुधन का आकार तथा कार्य

आलोच्य संदर्भ में हम पाते हैं कि भारत में पशु–संवर्धन तथा पशुपालन बहुत सुदृढ है। निम्न अनुमानित संख्या से इस बात की पुष्टि हो जाएगी (ये आँकड़े सन् १९८२ के हैं)—

गायें	१८.२ करोड़	(विश्वसंख्या का १५ प्रतिशत)
भैंसें	६.२ करोड़	(विश्वसंख्या का ५१ प्रतिशत)
बकरियाँ	७.२ करोड़	(विश्वसंख्या का १५ प्रतिशत)
भेंड़ें	४.२ करोड़	(विश्वसंख्या का ३.६ प्रतिशत)
सुअर	१.०७ करोड़	(विश्वसंख्या का १.४ प्रतिशत)
घोड़े	७ लाख ५० हजार	(विश्वसंख्या का १.२ प्रतिशत)
गधे	१० लाख	(विश्वसंख्या का २.५ प्रतिशत)
ऊँट	११.१५ लाख	(विश्वसंख्या का ६.७ प्रतिशत)
मुरगी–बत्तख आदि	१५ करोड़	(विश्वसंख्या का २.२ प्रतिशत)

[भारत की जनसंख्या विश्व जनसंख्या का १५.५ प्रतिशत है। (तालिका–१)]

यह पुस्तक मुख्यत: भारत में पशु–संवर्धन विषय पर लिखी गई है। फिर भी भैंसों का भी इसमें समावेश किया गया है, क्योंकि गाय तथा भैंस भारत के पशु जीवन में लगभग साथ–साथ चलती हैं। हो सकता है कि उनका कार्य परिपूरक हो अथवा प्रतिस्पर्द्धा करनेवाला भी। ठाँठ पशुओं द्वारा किया जानेवाला परिश्रम पशुकार्य में सर्वोपरि तथा सबसे प्रभावशाली है। गायें और भैंसें इस क्षेत्र में एक–दूसरे से

स्पर्द्धा करती हैं। भैंसों को मुख्यतः धान की खेती में जोता जाता है। दूध उत्पादन के क्षेत्र में तो भैंसों का सानी कोई अन्य पशु नहीं रखता। और क्योंकि भैंसों की हत्या पर सामान्यतः कोई खास प्रतिबंध नहीं है, हत्याओं में भी उनकी संख्या सबसे अधिक होती है। अनुपात भी अधिक होता है।

पशुओं तथा भैंसों की संख्या

तालिका-२ में अन्य पशु तथा भैंसों की भारत में प्राप्त संख्या का हिसाब तथा अनुपात दिया है। तालिका के आँकड़े सन् १९७४-७६ से १९८२ तक उनकी विशुद्ध संख्या बताते हैं तथा विश्वसंख्या और क्षेत्रीय संख्या की तुलना भी दरशाते हैं।

आलोच्य काल में भारत में पशुसंख्या ०.२ प्रतिशत प्रतिवर्ष बढ़ी है। (विश्व में उसकी वृद्धि लगभग ०.५ प्रतिशत रही है।) भैंसों की संख्या में भारत में ०.५ प्रतिशत बढ़ोतरी हुई है। (विश्व में यह अनुपात ०.८ प्रतिशत है।) भारत में भैंसों का कुल पशुसंख्या से अनुपात १ : ३ है, जबकि पड़ोसी पाकिस्तान में वह १ : १.३ है।

गायों और भैंसों का दूध उत्पादन

तालिका-२ के अनुषंग से तालिका-३ में गायों तथा भैंसों के दूध उत्पादन का हिसाब दिया है। इन दोनों तालिकाओं की तुलना से स्पष्ट हो जाएगा कि इन पशुओं का दूध उत्पादन उनके ठाँठों द्वारा खेती में किए जानेवाले परिश्रम से कहीं कम है। विश्व पशुसंख्या का १५ प्रतिशत ही विश्व दूध उत्पादन का केवल ३.२ प्रतिशत दूध देता है, यद्यपि सन् १९७४-७६ से दूध उत्पादन प्रतिवर्ष ३.८ प्रतिशत की दर से बढ़ रहा है।

भैंसों के बारे में तथ्य भिन्न हैं। भारत में भैंसों की संख्या विश्वसंख्या का ५१ प्रतिशत है; किंतु भैंस के दूध का उत्पादन विश्व दूध उत्पादन का ६३ प्रतिशत है। सन् १९७४-७६ से भैंस के दूध का उत्पादन भी ३.८ प्रतिशत प्रतिवर्ष बढ़ रहा है।

आलोच्य काल में भारत में गाय के दूध का उत्पादन ४३ प्रतिशत पर स्थिर रहा है। भैंसों के दूध का उत्पादन भारत में ५७ प्रतिशत है। (पाकिस्तान में वह ७५ प्रतिशत है।)

तालिका-२ तथा ३ की तुलना करने से यह निष्कर्ष निकाला जा सकता है कि भारत में गाय-भैंस का उत्पादन प्रतिवर्ष प्रति पशु ७६ किलो है। यानी दूध देने की क्षमतावाले काल में प्रत्येक गाय ५३० किलो तथा भैंस २९० किलो दूध देती है। इस क्षमता काल में गाय के दूध उत्पादन का कुल दूध उत्पादन से प्रतिशत १४

से १५ प्रतिशत बैठता है, जबकि भैंसों का २७ प्रतिशत।

सन् १९८२ में भारत में प्रतिवर्ष प्रति व्यक्ति ४४.७ किलो दूध उपलब्ध था। इसमें १९.४ किलो गाय का तथा २५.३ किलो भैंस का था। जनसंख्या वृद्धि का हिसाब ध्यान में लें तो प्रति व्यक्ति दूध की उपलब्धता सन् १९७४-७६ से ४ किलो बढ़ी है, जोकि प्रतिवर्ष ०.६ प्रतिशत से भी कम है।

उत्तर-पश्चिम भारत में ही भारत का सबसे प्रमुख दूध उत्पादन क्षेत्र आता है। वहाँ एक ही नस्ल की गायें तथा भैंसें पैदा की जाती हैं। अतः पशुसंख्या तथा दूध उत्पादन के अनुपातों की पाकिस्तान में उपलब्ध तत्सम अनुपात से तुलना करना अर्थपूर्ण होगा। इससे दोनों देशों की दूध उत्पादन क्षमता का भी अनुमान किया जा सकेगा। पाकिस्तान में विश्व पशुसंख्या का १.२ प्रतिशत पशु हैं (लगभग १.५ करोड़)। वहाँ विश्व दूध उत्पादन का ०.५ प्रतिशत दूध पैदा किया जाता है। सन् १९७४-७६ से पाकिस्तान में पशुसंख्या में बहुत धीमी वृद्धि (०.३ प्रतिशत प्रतिवर्ष) हुई है। फिर भी वहाँ प्रति पशु १४५ किलो दूध निकलता है।

भैंसों की संख्या पाकिस्तान में विश्वसंख्या का लगभग १० प्रतिशत यानी लगभग १.२ करोड़ है और दूध उत्पादन विश्व उत्पादन का २३ प्रतिशत। सन् १९७४-७६ से पाकिस्तान में भैंस के दूध का उत्पादन २ प्रतिशत से कुछ कम प्रतिवर्ष रहा है। अर्थात् प्रति भैंस दूध उत्पादन ५४२ किलो रहा।

सन् १९८२ में पाकिस्तान में प्रति व्यक्ति प्रतिवर्ष ९५ किलो दूध उपलब्ध रहा, इसमें लगभग २४ किलो गाय का तथा ७१ किलो भैंस का था। जनसंख्या वृद्धि से तुलना करने पर सन् १९७४-७६ से प्रति व्यक्ति प्रतिवर्ष दूध की उपलब्धता १० किलो से कम हो गई।

गो मांस तथा भैंस मांस का उत्पादन

तालिका-४ तथा ५ से गो मांस तथा भैंस मांस के उत्पादन का पता चलता है। जनसंख्या के आँकड़ों के (तालिका-२) साथ देखने पर भारत में इस क्षेत्र के बारे में कोई वक्तव्य देना कितना अनिश्चितता भरा है इसकी भी कल्पना की जा सकती है।

सन् १९८२ की सांख्यिकी के अनुसार भारत में १० लाख गाय-बैलों की हत्या की गई तथा ९ लाख ४० हजार भैंसें काटी गईं। इसका दूसरे शब्दों में वर्णन करना हो तो हर १४२ गायों में एक गाय तथा ६६ भैंसों में एक भैंस काटी गई। (पड़ोसी पाकिस्तान में यह अनुपात १ : १० गायें तथा १ : ५५ भैंसें रहा।)

गो हत्या निषेध हिंदुओं की मानसिकता में कितना गहरा पैठा है तथा उसके

क्या–क्या परिणाम सामने आते हैं, यह इन आँकड़ों से स्पष्ट हो जाता है। यह भी स्पष्ट हो जाता है कि आधे से अधिक हिंदू समाज शाकाहारी है। (संघीय सांख्यिकी के अनुसार सन् १९८३ में पश्चिम जर्मनी में ०.६ प्रतिशत नागरिक ही शाकाहारी थे।) स्पष्ट है कि शाकाहारी जीवन धर्मभावना पर आधारित है और कुछ मात्रा में तो वह भैंस का मांस खाने को भी निषिद्ध मानता है। अलबत्ता पशुहत्या कानून भैंसों के कत्ल को ज्यादा उदारता से देखता है।

ये आँकड़े संगठित २८ हजार कत्लखानों से लिये गए हैं। (जुल तथा पाड्डा, सन् १९८४) कत्लखानों का यह जाल बहुत विस्तृत हो जाता है जब ये लेखक बताते हैं कि असंगठित कत्लखानों की संख्या ९ हजार है जो कत्लखानों की कुल संख्या को ३–४ गुना बढ़ा देती है।

भारतीय पशु अनुसंधान संस्थान का अनुमान है (सन् १९८१) कि इसके अलावा प्रतिवर्ष २.९० करोड़ पशु प्राकृतिक मौत के कारण मरे पाए जाते हैं। संस्थान ने यह स्पष्ट नहीं किया है कि पशुओं की ये लाशें गायों की होती हैं अथवा भैंसों की भी। गाय–बैलों तथा भैंसों का कुल हिसाब किया जाए तो कुल पशुसंख्या से इस तरह प्राकृतिक मौत से मरनेवाले पशुओं का अनुपात १ : ७ बैठता है।

पंजीकृत कत्लों के अनुसार सभी आयुवर्ग के पशुओं की हत्या के बाद केवल ८० किलो मांस ही मिलता है; जोकि पाकिस्तानी औसत का ७० प्रतिशत है। किंतु इससे इन पशुओं के जीवित रहते समय के सामान्य वजन का अनुमान भ्रांतिपूर्ण होगा। इसका कारण निश्चय ही यह है कि केवल वे ही पशु कत्लखाने भेजे जाते हैं जो बूढ़े तथा निरुपयोगी हो गए हैं। ऐसे जवान बछड़ों तथा पशुओं को भी कत्लखाने भेजा जाता है जो भुखमरी के शिकार होते स्पष्ट दिखाई देते हैं।

किंतु भैंस का कत्लखाने जाते और कत्ल के बाद का वजन १४० किलो होता है, जोकि वास्तविकता के काफी नजदीक है। यह विश्व औसत के भी निकट है। पाकिस्तान में औसत वजन ८४ किलो ही क्यों होता है यहाँ इसका खुलासा कर पाना कठिन है।

उपलब्ध कुल गो मांस तथा भैंस मांस, जोकि गाय–भैंसों की कुल भारतीय संख्या की तुलना में वैसे भी नगण्य है, की आपूर्ति प्रति व्यक्ति प्रतिवर्ष २९७ ग्राम होती है। यह तो केवल सामिष आहारवालों का ही हिसाब करें तब भी केवल ६०० ग्राम प्रति व्यक्ति प्रतिवर्ष बैठती है जोकि बहुत ही कम है।

किंतु सामिष आहार लेनेवालों में मांस की खपत में 'प्राकृतिक मौत' मरनेवाले तथा असंगठित कसाईखानों में काटे जानेवाले पशुओं के मांस से होनेवाली

हानि को हिसाब में लिया जाए तो यह चित्र एकदम बदल जाएगा। तब सामिष आहारवालों के लिए उपलब्ध मांस निश्चय ही १० किलो हो जाएगा।

पाकिस्तान में प्रचलित कत्ल की दर को ध्यान में लें (१ : १० पशु, जिनमें १ : ५.५ भैंसें) और आज का प्रचलित कत्ल के बाद का वजन भी सामने रखें तो सामिष आहारवालों को प्रतिवर्ष प्रति व्यक्ति ४ किलो गो मांस तथा ४.४ किलो भैंस मांस प्राप्त होगा।

गो मांस के बारे में उपर्युक्त हिसाब विशुद्ध रूपेण सैद्धांतिक है, जबकि भैंस मांस के बारे में हमारा मूल्यांकन वास्तविक है अर्थात् १६ लाख टन, न कि अधिकृत पूर्वानुमान के अनुसार १.३२ लाख टन।

भारत में कुल मांस उत्पादन से गो मांस तथा भैंस मांस का अनुपात

मांस उत्पादन के बारे में उत्पादन वर्ष १९८२ में विश्व खाद्य संगठन की वार्षिकी में निम्न आँकड़े दिए हैं—

गो मांस	८०,००० टन	९.५ प्रतिशत
भैंस मांस	१,३२,००० टन	१५.८ प्रतिशत
बकरा मांस	२,८८,००० टन	३४.४ प्रतिशत
मटन	१,२७,००० टन	१५.३ प्रतिशत
सुअर मांस	८०,००० टन	९.५ प्रतिशत
मुरगा बत्तक मांस	१,३०,००० टन	१५.५ प्रतिशत
कुल	८,३७,००० टन	१०० प्रतिशत

इसपर से हम पाते हैं प्रति व्यक्ति प्रतिवर्ष १.१८ किलो मांस। इसका आधा छोटे पागुर पशुओं से—जिनमें बकरियाँ सर्वोच्च क्रमांक पर होती हैं—आता है और इसकी माँग भी बहुत होती है। सुअर का मांस कम ही होता है, क्योंकि उनकी कुल संख्या भी कम ही है। यह मांस अनुपात में गो मांस की तुलना में तथा मुरगे-बत्तकों से मिलनेवाला मांस, भैंस मांस की तुलना में अनुपात में ठीक ही बैठता है। इसका कारण यह है कि गायों की संख्या अधिक है तथा भैंसों की तो उससे भी अधिक।

औसत भारतीय आहार में प्राणिज प्रोटीन

तालिका-६ में सन् १९७८-८० के बीच भारत में औसत आहार में अनाज की मात्रा का लेखा दिया है। विश्वस्तरीय तथा प्रादेशिक स्तरों पर इसकी तुलना भी की है। इन आँकड़ों से इस बात की पुष्टि हो जाती है कि भारतीय आहार में गो मांस तथा भैंस मांस की मात्रा बहुत ही अल्प होती है, जैसाकि इसी अध्याय में प्रारंभ में ही बताया जा चुका है।

भारत में औसत आदमी अपने आहार में प्रतिदिन प्रति व्यक्ति २ हजार ऊष्मांक लेता है, जो विश्व औसत से २४ प्रतिशत कम तथा पाकिस्तानी औसत से १३ प्रतिशत कम है। इनमें केवल ५ प्रतिशत ऊष्मांक ही उत्पादित अनाज या फल आदि से आता है जो २० प्रतिशत है तथा पाकिस्तान में १२ प्रतिशत।

आहार में प्रोटीनों का अनुपात ४८.५ ग्राम प्रति व्यक्ति होता है। उस परिप्रेक्ष्य में भारतीय औसत विश्व औसत से ५० प्रतिशत कम तथा पाकिस्तानी औसत से २० प्रतिशत कम है।

प्रत्येक भारतीय को प्राणिज प्रोटीन ४.७ ग्राम, यानी कुल प्रोटीनों के केवल १० प्रतिशत मिलता है। यह आहार का महत्त्वपूर्ण घटक विश्व औसत का पाँचवाँ हिस्सा तथा पाकिस्तानी औसत का तीसरा हिस्सा है। भारतीय आहार में चरबी औसतन प्रति व्यक्ति २९.५ ग्राम होती है, जो विश्व औसत से आधी है तथा पाकिस्तानी औसत का ७० प्रतिशत है। प्राणिज चरबी की भारतीय आहार में मात्रा केवल ६.५ ग्राम प्रति व्यक्ति होती है जो भी विश्व औसत का पाँचवाँ तथा पाकिस्तानी औसत का तीसरा हिस्सा होती है।

अत: स्पष्ट है कि सभी घटकों को मिलाकर भारत में औसत आहार में जीवन तत्त्वों का अनुपात विश्व औसत से काफी कम और एशिया तथा पाकिस्तान के औसत से भी नीचा ही होता है। खासकर यह त्रुटि या कमी प्राणिज प्रोटीनों के मामलों में विशेष लक्षणीय है, क्योंकि ये प्रोटीन मुख्यत: दूध से मिलते हैं और इस मामले में गाय के दूध की अपेक्षा भैंस के दूध को ज्यादा पसंद किया जाता है, इसमें कोई संदेह नहीं।

भारतीय आहार में प्राणिज प्रोटीनों की यह कमी इसलिए भी पाई जाती है क्योंकि अपनी धार्मिक मान्यताओं के कारण भारत की आधी आबादी शाकाहारी है। इस आबादी को तीन वर्गों में बाँटा जा सकता है। दुग्धाहारी—जो आहार में दूध तथा दूध के पदार्थों का सेवन करते हैं, अंडाहारी—जो दूध तथा दूध से बने पदार्थों के साथ अंडों का भी सेवन करते हैं और विशुद्ध शाकाहारी—जो प्राणियों

से उत्पन्न हर पदार्थ को त्याज्य समझते हैं, यहाँ तक कि शहद भी नहीं खाते। इन्हें आत्यंतिक शाकाहारी कहा जाता है। ये लोग प्रोटीनों तथा चरबी को ऐसे कतिपय पौधों और पत्तियों से प्राप्त करते हैं जो इन द्रव्यों से भरपूर होती हैं। इसके साथ ही यह पर्याप्त रूप में सिद्ध हो चुका है कि प्राणिज प्रोटीनों तथा चरबी की आपूर्ति औसतन मानी जाती है, उतनी कम नहीं ही होती।

गाय-बैलों तथा भैंसों की खालें

भारत पशु खालों के व्यापार में अग्रणी देशों में गिना जाता है। किंतु उसके गाय-भैंसों की खालें घटिया किस्म की होती हैं, क्योंकि अकसर वे मरे हुए पशुओं से निकाली हुई होती हैं या हानिग्रस्त रहती हैं। इसलिए भी कि उन्हें भलीभाँति कमाया नहीं होता। विशेषज्ञों का मानना है कि इसके फलस्वरूप भारतीय पशु खालों को विश्व बाजार में उनकी वास्तविक कीमत से ८० प्रतिशत कम दामों में खरीदा जाता है।

तालिका-७ में भारत में ताजा खालों (गाय-बैलों तथा भैंसों) के उत्पादन का ब्योरा दिया गया है और विश्व तथा प्रादेशिक स्तरों पर इनके उत्पादन के तुलनात्मक आँकड़े प्रस्तुत किए हैं। इससे स्पष्ट होता है कि भारत में विश्व की कुल गाय-बैलों एवं भैंसों की संख्या का १८ प्रतिशत पशुओं के रहते हुए भी इन खालों का उत्पादन केवल १२ प्रतिशत ही होता है।

□

अध्याय-३

'पवित्र गाय' की समस्या और समाधान

पशुहत्या प्रतिबंध की धर्मिक तथा ऐतिहासिक पृष्ठभूमि

भारत में पशुहत्या प्रतिबंध की धार्मिक तथा ऐतिहासिक पृष्ठभूमि है। देश में सकल पशु-संवर्धन के विषय को भलीभाँति समझने से पूर्व उस पृष्ठभूमि को तथा अहिंसा की अवधारणा को समझ लेना नितांत आवश्यक है।

धर्म

अन्य धर्मों के विपरीत हिंदुत्व विचार को किसी संस्थापक से नहीं जोड़ा जा सकता। हिंदुत्व में कोई कट्टर सिद्धांत नहीं है जो सबपर बंधनकारी हो। न ही अहिंदुओं का धर्मांतरण करने का हिंदुत्व कोई प्रयास करता है। हिंदू धर्म को माननेवालों के अनुसार हिंदू धर्म सनातन है, चिरंतन है और समय-समय पर साधु-संतों ने उसे नए रूप में प्रस्तुत किया है।

इस परिवर्तनशील संसार में पौधों से परमात्मा तक सभी जीव विकास की एक सीढ़ी-सी बनाते हैं। इस धारणा पर ही हिंदुओं की सामाजिक-धार्मिक व्यवस्था की संरचना आधारित है। मानव इस सीढ़ी की मध्य पौड़ी पर होता है और हिंदू जातियाँ सबसे उच्च स्थान पर होती हैं। इस जाति व्यवस्था में ब्राह्मण सर्वोच्च स्थान पर होते हैं और उन्हें हिंदुत्व का संरक्षक माना गया है।

कोई व्यक्ति किसी विशिष्ट जाति में जन्म लेता है यह केवल दैवयोग की बात नहीं होती, न ही यह ईश्वर की अगाध इच्छा का परिणाम होता है। एक व्यक्ति इनमें से किसी एक जातिवाला है यह तो विश्व की नैतिक व्यवस्था का ही परिणाम होता है। मनुष्य मात्र को उसके पूर्वजन्म के भले-बुरे कर्मों के अनुसार नैतिक प्रतिक्रिया के सिद्धांतानुसार ही इस जन्म में किसी जाति विशेष में जन्म मिलता है।

सारा संसार ही इस नियम से चलता है। अतः जातिप्रथा का आध्यात्मिक आधार तथा समर्थन ही संसार का मूल सिद्धांत है।

जन्म तथा पुनर्जन्म का यह चक्र कब और कहाँ से शुरू हुआ, इस प्रश्न का कोई उत्तर नहीं है। 'पुनरपि जन्मम्, पुनरपि मरणम्' का यह सिलसिला आत्मा जब लाखों योनियों में से होती हुई अंत में परमात्मा में विलीन हो जाती है तभी समाप्त होता है। तभी वह जन्म-मरण के फेरे से मुक्त हो पाती है।

हिंदुत्व के दो विशेष सिद्धांत हैं। एक तो है अहिंसा और दूसरा है पशुवध निषेध। ये दोनों अवधारणाएँ भारतीय मानस में गहरी पैठ लगाकर बैठी हैं। इन्हीं दो अवधारणाओं ने गांधीजी के जीवन में महत्त्वपूर्ण भूमिका अदा की। इन दोनों अवधारणाओं पर दृढतापूर्वक अमल करने का आर्थिक और व्यावहारिक परिणाम काफी होना ही था। इनपर चलने का स्पष्ट आर्थिक परिणाम यह था कि लोगों के आहार में मांस, मछली तथा अंडे आदि सामिष पदार्थ गायब हो गए। यद्यपि हिंदुओं की आधी आबादी ही शाकाहारी कही जा सकती है तथापि हिंदू समाज का इतना बड़ा हिस्सा शाकाहारी है, यह बात विश्व में अनूठी ही कहलाएगी। (एल. आत्स्डोर्फ, १९६१)

इस संदर्भ में महात्मा गांधी का उल्लेख अवश्य करना होगा, क्योंकि उन्होंने शाकाहारिता का महत्त्व लोगों को समझाया तथा स्वयं भी उसपर चलते रहे। साथ ही उन्होंने भौतिकतावाद को पूरी शक्ति से नकारा। उन्होंने कहा, 'हिंदुत्व का केंद्रबिंदु गोरक्षण ही है। मानव विकास में गोरक्षा सबसे आश्चर्यकारी सिद्धांत है। वह जाति-वर्ग निरपेक्ष सिद्धांत है। गाय मेरे लिए दूसरा मानव प्राणी ही है। गाय के रूप में ही मानव सभी प्राणियों से अपना नाता जुड़ा हुआ देखता है। गाय को देवतातुल्य क्यों माना गया, मुझे बिलकुल स्पष्ट दिखता है। गाय भारत में मनुष्य का सर्वोत्तम साथी है। वह समृद्धि देती है। वह केवल दूध नहीं देती, बल्कि हमारे लिए खेती करना भी संभव बना देती है। गाय करुणा का काव्य है। वह साक्षात् करुणा है। करोड़ों भारतवासियों के लिए वह गोमाता है। गोरक्षा का अर्थ है परमात्मा द्वारा बनाई गई समूची मौन दुनिया की रक्षा करना। सृष्टि का स्रष्टा और द्रष्टा जो भी रहा हो, उसने प्रारंभ ही गाय से किया है। सृष्टि की नीचे की श्रेणियों का निर्माण हिंदुत्व की विश्व को दी हुई देन है और जब तक गोरक्षा के लिए हिंदू हैं तब तक हिंदुत्व भी रहनेवाला है।' (गांधी, १९५४)

एच. वॉन स्टीटनक्रॉन (१९८४) ने लिखा है—'एक अकेली ग्रामीण अर्थव्यवस्था की सहायता से गांधीजी ने एक तरह से निरंकुश शासन निर्माण करने

के लिए बहुत प्रयास किया। आर्थिक विकास उनका मार्गदर्शक सिद्धांत नहीं था। अभावमुक्त प्रतिष्ठित जनजीवन उनका ध्येय था। हिंदू आस्थाओं के अनुरूप ही उन्होंने दुनियादारी से आंतरिक अपरिग्रह की शिक्षा दी। उनकी शिक्षा का सार था कि मनुष्य वस्तु संग्रह तो करे, किंतु उनके प्रति भावुकता से जुड़ा न रहे। हिंदू धर्म सिखाता है कि हिंदू लोग—विशेषतः ब्राह्मण वर्ग—भौतिक सुखों से मुँह फेरकर तप तथा ध्यानधारणा करते हुए 'सोऽहम्' को पहचानें। कहना न होगा कि यह ध्येय भौतिकतावाद के विपरीत है। किंतु वह हिंदू और बौद्ध दर्शनों में निहित है। इसके अनुसार बहुत थोड़े लोग गंभीरतापूर्वक आचरण करते हैं यह यद्यपि सच है, किंतु इसमें संदेह नहीं कि समाज पर इस सिद्धांत का सुदृढ नैतिक प्रभाव है और गांधीजी को इस दर्शन का परिपूर्ण प्रतिनिधि माना जा सकता है।

इस भौतिकतावाद विरोधी मानसिकता के आर्थिक विकास पर गंभीर परिणाम हुए हैं। अपरिग्रह के कारण या अपरिग्रह में ही अधिक सेवन पर अपने आप अंकुश लग जाते हैं। परिणामतः आर्थिक गतिविधियों को विकास के लिए अधिक प्रेरणा नहीं मिल पाती। हिंदू धर्म में नई-नई वासनाएँ दृढता से निषिद्ध मानी गई हैं। उसे उपभोगतावाद मंजूर नहीं। नई-नई उपभोगतावादी माँगों के कारण मनुष्य को और भी अधिक विलासिता पर निर्भर होना पड़ेगा, ऐसा हिंदुओं का मानना है। हिंदू नेता ऐसे हर विकास कार्य का पुरजोर विरोध करते हैं जिसके कारण मनुष्य मात्र एक उपभोक्ता बन जाएगा और चंद उत्पादकों के हाथों में असीम सत्ता केंद्रित कर जाएगा।

संसाधनों का स्वामित्व तथा आमदनी का आकार कितना हो, इस बारे में निश्चय ही विभिन्न जातियों में मतभिन्नता है। फिर भी हिंदू समाज इस बारे में कुछ सामाजिक संतुलन रखने की भरसक चेष्टा करता रहता है। अमीर हिंदू अपनी आमदनी का एक हिस्सा विभिन्न न्यासों को देते हैं, मंदिर निर्माण के लिए धन देते हैं तथा सार्वजनिक कार्यक्रम को प्रायोजित करते हैं। अतः उनकी आर्थिक सत्ता सीमित हो जाती है और बदले में उन्हें सामाजिक प्रतिष्ठा प्राप्त हो जाती है। आधुनिक भारत में गाय केवल शाकाहारी हिंदुओं के लिए ही नहीं अपितु मांसाहारी हिंदुओं के लिए भी पवित्र है। मांसाहारी हिंदू अन्य पशुओं के मांस का सेवन करते हैं, किंतु गो मांस भक्षण कभी नहीं करते। यही कारण है कि आज भारत में विश्व में सर्वाधिक गौएँ पाई जाती हैं।

अब हम भारतीय संस्कृति की प्रमुख विशेषताओं तथा उसके सदियों से होते आए विकास की चर्चा करेंगे। फिर भी लेखक का यह दावा कतई नहीं कि भारतीय संस्कृति के बारे में वह संतोषजनक खुलासा कर सका है।

ऐतिहासिक घटनाक्रम

ईसा पूर्व ३००० से भारत संस्कृति की उन्नत अवस्था में पहुँचा हुआ था। इस उपमहाद्वीप में सड़कों का बहुत अच्छा जाल बिछा हुआ था तथा स्नानगृहों के साथ दो मंजिली इमारतें भी थीं। ग्रामों तथा शहरों की रचना सुंदर थी तथा प्रशासकीय यंत्रणा भी सुसंगठित थी। (एम.एडवर्ड्स, १९६१)

ईसा पूर्व १५०० से १२०० तक और आगे यूरोप की घुमंतू जनजातियाँ धीरे–धीरे भारतीय उपमहाद्वीप की ओर सरकने लगी थीं। वे खैबर दर्रे के रास्ते उत्तर पश्चिम की ओर से आने लगीं। एतद्देशीयों को या तो उन्होंने परास्त किया या दक्षिण की ओर भगा दिया। आने वाली सदियों में ऐसे यूरोपीय घुमंतू जनजातियों के कई आक्रांता तथा विजेता आए और उत्तरी भारत में फैल गए। चंद छोटे–छोटे गुट पश्चिमी तट से सटे मार्ग से आगे बढ़े और वे दक्षिण भारत तक पहुँचने में भी सफल हो गए। ये लोग अपने साथ अपने पवित्र ग्रंथ वेदों को भी लाए थे। प्राकृतिक धर्म को इन लोगों ने कई कर्मकांडों से जोड़ते हुए धर्म को व्यक्तियों में केंद्रित कर दिया। कई आचार तथा संहिताएँ इन्होंने अधिक विकसित कीं तथा उनमें सुधार करते गए। इन प्रक्रियाओं में धर्माचरण इतना जटिल हो गया कि उसके मार्गदर्शक सिद्धांतों को समझने–समझाने के लिए विशेष कुशलता तथा ज्ञान की आवश्यकता महसूस होती गई। यह काम जो लोग करते उन्हें पुरोहित का स्थान आहिस्ता–आहिस्ता प्राप्त होता गया। इसी प्रक्रिया में ब्राह्मण पुरोहित नामक एक जाति पैदा हो गई। इसे आगे चलकर आनुवंशिक पुरोहित जाति के रूप में विकसित किया गया और यह जाति एक विशिष्ट धार्मिक जाति बन गई। इसने बहुजन समाज को आध्यात्मिक नेतृत्व के अपने दायरे से बाहर रखा। शायद यहीं से भारत में जाति व्यवस्था आकार लेने लगी।

किंतु एक बात निःसंदेह रूप में स्पष्ट हो गई है कि ये आक्रांता तथा उनके यूरोपीय साथी गायों को मारते थे और गो मांस भक्षण करते थे। यह भी लगभग निश्चित है कि उस जमाने में अहिंसा या पशुहत्या निषेध इन लोगों के लिए आचारधर्म नहीं था। ये अवधारणाएँ तब पैदा भी नहीं हुई थीं। कुछ लोगों का मानना है कि इन आर्य लोगों के यहाँ आकर बस जाने से पहले भी ये अवधारणाएँ थीं। भारत विशेषज्ञों के अनुसार ये दो अवधारणाएँ आर्यों के यहाँ आकर बस जाने से काफी पहले से यहाँ थीं यद्यपि कुछ काल में गतकाल की सिलसिलेवार पुनर्रचना कठिन हो गई थी। किंतु लिंगपूजन की प्रथा शुरू होते ही यह पुनर्रचना संभव हो सकी।

ईसा पूर्व छठे शतक में दो सुधारवादी धर्मों का बोलबाला था। एक था आर्यों

का उत्तर भारतीय बौद्ध धर्म तथा दूसरा था अनार्यों का दक्षिण भारतीय जैन धर्म। इन दोनों धर्म विचारधाराओं के चलते वैदिक धर्म का प्रभाव घटने लगा। इन दोनों सुधारवादी धर्ममतों ने अहिंसा का प्रचार किया। बुद्ध तो निश्चय ही शाकाहारी नहीं थे। उनके भिक्षु महंतों को तो वास्तव में मांस भक्षण की अनुमति थी। आज भी ब्रह्मदेश (अब म्याँमार) में, जहाँ पुराने नीति-नियमों का कड़ाई से पालन किया जाता है, बौद्ध भिक्षु मांस को स्वीकार करते हैं तथा उसे खाते हैं। (एच. ट्रिंकर, १९५७)।

बौद्ध नीति-निर्देशों में स्पष्ट लिखा है कि बौद्ध भिक्षुओं के आहार के मांस, मछली, खीर, सूजी तथा जव का आटा पाँच बुनियादी घटक हैं। पुण्यात्मा बौद्ध भिक्षु को पशुहत्या करने से बचना चाहिए, इतना ही इन निर्देशों में लिखा है। ऐसा करने से वह उस हत्या की जिम्मेदारी से बच सकेगा। तदनुसार पशुहत्या करने के लिए अन्य स्थानों से कसाइयों को आमंत्रित किया जाता था।

दूसरी ओर भारत में लाखों-करोड़ों अनुयायीवाले जैन धर्म में आज भी अहिंसा को धर्म आदेशों में सर्वोच्च स्थान प्राप्त है और सभी प्रकार की हत्याओं को निषिद्ध माना गया है। (एच.आर. कापड़िया, १९३३)

जैन धर्ममतानुसार सारी प्रकृति सचेतन है। केवल प्राणी तथा पौधे ही नहीं, अपितु धरती, पानी, आग और हवा भी सचेतन हैं। अहिंसा का ऐसा अर्थ करने के कारण भिक्षुओं के लिए पानी के छींटे मारना या उछालना अथवा उसे उबालना और पंखा चलना भी मना है, क्योंकि ऐसा करने से हवा में व्याप्त आत्माओं को क्षति पहुँच सकती है। स्पष्ट है कि एक जैन व्यक्ति अपने आहार में किसी सचेतन चीज को न ले सकता है न उसका आस्वाद ही चख सकता है। इसका यह अर्थ होता है कि किसी और ने उस सचेतन को मारा होगा और इसीलिए तो उसे खाद्य के रूप में प्रस्तुत किया गया है। किसी और द्वारा उबाला हुआ पानी तो वह पी सकता है, क्योंकि तब वह पानी अपनी सचेतनता खो चुका होता है। अत: एक जैन मुनि जब तक कि कोई अनाड़ी प्राणि हत्या कर जैन धर्ममत के अहिंसा आदेशों का उल्लंघन नहीं करता, लगभग कुछ भी खाता या पीता नहीं। तथापि जैन धर्ममत उबाले हुए जल, पकाई गई साग-सब्जियों या मारे जा चुके प्राणियों के मांस में कोई विशेष अंतर नहीं देखता।

ईसा की सदी प्रारंभ होने के समय बौद्ध तथा जैन धर्ममतों को पीछे धकेलते हुए ब्राह्मणवाद का बोलबाला शुरू हो गया। इसी संघर्ष में ब्राह्मणवाद ने यूरोप से आए तत्त्वों को त्यागना तथा हिंदुत्व के आकार में अपने आपको ढालना शुरू किया था। अनंतर उन्हीं रास्तों से आक्रांताओं के अन्य समूह या गिरोह आए।

ईरानी तथा ग्रीक अलेक्जेंडर महान् के नेतृत्व में आए। मंगोलिया से शक तथा हूण आए। परिणामस्वरूप भारत में जातियों का मिश्रण और भी समृद्ध हुआ। तथापि इन सबको हिंदू धर्म तथा संस्कृति ने आत्मसात् कर अपने में विलीन कर लिया। इन लागों ने हिंदू दर्शन तथा संस्कृति में यहाँ-वहाँ कुछ सुधार जरूर किए, किंतु उन्हें आमूलचूल बदलने में उन्हें सफलता नहीं मिली। आगे चलकर आए मुसलमान आक्रांताओं के अलावा ये सब आक्रांता स्थानीय समाज के साथ घुल-मिलकर हिंदू और भारतीय बन गए। मुसलमान आक्रांता भी भारतीय तो बने, किंतु उन्होंने अपना धर्म कायम रखा। भारत के अंतिम शासक अंग्रेजों ने अलबत्ता अपने आपको हिंदू धर्म से दूर ही रखा। न तो वे भारतीय बने, न ही उन्होंने हिंदू धर्म को स्वीकार किया। किंतु न इस्लाम, न ईसाइयत, ब्रिटिश शासन के चलते भी, हिंदुत्व की दोनों अहम अवधारणाओं—अहिंसा तथा गो हत्या निषेध—को प्रभावित कर सके।

ब्रिटिश शासनकाल में भारत में पशुसंख्या लगभग स्थिर रही, जोकि एक उल्लेखनीय बात है। देश में लाखों गो मांस भक्षकों—विशेषतः भारतीय मुसलमानों—के चलते पशु-प्रजनन कार्य को बहुत गति दी गई होगी तभी यह संभव हो पाया होगा; क्योंकि ग्राहकों की बेहद बढ़ती माँग को पूरा करने के लिए काफी बड़ी संख्या में गाय-बैलों की हत्या की जा रही थी।

सन् १९४७ में भारत के स्वतंत्र होने तथा ब्रिटिश सत्ता में रहे भारत का पाकिस्तान तथा हिंदू बहुल भारत के रूप में विभाजन होने के बाद यह स्थिति आमूलचूल बदल गई। वास्तव में आज भी बहुत ही कम हिंदू गो मांस भक्षक हैं। बकरा मांस, मटन तथा मुरगे-बत्तक का सेवन हालाँकि ज्यों-का-त्यों है।

व्याख्या करने की आजादी

अकसर यह दावा किया जाता है कि हिंदुत्व कोई एक ढाँचे में ढला धार्मिक दर्शन नहीं है बल्कि वह तो धर्मानुसार चलनेवाली जीवन पद्धति है। इसमें हर जाति-प्रजाति को हिंदू दर्शन की व्याख्या करने की आजादी है तथा जीवन की ओर देखने का अपना दृष्टिकोण तय करने की भी आजादी है। किंतु प्रत्यक्ष में इसमें सच्चाई नहीं दिखाई देती। अहिंसा की व्याख्या हजारों प्रकार से की जा सकती है, किंतु पशुहत्या निषेध हिंदुओं की लगभग सभी जातियों तथा प्रजातियों के नीति-नियमों में स्थायी स्थान प्राप्त कर चुका है। धार्मिक-से समाज से आनेवाले यूरोपीय को इस बात का आश्चर्य लगे बिना नहीं रहता कि आज भी हिंदुत्व में अत्यधिक धार्मिक जोश बना हुआ है।

कुछ समारोहों तथा कर्मकांडों के अवसरों पर अहिंसा तथा पशुहत्या निषेध के सिद्धांतों को ताक पर रख दिया जाता है। इसका कारण यह है कि हिंदू धर्म में कुछ खास अवसरों तथा क्रियाकर्मों के समय पशुबलि को मान्यता प्राप्त है। पशु मारे जाते हैं और उनके मांस का सेवन किया जाता है। वास्तव में हिंदुओं में बलि चढ़ाने के लिए गाय को महत्त्व का पशु माना गया है और ऐसे धार्मिक अवसरों पर गो मांस भक्षण को न केवल निरुपद्रवी एवं पाप से मुक्त समझा गया है बल्कि उसे निरामिष भोजन जैसा ही अच्छा भी माना गया है।

'मनुस्मृति' में पढ़ा जा सकता है कि 'निरामिष आहार लेनेवाले को बड़ा पुण्य प्राप्त होता है, किंतु गो मांस भक्षण से उपवास चार प्रसंगों में स्थगित रखा जा सकता है—

१. धार्मिक समारोहों में,
२. ब्राह्मण भोजन में,
३. मित्रों द्वारा आमंत्रित भोज में तथा
४. अपना प्राणरक्षण करते समय। (एल. आत्सडोर्फ, १९६१)

यह आजादी केवल उन्हीं लोगों को प्राप्त थी जो अन्यथा मांस भक्षण करते ही नहीं थे। अतः मांस भक्षण का अवसर प्राप्त हो, केवल इसलिए कोई मित्रों को भोज पर आमंत्रित करे ऐसी अपेक्षा इसमें हरगिज नहीं है। उपर्युक्त चार अवसरों पर मांस भक्षण की अनुमति तो है, किंतु पशुहत्या की नहीं। खानेवाले का किसी भी तरह प्रत्यक्ष अथवा परोक्ष रूप से पशुहत्या से संबंध नहीं होना चाहिए। पशुहत्या किसी और द्वारा की हुई होनी चाहिए। इस प्रकार मांस भक्षण से उपवास में ये चंद अपवाद किए गए हैं। इसका यह अर्थ कदापि नहीं कि अहिंसा की पवित्रता को मांस खानेवाले ने अस्वीकार किया है।

हर जाति की अपनी आचार संहिता होती है। अतः जो बात एक जाति के लिए निषिद्ध हो, वही दूसरी जाति के लिए आज्ञापित हो सकती है। सबसे कड़ी आचरण शुद्धता तथा नीति-नियमों का कड़ाई से पालन करने की जिम्मेदारी ब्राह्मणों पर डाली गई है। शूद्रों तथा अस्पृश्यों के अतिरिक्त कुछ और जातियाँ भी सामिष आहारी हैं। उदाहरण के लिए शिकारी तथा बहेलिये, जिनका अस्तित्व ही पशुओं को मारने पर टिका होता है। इन जातियों के लोगों को भी मांस भक्षण की पाबंदी से मुक्त रखा गया है।

वैसे तो शाकाहारिता मुख्यतः ब्राह्मणों का कर्तव्य है, किंतु उसका परिणाम पूरे समाज पर होता है। आखिर निचली जातियों के लोग भी ऊँची जातियों के लोगों

जैसा जीवन जीने का प्रयास करते ही हैं और उनकी प्रथा–परंपराओं का अनुसरण भी करते हैं। उदाहरण के लिए बाल–विवाह की प्रथा तथा अब पूर्णत: कालबाह्य हो चुकी सतीप्रथा।

जन्म–मरण के फेरों से मुक्ति यानी 'मोक्ष' प्राप्त करना हिंदू पृष्ठभूमि को समझने के लिए आवश्यक मुख्य अवधारणा है। पृथ्वी पर प्राप्त जीवन लाखों योनियों से गुजरकर ही प्राप्त होता है और इस तरह बार–बार जन्म और बार–बार मरण के आवर्तन से मुक्ति पाना ही मोक्ष है। पुनर्जन्म को माननेवाले हिंदू की अवधारणा होती है कि वह इस जनम के पहले कई योनियों में जन्म ले चुका है और अब मरने के बाद भी उसे किन्हीं लाखों योनियों में जन्म लेना ही है। अत: उसका भाग्य उसके अपने ही हाथों में है। (एल. आत्सडोर्फ, १९६१)

वह अपने धर्म के अनुसार—यानी पशुहत्या निषेध स्वीकार करता हुआ—जितना आचरण करेगा उतना ही उसका पुनर्जन्म सुखी होगा। उसका पुनर्जन्म उच्च जाति में होगा तथा उसे आत्मा से परमात्मा तक पहुँचने के अवसर मिलते रहेंगे।

प्रत्येक व्यक्ति की स्वतंत्रता को उघारने का उद्देश्य किए चलनेवाला लोकतंत्र, अथवा सर्वत्र समानता लाने की जी तोड़ कोशिश करनेवाला यंत्र–तंत्र, जातियों के कारण उत्पन्न वर्गीकरण का कोई सानी नहीं रखते। ये दोनों शक्तियाँ जैसे–जैसे पारंपरिक जीवन पद्धति पर हावी होती जाएँगी, वैसे–वैसे जातिप्रथा आहिस्ता–आहिस्ता दुबली पड़ती जाएगी। अपरिवर्तनीय एवं सख्त कर्मठता शायद पुरानी पीढ़ी के साथ समाप्त हो जाएगी। यह कार्य कब या कितनी जल्दी होगा और जातिप्रथा के किन अंगों को नई समाज व्यवस्था में स्थान मिल पाएगा, आज कह पाना मुश्किल है। आने वाले वर्षों में लिये जानेवाले बुनियादी राजनीतिक निर्णयों पर नई भारतीय समाज व्यवस्था का आकार–प्रकार निर्भर करेगा। फिलहाल तो भारत में जातिप्रथा एक पूर्ण हकीकत है, भले ही कानून उसकी ओर कोई ध्यान न देता हो।

मुक्ति पाने की आकांक्षाएँ सामाजिक संबंधों पर अपना प्रभाव अवश्य डालती हैं, यह सच हो तो उनकी अभिव्यक्ति हिंदू के धार्मिक आचरण में दिखाई देनी ही चाहिए। हिंदू समाज का परिदृश्य विविधताओं से भरा है। इस समाज में न केवल देवी–देवताओं की संख्या अत्यधिक है, उत्सवों, पंथों, उपपंथों, संप्रदायों की संख्या भी उतनी ही अधिक है। इनके अलावा धार्मिक लक्ष्य को प्राप्त करने के भी कई मार्ग हैं। हिंदुत्व की आत्मा तथा सार को ही ये मार्ग परिलक्षित करते हैं ऐसा नहीं है, अपितु विविध देवी–देवताओं की पूजा–प्रणालियों को भी वे अधोरेखित करते हैं। फिर भी पूजा–प्रणालियों से अधिक हिंदुत्व की आत्मा और सार बताने

की दृष्टि से ही ये मार्ग वैशिष्ट्यपूर्ण माने जाते हैं। धर्म संबंधी नीति-नियमों की भूमिका सामाजिक सतह पर कारगर होती है और शरीर की शुद्धि प्राप्त करती है। किंतु ये मार्ग आत्मशुद्धि करते हुए व्यक्ति की आध्यात्मिक आवश्यकताओं को पूरा कराते हैं। किसी भी धार्मिक अनुष्ठान में तन का अनुशासन तथा मन की अंत:प्रेरणा केंद्रस्थान में होती है। इसके साथ ही सर्वात्मकता पर ध्यान केंद्रित करने की प्रवृत्ति पैदा होती है। प्राणायाम योग इस सबकी प्राथमिक अवस्था होती है। प्राणायाम योग द्वारा शरीर पर तथा श्वसन क्रिया पर पूरा नियंत्रण स्थापित करना संभव होता है। प्राणायाम अंतिम साध्य नहीं बल्कि हिंदू जिस मन की एकाग्रता को आत्मसात् करने की कामना रखता है उसे सिद्ध करने की एक प्रक्रिया है, एक साधन है। इस एकाग्रता को ही ध्यानधारणा कहते हैं। (स्टेश, १९६१)

योगासनों से मन की एकाग्रता प्राप्त कर ध्यानधारणा की कला को निपुणता से प्राप्त करनेवाले योगी बनने तक की साधना एक लंबी यात्रा होती है। ये योगी जन हिमालय की गुफाओं में अथवा जंगल के किसी एकांत स्थान पर ध्यानधारणा कर बैठते हैं। योगी बनने की कामना अनेक लोग करते हैं, किंतु थोड़े ही उसमें सफलता पाते हैं। ये वे लोग होते हैं जो किसी गुरु के चरणों में बैठकर उनका शिष्यत्व ग्रहण करते हुए, तन-मन की कड़ी तपस्या में पहले बरसों लगा चुके होते हैं। उसके बाद ही अपना धार्मिक लक्ष्य प्राप्त करने के मार्ग पर अग्रसर हुए होते हैं। आगे चलकर आध्यात्मिक परिपूर्णता प्राप्त करने के लिए ये लोग तपस्वी या संन्यासी का जीवन अपनाते हैं ताकि आचार्य या महंताचार्य जैसा परम आदर का स्थान समाज में पा सकें।

इस प्रकार अपने तमाम संबंधों का परित्याग करते हुए परिव्राजक का जीवन व्यतीत करनेवालों की संख्या भारत में लाखों में गिनी जाएगी। हाथों में भिक्षापात्र लिये एक तीरथ से दूसरे तीरथ, मंदिर-मंदिर तथा गाँव-गाँव जानेवाले लँगोटीधारी साधुओं की एक फौज-सी भारत में पाई जाती है। सतही तौर पर देखने पर वे अकर्मण्य जीवन पद्धति को अपनाए हुए प्रतीत होते हैं। किंतु हिंदुत्व उन्हें असर्जनशील नहीं मानता। भौतिक मूल्यों के स्थान पर ये लोग समाज में नैतिक मूल्यों की स्थापना करते रहते हैं। इन साधु-संन्यासियों की मानसिकता में गहरे उतरने का प्रयास करने को तैयार लोगों को पवित्र परंपरा की इन साक्षात् मूर्तियों से नि:सृत होनेवाली शांति और आनंद का लाभ होता है। यही वह शांति होती है, जो उनकी सभी समस्याओं तथा चिंताओं को दूर कर सकेगी। इसी भावना से सैकड़ों भारतीय इनके दर्शन करने को मचलते हैं। इन साधुओं के पास दैवी शक्ति होने का

एहसास लोग करते हैं। उन्हें प्राकृतिक वस्तुएँ भेंट देते हैं।

किसी देहात की सीमा पर कहीं कुटिया बनाकर रहनेवाला साधु मिल ही जाता है। उसकी कुटिया को आश्रम कहा जाता है। किंतु उसका प्रभाव केवल उस देहात तक ही नहीं रहता। वह वास्तव में एक बड़ा संस्थान भी हो सकता है। ऐसा संस्थान जहाँ से गुरु अपना कार्य चलाता है। भारतीय जीवन में गुरु एक आध्यात्मिक शिक्षक होता है और धर्मकार्यों में वह हमेशा केंद्रबिंदु के नाते रहता है। उसने स्वयं धर्म का कितना अध्ययन किया है या किया भी है या नहीं, इस प्रश्न का कोई महत्त्व नहीं होता। उसने धर्म को अनुभव किया है या नहीं, यही अहम बात होती है। ऐसी स्थिति प्राप्त करने के लिए उसने बरसों योगसाधना कड़ाई से की होती है। पूजन तथा ध्यानधारणा में कड़ी तपस्या की होती है। तब जाकर कहीं आत्मा और परमात्मा के संबंधों तथा कार्यों के बारे में उसे अंतर्ज्ञान प्राप्त होता है। यह सिद्धि प्राप्त करने के बाद वह अपने शिष्य बनाता है, उन्हें अपने अनुभव सिखाता है और अपनी आध्यात्मिक साधना के बल पर उन्हें सही मार्ग दिखाता है।

भारत में धर्म कोई सैद्धांतिक ढाँचा नहीं है। वह हठधर्म भी नहीं है, न ही केवल विश्वास है जो सभी पड़तालों से बच जाता है। किंतु वह एक अनुभव करने की चीज है। यह अनुभव हर हिंदू को स्वयं करना होता है। बार-बार उसे अनुभव करना पड़ता है। धर्म उसके लिए आत्मा से परमात्मा तक अपना विकास करने का अनुभव है। धर्म मात्र विश्वास नहीं है, एक मतप्रवाह नहीं है, अपने अंतिम गंतव्य तक की यात्रा का नाम धर्म है। इस अनुभूति तक पहुँचने के लिए गुरु द्वारा तय किए मार्ग का नाम है योगसाधना। इस साधना में माहिर बने लोगों को योगी इसीलिए कहा जाता है। 'गुरु' एक 'शिक्षक' होता है और जो अपना आध्यात्मिक ज्ञान दूसरों को देने के लिए सिद्ध होता है उसे ही 'गुरु' कहा जाता है। (स्टेश, १९६१)

यहाँ बरबस ही यह धारणा मान लेने की ओर रुझान हो जाता है कि अहिंसा तथा पशुहत्या निषेध भारतीय संस्कृति की प्राचीन विशेषताएँ रही होंगी और वे शायद आक्रांताओं के आक्रमण से पहले से ही उसमें विकसित हुई होंगी। काफी लंबे अरसे तक वे दबी पड़ी होंगी और फिर अवसर पाते ही उभरी होंगी। मुसलमान तथा ब्रिटिशों का अपवाद छोड़कर उनसे पूर्व और बाद में आए आक्रांताओं को हिंदुओं ने अपने में रचा-पचा लिया, यह बात इसलिए जँचती भी है। और एक बात यह है कि हिंदुत्व पर आधारित संस्कृति के विकास के पूरे कालखंड में पशुहत्या निषेध मौलिक सिद्धांत के रूप में बिना शर्त कभी लागू नहीं रहा। प्राचीन वैद्यक ग्रंथों में पाया जाता है कि पशु से पैदा होनेवाले पदार्थों को वैद्यकीय कामों में प्रयोग

किया जाता था। इसका अर्थ तो यही है कि हिंदुत्व एक अत्यंत लचीली अवधारणा है और उसमें आनेवाले नए प्रवाहों को आत्मसात् कर लेने की असीम क्षमता है।

एच.वी. स्टीटनकॉर्न (१९८४) के अनुसार हिंदुत्व में विकास की असीम क्षमता है, जिसका अब तक बहुत थोड़ा अंश ही उपयोग में लाया जा सका है। यहीं अकसर यह गलती की जाती है कि असंतुलित नमूनों को लेकर विकास का संकीर्ण अवलोकन किया जाता है और उसके ऐतिहासिक दृष्टिकोण तथा पारंपरिक मूल्यों की अनदेखी की जाती है। इससे तो जनसमाज की प्रथम आवश्यकताओं के प्रति पूरी अनभिज्ञता प्रकट होती है।

पशुहत्या विरोधी कानून और पशु-संवर्धन में उनका महत्त्व

उपर्युक्त प्रतिपादन से यह निष्कर्ष निकालना एक भ्रांति ही होगी कि भारत में गो हत्या पर पूरा प्रतिबंध है। गांधीजी इसी लक्ष्य की ओर बढ़ रहे थे। यह लक्ष्य प्राप्त करने का ही उन्होंने प्रयास किया। किंतु आजादी के बाद उनके इस दिशा में हो रहे प्रयास सफल नहीं हुए। इस विषय पर गांधीजी और नेहरू में मतभेद थे। इसलिए गो हत्या पर सर्वत्र प्रतिबंध लगानेवाला एक सर्वमान्य कानून नहीं बन पाया। उसके स्थान पर हम अलग-अलग राज्यों में अलग-अलग प्रकार के कानून बने पाते हैं। २५ फरवरी, १९४८ को नई दिल्ली में आयोजित पशु प्रदर्शनी के पुरस्कार वितरण समारोह में तथा 'लोकसभा चर्चाएँ, १९५५' में दिए भाषणों में नेहरू ने गो हत्या पर प्रतिबंध लगाने का सुस्पष्ट विरोध किया था। इस समस्या को देखनेवाले अनेक उच्च सरकारी अधिकारियों ने भी गो हत्या पर पूर्ण प्रतिबंध लगाने का विरोध ही किया था और अपने इस विरोध को उन्होंने जाहिर भी होने दिया था। अतः इस विषय पर नियुक्त सन् १९५४ की विशेषज्ञ समिति ने भी यही निष्कर्ष निकाला कि 'संपूर्ण पशुहत्या पर प्रतिबंध लगाना देश के समान्य हित में नहीं होगा, क्योंकि उसका परिणाम सकारात्मक न होकर नकारात्मक ही होगा।' (कृषि मंत्रालय, १९५५)

गो हत्या पर प्रतिबंध लगाने का कानून कितना समर्थनीय है इसका विचार करने से पहले आवश्यक है कि भारत के विभिन्न राज्यों में गायों तथा भैंसों की आबादी कितनी है इसकी बुनियादी जानकारी की ओर ध्यान दिया जाए। उत्तर प्रदेश में देश की कुल पशुसंख्या का १५ प्रतिशत, मध्य प्रदेश में १४ प्रतिशत, बिहार में १९.२ प्रतिशत, महाराष्ट्र में ८.८ प्रतिशत, राजस्थान में ७.५ प्रतिशत, आंध्र प्रदेश में ७ प्रतिशत तथा मद्रास (अब तमिलनाडु) में ६.२ प्रतिशत पशु हैं। शेष २५.७

प्रतिशत अन्य चौदह राज्यों में बिखरे हैं।

विशेष ध्यान देने योग्य बात यह है कि भैंसों की लगभग आधी आबादी तीन राज्यों में केंद्रित है—उत्तर प्रदेश (२१.५ प्रतिशत), आंध्र प्रदेश (१३.६ प्रतिशत), और मध्य प्रदेश (१०.९ प्रतिशत)। इसके अलावा विभिन्न राज्यों में पशु आबादी की घनता भी एक उपयुक्त जानकारी प्रस्तुत करती है। सन् १९६० में प्रति १०० हेक्टेयर कृषि भूमि पर औसतन ११६ पशु थे। महाराष्ट्र तथा गुजरात में २८३, हिमाचल प्रदेश में २७९, असम में २६७, जम्मू-कश्मीर में २४१, पश्चिम बंगाल में १८८, उड़ीसा में १६२, राजस्थान में केवल ९६, मैसूर (अब कर्नाटक) में ९२ तथा दिल्ली में ७४ और पंजाब में ६१ पशु दर्ज किए गए हैं।

प्रति १०० नागरिकों के साथ औसतन पशु आबादी ४० थी। सबसे घनी पशु आबादी हिमाचल प्रदेश में थी, जहाँ प्रति १०० व्यक्ति ९० पशु थे। मध्य प्रदेश में यह अनुपात ७६ तथा राजस्थान में ६५ और उड़ीसा में ५६ था।

भैंसों का राष्ट्रीय औसत अनुपात प्रति १०० हेक्टेयर भूमि पर ३४ था। आंध्र प्रदेश में भैंसों का अनुपात सबसे अधिक ५७ था। उसके बाद क्रमानुसार जम्मू-कश्मीर ५३, दिल्ली तथा उत्तर प्रदेश में ५०, हिमाचल प्रदेश में ४८ तथा पंजाब में ४५ भैंसें थीं। पश्चिम बंगाल में यह अनुपात १६ का था।

प्रति १०० व्यक्ति भैंसों का राष्ट्रीय औसत १२ था। पंजाब में २२ का अनुपात सर्वाधिक था। उसके बाद राजस्थान २०, आंध्र प्रदेश १९, मध्य प्रदेश १७, उत्तर प्रदेश १५ और हिमाचल प्रदेश १५ क्रमागत थे। (एस.सी. चौद्यरिया तथा आर.गिवी, १९६३)

प्रतिबंध कानूनों का मूल्यांकन करने पर पाया जाता है कि गो हत्या पर पूर्ण प्रतिबंध कहीं नहीं है। केवल सात राज्यों में प्रायः पूर्ण प्रतिबंध है। ये राज्य हैं—गुजरात, कर्नाटक, राजस्थान, जम्मू-कश्मीर, हिमाचल प्रदेश, त्रिपुरा तथा दिल्ली। इसके विपरीत तीन राज्यों—केरल, पांडिचेरी तथा लक्षद्वीप में गो हत्या पर कोई प्रतिबंध नहीं है। शेष बारह राज्यों में लागू कानूनों में गो हत्या की सशर्त अनुमति है। अत्यंत सावधानीपूर्वक मूल्यांकन करते हुए तथा फिर भी भूल-चूक की गुंजाइश स्वीकार करते हुए निर्भयता से बल देकर कहा जा सकता है कि भारत में केवल २० प्रतिशत गौएँ ही हत्या पर पूर्ण प्रतिबंध से प्रभावित हैं। जिन राज्यों में गो हत्या पर लगभग पूर्ण प्रतिबंध है उनमें राजस्थान में सर्वाधिक पशु आबादी ७.५ प्रतिशत है। शेष राज्यों में तो यह अनुपात काफी छोटा है। गो हत्या पर सशर्त पाबंदीवाले बारह राज्यों में से सात में यह आबादी ६६.८ प्रतिशत है।

गो हत्या तथा भैंस हत्या पर विभिन्न राज्यों में कानून

राज्य	*कानून*	*किन पशुओं पर लागू*
१. आंध्र प्रदेश	आंध्र क्षेत्र : कोई कानून नहीं	पशुहत्या पर आंध्र क्षेत्र में कोई प्रतिबंध नहीं।
	तेलंगाना : हैदराबाद पशुहत्या कानून, १९५०	निम्न पशुओं की हत्या पर प्रतिबंध है : १. तीन साल से कम आयु के। २. जिन पशुओं को काम में लगाया जा सकता है। ३. नर नस्ल—जिनका उपयोग प्रजनन के लिए होता है। ४. मादा नस्ल—जिनसे प्रजनन किया जा सकता है तथा दूध मिलता है।
२. असम	असम पशुपालन कानून, १९५०	गाय-बैल तथा भैंस हत्या पर प्रतिबंध : १४ वर्ष से अधिक आयुवाले, एवं काम तथा प्रजनन के लिए असमर्थ पशु।
३. बिहार	पशुपालन तथा सुधार कानून, १९५५	गाय-बैल तथा भैंस हत्या पर प्रतिबंध। पशुओं की हत्या की अनुमति : १. नर नस्ल—जो २५ वर्ष से अधिक आयु के हैं तथा काम या प्रजनन के किसी उपयोग के नहीं रहे हैं। २. भैंसें जो २५ वर्ष से ज्यादा उमर की हो चुकी हैं तथा दूध या बछड़े देने में असमर्थ हैं। ये खामियाँ जानबूझकर पैदा न की हों तो वैद्यकी एवं अनुसंधान कार्य के लिए इनकी हत्या की अनुमति सरकार दे सकती है।
४. गुजरात	बॉम्बे पशुपालन कानून (गुजरात विस्तार तथा	गो हत्या पर संपूर्ण पाबंदी। इसके अलावा निम्न श्रेणियों

		संशोधन), १९५१	में आनेवाले गाय-बैलों की हत्या पर भी प्रतिबंध : १. जिनको अन्य कामों में लगाया जा सकता है। २. प्रजननक्षम पशु। ३. वे गायें जो दूध देती हैं तथा बछड़ों को जन्म दे सकती हैं। यह कानून १५ वर्ष से अधिक उम्र के उन नरों पर लागू नहीं होता जिन्हें धार्मिक प्रथा के कारण मारा जाता है।
५.	केरल	कोई कानून नहीं।	गो हत्या पर कोई प्रतिबंध नहीं।
६.	मध्य प्रदेश	मध्य प्रदेश कृषि पशुपालन कानून, १९५९	गो हत्या तथा भैंस हत्या पर पूर्ण प्रतिबंध। ये पशु यदि १५ वर्ष से अधिक उम्र के हों, या काम करने लायक न रहे हों, प्रजनन भी करने में असमर्थ हों, तो उनकी हत्या की जा सकती है। किंतु जबरदस्ती खच्ची किए या जिनका मांस किसी रोग से ग्रस्त होने के कारण खाने योग्य नहीं रहा है, तो उन्हें मारा नहीं जाता।
७.	मद्रास (तमिलनाडु)	मद्रास पशुपालन कानून, १९५८	गो हत्या और भैंस हत्या पर प्रतिबंध। १० वर्ष से बड़े और प्रजनन तथा अन्य किसी काम के लायक नहीं रहे पशुओं का अपवाद। स्थायी रूप से अपात्र पशुओं को मारा जा सकता है।

राज्य	*कानून*	*किन पशुओं पर लागू*
८. महाराष्ट्र (केवल विदर्भ)	सेंट्रल प्रॉविंसेस एंड बेरार पशुपालन कानून, १९४९	गो हत्या पर पूर्ण प्रतिबंध। केवल वे ही पशु विशेष अनुमति से मारे जा सकते हैं जो—१. उम्र में १४ साल से अधिक के हैं तथा काम या प्रजननक्षम नहीं रहे हैं। २. असाध्य रोग से बीमार हैं। ३. ऐसे रोग से पीड़ित हैं जिसके कारण उनका मांस आदमी के खाने योग्य नहीं रह गया है।
(पूर्व-बंबई प्रांत)	बॉम्बे पशुपालन कानून, १९४८	गो हत्या पर सशर्त प्रतिबंध। १. पशु १५ वर्ष का होने के बावजूद काम करने के योग्य है या किया जा सकता है तो उसकी हत्या की अनुमति नहीं दी जाएगी। २. प्रजनन योग्य रहने या बनाए जा सकनेवाले पशुओं की भी हत्या नहीं हो सकती। ३. गाय दूध देती हो या दूध देने तथा बछड़े पैदा करने के लिए सक्षम बनाई जा सकती हो तो उसे भी काटा नहीं जा सकता।
(मराठवाड़ा क्षेत्र)	हैदराबाद पशुहत्या कानून, १९५०	आंध्र प्रदेश के तेलंगाना क्षेत्र में लागू सभी निबंधन।
९. कर्नाटक (मैसूर क्षेत्र)	मैसूर गो हत्या प्रतिबंधक कानून, १९४८	गाय-भैंसों की हत्या पर प्रतिबंध। अपवाद : पागल कुत्ते के काट खाने से बीमार पशु।

(पूर्व बंबई क्षेत्र)	बॉम्बे पशुपालन कानून, १९४९	क्रमांक ७ और ८ के अनुसार ही।
(पूर्व हैदराबाद क्षेत्र)	हैदराबाद पशुहत्या कानून, १९५०	क्रमांक ७ और ८ के अनुसार ही।
(पूर्व मद्रास क्षेत्र)	मद्रास पशुपालन कानून, १९५८	क्रमांक ७ और ८ के अनुसार ही।
१०. उड़ीसा	उड़ीसा गो हत्या प्रतिबंधक कानून, १९६०	गाय-बछड़े की एक साथ हत्या पर प्रतिबंध। अपवाद : संक्रामक रोग से पीड़ित तथा अनुसंधान के लिए आवश्यक। बैलों और साँड़ों की हत्या की अनुमति दी जा सकती है यदि—१. पशु १४ साल से अधिक उम्र का हो और २. वह काम करने लायक अथवा प्रजनन के लायक न रहा हो।
११. पंजाब	पंजाब गो हत्या प्रतिबंधक कानून, १९५५	सभी गोवंश हत्या पर प्रतिबंध। दुर्घटना के शिकार तथा आत्मरक्षा में मारे गए पशुओं की मौत को हत्या नहीं माना जाता। पशुहत्या के लिए लिखित अनुमति दी जाएगी यदि—१. पशु वेदनापीड़ित हो। २. पशु संक्रामक रोग से ग्रस्त हो। ३. अनुसंधान कार्य के लिए आवश्यक हो।
१२. राजस्थान	कुछ पशुओं का पालन कानून, १९५०	गो हत्या हेतुपूर्वक करने पर प्रतिबंध।
१३. उत्तर प्रदेश	उत्तर प्रदेश गो पालन तथा गो हत्या प्रतिबंधक कानून, १९५५	गाय तथा बछड़ों की हत्या पर पूर्ण प्रतिबंध। अपवाद : संक्रामक रोग अनुसंधान। निरुपयोगी तथा प्रजनन के लिए अक्षम १५ वर्ष से बड़े पशु।

राज्य	कानून	किन पशुओं पर लागू
१४. पश्चिम बंगाल	पश्चिम बंगाल पशुहत्या नियंत्रण कानून, १९५०	सभी गाय तथा भैंस हत्या पर प्रतिबंध। अपवाद : १. पशु १४ साल की उम्र का हो गया हो और काम तथा प्रजनन के योग्य न रहा हो। २. पशु किन्हीं अन्य कारणों से काम करने या प्रजनन करने के काबिल न रहा हो।
१५. जम्मू–कश्मीर	रणबीर दंड संहिता, १९३२	सभी पशुहत्या पर पूर्ण प्रतिबंध।
१६. दिल्ली	मुख्यायुक्त की अधिसूचना क्र.एफ–२(११४)–५१–एल.एस.जी./२८ दिसंबर,१९५१	गाय, बछड़ा, बैल, भैंसा, गाभिन गाय–भैंस, दूध दे रही गाय या भैंस इन सबकी हत्या पर पाबंदी।
१७. हिमाचल प्रदेश	कोई कानून नहीं	रिवाजी कानून के कारण पशुहत्या पर पाबंदी है।
१८. मणिपुर	कोई कानून नहीं	मणिपुर घाटी में पशुहत्या अध्यादेश द्वारा प्रतिबंधित है। पहाड़ी जनजातियाँ हत्या करती हैं।
१९. त्रिपुरा	कोई कानून नहीं	हत्याओं पर पाबंदी।
२०. पांडिचेरी	कोई कानून नहीं	पशुहत्या निषिद्ध।
२१. अंदमान निकोबार द्वीप	कोई कानून नहीं	उम्र, बीमारी व चोट के कारण निकम्मे तथा प्रजनन के लिए अक्षम बने पशुओं को मारने की अनुमति दी जाती है।
२२. लक्षद्वीप	कोई कानून नहीं	गो हत्या पर प्रतिबंध नहीं है।

(स्रोत : यु. लेंश द्वारा जर्मन भाषा में लिखित पुस्तक 'गो पालन की समस्या', १९६७, कोंस्टांडा)।

इससे यह स्पष्ट है कि अधिकांश राज्यों में सशर्त या बिनाशर्त गो हत्या की जा सकती है। स्वतंत्रता प्राप्ति के बाद देश भर में समान रूप से लागू गो हत्या प्रतिबंधक कानून नहीं बनाया गया और उसके स्थान पर विभिन्न राज्यों में विभिन्न कानून बनाए गए, यह एक ऐसी हकीकत है जो हिंदुत्व का लचीलापन ही प्रकट करती है। अत: 'पवित्र गाय' को पूर्ण संरक्षण कहीं प्राप्त नहीं है, किंतु सैद्धांतिक संरक्षण अवश्य है।

भारतीय समाज की आध्यात्मिकता, उत्पादन व्यवस्था तथा सामाजिक-आर्थिक संरचना के पहलुओं का विचार न करते हुए एक विदेशी विशेषज्ञ के लिए यह समझ पाना कठिन है कि अधिकांश राज्यों में उदार कानून के रहते गो हत्या निषेध आज भी लोगों की, खासकर गरीब-से-गरीब तबकों के लोगों की भी मानसिकता पर क्यों इतना हावी है ?

'पवित्र गाय' अवधारणा की समस्या

आध्यात्मिक पहलू : दोनों पूर्व अध्यायों में पशुहत्या निषेध की समस्या का ऐतिहासिक, सामाजिक, धार्मिक तथा कानूनी दृष्टिकोणों से विश्लेषण किया जा चुका है। किंतु यह अत्यंत जटिल समस्या है और इसलिए उसका और गहराई से अन्वीक्षण करने की आवश्कता प्रतीत होती थी। अत: नृवंशशास्त्र, समाजशास्त्र, पारिस्थितिकी वातावरण विज्ञान, कृषिशास्त्र तथा पशु वैद्यकशास्त्र आदि की दृष्टि से भी तथा पशु कल्याण संबंधी चिंताओं को भी विचारार्थ लिया गया।

भारत में अधिकांश पशु एकदम निकम्मे तथा उनके परिपालन की दृष्टि से बिलकुल घाटेवाले हैं, ऐसी काफी लोगों में आम धारणा है। यह एक अत्यंत जटिल समस्या है। इसके विविध पहलुओं के मूल्यांकन हेतु जब हमने काफी कड़ी आलोचना के नजरिए से उसका अध्ययन किया तो पाया कि ये तथाकथित 'निकम्मे' पशु प्राप्त परिस्थितियों में सही प्रतीत होते हैं।

बाजाराभिमुख अर्थशास्त्रियों की आर्थिक प्राथमिकताएँ भारतीय किसानों की आर्थिक प्राथमिकताओं से कतई मेल नहीं खातीं। उन लोगों को जिन्होंने काफी कुछ समय देहातों में नहीं बिताया है, यह बात समझ पाने में अवश्य कठिनाई होगी कि भारतीय किसान अपने पशु-संवर्धन को इतना अर्थपूर्ण क्यों मानता है।

भारतीय किसान की गायें (और भैंसें भी) जब दूध नहीं दे रही होतीं या ठाँठ-काम भी नहीं कर पा रही होतीं, वे चलते-फिरते 'ऊर्जा तथा रासायनिक कारखानों' के रूप में काम करती हैं। इसके अलावा वे ऐसा अनाज खाती हैं जो

अधिकतर आदमी के खाने योग्य नहीं होता। इसलिए उन्हें 'निकम्मा' कहना गलत होगा। विशेषत: उनका पालन-संवर्धन करनेवाले किसान की पारिवारिक आर्थिक व्यवस्था क्या है इसका सावधानीपूर्वक अन्वीक्षण किए बिना तो ऐसा नहीं ही कहा सकता। एक गाय ठाँठ हो गई या कुछ समय के लिए दूध देना उसने बंद कर दिया और अनुत्पादक हो गई, तो इसका मतलब यह तो कदापि नहीं कि वह किसान के खेत में अन्य काम करने के लायक भी नहीं रही।

एक भारतीय किसान की स्थिति और परिस्थिति को समझ लेने के बाद उसकी किन्हीं गायों को 'निकम्मी' करार देना कदापि न्यायोचित नहीं होगा, क्योंकि उनमें फिर से स्वस्थ होने की अद्‌भुत शक्ति होती है, जिसको विदेशी विशेषज्ञ अकसर सुरंग लगा देने को प्रवृत्त होते हैं। भारतीय किसान जिन गायों को वास्तव में 'निकम्मी' समझता है, उन्हें भी वह इसलिए पालता ही रहता है, क्योंकि वह जानता है कि बुढ़ापे के कारण वे इतनी दुर्बल हो गई होती हैं कि स्वयं घास-चारा या अनाज खोजने के लिए नहीं जा सकतीं। उनको गुजारे के लिए कम-से-कम अनाज मिलेगा और अंतत: वे प्राकृतिक मौत मर जाएँगी। इसलिए तो भारतीय किसान सीमित संख्या में ही गायें पालता है। (एम. हैरीस, १९६६)।

सौर ऊर्जा को ऊष्मांकों में बदलने की क्षमता गायों में बहुत कम होती है। इसके अलावा अनाज के लिए गायों और आदमियों में प्रतिस्पर्द्धा सी चल रही है। इन दोनों कारणों से भारत में आधुनिक तकनीकी प्रगति का उपयोग किए बिना विशाल गो मांस कारखाना खड़ा होना बहुत ही असंभव बात है। दूसरी ओर अपनी जनसंख्या में उसे भारी कटौती करनी होगी, जो प्राप्त परिस्थितियों में मुश्किल ही है। कहना न होगा कि ऐसी हालत में मुश्किल से १० प्रतिशत भारतीय ही होंगे जो गो मांस को अपने आहार में एक महत्त्वपूर्ण घटक बना सकने की आर्थिक स्थिति में होंगे।

पारिस्थितिक वातावरण की दृष्टि से भी गो पालन चमत्कार के जितने भी घटक हैं उन्हें 'निकम्मा' करार देना कैसे संभव हो सकता है? पारिस्थितिक वातावरण का सर्वज्ञात सिद्धांत यह है कि आदमी और उसकी गौएँ इनके बीच जो नाता होता है या होना चाहिए वह औसतन नहीं अपितु आत्यंतिक होना चाहिए। बार-बार अकाल पड़ने से ऐसा आत्यंतिक नाता बनाए रखना मुश्किल तो होता है; किंतु असंभव कतई नहीं होता। अकाल पड़ने के कारण अपना गाँव छोड़कर जानेवाला किसान अपनी गायों को भी साथ ले जाताा है, इसे ध्यान में रखना आवश्यक है। गो हत्या निषेध का कुल परिणाम समझने के लिए बार-बार पड़नेवाले सूखों तथा अकालों के संदर्भ में गो हत्या प्रतिबंध को देखना आवश्यक है।

प्राचीन समाजों में सर्वकालीन प्रणालियों को धर्म द्वारा ही सुनिश्चित किया जाता है। हिंदू धर्म उसी भाँति अपने परिवारों तथा जातियों की रक्षा गो हत्या निषेध की प्रथा द्वारा करता है। गायों और अन्य पशुओं की संख्या एवं हालत मनुष्य के अस्तित्व को बनाए रखने में बाधक नहीं बनती। दोनों में कोई टकराव नहीं होता। किसान और उसकी गायें परस्पर लाभकारी होते हैं न कि प्रतिस्पर्द्धक। दोनों का सहअस्तित्व दोनों के लिए लाभकारी होता है। दोनों को एकदम सम-समान लाभ प्राप्त हुए हों, ऐसा कभी-कभार ही होता है। प्रायः गायों की अपेक्षा उनको पालनेवाले को ही अधिक लाभ मिलता है। (एम. हैरीस, १९६६)।

एक भारतीय किसान अपनी धार्मिक भावनाओं के कारण अथवा स्पष्ट विवेक के कारण गो हत्या करने से इनकार करता है, यह कह पाना कठिन है। शायद यह कहा जा सकता है कि धार्मिक भावनाएँ होती हैं। गो पूजन के कारण उसके अंदर की आत्मशक्ति परोक्षतः समेकित हो जाती है और फलस्वरूप वह प्राप्त पारिस्थितिक वातावरण व्यवस्था में उपलब्ध अपर्याप्त संसाधनों का सीमित उपयोग करता हुआ जीवित रह लेता है। दुर्बल, बूढ़ी तथा अधभुखमरी से ग्रस्त गायों को बेचकर या कत्ल कर उसे चंद रुपए तो प्राप्त हो सकते हैं और अपने घर-बार की खाद्यान्न स्थिति में वह थोड़े समय के लिए कुछ सुधार भी ला सकता है। किंतु दीर्घकालिक दृष्टि से देखें तो गो वध न करने के उसके प्रण के सकारात्मक परिणाम प्राप्त होते हैं। अकाल पड़ने पर या तत्सम आपात स्थिति में अनाज के लिए अपनी गायों को कत्ल करने का लालच प्रबल होता है, इसमें शक नहीं। किंतु जो भी इस लालच में आ जाता है, अपने भाग्य को सदा के लिए सील कर देता है, ये भी सच है। अकाल काल से वह जैसे-तैसे जीवित रह भी गया, तब भी अब तो उसके पास बैलों को पैदा करनेवाली गाय नहीं होती और न ही रहता है अपना औष्णिक ऊर्जा का कोई स्रोत।

स्पष्ट है कि हिंदू धर्म में गो पूजन के विविध प्रतीकों के कारण किसान को विवेकसंगत प्रतीत होनेवाले, किंतु निःसंदेह ही अदूरदर्शिता भरे मूल्यांकन से सुरक्षा प्राप्त होती है। विदेशी विशेषज्ञ जब कहते हैं कि भारतीय किसान अपनी गायों को खाने की बजाय भूखों मरना पसंद कर सकते हैं, और कि हिंदुत्व एक अनाकलनीय अवधारणाओंवाला पौर्वात्य धर्म है जिसमें जीवन को बहुत कम महत्त्व दिया गया है, तो उनका तर्क ही निशाने से चूक जाता है। वास्तव में, भूखों मरने की बजाय एक किसान अपनी गाय को काटकर उसका मांस खा सकता है, किंतु उसकी धार्मिक व्यवस्था में निहित मूल्य प्रणाली या नीति-नियम ही उसे ऐसा करने

से और परिणामत: आनेवाले अनर्थ से बचा लेते हैं, क्योंकि यदि वह अपनी गाय को काटकर उसका मांस खाने के लालच में आता है, तो उसके भूखों मरने की आशंकाएँ बढ़ती हैं।

अलबत्ता ऐसी स्थितियाँ भी आती हैं, जब गो मांस भक्षण का मोह संवरण नहीं किया जा सकता। उदाहरण के लिए सन् १९४४ में पश्चिम बंगाल में एक ओर सूखा बहुत लंबा चलने के कारण भयंकर अकाल पड़ा था और दूसरी ओर जापान ने ब्रह्मदेश पर कब्जा कर लिया था। भयंकर भुखमरी फैली थी, तो गो हत्या और गो मांस भक्षण के अलावा चारा ही नहीं रहा था। ऐसे में वहाँ गो हत्या इतने बड़े पैमाने पर होने लगी थी कि गो हत्या प्रतिबंध पर कड़ाई से अमल कराने के लिए ब्रिटिश सेना को बुलाना पड़ा था। इस सेना को हस्तक्षेप के लिए आमंत्रित न किया गया होता तो पश्चिम बंगाल की सारी कृषि व्यवस्था ही चौपट हो जाती, क्योंकि दोस्तों की सेनाएँ बर्मा को फिर जीत लेने के लिए संघर्ष कर रही थीं और उसकी अनाज की आपूर्ति पश्चिम बंगाल की कृषि पर ही अधिकतर निर्भर थी। कृषि के चौपट होने से इन सेनाओं को भी अनाज के लाले पड़ जाते। इसलिए वे हस्तक्षेप के लिए आईं और गो हत्या को रुकवा दिया।

इस प्रकार गो हत्या पर प्रतिबंध होने के कारण जो गायें बच जातीं तथा बूचड़खानों में नहीं भेजी जाती थीं, फिर भी खाई जाती ही थीं, इस बात को भी स्वीकार करना होगा। अलबत्ता इनका भक्षण काफी घुमा-फिराकर किया जाता था। भारत में निचली जनजातियों तथा अस्पृश्यों में मृत पशुओं का मांस खाया जाता है। उन्हें ऐसा अधिकार ही प्राप्त है। किसी-न-किसी तरह प्रतिवर्ष १.५ से २ करोड़ पशु गायब हो जाते हैं। उनका मांस क्योंकि मुफ्त में उपलब्ध होता है, गंदे अस्पृश्य लोग ही खाते हैं। इस तरह उन्हें प्राणिज प्रोटीन मिलता है, जो उनके पोषाहार के लिए आवश्यक होता है। यह पोषाहार दूध के अभाव में पर्याप्त पुष्टिदायक नहीं होता है। इस मार्ग से भारत के गरीब-से-गरीब तबकों के लोग पोषाहार में आवश्यक प्रोटीनों को प्राप्त कर लेते हैं। ब्राजील में जहाँ प्राकृतिक मांस प्रक्रिया का बड़ा भारी उद्योग है, गरीब लोग उस कारखाने के मांसाहरी पदार्थ खरीद ही नहीं पाते। उनकी तुलना में तो भारत का अत्यंत दरिद्र भी मरे पशुओं के मांस से आवश्यक प्रोटीनों को मुफ्त में प्राप्त कर अधिक सुखी लगते हैं। कैथोलिक लोग मेरी को ईश्वर की जननी के नाते पूजते हैं। वैसे ही हिंदू गाय को जीवन की माता—गो माता मानकर पूजते हैं।

गो माता के पूजन विविध प्रकार से किए जाते हैं। सरकार ने बूढ़ी गायों के लिए 'गो सदन' स्थापित किए हैं, जहाँ बूढ़ी गायों के स्वामी अपनी गायों को मामूली

पैसा देकर जमा कर देते हैं। शहरों में आवारा गायों को पकड़कर पुलिस अपने थाने के पास के चारागाह में छोड़ देते हैं। मामूली जुर्माना देकर किसानों को अपनी गायें वापस मिल जाती हैं। किसान गाय को अपने परिवार का ही सदस्य मानते हैं तथा किन्हीं त्योहारों तथा उत्सव के दिनों उन्हें फूलमालाएँ आदि से सजाते भी हैं। कुछ हिंदू पंचांगों पर गो माता को आधी नारी और आधी गाय के रूप में देवी के नाते चित्रित किया जाता है, जो अपने चुचुक से दूध देती दिखाई जाती है। गांधीजी परम गो भक्त कहे जाते थे और संपूर्ण गो वंश की रक्षा के कट्टर पक्षधर थे।

गाय को कई स्तरों पर पवित्र माना जाता है। व्यक्ति से लेकर सरकार तक गाय को पूजनीय मानती है। कोई परामर्शदाता इस तथ्य की उपेक्षा नहीं कर सकता। अपनी सलाह तथा सिफारिशों को यदि वह आखिरी सतह तक पहुँचाना चाहता है और अंतत: लोगों में स्वीकार्य बनाना चाहता है, तो गो माता के प्रति देश में हर सतह पर पाए जानेवाले इस पूज्य भाव की वह अनदेखी कर ही नहीं सकता। विद्यमान मुख्य धारा के प्रति यदि वह तिरस्कार की भावना का थोड़ा भी प्रदर्शन करता है तो उसे घमंडी माना जाता है। गो माता के प्रति जो धार्मिक भावनाएँ हैं, उनकी व्याख्या अवश्य की जा सकती है। यही कारण है कि प्रत्येक राज्य में गो हत्या प्रतिबंधक कानूनों का स्वरूप भिन्न है। कुछ क्षेत्रों में ऐसा कोई कानून ही नहीं है और फिर भी गो हत्या नहीं होती। गाय को पवित्र मानने का सवाल आज भी भारत में अहम है, न केवल हिंदुओं और मुसलमानों में बल्कि राजनीतिक दलों में भी। इसलिए ऐसा अनुमान लगाए बिना नहीं रहा जा सकता कि गाय की पवित्रता एक प्रयोगसिद्ध आवश्यकता पर आधारित है जो यहाँ युगों-युगों से चलती आई अवधारणा है और साथ ही वह धार्मिक भावनाओं पर भी आधारित है। अत: आज की तथा भविष्य की समस्याओं का समाधान खोजने का प्रयास करते समय यह बात हमें अच्छी तरह से समझ लेनी चाहिए। गो हत्या निषेध तथा गो संरक्षण के सिद्धांत के कुछ महत्त्वपूर्ण तथा सकारात्मक घटक भी हैं।

उत्पादन

ठाँठ बैल : भारतीय गौओं का सबसे महत्त्वपूर्ण कार्य है ठाँठ बैलों का उत्पादन। भारतीय कृषि का ८० प्रतिशत कार्य इन बैलों द्वारा ही करवाया जाता है। इससे तो कृषि में इन बैलों की अनिवार्यता ही स्पष्ट हो जाती है। भारत में ६ करोड़ घर देहातों में हैं। देश में बैलों की संख्या ८ करोड़ है। स्पष्ट है कि बैलों की यह संख्या ग्रामीण आबादी की आवश्यकता पूरी नहीं कर पाती। हर घर में कम-से-

कम एक जोड़ी बैल की आवश्यकता तो होती ही है। इसका अर्थ हुआ कि देश में कम-से-कम १२ करोड़ बैलों का होना आवश्यक है। वह तो आपस में एक-दूसरे की सहायता करने की प्रवृत्ति किसानों में होती है, इसीलिए बैलों की इस कमी को वे पूरा कर लेते हैं। किंतु बारिश के बाद बैल-जोड़ी मिलना मुश्किल हो जाता है, क्योंकि उस समय हर किसान को अपने खेत में खेती के काम अल्पावधि में पूरे करने होते हैं। ऐसे में किसान यदि बैल-जोड़ी खोता है तो उसका अर्थ होता है खेत को ही खोना। यह खासकर उन किसानों के बारे में होता है, जिन्होंने ऊँची ब्याज दर पर कर्ज लिया होता है। खेती के काम न हुए तो उनका बरबाद होना तय है। हर साल हजारों किसान शहरों में काम-धंधा खोजने के लिए जाते हैं, जहाँ पहले से ही काफी बेरोजगारी होती है और इनके आने से मामला और भी खराब हो जाता है।

दूध : यद्यपि ठाँठ बैल पैदा करना ही गायों का मुख्य कार्य होता है, भारत के कुल दुग्ध उत्पादन में उनका योगदान भी उतना ही महत्त्वपूर्ण है। लगभग ४३ प्रतिशत दूध गायों से मिलता है। हर गाय प्रतिवर्ष औसतन ५०० किलो दूध देती है। यह उत्पादन यद्यपि बहुत कम है, वह किसानों को आमदनी का अतिरिक्त जरिया अवश्य मुहैया करता है।

गायों के जत्थे में बहुत कम फेरबदल करना पड़ता है, इसलिए बछियों की ओर कोई खास ध्यान नहीं दिया जाता। गायों का मालिक उन्हें थोड़ी देर तो गाय के थनों को चूसने देता है, ताकि गाय पेनहा जाए; किंतु आमतौर पर बछियों को अपनी माँ का पर्याप्त दूध पीने ही नहीं दिया जाता और उन्हें भूखा ही छोड़ दिया जाता है।

इसके विपरीत बछड़ों को खिलाने-पिलाने की ओर विशेष ध्यान दिया जाता है, उन्हें ही आगे चलकर उपयोगी बैल जो बनना होता है। उन्हें माँ का दूध पर्याप्त पीने दिया जाता है या दूध के चूर्ण से बना दूध पिलाया जाता है, ताकि आगे चलकर वे खेती के काम करने योग्य पुष्ट बैल बन सकें।

किसान गाय के दूध को अतिरिक्त आमदनी का जरिया मानता है और इसलिए वह आर्थिक दृष्टि से घाटे का सौदा सिद्ध होनेवाली बछियों को उसमें हिस्सा बटाने नहीं देता, इस अनुवीक्षण की पुष्टि करनेवाले काफी सबूत उपलब्ध हैं। अकसर वह दूध रोज का खर्च पूरा करने के लिए तो काम आता ही है, इसके अलावा बीज तथा खेती के लिए आवश्यक अन्य सामान खरीदने के लिए भी उपयोगी होता है। इस खर्च को पूरा करने का वही एकमात्र साधन होता है।

गोबर : व्यावहारिक आर्थिक अनुसंधान की राष्ट्रीय परिषद् ने हिसाब लगाया है कि भारत में गाय के गोबर का ईंधन मूल्य ३.५ करोड़ टन कोयले या

६.८ करोड़ टन लकड़ी के बराबर होता है। इसके अलावा एक तिहाई से अधिक गीले गोबर का घरेलू ईंधन के रूप में काम में लाया जाता है।

लगभग ३४ करोड़ टन गोबर खाद के रूप में खेतों में वापस आता है, ३ करोड़ टन घरों में ईंधन के काम आता है और १६ करोड़ टन सड़कों तथा उसके इर्द-गिर्द जमा होकर वापस पारिस्थितिक आवर्तन में आता है।

पारंपरिक पद्धति से की जानेवाली खेती के लिए भारतीय उपमहाद्वीप में खाद की अत्यंत आवश्यकता होती है, क्योंकि यह खेती वर्षा पर निर्भर होती है। रासायनिक उर्वरक शायद ही कभी उपलब्ध होते हैं। ऐसे में ठाँठ, प्रजनन क्षमता खो चुकीं तथा दुर्बल गायें भी एक महत्त्वपूर्ण कार्य करती हैं—खाद उत्पादन का। भारत में तेल तथा कोयले के विशेष भंडार तो हैं नहीं, फिर काफी बड़े क्षेत्र में उसने जंगल कटाई भी कर रखी है। अतः उसके पास गाय के गोबर का ईंधन के नाते घरेलू उपयोग करने के अलावा कोई विकल्प नहीं है। (एम. हैरीस, १९७४) आज भी भारतीय घरों में गाय का गोबर ही मुख्य ईंधन है।

महिलाओं को तो गोबर के कंडे सर्वोत्तम ईंधन लगता है। इसका कारण यह है कि वे घर के अन्य कामकाज जारी रखते हुए भोजन पकाने का काम करती रहती हैं। अधिकतर भारतीय व्यंजन घी में बनाए जाते हैं। कंडों की आग बरतन को नहीं जलाती। अतः बरतन साफ रहते हैं। फिर उसकी आँच काफी समय तक प्राप्त रहती है और ज्वाला मंद रहती है। अतः खाना भी नहीं जलता। गृहिणी रसोई में काफी जल्दी लग जाती है, ताकि जब तक खाना पक रहा होता है, वह घर के अन्य कामकाज निपटा सकती है या अपने खेत में थोड़ा काम भी कर आती है। उसे रसोई में फँसी नहीं रहना पड़ता।

गाय के गोबर का उपयोग और भी है। वह घर की लिपाई-पुताई के भी काम आता है। गोबर से पुती जमीन सूखने पर बहुत साफ रहती है जो बुहारने पर एकदम चमक जाती है।

मांस तथा चमड़ा : गायों से न केवल खेती-बाड़ी तथा अन्य कामों के लिए ठाँठ बैल उपलब्ध होते हैं, न केवल दूध और गोबर मिलता है, बल्कि मांस तथा चमड़ा भी उपलब्ध होता है। प्रोटीनों की आपूर्ति का ही हिसाब लगाना हो तो भारत में जो २ से २.५ करोड़ गायें प्रतिवर्ष मर जाती हैं उनका भी हिसाब जोड़ना होगा। देश की कुल आबादी में अनुसूचित जनजातियों का अनुपात २२ प्रतिशत है। ये लोग अपनी खुशी से जहाँ भी मिले वहाँ से सस्ता गो मांस खाते हैं, क्योंकि उनपर कोई धार्मिक प्रतिबंध नहीं होता। इसके अलावा ११.२ प्रतिशत मुसलमान

तथा २.६ प्रतिशत ईसाई देश में रहते हैं, जिनमें से भी अधिकांश लोग गो मांस खाते हैं। मरनेवाली २.५ करोड़ गायों का मांस अधिकतर ये आदमी ही खाते हैं। यहाँ इस बात का कोई महत्त्व नहीं होता कि इन गायों का बूढ़ी होने के कारण कत्ल किया गया है अथवा वे स्वाभाविक मौत मरी हैं। यहाँ यह ध्यान में लेना आवश्यक है कि उपर्युक्त लोगों को यह जीवनावश्यक प्रोटीन मिलता ही नहीं, यदि धर्मानुसार गो हत्या पर प्रतिबंध नहीं होता। यहाँ यह कहना आवश्यक है कि गो हत्या पर पूर्ण प्रतिबंध होते हुए भी निचली जातियों के लोगों पर मरी हुई गायों का चमड़ा, सींग आदि का उपयोग करने पर कोई पाबंदी नहीं है। सन् १९८२ में विश्व में चमड़ा उत्पादन ६७ लाख टन था, जिसमें भारत का उत्पादन १२ प्रतिशत यानी लगभग ८ लाख १० हजार टन था।

पूरक संसाधन : भारत में पवित्र गायवाली अवधारणा के कारण मानव अस्तित्व को बचाने के लिए अत्यावश्यक पूरक संसाधन उपलब्ध हो जाते हैं, इस वास्तविकता को अभी विश्व मान्यता नहीं मिली है। इन पूरक संसाधनों का पद्धतिनुसार तथा जँचने योग्य तरीकों से मूल्यांकन करने के लिए ऊर्जानिर्मिति—जो वास्तव में मानव श्रमों का स्थान लेती है और जो मुक्त होने के कारण अन्य कामों में लगाई जा सकती है—को ध्यान में लिया जाना चाहिए।

गायें जो घास-चारा खाती हैं, मनुष्यों के खाने के काम तो आता ही नहीं। उसमें धान की भूसी तथा तिनके, गेहूँ की भूसी तथा छिलके या फसल कटाई के बाद खेत में रह गए डंठर होते हैं। और इन्हीं सबका सेवन कर गायें हमें जीवनावश्यक घटक देती हैं, जिनमें दूध भी होता है।

भू-क्षेत्र तथा उसपर बसी मानव आबादी के संबंध में भारत की संख्या की तुलना विश्व के अन्य देशों से करने पर हम पाते हैं कि भारत में प्रति वर्गमील ११५ गायें हैं, जबकि अमेरिका में २८ तथा कनाडा में ३। प्रति १०० मनुष्य पर भारत में केवल ४० गायें होती हैं, जबकि अमेरिका में ५८ तथा कनाडा में ९०। (एम. हैरीस, १९६७)

पश्चिम बंगाल में इस लेखक ने स्वयं देखा है कि पशुओं के चरने के लिए केवल सड़कों के किनारे तथा बाँधों की ढलानें ही चारागाह के रूप में उपलब्ध हैं। बाड़ों में बँधी गायों को अलबत्ता धान की भूसी पर ही निर्भर रहना पड़ता है। भारत का छोटा किसान अपनी गायों के गुजारे के लिए कम-से-कम क्या-क्या आवश्यक है इसका हिसाब लगाने में बड़ा ही माहिर होता है। वह अपनी गायों को बछड़े जनने तथा कुछेक मात्रा में दूध देने के लिए जितना आवश्यक हो उतना

ही घास–चारा खिलाता है। इसके विपरीत खेती के काम आनेवाले बैलों को काफी अच्छा खिलाया–पिलाया जाता है। गायों को खेतों में या अन्यत्र पड़ा डंठरों का कूड़ा–कचरा खाना पड़ता है या फिर कहीं किसी के अच्छे घास–चारे में चोरी से मुँह मारना पड़ता है। एम. हैरीस (१९७४) के अनुसार भारत में मनुष्यों के खाने योग्य साग–सब्जियों आदि में गायें इस ठगी से २० प्रतिशत खाद्य पदार्थ खा जाती हैं।

स्पष्ट है कि गो हत्या पर प्रतिबंध नहीं होता तो गरीब छोटे किसान के लिए गायों को पालना असंभव ही हो जाता। गाय की सुरक्षा की हामी हिंदू धर्म ने न दी होती तो किसान अपनी गायों को दूसरे के खेत या बाड़ी में ठगी से पेट भरने के लिए कभी नहीं छोड़ सकता था। जहाँ तक पश्चिम बंगाल में धर्म का प्रश्न है, तो वहाँ ओदेंधाल (१९७२) के अनुसार, पशुसंख्या की मानवसंख्या से कोई स्पर्द्धा नहीं थी। इसके अलावा मानव उपयोग की दृष्टि से कोई मूल्य न रखनेवाले कचरे–कबाड़ से उपयोगी वस्तुएँ बनाने की कला में वहाँ के लोग बहुत ही बढ़िया क्षमता रखते थे।

पशुपालन के समाजशास्त्रीय, पारिस्थितिक तथा आर्थिक पहलू

कई लोगों को आश्चर्य होगा, किंतु ऊर्जा के बारे में जो अध्ययन हाल ही में किए गए हैं, वे दरशाते हैं कि भारत का किसान अपनी गायों का उपयोग अमेरिकी किसान से कहीं अधिक किफायती ढंग से कर लेता है। ओदेंधाल ने इस विषय पर पश्चिम बंगाल में बरसों अध्ययन तथा पड़तालें कीं और पाया कि ऊर्जा प्रसृति के दायरे में भारतीय गायों की क्षमता १७ प्रतिशत है, जबकि अमेरिकी गायों की केवल ४ प्रतिशत। यह क्षमता विशिष्ट समय–एकक में निर्मित ऊष्मांकों के जोड़ को कुल ऊष्मांकों से भाग देने पर आनेवाला प्रतिशत होता है।

भारतीय गायों की यह क्षमता इसलिए अधिक नहीं होती कि वे ज्यादा उत्पादक होती हैं अपितु गाय से उत्पन्न सभी चीजों का अधिकतम उपयोग करने के कारण ही यह कमाल हासिल होता है। इसके विपरीत आधुनिक कृषि में प्रयुक्त ऊष्मांकों की अपेक्षा जाया होनेवाले ऊष्मांकों का अधिक होना ही एक विशेषता हो बैठी है। अत: प्रयुक्त संसाधन प्रणाली में, जो अमेरिका में प्रचलित है, गोबर न केवल जाया हो जाता है बल्कि पर्यावरण प्रदूषण की समस्याएँ भी पैदा करता है।

आवश्यकता से अधिक ऊर्जा पैदा होने की स्थिति में अतिव्ययता का मोह हो जाता है। उदाहरण के लिए, सन् १९७० में गायों से उत्पन्न ऊर्जा अमेरिका में प्रति व्यक्ति १२ टन के सममूल्य खर्च कर दी गई जबकि भारत में केवल ०.५ टन।

रईस किसान तथा जैसे–तैसे बसर करनेवाले छोटे किसानों के बीच संघर्ष तो पूर्व निश्चित ही था। छोटे किसानों की मान्यता रही है कि 'गाय पवित्र' होने के कारण उसे कहीं भी, किसीके भी खेत आदि में चरने का तथा घुसकर मुँह मारने का अधिकार ही है। संपन्न रईस किसान ऐसी गायों को चोर समझते हैं, जबकि गरीब किसान इनको 'पवित्र गो माता' मानता है। उसकी नजर में तो ये 'पवित्र भिक्षुणी' होती हैं।

गो हत्या पर प्रतिबंध रहे बिना छोटा किसान तो गायों को पालने का विचार भी नहीं कर सकता, क्योंकि उनको खिलाने के लिए वह घास–चारा आदि खरीदने की स्थिति में ही नहीं होता। हिंदू समाज में जो नीति व्यवस्था युगों से प्रचलित है उसीके कारण गायों को संरक्षण प्राप्त है और इसलिए छोटा किसान बिना किसी लिहाज या संकोच के अपनी गायों को दूसरे के खेतों तथा बाड़ियों आदि में घुसने–घुसाने से नहीं झिझकता। यहाँ खाद्यान्न के ऊष्मांकों के विषय में स्पर्द्धा तो है, किंतु वह आदमी–आदमी में है, विभिन्न जातियों में है, आदमी तथा गायों में नहीं है। शहरों में तो गायों के कोई–न–कोई मालिक होते ही हैं जो शाम को उन्हें चरने–चराने के लिए छोड़ते हैं और दूध निकालने के लिए उन्हें वापस हाँककर गाँठ में ले जाते हैं। अकसर ये गायों के रखवाले शहर की किसी छोटी सी जगह में रहते हैं और पास–पड़ोसवालों को शाम को घर लौट आनेवाली इन गायों का दूध बेचा करते हैं। ऐसी गायें जब दूध देना बंद करती हैं तो ये लोग उन्हें अपने भाग्य पर छोड़ देते हैं और अकसर वे सरकारी या निजी गो सदनों में पहुँचा दी जाती हैं। कुछ समय बाद निर्धारित रकम जमा करने पर ये लोग अपनी गायों को वापस ले आ सकते हैं। यहाँ उल्लेखनीय है कि अभी कुछ वर्ष पूर्व तक ग्राहक के घर के सामने गाय को दोहने की प्रथा थी। इसमें ग्राहक को एकदम विशुद्ध दूध मिलने का भरोसा हो जाता था।

व्यापक दृष्टि से विचार करने पर भारत में कृषि एक पारिस्थितिक व्यवस्था लगती है, जो आदमी और प्रकृति के बीच नाते–रिश्तों का नियमन करती है। इस व्यवस्था में भारतीय गाय को विशेष स्थान प्राप्त है। औद्योगिक देशों के, जहाँ अति ऊर्जा निवेश ही आदर्श होता है, विशेषज्ञ इस बात को या तो समझते ही नहीं या उसे ध्वस्त करना चाहते हैं। औद्योगिक देशों में गाय का गोबर बहुत हुआ तो एक पूरक भूमिका ही अदा करता है, क्योंकि वहाँ का कृषि औद्योगिक संकुल रासायनिक उर्वरकों, कीटनाशकों, कृषि यंत्रों, स्वयंचालित परिवहन तथा पेट्रोल पर आधारित होता है और अधिकतम उत्पाद ही उसका लक्ष्य होता है। अधिकांश भारतीय किसान इस प्रक्रिया में शरीक नहीं हो सकते। इसलिए नहीं कि वे गाय

को पवित्र मानते हैं तथा उसकी पूजा करते हैं, बल्कि इसलिए कि वे अपने आपको यांत्रिकीकरण नहीं करना चाहते। यांत्रिकीकरण उन्हें पुसाता ही नहीं। भारत इन आधुनिक कृषि-निवेशों को बड़े पैमाने पर आयात नहीं कर सकता। इनके लिए आवश्यक विशाल धन उपलब्ध हो भी गया तो परिणामत: छोटा किसान बेरोजगार हो जाएगा और कृषि से स्थलांतर करने को अधिक गति प्राप्त हो जाएगी, क्योंकि तब अपने छोटे-छोटे जमीन के टुकड़ों पर अपने बैलों के स्थान पर ट्रैक्टर चलाना उनके लिए बहुत घाटे का सौदा बन जाएगा।

कोई १०० वर्ष पूर्व अमेरिका में कुल आबादी का ६० प्रतिशत कृषि में लगा रहता था। आज यह प्रतिशत ५ से भी नीचे आ गया है। भारतीय किसान भी यदि इसी रास्ते गए तो कोई २५ करोड़ लोगों के लिए काम-धाम उपलब्ध कराना होगा, क्योंकि इतने किसान तो अपनी-अपनी भूमि से बेदखल हो ही जाएँगे और शहरों की ओर भाग खड़े होंगे। शहरों में आबादी तो पहले से ही अत्यधिक बढ़ी हुई है। ऐसे में यह अतिरिक्त बोझ उनपर आते ही वहाँ घरों का अकाल पड़ जाएगा। शहरों में पहले से ही भीषण बेरोजगारी कुहराम मचाए हुए है। ऐसे में इतनी विशाल जनसंख्या शहरों में आ गई तो देश का सर्वनाश निश्चित है।

इस निराशाजनक परिदृश्य के कारण भारत के सभी विचारक इसे सौभाग्यपूर्ण मानते हैं कि पशु ऊर्जा का अधिक उपयोग करने के सिद्धांत पर आधारित 'कम ऊर्जा' प्रणाली देश में प्रचलित है। उनमें अब बोध जागा है कि भारत में गाय-बैलों को खाने के लिए बहुत ही कम ऊर्जावाले घास-चारे की आवश्यकता होती है और फिर भी वे पेट्रो रासायनिक उद्योग का कार्य संपन्न करते हैं। इस संबंध में वे गांधीजी का भी उल्लेख करते हैं, जिन्होंने भारतीय स्वतंत्रता आंदोलन में गाय को केंद्रबिंदु बनाया था। उनके लिए तो गाय के प्रति प्रेम छोटी कृषि, शाकाहारिता, जीवन की पवित्रता और हिंसा की अस्वीकृति का ही स्वाभाविक उपसिद्धांत था।

हेस्टन (१९७१) जैसे सुविख्यात अर्थशास्त्रियों ने यह माना है कि भारत में गाय कुछ इतने महत्त्वपूर्ण कार्य करती है जो उत्पादन के अन्य घटक कर नहीं सकते। किंतु उनका कहना है कि ये कार्य भारत और भी अधिक प्रभावकारी ढंग से आज ३ करोड़ गायें कम होने के बावजूद कर सकेगा। उन्होंने इसका गणित यों प्रस्तुत किया है कि १०० बैल पैदा करने के लिए ४० गायों की आवश्यकता होती है। उस समय भारत में ७.२ करोड़ बैल थे और उनके लिए २.४ करोड़ गायें पर्याप्त थीं। उस समय देश में ५.४ करोड़ गायें थीं, जिनमें से इन २.४ करोड़ गायों को घटा दिया तो ३ करोड़ गायें 'निकम्मी' थीं। हेस्टन का कहना था कि इन ३ करोड़ गायों

को कत्ल कर देना चाहिए। उनकी खुराक से बचनेवाला सारा घास-चारा उन २.४ करोड़ गायों को उपलब्ध कराना चाहिए। ऐसा करने के बावजूद गोबर, खाद आदि का उत्पादन वर्तमान सतह पर बनाए रखा जा सकता है, यह हेस्टन का तर्क रहा है।

अब सवाल यह पैदा होता है कि किनकी गायों की इस प्रकार हत्या की जाए? ग्रामीण आबादी के देश में ६३ प्रतिशत लोग तो गरीबी रेखा के नीचे बसर करते हैं और देश की कुल पशुसंख्या का ४३ प्रतिशत उनका अपना ही होता है। ये छोटे किसान भूमिहीन न हों तो उनके पास ०.५ से १ हेक्टेयर भूमि, एक या दो गायें, एक-दो बैल या एक-दो भैंसें ही होती हैं। केवल ५ प्रतिशत ही चारागाह इनके लिए उपलब्ध होते हैं। स्पष्ट है कि ठाँठ, प्रजनन के लिए अक्षम तथा अधभूखे पशु ही इन छोटे किसानों के होते हैं। ये किसान समाज का सबसे गरीब तबका है और फिर भी ये गायें ही एकमात्र संपदा होती हैं।

ऐसे में ३ करोड़ गायों को कत्ल करने का सुझाव देते समय इस बात को भुला दिया जाता है कि ऐसा करने से २० करोड़ लोगों की रोजी-रोटी का जरिया छिन जाएगा। परिणामत: ये सब लोग कृषि छोड़कर शहरों में भीड़ करेंगे। अफ्रीका तथा दक्षिण अमेरिका के देशों में कुछ इसी तरह की जो समस्याएँ खड़ी हो गई थीं, उनसे वाकिफ लोग कल्पना कर सकते हैं कि वैसी ही हालत़ पैदा होने पर भारत भीषण संकट में फँस जाएगा।

यूरोप में अपना बिगड़ा हुआ ट्रैक्टर बेचकर दूसरा लेने में असमर्थ किसान की भारत के इस छोटे किसान के साथ कोई तुलना नहीं की जा सकती; क्योंकि यह बेचारा तो अपनी बूढ़ी गाय को भी नहीं बेच सकता। दोनों में बड़ा अंतर यह है कि ट्रैक्टर कारखानों में पैदा होते हैं, जबकि बैल गायें पैदा करती हैं। अत: जिसके पास गाय होती है वह बैलों के कारखाने का मालिक होता है। यही कारण है—अहिंसा और गो हत्या प्रतिबंध की बात को छोड़ दें—कि वह कसाई को अपनी गाय नहीं बेचना चाहता।

भारतीय गायें प्राय: अधभूखी रहती हैं। अत: इसका अनुमान नहीं लगाया जा सकता कि कितने बछड़ों को वे जन्म दे सकती हैं। भारत के पशुधन की जटिलता को पूरी तरह से न समझनेवाले विशेषज्ञ को इस बात का आश्चर्य होगा और वह उसपर भरोसा नहीं करेगा कि ये अधभूखी गायें फिर भी अपनी प्रजनन क्षमता को बनाए रखती हैं, बस केवल वर्षा ऋतु का इंतजार करना होता है। जब सर्वत्र हरियाली और हरी-भरी दूब चरने के लिए इन्हें उपलब्ध होती है तो ये अपनी प्रजनन क्षमता को अद्‌भुत ढंग से प्रदर्शित कर देती हैं।

प्रजनन की यह अस्थिर बुनियाद नियोजनकर्ता ध्यान में नहीं लेते। छोटे किसान की यह गाय, उस कारखाने की तरह होती है जो बंद तो कर दिया गया है किंतु सामान्य स्थिति में लौटने का अवसर मिला तो मजे में अपना उत्पादन फिर जारी कर दिखा सकता है। इसलिए अच्छी वर्षा होने पर इन किसानों की गायें अपनी प्रजनन क्षमता को फिर से प्राप्त कर लेंगी, इस संभावना को ओझल नहीं किया जा सकता। इस बीच ये दुर्बल पशु गोबर तो देते ही हैं, जो घरेलू ईंधन तथा खेतों के लिए खाद के नाते उपयोग में लाया जा सकता है। शायद और किन्हीं कारणों से न सही, इन्हीं दो कारणों से किसान इन गायों को उपयोगी मानता रहता है। ये गायें संख्या में कम हों, छोटे किसान के लिए तो वे आर्थिक सुरक्षा प्रदान करती हैं, जिसकी किसान को आड़े वक्त बहुत ज्यादा आवश्यकता होती है।

विदेशी विशेषज्ञों से जब कहा जाता है कि भारतीय गाय पर अपना अभिमत दें तो वे अकसर उनके बहुत कम होने तथा फलस्वरूप दूध एवं गोबर आदि के उत्पादन आवश्यकता से कम होने के साथ ही बैलों के उत्पादन में कमी रह जाने की ओर संकेत करते हैं। इस संबंध में फोर्ड फाउंडेशन अपनी रपट में कह गया है कि अधिक गोबर प्राप्त करने के लिए आवश्यक है कि प्रत्येक गाय को निर्धारित मात्रा में घास-चारा आदि खाद्य दिया जाए, न कि एक गाय के लिए भी अपर्याप्त खुराक दो गायों को खिलाई जाए। रपट में यह भी सुझाव दिया गया है कि छोटे कद की गायें पालना बंद कर उनके स्थान पर बड़े कदवाली स्वस्थ गायें पाली जाएँ।

किंतु ये छोटे कदवाली देशी गायें ही बरसों से साल के अधिकतर दिनों में प्राकृतिक अत्याचारों को झेलती हुई जीवित रहने की क्षमता भी रखती हैं, यह समझने में कतई कठिन बात नहीं है। बार-बार पड़नेवाले सूखों तथा अकालों का सामना करने के कारण ही शायद इन नस्लों को किसानों ने पसंद किया होगा। और यह भी संभव है कि ये दुर्बल तथा क्षीण गायें ही बड़े कद की नस्लोंवाली गायों की अपेक्षा जल्दी-जल्दी बछड़े देती हैं, इसलिए भी उनका चयन किया जाता रहा होगा।

इससे हम इस निष्कर्ष पर पहुँचते हैं कि वर्तमान पारिस्थितिक प्रणाली के साथ अच्छा तालमेल रखने में भारत की गायें अधिक सक्षम होती हैं। इसलिए उनके कद और नस्ल के कारण उनके स्थान पर बड़े कदवाली नस्लों की गायें लाने का सुझाव देते समय काफी संयम बरतने की आवश्यकता है, अन्यथा भारत में गायों का आज जो नाक-नक्शा है वही बिगड़ जाने का खतरा है और परिणामतः सारा पारिस्थितिक संतुलन भी असंतुलित हो जाने की आशंका है। विशिष्ट क्षेत्र के समूचे पर्यावरण तथा पारिस्थितिक वातावरण में आमूलचूल परिवर्तन करने के बाद ही

भारत की गो संख्या तथा स्वरूप में सुधार की बात की जा सकती है।

विदेशी अन्वीक्षक अकसर दावे के साथ कहते रहते हैं कि भारत में आदमी और उसकी गायों के बीच आज जो नाता-रिश्ता है उसके कारण पशुपालन में सुधार लाना बहुत कठिन हो गया है। धार्मिक सिद्धांत इसमें और भी बाधक होता है। भारत में गो पालन की आज जो संरचना है उसके सकारात्मक पहलुओं की इन लोगों ने अनदेखी की है। अत्यंत सीमित संसाधनों को गो पालन इतनी कुशलता से उपयोग में लाता है कि यह व्यवस्थापन समाज कल्याण एवं समस्त पशु संपदा तथा किसानों को जीवित रखता है। भारत में किसान तथा उसकी गायों का नाता-रिश्ता परस्पर समन्वयकारी तथा पूरक होता है, न कि प्रतिस्पर्द्धक।

हिंदू धर्म 'पवित्र गाय' को संरक्षण देता है और फलस्वरूप गरीब-से-गरीब आदमी भी जीवित रहे इसकी भरोसेमंद व्यवस्था करता है। अत: निचली जातियों के तथा अस्पृश्य कहे जानेवाले लोग ही सर्वप्रथम धार्मिक आदेशों के अनुसार गो हत्या पर प्रतिबंध को कड़ाई से अमल में लाने की माँग करते हैं, इसमें कोई आश्चर्य नहीं। कृषि और आर्थिक क्षेत्रों में 'पवित्र गाय' की इस अवधारणा ने ही भारत को हर संकट पर विजय प्राप्त करने की शक्ति प्रदान की है। इन गायों की यह सकारात्मक भूमिका आज तक थोड़ी भी कम नहीं हुई है। इस लेखक का इसलिए यह मत है कि भारत में पशुपालन की वर्तमान संरचना ने पारिस्थितिक वातावरण प्रणाली के साथ बहुत अच्छा तालमेल बैठाया है और गो हत्या पर प्रतिबंध पारिस्थितिक तथा आर्थिक दबावों की शक्ति का ही परिचायक है।

पशुपालन की कार्यक्षमता : शक्तिसंतुलन का अध्ययन

अब हम ओदेंधाल द्वारा किए गए भारत में गायों के सामर्थ्य गुणों के मूल्यांकन की चर्चा करेंगे। भारत में खेतों का सामाजिक तथा आर्थिक आधार क्या है इसकी भी उन्होंने चर्चा की है, जो विविध अंगों का तुलनात्मक अध्ययन करने का अच्छा उदाहरण है। (ओदेंधाल, १९७१)

एक आदर्श अध्ययन का उद्देश्य तथा पद्धति

स्वतंत्रता के बाद के पहले दो दशकों में भारतीय गायों के सामर्थ्य गुणों की पारिस्थितिक वातावरण के संदर्भ में काफी गरमागरम चर्चा होती रही। शास्त्रशुद्ध आँकड़े तथा जानकारी के अभाव में ऐसी चर्चाएँ वास्तविकता पर आधारित होंगी ऐसी आशा तो नहीं की जा सकती थी, प्रत्युत ऐसी बहसें अकसर भावनात्मक हो जाया करती थीं। ऐसे में ओदेंधाल ने पश्चिम बंगाल में खेतों में जा-जाकर सघन

अध्ययन करते हुए यथार्थ सबूत पेश किए, जिससे इस प्रश्न को समझने में बड़ी सहायता मिली।

स्टुवर्ड ओदेंधाल ने अठारह महीने क्षेत्र में अध्ययन किया। उन्होंने अपना यह अध्ययन देहातों में रहकर किया। उन्होंने अध्ययन की निष्पत्तियाँ लिखते समय कहा कि भारत में गायों द्वारा निर्मित ऊर्जा, उनका पशुपालन यद्यपि 'आदिम' लगता है, पश्चिमी देशों की प्रजनन अभिमुख गायों की अपेक्षा आश्चर्यजनक ढंग से कहीं अधिक है। यही एक पर्याप्त कारण था जिसने ओदेंधाल को नए तरीकों से नया अध्ययन करने के लिए प्रवृत्त किया और नए परिणाम सामने लाने में सफलता मिली।

उन्होंने अपना अध्ययन केंद्र कलकत्ता के उत्तर-पश्चिम में शहर से २५ कि.मी. दूर स्थित सिंगूर थाना जिले को बनाया। यह अध्ययन ५.७७ वर्गमील क्षेत्र में फैला था। वहाँ की आबोहवा वर्षा प्रधान है। १,२०० से १,८०० मिलीमीटर वर्षा होती है, जिसका लगभग ८० प्रतिशत मई और सितंबर के महीनों में हो चुका होता है। चावल ही लोगों का मुख्य आहार है और धान की भूसी तथा तिनके ही गायों का महत्त्वपूर्ण खुराक होती है। अधिक महत्त्वपूर्ण नकदी फसलों में पटसन, केला तथा आलू मुख्य हैं। तालाबों-तड़ागों में पाली गई मछलियाँ लोगों को अतिरिक्त प्रोटीन देनेवाला मुख्य आहार है। इस अध्ययन के दो और एक-दूसरे से संबंधित घटक हैं। पहला : आदमियों तथा गायों की संख्या की गणना उन्होंने की और अध्ययन का मुख्य आधार स्थापित किया, जिसके बल पर उन्होंने दूध तथा बछड़ों के वार्षिक उत्पादन के आँकड़े प्रस्तुत किए। दूसरा : अटकलपच्चू तरीके से चुनी गईं गायों को लेकर उनकी खुराक तथा उत्पादन क्षमता का अध्ययन किया। इसमें जो आँकड़े एवं तथ्य एकत्र किए गए, उनके आधार पर खेती में लगाई गई तथा खेती से निकाली गई सामग्री और उनसे प्राप्त ऊर्जा का अनुपात निकाला गया। इसके साथ ही परिवार की रचना के बारे में तथा उनके रहन-सहन तथा कामकाज के बारे में तथ्यों की जानकारी प्राप्त करने की ओर भी ध्यान दिया गया।

इन १८ महीनों में ओदेंधाल प्रत्येक घर में तीन बार गए। प्रत्येक परिवार में कितने स्त्री और पुरुष हैं तथा उसके पास कितनी गायें और बैल हैं, उनकी आयु क्या है आदि सारी जानकारी इकट्ठी की गई। यह भी जानकारी दर्ज की गई कि इन पशुओं को परिवार ने किस महीने और साल में खरीदा या इन्हें प्राप्त करने का तरीका क्या रहा। इन जानवरों को कल क्या खिलाया था, गाय ने पिछला बछड़ा किस तिथि को दिया, उसके प्रजनन का तरीका क्या था—स्वाभाविक अथवा कृत्रिम रीति, कल प्रत्येक गाय कितना दूध दे गई आदि जानकारी भी

तफसील से दर्ज की गई। ओदेंधाल ने जो तीन सर्वेक्षण किए उनमें पहला जुलाई से दिसंबर १९६८, दूसरा जनवरी से जून १९६९, और तीसरा जुलाई से दिसंबर १९६९ के बीच किया गया था। इसमें आदमियों तथा गायों के जन्म, मृत्यु, स्थलांतर, परदेशगमन, यहाँ आगमन और गाय-बैलों को यदि बेचा गया हो तो बेचने और खरीदा गया हो तो खरीदने के क्या कारण रहे आदि सारी जानकारी विस्तारपूर्वक दर्ज की गई। प्रति सप्ताह घर के लोगों से छह दिन तक इसके लिए आवश्यक पूछताछ होती रही, जो अकसर पूर्वाह्न में ही होती थी। सारी जानकारी पंच-कार्डों पर अंकित की गई ताकि आगे चलकर उसका पृथक्करण तथा विश्लेषण करना आसान हो सके।

इसके अलावा सामाजिक-आर्थिक दृष्टि से प्रमुख गुटों में आनेवाले चौदह ऐसे परिवार चुने गए जिन्होंने विभिन्न आयु के बैलों तथा गायों को पाल रखा है। इनका चयन एक विशेष अध्ययन के लिए किया गया था। इनमें गायों का निरीक्षण एक दिन उन्हें सबेरे चराने के लिए गोठ से निकालते समय से संध्या में वापस गोठ में लाने तक किया गया। इस समय में उन्हें खिलाई गई खुराक तथा उनसे निकाला गया दूध एवं प्राप्त गोबर का प्रति गाय वजन लिया गया। इन्हें कितने समय चराया जाता है और कितने समय काम में लगाया जाता है यह भी दर्ज किया गया। प्रत्येक घर के वास्ते दो निरीक्षक दिए गए, जिनमें यह लेखक भी था। सात दिन लगातार दो अलग-अलग घरों में यह पड़ताल हर रोज होती रही। पशुओं के बारे में जानकारी संकलन प्रत्येक घर में गरमी के दिनों (अप्रैल) में, बारिश के दिनों (सितंबर) में तथा जाड़े के दिनों (जनवरी) में किया गया।

खुराक में शामिल प्रत्येक घटक का ऊर्जा मूल्य इस तरह निकाला गया—प्रत्येक घटक का गीला मूल्य उसके सूखे मूल्य में किलोग्राम में परिवर्तित किया गया। इसे फिर चरबी, कार्बोहाइड्रेट तथा प्रोटीन उपघटकों में विभाजित किया गया। इसके लिए नजदीकी विश्लेषणों की जानकारी का उपयोग किया गया। ये विश्लेषण सुयोग्य स्रोतों से लिये गए। (मारिसन, १९५८; नेशनल अकादमी ऑफ साइंस; नेशनल रिसर्च काउंसिल—१९५६, १९५८, १९६४; सेन १९६४; श्नेडर, १९४७; वाट एंड मेरील, १९६३) खाद्य घटकों के ऊर्जा मूल्यों को जोड़कर कुल खुराक का ऊर्जा मूल्य निकाला गया। प्रत्येक पशु द्वारा कल शाम तक दिया गया तथा आज ताजा मिला गोबर तौला गया। इसे सूखे वजन में परिवर्तित करने के लिए प्रौढ़ गाय के गोबर का २० प्रतिशत तथा ३ वर्ष और उससे कम आयु की गाय के गोबर का ३० प्रतिशत सूखा माना गया। (हाफेज, १९६८) भारत में

गाय के सूखे गोबर खाद का ऊर्जा मूल्य २.१३ ऊष्मांक प्रति ग्राम आँका गया। (व्यावहारिक आर्थिक अनुसंधान की राष्ट्रीय परिषद्, १९६५)

प्रत्येक बैल औसतन कितने घंटे काम करता है, इसे दर्ज किया गया। बंगाल में एक जोड़ी बैल १.३५ अश्वशक्ति की गति से काम करती है (कुरुप, १९६७)। यानी प्रत्येक बैल ०.६७५ अश्वशक्ति खर्च करता है जो कि विश्व में बैलों की सामान्य अश्वशक्ति कार्यशक्ति के बराबर ही है (उबेलोदे, १९६३)। एक अश्वशक्ति यानी ६४२ ऊष्मांक प्रति घंटा (ब्रोडी, १९४५)। इस हिसाब से बंगाल में एक बैल की कार्यशक्ति प्रति घंटा ४३३ ऊष्मांक होती है।

इस क्षेत्र में दूध में चरबी का अनुपात ४.७ प्रतिशत होता है। (पानसे, १९६७) ४.७ प्रतिशत चरबीयुक्त १ किलो दूध ८२९ ऊष्मांक के बराबर होता है। (ब्रोडी, १९४५)

सिंगूर क्षेत्र में नवजात बछड़े का वजन लगभग १२ से १५ किलो का होता है। ब्रोडी के (१९४५) आँकड़ों का उपयोग करते हुए कहा जा सकता है कि नवजात बछड़े में सूखे द्रव्यों में ऊर्जा मूल्य २१.३८९ ऊष्मांकों के बराबर होता है।

परिणाम

इन तीन अलग-अलग किए गए मूल्यांकनों के परिणाम तालिका-८ में देखे जा सकते हैं। आबादी का मध्य (अधिकतम तथा न्यूनतम का मध्य) १६,४४५ आदमी तथा ३,७७० पशु थे। प्रति वर्गमील २,८५० आदमी तथा ६५३ ऐसी पशु घनता थी। खेती की गई जमीन का विचार करने पर यह घनता प्रति वर्गमील ३,७६३ आदमी तथा ८६३ पशु थी। तीनों सर्वेक्षणों में गाय तथा बैलों की संख्या का अनुपात एक सा था—४४ प्रतिशत बैल तथा ५६ प्रतिशत गायें।

२०० से अधिक गाय-बैलों की आयु उसके दाँतों की संख्या से आँकी गई। पशुसंख्या को निम्न श्रेणियों में बाँटा गया—

४ वर्ष से अधिक आयुवाले बैल	११४९	३०.५ प्रतिशत
४ वर्ष से अधिक आयु की गायें	१२६८	३४.६ प्रतिशत
३ वर्ष से कम आयुवाले गाय तथा बैल	१३५३	३५.५ प्रतिशत

अधिक आयुवाले बैलों में से अधिकतर खेती के कामों में जोते जाते थे। ६० प्रतिशत बैल, किंतु केवल १७ प्रतिशत गायें ही खरीदी हुई थीं।

गायों की खुराक और उत्पादन का नाप कुल अस्सी पशु दिवसों में किया गया। इसमें २५ प्रौढ़ बैल, २९ प्रौढ़ गायें तथा २६ बछड़े थे। सब पशुओं को

गोठ में ही साल भर खिलाया जाता था। चारागाह बहुत ही सीमित थे। ये केवल नहरों, सड़कों एवं राहों के किनारे तथा रेल मार्ग से सटे होते थे। पशु खुराक में मुख्यतः धान की भूसी तथा केलों के पेड़ों के काटे हुए तने, तेल की खली तथा गेहूँ के छिलके होते थे। चौबीस अलग-अलग प्रकार की खुराक होती थी। किंतु अधिकतर पदार्थ मौसम के अनुसार उपलब्धता पर निर्भर करते थे। घास-चारे के उत्पादन के खेत लगभग न के बराबर थे। इसी प्रकार लगभग सारा पशु खाद्य आदमी के खाने के लिए पैदा किए जानेवाले अनाज के उपपदार्थ ही हुआ करते थे। गायों तथा बछड़ों की अपेक्षा बैलों को अधिक पौष्टिक खुराक दी जाती थी।

कुल ऊर्जा सेवन कैसे नापा गया इसका उदाहरण एक गाय के लिए एकत्रित की गई जानकारी के अध्ययन से समझ में आ जाएगा। जनवरी में उसे ओदेंधाल की प्रथम भेंट के दिन ६६० ग्राम धान की भूसी खिलाई गई थी। इसका ऊर्जा मूल्य तय करने के लिए खुराक का सूखा वजन निकाला गया, जो ५८५ ग्राम था। नजदीकी विश्लेषण में खुराक के अन्य घटकों का भी सूखा वजन गिना गया था। धान के डंठरों का नजदीकी विश्लेषण (सेन, १९६४) बताता है कि सूखे वजन में कच्चा प्रोटीन २.८८ प्रतिशत था। तुलनात्मक मोटे तंतुओं का ऊर्जा मूल्य ३२.३२ प्रतिशत, नाइट्रोजनमुक्त निचोड़ ४८.३६ प्रतिशत तथा अन्य निचोड़ १.३३ प्रतिशत थे।

भेंट के दिन ६ वर्षीया गाय की दैनिक खुराक का ऊर्जा मूल्य निम्नानुसार था—

खुराक के घटक	*वजन किलो में*	*ऊर्जा मूल्य* (ऊष्मांकों में)
१. धान-डंठर	०.६५०	२.१२७
२. गन्ने के पत्ते	९.८२०	९.८७७
३. सरसों तेल की खली	०.२०५	.८७२
४. धान की भूसी	०.६५०	२.०२२
दैनिक खुराक का कुल ऊर्जा मूल्य		१४.८९८ ऊष्मांक

निरीक्षण में रखे गए सभी ८० पशुओं के बारे में यह मूल्यमापन पूरा किया गया। अलग-अलग श्रेणियों के लिए मध्य मूल्य निम्न तालिकानुसार निकाला जा सकता है। खुराक तथा गोबर का ऊर्जा मूल्य भी प्रति एकक प्रतिदिन निकाला जा सकता है।

प्रति पशु प्रतिदिन खुराक सेवन तथा गोबर उत्पादन—

आयु श्रेणी	खाद्य ऊष्मांक	गोबर ऊर्जा ऊष्मांक
वयस्क बैल	२१.६८८	४०७४
वयस्क गायें	१३.५८५	२७३५
बछड़े	९.०१६	१९३७

इस जानकारी को पशुसंख्या के मध्य में मिलाकर वार्षिक ऊर्जा सेवन का कुल अनुमान लगाया जा सकता है।

ऊर्जा सेवन—

आयु श्रेणी	औसत दैनिक सेवन (ऊष्मांक)	औसत पशुसंख्या	दैनिक सेवन (ऊष्मांक)
वयस्क बैल	२१.६८८ ऊष्मांक ×	११४९	= २.४९० × १०⁷
वयस्क गायें	१३.५८५ ऊष्मांक ×	१२६८	= १.७२३ × १०⁷
बछड़े	९.०१६ ऊष्मांक ×	१३५३	= १.२२० × १०⁷

कुल ऊर्जा सेवन समस्त पशुसंख्या द्वारा= ५.४३३ × १०⁷

कुल पशुसंख्या द्वारा सेवित ऊर्जा मूल्यांक प्रतिवर्ष था—

(५.४३३ × १०⁷ ऊष्मांक/दिवस) × (३६५ दिन/वर्ष)

= १९.८३१ × १०⁷ ऊष्मांक/वर्ष

यह सांख्यिकी खाद्य ऊर्जा सेवन की है। इसकी तुलना पशुओं के ऊर्जा उत्पादन यानी गोबर, कार्य, दूध तथा बछड़ों से प्राप्त ऊर्जा से ही की जा सकती है।

औसत दैनिक गोबर उत्पादन तीनों आयुवर्गों तथा गाय-बैलों के लिए नापा गया था। फिर उनको यथाक्रम ऊर्जा मूल्यों में परिवर्तित किया गया। इन मूल्यों के आधार पर फिर पशुसंख्या का गोबर उत्पादन गिना गया।

आयु श्रेणी	औसत दैनिक गोबर उत्पादन (ऊष्मांक)	औसत गायसंख्या	दैनिक उत्पादन (ऊष्मांक)
वयस्क बैल	४.०७४ ×	१.१४९	= ४.६८१ × १०⁶
वयस्क गायें	२.७३५ ×	१.२६८	= ३.४६८ × १०⁶
बछड़े	१.९३७ ×	१.३५३	= २.६१२ × १०⁶
कुल पशुओं का गोबर उत्पादन प्रतिदिन			= १०.७७० × १०⁶

कुल पशुओं द्वारा गोबर उत्पादन से निर्मित ऊर्जा का वार्षिक ऊष्मांक था—(१०.७७० ×१०⁶ ऊष्मांक/दिवस) × (३६५ दिवस/वर्ष) = ३.९३१ × १०⁹ ऊष्मांक/वर्ष।

खाना पकाने के काम लाए जानेवाले गोबर का उसके कुल उत्पादन के साथ प्रतिशत अनुमानत: ४० से (व्यावहारिक आर्थिक अनुसंधान राष्ट्रीय परिषद्, १९६५) ७५ (लोध, १९६८) के बीच रहा है। खाद्य तथा कृषि मंत्रालय का अनुमान है कि नियमत: भारत में ६६ प्रतिशत गोबर ईंधन के नाते उपयोग में लाया जाता है तो २.६२ × १०^{७} ऊष्मांक आदमी के हित में खर्च होगा।

औसतन १ बैल प्रतिदिन ६ घंटे काम करता है। बंगाल में बैल के कार्य से उत्पन्न उर्जा मूल्यांक की दर ४३३ ऊष्मांक/घंटे होने के कारण एक बैल द्वारा एक दिन में किए गए कार्य से २५९८ ऊष्मांक/दिवस ऊर्जा पैदा होती है। यदि पाँच वर्ष से अधिक आयु के सभी १०७९ कार्यरत बैल एक दिन काम करते हैं तो वे २.८०३ × १०^{६} ऊष्मांक/दिवस ऊर्जा पैदा करेंगे। साल में १८० से ३०० दिन बैल काम करते हैं। ऐसा मान लिया जाए तो उनके कार्य द्वारा उत्पन्न ऊर्जा मूल्यांक होगा—

(२.८०३ × १०^{६} ऊष्मांक/दिवस) × (२०० दिवस/वर्ष) = ०.५६ × १०^{९} ऊष्मांक वर्ष।

इस पशु गणना के दूसरे दौर में (जनवरी से जून १९६९) ५२७ गायें यानी कुल वयस्क गो संख्या का ४२ प्रतिशत गाभिन थीं। हर गाभिन गाय का उस अवस्था में औसत दूध उत्पादन १.३७ किलो प्रतिदिन था। दैनिक दूध उत्पादन ७२२ किलो था जो सभी गायों के दूध उत्पादन यानी १३१.७६५ किलो के बराबर था।

गणना के तीसरे दौर में (जुलाई से दिसंबर १९६९) सभी गो संख्या का लगभग ३४ प्रतिशत यानी ४३३ गायें गाभिन थीं। वे औसतन १.१३ किलो दूध प्रतिदिन प्रति गाय देती थीं। यह दर ४७९ किलो प्रतिदिन बैठता है यानी कुल दूध उत्पादन उस काल में (सन् १९६९ का उत्तरार्द्ध) ८९.२४३ किलो प्रतिदिन था।

अत: सन् १९६९ में कुल वार्षिक दूध उत्पादन २२१.००८ किलो रहा। १ किलो दूध में ४.७ प्रतिशत चरबी उस सिंगूर क्षेत्र में थी, यह मान लें तो उस दूध उत्पादन का ऊर्जा मूल्यांक ८२९ ऊष्मांक होता है। अत: वहाँ की कुल गो संख्या के दूध उत्पादन का ऊष्मांक होगा—

(२२१.००८ किलो/वर्ष) × (८२० ऊष्मांक/किलो) = ०.१८ × १०^{९} ऊष्मांक वर्ष।

कच्ची प्रजनन दर ५३३.६४ बछड़े थी। नवजात बछड़े का ऊर्जा मूल्यांक २१.३८९ ऊष्मांक हो तो कुल बछड़ों का ऊष्मांक होगा—

(२१.३८९ ऊष्मांक/बछड़ा) × (५३३.६४ बछड़े/वर्ष) = ०.०१ × १०^{९} ऊष्मांक वर्ष। इनका ऊर्जा मूल्यांक प्रतिवर्ष १९.८३ ऊष्मांक बनता है।

इस प्रकार गायों का कुल ऊर्जा उत्पादन रहा—

गोबर	= ३.९३ × १०^{९} ऊष्मांक/वर्ष
कार्य	= ०.५६ × १०^{९} ऊष्मांक/वर्ष
दूध	= ०.१८ × १०^{९} ऊष्मांक/वर्ष
बछड़े	= ०.०१ × १०^{९} ऊष्मांक/वर्ष
कुल	= ४.६८ × १०^{९} ऊष्मांक/वर्ष

रख-रखाव तथा विकास के लिए शेष ऊर्जा = १५.१५ × १०^{९} ऊष्मांक/वर्ष।

कुल ऊर्जा निर्माण की गुणक्षमता नापने के लिए गायों से उत्पन्न केवल उन्हीं पदार्थों की ऊर्जा क्षमता का आधार लिया जाना चाहिए, जिनका मानव के लिए सीधा उपयोग है। सीधी उपयोगिता यानी इस प्रकार मनुष्यों द्वारा सेवन किए जानेवाले गोरसों से लगभग उतनी ही या पूरी ऊर्जा मिलनी चाहिए जो उनके उत्पादन के तुरंत बाद शीघ्र प्राप्त होती है। अतः ईंधन के रूप में उपयोग में लाया जानेवाला गोबर, बैलों द्वारा किया गया काम तथा दूध इस गणना के स्थिर आधार बनाए गए हैं। नवजात बछड़े और खाद के रूप में प्रयुक्त गोबर मानव कल्याण के संभावित ऊर्जा योगदानकर्ता हैं। किंतु उनका तत्काल उपयोग नहीं किया जाता। अतः ऊर्जा मूल्यांकों का उत्पादन स्तंभ निम्नानुसार सुधारा जाना चाहिए।

मनुष्य के लिए सीधी उपादेयता का ऊर्जा मूल्यांक—

गोबर (जिसका दो तिहाई ईंधन)	= २.६२ × १०^{९} ऊष्मांक/वर्ष
कार्य (हर बैल २०० दिन काम करता है यह मानकर)	= ०.५६ × १०^{९} ऊष्मांक/वर्ष
दूध (२२१.००८ किलो प्रतिवर्ष)	= ०.१८ × १०^{९} ऊष्मांक/वर्ष
कुल	= ३.३६ × १०^{९} ऊष्मांक/वर्ष

इस सांख्यिकी का कुल उपभोग के ऊष्मांक मूल्यांकों से संबंध जोड़ने पर हमें कुल ऊर्जा गुणक्षमता १६.९ प्रतिशत प्राप्त होती है। इसमें इस अनुदार अनुमान का आधार लिया गया है कि गोबर उत्पादन का दो तिहाई ही उपयोग में लाया जाता है तथा साल भर में २०० दिन ही बैल काम करते हैं। किंतु ऊर्जा गुणक्षमता के पुनर्मूल्यांकन में ४० प्रतिशत गोबर ईंधन के रूप में उपयोग में लाया जाता है और एक बैल ७ में १०० दिन काम करता है ऐसा मान लेने पर ऊर्जा गुणक्षमता १०.३ प्रतिशत हो जाती है तथा ८० प्रतिशत गोबर का ईंधन के रूप में उपयोग तथा एक बैल साल में ३०० दिन काम करता है, ऐसा मानने पर २१ प्रतिशत हो जाती है।

मूल्यमापन

अब काफी लंबे समय तक किए गए अन्वीक्षणों का सूक्ष्मता से मूल्यमापन किया गया। गाय-बैलों की आयु उनके दाँत गिनकर आँकी गई और तदनुसार नए आयुवर्ग बनाए गए। दूध उत्पादन के आँकड़े दूध निकाले जाते समय बराबर तत्काल दोहन-स्थानों में जाकर जाँचे-पड़ताले गए और वे सही पाए गए। मौसम के अनुसार गायों की खुराक में जो परिवर्तन आता ही है उसको भी पड़ताल में विचारार्थ लिया गया। गाय-बैलों की खुराक एवं उत्पादन का एक बृहत् नमूनापट नए अध्ययन के लिए तैयार किया गया। इसमें गोबर में सूखे घटकों का अनुमान मुख्य स्वीकृत पक्ष था। अन्वीक्षणों ने दिखा दिया है कि गोबर में विभिन्न आयुवर्गों द्वारा सेवित ऊर्जा से गोबर-निर्मित ऊर्जा का अनुपात १८.८ प्रतिशत से २१.५ प्रतिशत होता है। यह मिचेल द्वारा निकाले गए मूल्यांक २० प्रतिशत के नजदीक है (ब्रोडी, १९४५)। २० प्रतिशत जिन जवान साँड़ों को पूर्ण खुराक का दो तिहाई ही खिलाया जाता है उनका गोबर से उत्पन्न ऊर्जांक—दो तिहाई पोषाहार का अधिकतम है।

गायों की संख्या लगभग स्थिर लगती है। तालिका-८ में इसमें जो वृद्धि दिखाई गई है, वह प्रतिवर्ष ०.५ प्रतिशत से भी कम है। मृत्यु की दर से जन्म की दर क्योंकि अधिक होती है, गायों की संख्या लगभग स्थिर पाई जाती है।

पशुसंख्या द्वारा सेवन की गई खुराक का ऊर्जा मूल्यांक केवल अनाज उत्पादन के अवशेष पदार्थों से ही प्राप्त होता है। इसलिए पशु खाद्य तथा मानव खाद्य में कोई प्रतियोगिता नहीं होती, न ही जमीन और अनाज के बारे में भी इनमें कोई स्पर्द्धा होती है। मूलत: मानव के हिसाब से जिनका कोई सीधा उपयोग नहीं होता ऐसी चीजों से बनी खुराक खाकर गायें मानव के सीधे उपयोग की वस्तुओं का उत्पादन करती हैं। निरुपयोगी चीजों को तत्काल अत्यंत उपयोगी वस्तुओं में रूपांतरित करने की यह अनूठी प्रक्रिया उल्लेखनीय है। कुल पशुसंख्या को खिलाने के लिए अत्यावश्यक धान की भूसी तथा डंठर (कुल ऊर्जा सेवन की वर्तमान दर से ७५ प्रतिशत) का उत्पादन स्थानीय ही होता है। धान के छिलके तथा केले के पेड़ों के काटे हुए तने भी अकसर स्थानीय ही होते हैं। किंतु सरसों के तेल की खली अलबत्ता क्षेत्र के बाहर से लानी पड़ती है। पशुओं द्वारा सेवित खाद्य से उत्पन्न ऊर्जा पदार्थ तत्काल मानव सेवन के लिए उपलब्ध होते हैं। गोबर खाना पकाने के लिए ईंधन का काम देता है। गोबर की अल्प मात्रा खेतों में खाद के रूप में डाली तो जाती है, किंतु वह मानव कल्याण के लिए तत्काल उपलब्ध नहीं मानी जा सकती; क्योंकि जैसे भी हो उसे आगामी वर्ष आनेवाली फसल के लिए खेतों में पूँजी का पुनर्निवेश ही माना जाता है।

समालोच्य क्षेत्र में तथा पश्चिमी देशों में पशु खाद के उपयोग में उल्लेखनीय अंतर है। यहाँ भारत में वह एक ऐसा ईंधन है जिसका स्थान दूसरा ईंधन नहीं ले सकता, जबकि वहाँ पश्चिमी देशों में पशु खाद एक बोझ होता है। सिंगूर के अध्ययन क्षेत्र में गोबर का आर्थिक मूल्य बहुत कम होता है; किंतु कोयले के विकल्प के नाते वह अनमोल है। यदि गोबर का ईंधन के रूप में उपयोग न किया जाता तो इस क्षेत्र में खाना पकाने के लिए आवश्यक २६.२ करोड़ ऊष्मांक की आपूर्ति के लिए ४५३ टन अतिरिक्त कोयला आयात करना पड़ता।

कृषि उत्पादन के लिए बैल शक्ति यहाँ स्पष्टतः अत्यंत महत्त्वपूर्ण है। बैलों की कार्यशक्ति आधे से कम भी कर दें फिर भी उससे उत्पन्न ऊर्जांक मूल्य, दूध उत्पादन के मूल्यांक से अधिक ही होगा। वर्तमान कृषि परिस्थिति में जहाँ खेत छोटे-छोटे होते हैं तथा लागत पूँजी काफी कम होती है, बैल शक्ति का कोई कारगर विकल्प निकट भविष्य में सामने आएगा यह नितांत असंभव है।

इस क्षेत्र में उत्पन्न होनेवाला दूध यहीं के लोगों के पोषाहार के सीधे काम नहीं आता। आधे से अधिक घरों में गायें गाभिन होती हैं और इसलिए दूध उत्पादन का अधिकांश भाग कलकत्ता भेजा जाता है।

ऊर्जांक के हिसाब से नवजात बछड़ों का योगदान न के बराबर होता है। किंतु वे गायों में दूध पेनहाने की दृष्टि से बहुत महत्त्वपूर्ण होते हैं। गाय-माँ के सूख जाते ही बछड़ों को बेच दिया जाता है। दुर्भाग्य से बछियों के लिए कोई बाजार उपलब्ध नहीं होता। अपनी गाय-माँ के साथ जब तक उन्हें बेचने के लिए नहीं लाया जाता, उनका खरीदार कोई नहीं होता।

गायों से प्राप्त होनेवाले मांस, खालों तथा हड्डियों को ऊर्जांक मापन में नहीं लिया गया है, क्योंकि उनका वार्षिक उत्पादन कितना होता है इसका मूल्यमापन करने में काफी कठिनाइयाँ होती हैं। मरी हुई गायें, अलबत्ता निचली जातियों तथा अस्पृश्यों के लिए ऊर्जांक का एक महत्त्वपूर्ण स्रोत होती हैं। उनकी खालों को कमाने का तरीका यद्यपि कालबाह्य होता जा रहा है, देहातों में महत्त्वपूर्ण चमड़ा-बाजार होते हैं।

सिंगूर की गायों की ऊर्जा गुणक्षमता (१०.३ से २१.० प्रतिशत) काफी अच्छी मानी जाती है, किंतु इसका कारण यह नहीं है कि ये गायें अधिक प्रजननक्षम होती हैं बल्कि यह है कि उनसे उत्पन्न हर पदार्थ का वहाँ के लोग सावधानतापूर्वक अधिकतम उपयोग कर लेते हैं।

यद्यपि पशु ऊर्जांकों के बारे में इतना व्यापक अध्ययन, जिसके आधार पर

समूचे परिक्षेत्र की गायों के बारे में कोई ठोस निष्कर्ष निकाला जा सके, न अमेरिका में न ही यूरोप में किया गया है, वहाँ की अत्यधिक सघन पशुपालन और संवर्धन प्रणालियाँ सिंगूर में किए गए अध्ययन की प्रणालियों से बदतर साबित होने की ही आशंका अधिक है। गो मांस के लिए हरे चारागाहों में चराई जानेवाली गायों का ऊर्जा गुणक्षमता विकास का मूल्यांक ४.१ प्रतिशत दर्ज किया गया है। (फिलिप्सन, १९६६) यह गुणक्षमता उन गायों की मानवी उपभोग के लिए उपादेयता पर नापी जाती है और वह पाश्चात्य गायों के बारे में और भी कम हो जाती है, क्योंकि उनका केवल आधा वजन मानव के खाद्य के नाते उपयोग में लाया जाता है।

ओदेंधाल द्वारा किए गए इस अध्ययन से दो सिद्धांत सामने आते हैं। कम ऊर्जांक प्रणालियों द्वारा उत्पादनों का अधिकतम उपयोग करने का सिद्धांत तथा मानव द्वारा कुशलता से निर्मित पारिस्थितिक प्रणालियों के माध्यम से परिवर्धित ऊर्जांकों को बढ़ाने का सिद्धांत।

कम ऊर्जांक प्रणालियों में किसानों को, अपनी आवश्यकताओं के कारण ऊर्जा के हर उपलब्ध स्रोत का अधिकतम उपयोग करने की कला में माहिर होना ही पड़ता है। अत्यधिक ऊर्जांक प्रणालियों में किसान अनावश्यक ऊर्जा व्यय करते हुए ऊर्जा को जाया करते हैं, क्योंकि आवश्यकता से अधिक ऊर्जा उपलब्ध होती है।

सिंगूर की गायें घर के लोगों को सस्ता ईंधन व दूध उपलब्ध करती हैं तथा उन्हें अपना खेत जोतने के लिए बैल भी देती हैं। इसके अलावा शेष दूध तथा कुछ बछड़े अतिरिक्त आमदनी लाते हैं। इसके विपरीत सघन प्रणालियों में मुख्य उत्पादन दूध तथा मांस ही होते हैं। पशुओं की कार्यक्षमता का उपयोग इन प्रणालियों में नहीं होता और गोबर तो किन्हीं मामलों में पर्यावरण की दृष्टि से एक बोझ ही बन जाता है। सघन खेती व्यवस्थापन में जुटा किसान भारत के छोटे किसान के लिए गोबर का ऊर्जांक मूल्य कितना होता है इसकी आसानी से कल्पना नहीं कर सकता।

सिंगूर में गोबर से निर्मित ऊर्जा को लोग उपर्युक्त कामों में लगाने के लिए वेग से काम करते हैं (जैसे खाना पकाना)। सारांश, सिंगूर के लोग पेट भरने के लिए गोबर का उपयोग नहीं करते बल्कि उससे ऊर्जा निर्माण करने के लिए प्रयत्नशील रहते हैं। फिर भी गोबर का संबंध परोक्ष रीति से खाद्यान्नों की उत्पादन मालिका से होता ही है, क्योंकि कंडों तथा उपलों की आग पर पकाए गए चावल से ज्यादा ऊर्जा मनुष्य को मिलती है बनिस्बत उसके भक्षण से। बैलों की कार्य शक्ति भी परोक्षत: अन्न से जुड़ी है ही। ओदम (१९७१) ने कहा है कि गोबर और बैल शक्ति कार्य के महाद्वार हैं। इसका अर्थ यह है कि ऊर्जा, अधिक ऊर्जा

उत्पादन के काम में लगाई जाती है, जो अन्यथा उपलब्ध नहीं होती या जाया हो सकती थी। इस प्रकार प्राणियों से उत्पन्न ऊर्जा को अनुपभोग के कामों में लगाने की मानव की प्रवृत्ति ही उसे पशुओं से भिन्न बनाती है। मनुष्य काफी बड़े पैमाने पर ऊर्जा को अपनी सुविधा तथा आराम के लिए प्रयुक्त करता है। अधिकांश पशु अपने पर्यावरण से मुख्यतः खाद्य के रूप में ऊर्जा का सेवन कर जाते हैं। मनुष्य की कुशलता से चालित पारिस्थितिक प्रणालियों में ऊर्जा में वृद्धि खनिज ईंधनों को तथा इमारती लकड़ी को जलाकर ही प्राप्त की जाती है।

एन. मायर्स ने (क्लब ऑफ रोम कॉन्फ्रेंस, हेलसिंकी, १९८४) कहा है कि गंगा की उत्तरी घाटी में जंगलों की कटाई पारिस्थितिक वातावरण का संतुलन नष्ट करने का उदाहरण है। विगत ३० वर्षों में वहाँ का वनक्षेत्र ४० प्रतिशत से घट गया है। इस क्षेत्र के निवासियों की संख्या १० करोड़ से अधिक है और ये लोग ईंधन के रूप में जंगल कटाई से प्राप्त लकड़ी ही जलाते हैं। इसके परिणाम महाभयंकर हुए हैं। कभी प्रलयंकर बाढ़, तो कभी विनाशकारी सूखा इस क्षेत्र में बारी-बारी से कहर ढाते रहे हैं। परिणामतः गंगा का पाट भी सिकुड़ता जा रहा है। ए. मायर्स का अनुमान है कि इस क्षेत्र में बाढ़ के कारण प्रतिवर्ष १० अरब रुपए मूल्य की बरबादी होती है।

इस उदाहरण से तो प्राणिज ऊर्जा संसाधनों की, पारिस्थितिक वातावरण में संतुलन बनाए रखने में, कितनी अहम भूमिका है यही स्पष्ट होता है। अत्यधिक आबादीवाले भारत जैसे देश में पशुसंख्या में कटौती निश्चय ही वनक्षेत्र में कटौती होती है। अन्वेषक पड़तालों ने दिखा दिया है कि कैसे पशुपालन तथा संवर्धन की सभी समस्याएँ—कृषि तथा वन-संवर्धन, जल व्यवस्थापन और यहाँ तक कि औद्योगिकीकरण भी पारिस्थितिक वातावरण से जुड़ी हैं। तथापि यह भी समझ लेना नितांत आवश्यक है कि इस समूची प्रणाली में मनुष्य ही सबसे महत्त्वपूर्ण घटक है, क्योंकि वह अपनी भौतिक आवश्यकताओं तथा धार्मिक आस्थाओं के कारण सभी क्षेत्रों को प्रभावित करता है। अपनी बढ़ती संख्या के कारण ही नहीं अपितु इस कारण भी कि वह एक ग्रहणशील घटक भी है, ऐसा घटक जिसे प्रभावित करना अत्यंत कठिन है। इन महत्त्वपूर्ण घटकों में किया गया कोई भी परिवर्तन समूची व्यवस्था पर अवश्य प्रभाव डालेगा और परिस्थिति का फिर से विचार करने तथा उसका ताजा पुनरीक्षण करने हेतु आह्वान किए बिना नहीं रहेगा।

फिलहाल भारत की जनसंख्या ७१.२८ करोड़ है। आबादी की कुल घनता प्रति वर्ग कि.मी. २२० व्यक्ति है। जनसंख्या वृद्धि की दर विश्व में सबसे अधिक

है। परिवार नियोजन का अभियान निरंतर चल रहा है, फिर भी जनसंख्या वृद्धि पर बहुत ही थोड़ा अंकुश लग पाया है। १९७० की जनगणना के अनुसार भारत की जनसंख्या केवल ५५ करोड़ थी, जो बाद के १४ वर्षों में तेजी से १६.३ करोड़ बढ़ गई। कितना भी अच्छा नियोजन करें, तो भी उसको सुरंग लगा देनेवाली यह वृद्धि दर है। भारत जैसे देश में यदि वर्तमान गति से ही जनसंख्या बढ़ती रही तो इस शताब्दी के अंत तक आबादी १ अरब तक पहुँच जाएगी। इसका अर्थ होगा कि भारत या तो चीन की परमाणु परिवार अवधारणा का अनुसरण करे या अकाल, महामारी तथा युद्धों जैसे प्राकृतिक प्रकोपों को व्यवस्था का नियमन करने दे। अतः इस पुस्तक में जो अनुमान लगाए तथा निष्कर्ष निकाले गए हैं वे भारत की जनसंख्या में और अधिक वृद्धि पर निर्भर करेंगे। (वोगल, १९८४)

यहाँ यह ध्यान में रखना अच्छा होगा कि परिवार नियोजन का अर्थ परिवारों को केवल सीमित रखना नहीं है प्रत्युत् लोगों में पर्यावरण को अधिक अच्छे प्रकार से समझ लेना तथा जहाँ-तहाँ आवश्यक हो, वहाँ लोगों की मानसिकता तथा जीवन पद्धति में परिवर्तन करना भी है। आगामी पीढ़ियों के लिए, उनकी संख्या चाहे जितनी बड़ी क्यों न हो, नियोजन का अर्थ है सभी प्रकार के भाग्यवाद को नकारना। उसका अर्थ है अपने तथा अपने गुट के भवितव्य का दायित्व स्वयं उठाना। आज तो यह नहीं कहा जा सकता कि भारत विस्तृत पैमाने पर जन्म नियंत्रण के मार्ग पर चलेगा या पारिस्थितिक संतुलन की राह लेता हुआ प्रकृति को स्वयं नियमन की प्रक्रिया करने देगा। हालाँकि इस प्रक्रिया पर भी मानव काबू पाने का प्रयास कर ही रहा है। (दाग हेमरशील्ड रपट, १९७५)

ओदेंधाल के अध्ययन का एक प्रमुख निष्कर्ष यह है कि भारतीय पशुपालन की उत्पादन क्षमता का मूल्यांकन पश्चिमी मानकों के आधार पर करना अनुचित होगा। 'आदिम' कही जानेवाली भारतीय पशुपालन प्रणाली में आश्चर्यकारी उच्च ऊर्जांक गुणक्षमता भी एक विशेषता है। यहाँ की गायें मनुष्य के साथ अन्न के लिए स्पर्द्धा नहीं करतीं बल्कि उसके साथ एक तरह का समन्वय तथा पूरकता स्थापित करती हैं, जैसाकि सिंगूर में देखा गया है।

सन् १९७७-७८ में ओदेंधाल ने और अधिक पड़तालें कीं और उसके लगभग सभी निष्कर्ष सन् १९६९ में सिंगूर में पाए गए निष्कर्षों की पुष्टि करनेवाले ही थे। ओदेंधाल द्वारा पश्चिम बंगाल में किए अध्ययनों के निष्कर्ष भारत के अन्य राज्यों तथा क्षेत्रों पर कितने लागू होते हैं यह तो अधिक अध्ययनों के बाद ही मालूम होगा। (ओदेंधाल, १९८०)

भारतीय तथा संकर नस्लें

अब तक हमने भारतीय गायों की ऊर्जांक गुणक्षमता की दृष्टि से विविध पहलुओं पर विचार किया। अब हम भारतीय नस्लों की गायों के और अधिक विकास की संभावनाओं की चर्चा करेंगे। उसमें बहुप्रजननक्षम विदेशी नस्लों के साथ भारतीय नस्लों के संकर की संभावनाओं पर भी ध्यान देंगे।

नस्लें और संकर

भारत में १८.२ करोड़ पशु हैं, जिनमें ८० प्रतिशत छोटे कद, कम वजन की तथा अपरिलक्षित एवं अकूती गायें हैं, जो झेबु यानी देशी नस्ल की हैं। शेष के आकार-प्रकार सुलक्षित तथा भलीभाँति कूते गए हैं। इनमें अधिकांश देशी नस्लों की हैं और उन नस्लों में संकर से पैदा की हुई हैं, यद्यपि बहुत थोड़ी मात्रा में कुछ गायें होलस्टाइन, फ्रिसियन तथा जर्सी जैसी आयातित विदेशी नस्लों से संकरित भी हैं।

देशी नस्लों की गायों में प्रजनन क्षमता की कोई कमी नहीं है। अत: भारत की गो संख्या में भविष्य में वृद्धि और विकास होगा इसकी पूरी आश्वस्ति है। पिछली सदी में इन्हीं गायों का संकर प्रजनन में काफी योगदान रहा है, बल्कि इन्होंने ही अंतरराष्ट्रीय नस्लें संकर द्वारा पैदा की हैं, जैसे उत्तरी अमेरिका में 'ब्राह्मण, सांता गर्तुड्रीस', लातीन अमेरिका में 'ब्राह्मण, नेल्लोर', तथा अफ्रीका के अनेक क्षेत्रों में 'साहिवाल'।

देशी नस्ल की झेबु गायों की कार्यक्षमता तथा उनके सुपरिलक्षित लक्षण ब्रिटिश काल में मुखर हुए, जब सेना के कुछ अधिकारियों ने चंद नागरिकों के सहयोग से इस संकर कार्य को संपन्न किया। इन अधिकारियों को पशु प्रजनन में महारत प्राप्त थी। स्थानीय रियासतों के राजाओं ने फिर इस कार्य को आगे चलाया। यह पशु प्रजनन खासतौर से सेना की सभी आवश्यकताओं को पूरा करने के लिए किया गया था। इसके उद्देश्य थे—

१. परिवहन के लिए सुदृढ बैलों की आवश्यकता को पूरा करना। इसके लिए हरियाणा, करनाल तथा रोहतक की 'हरीना' तथा आंध्र प्रदेश से 'ओंगोल' नस्लों को चुना गया।
२. तोपखाना परिवहन को वेगवान रखना। इसके लिए महाराष्ट्र की 'कित्तारी' नस्ल सबसे समर्थ मानी गई और उसे लिया गया।
३. सुदृढ बैलों की आपूर्ति के अलावा बड़ी-बड़ी सैनिकी छावनियों में दूध की आवश्यकताओं को पूरा करना। इसके लिए सिंध (पाकिस्तान) की थरपारकर गाय (लगभग २,००० किलो, ४.५ प्रतिशत), कराची के आसपास पाई जानेवाली 'लाल सिंधी' गाय (२,००० से ३,०००

किलो, ४.५ प्रतिशत) तथा गुजरात की 'कांकी' गाय (२,००० किलो) की नस्लों को चुना गया।

४. प्रचुर दूध उत्पादन के साथ ही पर्याप्त मात्रा में गो मांस उपलब्ध कराना। इस दृष्टि से गुजरात की 'गिर' गायें बहुत उपयुक्त पाई गईं (४,००० किलो दूध उत्पादन)।

५. अखिल भारतीय नस्ल 'साहिवाल' (२,००० से ३,००० किलो, ४.५ प्रतिशत) जो नई दिल्ली के आसपास पाई जाती है। (राष्ट्रीय कृषि आयोग, १९७६)

इन उद्‌देश्यों ने भारत में गायों के भावी प्रजनन कार्य की नींव रखी। साथ ही उपर्युक्त तथा अन्य कई नस्लों की कुल आर्थिक उपादेयता के बारे में मार्गदर्शक सिद्धांत भी पेश किए।

शुद्ध तथा संकर प्रजनन

भारत में दर्ज नस्लों को काफी महत्त्वपूर्ण माना जाता है। इनकी ओर स्वतंत्र भारत का भी ध्यान गया है और इन्हें विकसित करने की प्रक्रिया पर विचार जारी है। इन नस्लों का देशी नस्लों की गायों के साथ संकर कराया जाता है और उन्हें सुयोग्य खेतों के काम में लाया जाता है। इन संकरित गायों ने, लगता है, नई जलवायु, स्वास्थ्य संकटों तथा अपने मूल स्थान में दी जानेवाली अल्प खुराक के साथ तालमेल बैठा लिया है। यूरोप में कार्यरत पुरानी नस्लों के मद्‌देनजर भविष्य में परिवहन क्षमता तथा प्रचुर गो मांस देने की क्षमता का विचार कर भविष्य में इन्हीं नस्लों को संकर के लिए चुने जाने की आशा की जा सकती है।

झेबु नस्ल की जिन गायों को अमेरिका में ले जाया गया है उन्होंने इस बात के पर्याप्त संकेत दिए हैं। विदेशी नस्लों की गायों की दूध उत्पादन क्षमता निःसंदेह ही स्वीकार की गई है और इस क्षमता को देसी नस्लों से संकरित किया गया तो अत्यंत अनुकूल परिस्थितियों का विचार न भी करें तब भी सामान्य परिस्थितियों में ये गायें संतोषजनक उत्पादन की हामी निश्चय ही दे सकती हैं। ऐसा होने के बावजूद सन् १९५० के दशक के शुरू-शुरू में विदेशी नस्लों के पीछे ही देश पड़ा और इस दौरान उसने स्थानीय नस्लों का अध्ययन तथा अन्वेषण की कुछ उपेक्षा ही की। विदेशी नस्लों से स्थानीय नस्लों का संकर कराकर देश के दूध उत्पादन में ठोस बढ़ोतरी करने की बड़ी आशा पाली गई थी। किंतु यह आशा केवल प्रायोगिक स्तर पर ही कुछ पूरी हुई और प्रत्यक्ष खेतों की परिस्थितियों में वह विशेष सफल नहीं रही।

इस सदी के प्रारंभ में विदेशों की दूध देनेवाली गायों के साथ संकर के

प्रथम प्रयोग सरकारी खेतों पर किए गए। सन् १९५० के दशक में इन प्रयोगों को बड़े पैमाने पर बढ़ावा दिया गया। परिणामत: बारह सरकारी खेतों पर विदेशी नस्लों के साथ संकर कराते हुए दूध का उत्पादन बढ़ाने का प्रयास किया गया। विदेशों में प्रचुर दूध देने के लिए प्रख्यात नस्लों से ही यह संकर किया गया। उदाहरण के लिए झेबु नस्ल की गायों का जर्सी साँड़ से संकर कराने पर दूध उत्पादन में अवश्य सुधार हुआ। देहाती वातावरण में ये गायें ६०० से १,००० और कभी-कभी तो १८०० किलो दूध देने लगीं। हालाँकि संकरित गायों के प्रतिपालन में सुधार किया गया था, उन्हें दी जानेवाली खुराक की मात्रा तथा घटकों में वृद्धि की गई थी और उनकी पशु वैद्यकीय देखभाल के तौर-तरीकों में भी अच्छा व्यवस्थापन काम में लाया गया था। सन् १९६३ में कलकत्ता के पास हरीनघट्टा में और एक संकर प्रजनन का विशाल कार्यक्रम हाथ में लिया गया। हरियाणा की गायों का जर्सी साँड़ों से संकर कराने पर नियंत्रित परिस्थिति में दूध का उत्पादन २-३ गुना बढ़ गया। साथ ही गायों की प्रजनन क्षमता भी १० से २० प्रतिशत बढ़ गई। सन् १९६८ में हरियाणा की गायों का संकर कराने के इस कार्यक्रम का और विस्तार किया और इसके लिए एच.एफ. (यानी होलस्टाइन-फ्रिसियन) साँड़ों का संकर इन गायों से किया गया। ब्राऊन स्विस तथा जर्सी साँड़ों से भी संकर किया गया। अब हरियाणा, गिर तथा ओंगोल जैसी देशी नस्लों का आपस में संकर कराने की संभावनाओं को भी तलाशा जा रहा है।

इस संकर कार्यक्रम के प्रयोगों को कुछ विदेशी सहायता से चलनेवाली परियोजनाओं के कारण काफी सुविधाएँ उपलब्ध हुईं। भारत-स्विट्जरलैंड सहयोग कार्यक्रम में ब्राऊन-स्विस, भारत-जर्मनी सहयोग कार्यक्रम में सिमेंताल तथा भारत-डेनमार्क सहयोग कार्यक्रम में रेड-डैनिश साँड़ों से संकर करने की उपादेयता को परखा गया। निरीक्षकों की प्रतिक्रियाएँ विविध रहीं। भारत सरकार का कृषि मंत्रालय जर्सी के संकर को प्रधानता देता है, क्योंकि उसकी धारणा है कि ऐसे संकरों से दूध में चरबी घटक बढ़ेगा और गायें छोटे कद की होने के कारण उन्हें खुराक भी कम ही लगेगी; किंतु दूध अलबत्ता ज्यादा पौष्टिक बनेगा। भारतीय पशु चिकित्सकों का अपनी पारंपरिक भूमिका के तथा अन्य विशेषज्ञों की सेवाएँ उपलब्ध न होने के कारण मानना है कि होलस्टाइन-फ्रिसियन, ब्राऊन-स्विस तथा रेड-डैनिश साँड़ों से संकर ही सर्वोत्तम है, बशर्ते आनुषंगिक व्यवस्थापन और खुराक आदि का भरोसेमंद प्रबंध देहातों में ही किया जाए। ये लोग पशु प्रजनन के तौर-तरीकों से सबसे अधिक परिचित होते हैं। इसलिए उनका उपर्युक्त तीन नस्लों के बारे में आग्रह विशेष महत्त्व रखता है।

अनुभव

जहाँ तक विदेशी नस्लों के साथ स्थानीय गायों का संकर कराने का प्रश्न है, इस विषय का काफी ज्ञान तथा जानकारी अब तक प्राप्त हो तो गई है, किंतु उसका पूरा विश्लेषण करने की आवश्यकता है। अब तक जो अभिमत बनाए गए हैं अधिकतर व्यक्तिगत हैं। उनके अभिमतों पर जिस देश में उन्होंने शिक्षा-दीक्षा तथा प्रशिक्षण प्राप्त किया उसका प्रभाव रहता ही है। संबंधित व्यक्ति में यह कामना भी देखी जाती है कि अन्य देशों में सफल रहा सैद्धांतिक तथा व्यावहारिक ज्ञान भारतीय परिप्रेक्ष्य में लागू करें तथा उसके द्वारा अपने खुलेपन एवं आधुनिक होने का सबूत दें। इस क्षेत्र में विविध विचार प्रवाहों के बीच विवाद अकसर खड़े हो ही जाते हैं, जिनका कोई-न-कोई औचित्य तो होता ही है। उदाहरण के लिए एच.एफ. साँड़ों से संकर की गई गायों का दूध उत्पादन अवश्य बढ़ा, किंतु अधिक चरबीयुक्त दूध देनेवाली ये संकरित गायें बड़े कद की होने के कारण उन्हें ज्यादा खुराक की तथा काफी जटिल व्यवस्थापन की आवश्यकता होती है, जिसे मुहैया करना दुश्वार होता गया। इसके बावजूद अधिक दूध देने के कारण एच.एफ. संकरित गायों को प्रधानता मिली और अनेक खेतों ने जर्सी गायों के स्थान पर एच.एफ. संकरित गायों को पालना शुरू किया। उत्तरी भारत के पर्वतीय क्षेत्रों में ब्राऊन-स्विस संकर आमतौर पर सफल रहा। अधिक चरबीयुक्त दूध देनेवाली संकरित गायों से न केवल अधिक क्षमतावाली बछियाँ पैदा हुईं बल्कि अधिक हृष्टपुष्ट बैल भी। अधिक चरबीयुक्त दूध देनेवाली गायों को संकर के लिए या प्रजनन के लिए सुयोग्य साँड़ ढूँढ़ने में कठिनाइयाँ आने लगीं, जैसाकि स्वाभाविक भी था और अपेक्षित भी। उदाहरण के लिए अधिक चरबीयुक्त दूध देनेवाली गायों का रेड-सिंधी साँड़ों से संकर कराने पर पाया गया कि संकरित बछड़े में विदेशी रक्त का अनुपात कम होता जा रहा है और परिणामतः उससे उत्पन्न दूध की मात्रा भी घटती जा रही है। आज यह सर्वज्ञात है कि संकरित गायों तथा बछड़ों में विदेशी रक्त का अनुपात अधिकतम ३ : ४ अथवा ५ : ८ होता है, बशर्ते व्यवस्थापन स्थितियाँ बहुत अच्छी हों। देहात में आमतौर पर पाई जानेवाली व्यवस्थापन स्थिति में यह अनुपात बहुत अधिक है।

अधिक चरबीयुक्त दूध देनेवाली गायों को, विशेषतः उच्च श्रेणी के संकरों से पैदा हुई गायों को भारतीय नस्ल की गायों की अपेक्षा रोग और महामारी जल्दी हो जाती है इस बात को भी अब संकर व्यवस्थापक अनुभव करने लगे हैं। इसलिए इन गायों को बीमारी और महामारी प्रतिबंधक टीके साल में दो बार लगाने पड़ते हैं। भारी हानि तथा रोग प्रतिबंधक उपायों पर आनेवाला बहुत ज्यादा खर्च संकर के अवांछनीय दुष्परिणाम हैं। इसलिए देहातों में विदेशी नस्लों से संकर कराने के

प्रति अरुचि आम पाई जाने लगी है। यह नापसंदगी समझने लायक है, क्योंकि देहात के किसान की सबसे बड़ी आवश्यकता अच्छे बैल की पैदाइश ही होती है और इन बैलों में भीषण गरमी में भी काम करने की उत्तम क्षमता का होना अत्यावश्यक होता है। संकर पैदाइश इस मामले में काफी संवेदनशील होती है और ऐसे में तो उनकी परिवहन क्षमता का अधिक होना मात्र उनमें गरमी बरदाश्त करने की कम क्षमता होने के कारण अपना महत्त्व खो बैठता है। इसलिए संकरित बैलों को गरमी के महीनों में केवल सुबह और फिर शाम को ही काम में जोता जा सकता है। बारिश के दिनों में तो उनकी कार्यक्षमता २० प्रतिशत कम हो जाती है। इन संकरित बैलों तथा गायों के बारे में एक और दिक्कत यह आती है कि वे केवल फसल से बचे शेष कूड़ों तथा सड़कों के किनारे उगनेवाले घास-चारों पर ही जीवित नहीं रह सकते, जैसे स्थानीय नस्लों के गाय-बैल रह लेते हैं। ये संकरित नस्लें ऐसी खुराक से दुर्बल होती जाती हैं और परिणामतः रोगों का शिकार जल्दी होने की हालत में पहुँच जाती हैं।

संकर प्रक्रिया का व्यवस्थापन

भारत सरकार की यह घोषित नीति है कि तरतीब से चलाई जानेवाली प्रजनन गतिविधियों द्वारा भारतीय गो संपदा में नस्ल सुधार लाया जाए। यद्यपि प्रति गाय दूध उत्पादन में वृद्धि करना उसका प्राथमिक उद्देश्य है, बैलों की पैदाइश को खेत जोतने तथा परिवहन के कामों में अधिकाधिक सक्षम करने की ओर भी यह नीति अधिक ध्यान देती है। इस संदर्भ में विशेष उल्लेखनीय बात भारतीय नस्लों का आपस में संकर-कार्यक्रम है जो नीतिगत कार्यक्रमों में शामिल किया गया है। (उदा.—हरीनघट्टा)।

विदेशी संकर पर ज्यादा बल दिया जाते ही ऐसे संकर के लिए सुयोग्य नस्लों के साँड़ों के चयन का महत्त्व सामने आया। इस प्रक्रिया में व्यावसायिक ज्ञान तथा जानकारी का भंडार अधिक समृद्ध हुआ।

यह सुझाव आया कि प्रजनन की गतिविधियाँ राष्ट्रीय प्रायोगिक क्षेत्रों एवं विश्वविद्यालयों तथा सेना के कृषि क्षेत्रों में केंद्रित की जाएँ और उनका समुचित व्यवस्थापन किया जाए। प्रजनन की सारी गतिविधियाँ सुस्पष्ट नीति द्वारा संचालित रहें और उसमें मौसम तथा बीमारी आदि स्थानीय कारणों से आवश्यक फेरबदल करने की गुंजाइश रहे। यह भी सुझाया गया कि चुनिंदा किसान सहकारी समितियों (उदा.—अमूल) को परामर्श देनेवाली भूमिका में इन गतिविधियों के साथ जोड़ा जाए, क्योंकि ऐसी समितियों ने विविध कृषि कार्यों में उच्च कोटि का मानक

स्थापित किया हुआ है। जटिल परामर्श और पशु वैद्यकीय सेवाएँ हर गतिविधि के लिए अत्यंत आवश्यक हैं।

ऐसे प्रकल्प से अधिकतम फायदा उठाने के लिए कार्यक्षमता, उत्पादन तथा अन्य संबंधित घटकों के बारे में अचूक जानकारी को दर्ज कर रखना भी परमावश्यक है। इस जानकारी का बाद में एक आदर्श साँचे में वर्गीकरण तथा मूल्यमापन किया जाना चाहिए। प्रजनन कार्यक्रमों में शामिल सभी एककों में यह क्षमता पूरी होनी चाहिए कि वे अपने तईं की गई सारी परीक्षाओं के आधार पर कार्यक्षमता तथा संकरित सुयोग्यता का मूल्यमापन कर सकें। इस प्रकार प्राप्त मूल्यों को आगे चलकर प्रजनन सामग्री को बेचने का संगठित तथा सोद्देश्य आधार बनाया जा सकता है। इस सामग्री को गाँव–गाँव तक पहुँचाने का काम फिर सुव्यवस्थित ढंग से चलाया जाए।

शुद्ध प्रजनन का व्यवस्थापन

भारत की गायें विश्व की उन चंद नस्लों में से हैं जिन्होंने ऊष्ण कटिबंधीय जलवायु के साथ सबसे अच्छा तालमेल स्थापित कर विशेष कार्यक्षमता का परिचय दिया है। उनका विकास तथा परिवर्द्धन न केवल भारत की विशाल पशुसंख्या के हित में होगा बल्कि अन्य तत्सम आबोहवावाले देशों में गो प्रजनन तथा विकास के क्षेत्र में महत्त्वपूर्ण भूमिका निभा सकेगा।

ये नस्लें अधिकतर उन लोगों के हाथों में होती हैं जिन्हें इनके विकास तथा परिवर्द्धन में आवश्यक कदम उठाने में आस्था है। इन गरीब देहाती किसानों में स्वाभाविक इच्छा यही होती है कि देशी नस्लों के प्रजनन के तौर–तरीकों को और अच्छा विकसित किया जाए। इसे वे शुद्ध प्रजनन कहते हैं। किंतु ये किसान अपनी गायों का विदेशी नस्लों से संकर कराने के लिए भी इस आशा से तैयार होते हैं कि दूध उत्पादन बढ़ेगा, गायों के स्तन अधिक पुष्ट होंगे और उनकी दूध देने की क्षमता में वृद्धि होगी। शुद्ध देशी प्रजनन से पैदा हुई गायें भी प्रायोगिक तथा सरकारी खेतों में पाई जाती हैं।

ये गायें तथा देशी नस्लों के प्रजनन में उद्यत उनके पारंपरिक पालनकर्ता ही अच्छी नस्लों की गायों के परिसंवर्धन कार्य के भागीदार हैं। इसकी एक अनुभव पर आधारित सकारात्मक नीति उनके पास होती है। अलबत्ता इस नीति के निर्धारण तथा विकास में प्रादेशिक तथा उपक्षेत्रीय पर्यावरण परिस्थिति का भी उन्हें खयाल रखना होगा। चुनिंदा प्रजनन नस्लों के वासस्थान तथा कुछ पारिस्थितिक वातावरण पर यह विकास आधारित होना ही चाहिए। गो हत्या पर प्रतिबंध के चलते भी इस तरह के चुनिंदा प्रजनन के लिए आवश्यक परिस्थितियाँ बनाई जा सकती हैं।

आखिर सुप्रतिष्ठित नस्लों और देशी गायों की कार्यक्षमता में बड़े अंतर को भुलाया नहीं जाना चाहिए। प्रजननक्षम अच्छी नस्लों की गायों की सुव्यवस्थित बिक्री एक अच्छा प्रारंभ हो सकती है। इसके लिए देशी गायों का पालन–पोषण तरीके से, अच्छा करनेवालों को सरकार से मान्यता मिलनी चाहिए। ऐसी मान्यता उन्हें पुरस्कार देकर दी जा सकती है। इनका चयन एक सादी परीक्षा के माध्यम से किया जा सकता है कि किसकी गायों में कार्यक्षमता बढ़ानेवाले घटक सबसे ज्यादा हैं। इस परीक्षा के लिए एक–से मार्गदर्शक सिद्धांत हों। केवल दूध कितना देती है यही एक मात्र मुद्दा ऐसी परीक्षा में न हो। प्रसंग विशेष में क्या वे बैलों से लिया जानेवाला काम भी कर सकती हैं, कितना कर सकती हैं यह भी महत्त्वपूर्ण मुद्दा हो। इसके लिए पालन–पोषण की परिस्थितियों की भी जाँच होनी चाहिए।

भारत की सबसे महत्त्वपूर्ण नस्लों के बारे में जानकारी इकट्ठी करना, उसका तरतीब से संकलन करना अचूक होना चाहिए तथा उसपर मूल्य भी अंकित होना आवश्यक है। यह जानकारी जितने विस्तृत पैमाने पर हो उतना ही बेहतर होगा। इस जानकारी का उपयोग भारत की गायों का नियोजन तथा उनके पालन–पोषण का आदर्श प्रस्तुत करने में काफी लाभदायक होगा। साथ ही यह जानकारी घरेलू बिक्री तथा कटिबंधीय देशों में उनका निर्यात कराने में भी सहायक होगी।

नस्ल, पालन-पोषण और प्रजनन संगठन

भारतीय नस्लों की गायों का आदर्श पालन–पोषण करनेवालों को उनकी गायों में सुधार करने के तौर–तरीके अपनाने के लिए प्रोत्साहित किया जाना चाहिए। इसके लिए किसी–न–किसी प्रकार का संगठन आवश्यक है। परामर्श तथा पशु वैद्यकीय सेवाओं की सहायता से ऐसा प्रयास हो सकता है।

शुद्ध प्रजनन के क्षेत्र में संगठित प्रयास कर रहे पशु पालनकर्ताओं में देशी नस्लों की गायों की संख्या को क्रमश: अधिकाधिक स्तरीय नस्लों की गायों में परिवर्तित करने के लिए सक्रिय आस्था को जगाना होगा। इस आस्था को सोद्देश्य पशु उत्पादन के सभी घटकों में सूत्रबद्धता लाने के कार्य में प्रवाहित करना होगा। दूध संकलन का जाल और अधिक फैलाने की दृष्टि से इस प्रणाली में आवश्यक परिवर्तन करने की क्षमता भी होनी चाहिए।

पशु उत्पादन का यह जो कार्यक्रम यहाँ सुझाया है उसे बढ़ावा देने के काम में आर्थिक तथा संगठनात्मक दृष्टि से सुदृढ दूध उत्पादक सहकारी संस्थाएँ प्रभावशाली भूमिका निभा सकती हैं।

परिणामकारी प्रजनन नीति पर अमल करने के लिए अच्छे परखे हुए साँड़ों या

उनके शुक्राणुओं की आपूर्ति बहुत महत्त्व रखती है। साथ ही देहातों में जो आवारा साँड़ मिलते हैं उनका उपयोग प्रजनन के लिए न करने की सावधानी बरतना भी आवश्यक है। इसमें सरकार को सक्रिय भूमिका निभानी होगी। केवल कानून बनाने से काम नहीं चलेगा। जब तक डेयरी, सहकारी समितियाँ सारा दायित्व उठाने के योग्य नहीं हो जातीं, सरकार को इस काम के लिए यथासंभव आर्थिक सहायता भी देनी चाहिए।

कुछ देहातों में गाँव की प्रजनन आवश्यकताओं को पूरा करने के लिए साँड़ों को पाला-पोसा जाता है। नई प्रजनन नीति में इस परंपरा का भी समावेश करना चाहिए। इसके अलावा एक बात और है कि इस तरह गाँव के लिए पाले-पोसे गए साँड़ को जब प्रजनन के लिए उपयोग में लाया जाता है तो गाँववाले उपभोक्ता इस काम के लिए साँड़ के पालनकर्ता को कुछ शुल्क भी देते हैं। यह एक स्वस्थ परंपरा है और संगठित प्रयासों में उसका स्वागत किया जाना चाहिए।

यहाँ एक बात का उल्लेख करना आवश्यक है कि एक उम्र के बाद साँड़ों को बधियाने की प्रथा का केवल पशुओं के प्रति निर्दयता ही नहीं बल्कि प्रजनन की दृष्टि से भी निर्मूलन नितांत आवश्यक है।

जहाँ अच्छा संगठन है, प्रशिक्षण सुविधाएँ उपलब्ध हैं और हिमांक के नीचे के तापमान में जमाए गए साँड़ शुक्राणुओं के उत्पादन, भंडारण तथा परिवहन के लिए जहाँ द्रव नाइट्रोजन उपलब्ध है, वहाँ कृत्रिम रेतन प्रक्रिया भी उपयोगी हो सकती है। इस प्रक्रिया के कारण परखी हुई संतान क्षमतावाले उच्च नस्ल के साँड़ों का बहुआयामी उपयोग होने पर प्रगति और उत्पादन क्षमता बढ़ जाती है। यह प्रक्रिया खासकर उन गायों के संदर्भ में महत्त्वपूर्ण है जिनको विदेशी साँड़ों के साथ संकर करवाना तय हो गया है, क्योंकि इसके कारण प्रजनन क्षेत्र में की गई प्रगति का लाभ अन्य देशों को भी पहुँचाया जा सकता है। नई प्रजनन सामग्री एवं तकनीक तभी सार्थक होंगी जब इस प्रक्रिया के अन्य कतिपय घटकों के साथ उनका तालमेल बराबर बैठाया जाए। गायों की उत्पादकता में टिकाऊ प्रगति सुनिश्चित करने हेतु इस बात की सावधानी बरती जानी चाहिए कि समूचे ग्राम विकास की व्यवस्था न बिगड़े।

ग्रामसेवा केंद्र तथा कृत्रिम रेतन केंद्र ही सारी विकास प्रक्रिया प्रारंभ करने के लिए सुयोग्य स्थान हैं। यहाँ से फिर पशुसंख्या नियंत्रण तथा उनके विकास की विविध योजनाओं को प्रारंभ किया जा सकता है। इनमें प्रजनन तथा पालन-पोषण के विषय में सब प्रकार का परामर्श एवं नियमित पशु वैद्यकीय निरीक्षण उपाय आदि सुविधाओं का समावेश किया जा सकता है। इन सब योजनाओं के प्रत्यक्ष में क्या परिणाम देखने को मिल रहे हैं इसकी चर्चा तथा पुनरीक्षण भी इन केंद्रों में ग्रामीण पशुपालनकर्ताओं से विचार-विनिमय करते हुए किया जा सकता है।

पशुपालन के बारे में ग्राम परामर्शदाताओं को इन पशुओं को दी जानेवाली खुराक के लिए आवश्यक घटकों का प्रबंध करने का दायित्व उठाना होगा। उनसे जो कार्य करवाना है उसके लिए पर्याप्त खुराक तो उन्हें देनी ही पड़ेगी। इस काम में इन परामर्श समितियों को सड़कों के किनारे उपलब्ध घास-चारा कितना है? फसल कटाई के बाद शेष कूड़ा कितना और कहाँ उपलब्ध है? सड़कों के पास ही चारागाह अथवा गोचर भूमि कहाँ और कितनी है? कृषि उद्योगों से उत्पन्न घनीभूत पदार्थ कैसे प्राप्त किए जा सकते हैं? आदि बातों की जानकारी प्राप्त करनी होगी। इस जानकारी का वितरण करते हुए तथा विविध संभावनाओं के बारे में चर्चा करते हुए पशुसंख्या तथा उपलब्ध संसाधनों के बीच अधिकतम अनुपात रखना फिर कोई कठिन काम नहीं होगा।

इन दोनों घटकों में बढ़ते हुए असंतुलन, भूमि-मनुष्य संबंधों में बढ़ती विषमताओं तथा पशुपालनकर्ताओं की व्यक्तिगत आवश्यकताओं के अनुसार सामने आनेवाली विविध प्राथमिकताओं के कारण विस्तार कार्य में बाधा पड़ सकती है। इन बाधाओं को दूर करने या उनपर विजय प्राप्त करने के लिए ग्रामवासियों में एक राय कायम करना अत्यंत आवश्यक होगा और विशेषज्ञ परामर्श समिति की सहायता लेना भी जरूरी होगा। अतः कृषि तथा पशु उत्पादन से संबंधित परामर्शदाताओं को भी विशिष्ट प्रदेशों की खास सामाजिक-आर्थिक धारणाओं की समझ अपने में विकसित करनी होगी ताकि उन्हें विविध समस्याओं का विस्तृत ज्ञान हो सके।

चयन, पशुहत्या प्रतिबंध और गो मांस उद्योग

अब तक हमने जिन महत्त्वपूर्ण उपायों की चर्चा की उन उपायों को घाटा घटाने के लिए भी किसी-न-किसी जरिए की आवश्यकता होगी, क्योंकि चयन तथा अस्वीकार प्रक्रिया में कुछ तो घाटा अवश्य ही आएगा। अतः उपलब्ध पशु और संसाधनों में रहनेवाले अनुपात का नियमन करना अनिवार्य होगा। इसका सीधा संबंध कुल पशुसंख्या की २० प्रतिशत आबादी से है। यहाँ हमारा ऐसे गाय-बैल मालिकों से पाला है जो कृषि केवल मुनाफे के लिए ही करते हैं और इसलिए मरे हुए पशुओं का आर्थिक दृष्टि से लाभकारी उपयोग करने का वे स्वागत ही करेंगे, बशर्ते उनकी धार्मिक भावनाओं को ठेस न पहुँचती हो।

इस दिशा में गो सदन योजना सरकार द्वारा उठाया गया शायद पहला कदम है जिसका समर्थन पुराणमतवादी हिंदू भी करते हैं। ये गो सदन दूर जंगलों में तथा रेगिस्तानी क्षेत्रों में स्थापित किए गए हैं। यह योजना पहली दो पंचवर्षीय योजनाओं

जितनी पुरानी है। आवारा गायों तथा बैलों को पकड़कर इनमें रखा जाता है और इसलिए इन्हें इन पशुओं की शरणस्थली भी कहा जाता है।

गो हत्या पर प्रतिबंध को सही मानते हुए ही इन गो सदनों का निर्माण किया गया है। तथापि देश में ऐसे कितने गो सदन हैं तथा उनमें कितनी गायों को सँभालने की क्षमता है, इस लेखक को ज्ञात नहीं है। बहरहाल, यह तो एक उत्साहवर्द्धक बात है कि लावारिस तथा आवारा गायों के बारे में सरकार निष्क्रिय निरीक्षक बनकर बैठी रहना नहीं चाहती और इस समस्या के समाधान की दिशा में कुछ व्यावहारिक कदम उठाना चाह रही है।

इसी तरह गोशालाएँ भी खोली गई हैं जो बूढ़ी तथा लावारिस गायों का बुढ़ापे का सहारा बनी हुई हैं। ये सार्वजनिक दानराशि से चलाई जाती हैं। यहाँ भी उनका सविस्तार विवरण लेखक को ज्ञात नहीं है और इसीलिए इन संस्थाओं का कुल मिलाकर क्या परिणाम हुआ है इसका आकलन करना संभव नहीं है।

गो सदनों तथा गोशालाओं में हिंदुओं की धार्मिक संवेदनशीलताओं को ध्यान में रखकर ही कार्य चलता है और सरकार तथा विस्तार कार्य में जुटे सभी को इन संवेदनशीलताओं का आदर करना ही चाहिए।

व्यापारिक हितों का ही विचार कर पशुपालन करनेवालों को ये योजनाएँ विलक्षण प्रतीत हो सकती हैं। यहाँ यह ध्यान में रखना चाहिए कि देश के सभी राज्य गो हत्या पर पूर्ण प्रतिबंध लगाने के पक्ष में नहीं हैं। वास्तव में कुछ राज्यों में सशर्त गो हत्या की अनुमति भी है और कुछ में तो कोई पाबंदी है ही नहीं, खासकर उन राज्यों में जहाँ बहुसंख्य आबादी गैर हिंदुओं की है। ऐसी परिस्थितियों में शीतागारों तथा बूचड़कामों के बाद बचनेवाले रक्त, हड्डियों, सींगों तथा अन्य मल पदार्थों पर प्रक्रिया करनेवाले संयंत्रों आदि की सुविधाओं से लैस बूचड़खानों का निर्माण संभव होना चाहिए। इन बूचड़खानों का स्थान कहाँ हो इसका निर्णय विविध सामाजिक तथा पर्यावरणीय परिस्थितियों का पूरा ध्यान रखने के बाद ही किया जाना चाहिए। इसके अलावा यह भी देखना चाहिए कि गो मांस का परिष्कृत वर्गीकरण क्या लाश का स्तर उन्नत कर सकता है। गाय यदि अच्छी खुराक से हृष्टपुष्ट हो और वह अधिक बढ़िया मांस देने के काबिल हो तो उसे बेचनेवाले उसकी ऊँची कीमत पा सकता है। कलकत्ता में ऑस्ट्रेलियाई सहायता से बना बूचड़खाना इसकी अच्छी मिसाल पेश करता है। और वह इन संभावनाओं को कारगर करने के काम को गति भी दे सकता है।

धार्मिक आस्थाओंवाला हिंदू मांस भक्षण से नफरत ही करता है, किंतु इससे

आबादी के अन्य लोग सामिष खाने में हिचकते हों, ऐसा नहीं है। अत: भारत के इन्हीं लोगों में मांसाहार को लोकप्रिय बनाया जा सकता है, बशर्ते वह उनकी आम भोजन–आदतों तथा स्वादों की पसंदगी के अनुकूल रूप में परोसा जाए। इसके अलावा इन्हीं मानकों को पूरा करनेवाले बूचड़खानों के लिए अपना व्यापार तेल उत्पादक यूरोपीय देशों के साथ बढ़ाना कठिन नहीं होगा। कतिपय एशियाई देश भी भारत से गो मांस आयात करने में आस्थावान् हो सकते हैं।

गाय–बैलों का पालन–पोषण करनेवाले लोग ही ऐसे बूचड़खानों के निर्माण में अगुवाई दिखाएँ तथा सहभागी हों यह बात महत्त्वपूर्ण है; किंतु ऐसा हुआ तभी वे अपने पशुओं के मांस को ऊँचा दाम मिलने की आशा रख सकते हैं। पशुपालनकर्ता संगठन, सहकारिता संस्थाएँ स्थापित कर इस कार्य को कर सकते हैं।

आवश्यकताओं को पूरा करने के लिए पशुहत्या का कानूनी प्रावधान हो तो मांस प्रक्रिया संयंत्र स्थापित करने की गुंजाइश काफी हद तक बढ़ाई जा सकती है। असाध्य रोग से जर्जर गायों को सूख–सूखकर काँटा होकर गल जाने देने की पुराण मतवादी हिंदू अवधारणा गाय को अति पवित्र माता मानकर उसकी पूजा तथा रक्षा करने के हिंदू दायित्व के ठीक विपरीत प्रतीत होती है। ऐसी अवधारणा की बजाय ऐसी गायों के कत्ल का पशु वैद्यकीय अनुशंसा के आधार नियमन करना अधिक युक्तिसंगत होगा।

भारत विश्व में पशु खालों के उत्पादन में अग्रणी देशों में है। अत: यहाँ से निर्यात होनेवाली इन खालों का स्तर सुधारने के लिए कुछ तो किया ही जाना चाहिए। ग्रामों में चमड़ा कमाने के जो तौर–तरीके अपनाए जाते हैं, आमतौर पर अब कालबाह्य हो गए हैं। यहाँ केवल मरे हुए पशुओं की ही खालें उतारी और कमाई जाती हैं।

इस पुस्तक में पूर्व पृष्ठों में 'पवित्र गाय' अवधारणा का जो विस्तृत विवरण दिया है उसके ठीक विपरीत अब सुझाए गए ये सारे उपाय प्रतीत होंगे। 'पवित्र गाय' वाली अवधारणा से ये सीधे टकराते लगते होंगे। वाकई हिंदू मानसिकता में गहरी पैठी उस 'पवित्र गाय' वाली अवधारणा से टकराव मोल लेने में कोई बुद्धिमानी नहीं है। किंतु इन उपायों के कुछ सकारात्मक पहलू भी हैं। उदाहरण के लिए ये उपाय पारंपरिक पशुपालन तथा पशु–संवर्धन की विशाल व्यवस्था का संरक्षण ही पेश करते हैं। इन उपायों के अतिरिक्त उस व्यवस्था के संरक्षण का कोई अन्य विकल्प भी तो नहीं है जिसका तुरंत लाभ नजर आता हो।

गो हत्या प्रतिबंध ऐसा दुर्लंघ्य रोड़ा नहीं है जो राजनीतिक तथा आर्थिक

समस्याओं के समाधान में बाधक बनता हो। उदाहरण के लिए कलकत्ता तथा मुंबई जैसे महानगरों से नगर में पाली जानेवाली गायों को दूसरे विश्वयुद्ध के बाद बलपूर्वक शहर के बाहर खदेड़ दिया गया तो ग्राहक के दरवाजे के सामने गाय दोहने की प्रथा देखते-ही-देखते गायब हो गई। हिंदुओं की नस को पहचाननेवाले तो इस बात को लेकर विद्रोह खड़ा होने की आशंका प्रकट कर रहे थे; किंतु कुछ भी नहीं हुआ। उफ तक किसी के मुँह से नहीं निकली। उस समय विश्वयुद्ध समाप्त हुआ था। भारत को आजादी मिली थी। भारत का विभाजन होकर पाकिस्तान का निर्माण हुआ था। शायद इन्हीं घटनाओं के कारण महानगरों से पालतू गायों को खदेड़ने की घटना के बारे में कोई प्रतिक्रिया नहीं प्रकट हुई। वास्तव में वह हिंदुओं की भावनात्मक मानसिकता पर आघात और एक अतिक्रमण ही था। फिर भी बात आई-गई हो गई। उस घटना में निहित तर्क का, शहरों का तेजी से होता जा रहा विकास और शहरों में बढ़ती परिवहन समस्या का भान होने के कारण ही जनमानस उद्वेलित नहीं हुआ होगा।

इसके अलावा बात यह भी थी कि शहर के ग्राहकों को दूध बस्तियों से दूध पहुँचाया जाने लगा था और उन बस्तियों में गायों की देखभाल तथा पालन-पोषण पहले से कहीं अच्छा होने लगा था। इसलिए ग्राहकों ने भी इस परिवर्तन को आसानी से स्वीकार कर लिया। बड़े शहरों को दूध पहुँचाने की दृष्टि से इन दूध बस्तियों ने एक आदर्श मानक स्थापित किया। इसका कारण यह था कि इस योजना में ग्राहकों, व्यापारी, पशुपालनकर्ताओं और गायों की आवश्यकताओं का पर्याप्त ध्यान रखा गया था। तेजी से बढ़ते जा रहे शहरों तथा महानगरों में इन बस्तियों का भविष्य निश्चय ही आश्वासक होगा।

लघु गो संवर्धन

भारत में गो पालन तथा संवर्धन परंपरा से एक ढाँचे-ढर्रे में चलता आया है। 'पवित्र गाय' अवधारणा का उसपर प्रभाव रहा है तथा उसीसे उसे संरक्षण भी प्राप्त है। कैसे, यह ओदेंधाल ने एक उदाहरण देकर स्पष्ट किया है। उन्होंने पश्चिम बंगाल में गायों की विशाल संख्या पर एक प्रयोग किया। गायें कितनी ऊर्जा सेवन करती हैं और कितनी ऊर्जा प्रदान करती हैं, इसका उन्होंने ग्रामीण क्षेत्र में अध्ययन किया। गो पालन तथा संवर्धन की इस पारंपरिक प्रणाली में कितने गुण हैं इसका उन्होंने अन्वेषण किया और पाया कि उसमें काफी गुण हैं। इस व्यवस्थापन में कितना नाजुक संतुलन है इसे उन्होंने अपने अध्ययन निबंध में स्पष्ट किया है। नए

तौर-तरीकों तथा खोजों के प्रति यह पारंपरिक व्यवस्थापन कितना संवेदनशील है इसे स्पष्ट करते हुए ओदेंधाल ने कहा है कि गो पालन तथा संवर्धन के पुराने तौर-तरीकों में परिवर्तन लाने के हेतु किए जानेवाले हर प्रयास में इस संवेदनशीलता को स्वीकार करना ही चाहिए। इस क्षेत्र में जो भी परामर्श-सेवाएँ उपलब्ध थीं सारी पहले ही कार्यरत हैं और संसाधन भी सारे इसी प्रक्रिया में लगाए जा चुके हैं। अत: नई प्रणाली के लिए इनमें से कुछ भी उपलब्ध नहीं है। जो सेवाएँ तथा संसाधन उपलब्ध थे सब कृषि तथा पशु उत्पादन के आधुनिकीकरण में लगाए जा चुके हैं। उस प्रक्रिया को स्थिर पद करने में वे जुटे हैं। इस दिशा में काफी पहल पहले ही की जा चुकी है।

इस क्षेत्र में और अधिक सुधार लाने के लिए किसी योजना का विचार तथा प्रारूप तैयार करते समय अन्य क्षेत्रों में भी प्रचलित पशु व्यवस्थापन तथा आनुषंगिक सामाजिक-आर्थिक पृष्ठभूमि के बारे में और अधिक जानकारी प्राप्त करना अत्यावश्यक है। यहाँ यह सुझाव समीचीन होगा कि ओदेंधाल ने पश्चिम बंगाल में जो अध्ययन तथा पड़तालें कीं उन्हें देश के अन्य महत्त्वपूर्ण क्षेत्रों में फैलाने के लिए वहाँ की वैज्ञानिक संस्थाओं तथा परामर्श सेवाओं तक पहुँचाया जाए, क्योंकि अपनी सीमित क्षमता के कारण ये संस्थाएँ स्वयं ऐसे अध्ययन नहीं कर सकतीं। साथ ही यह ध्यान में रखना होगा कि इस प्रकार फैलाई जानेवाली जानकारी सर्वत्र एक जैसी हो, अलबत्ता, क्षेत्रीय विशेषताओं के अनुसार उसमें थोड़ा-बहुत परिवर्तन करने की गुंजाइश अवश्य रखी जाए।

अनुसंधान के नए आयाम विविध प्रणालियों में सामंजस्य पर ही निर्भर करने चाहिए। इसलिए जो कार्यदल ऐसी पड़तालों के लिए जाएँगे उन्हें विविध प्रणालियों से चुना जाना चाहिए। ऐसा करने से ही सामाजिक-आर्थिक तथा वैज्ञानिक विचारधाराओं में तथा उनके प्रत्येक घटक में सहकारिता तथा सहयोग स्थापित होगा। ऐसे अध्ययनों का एक उपपरिणाम यह होगा कि विविध क्षेत्रों के युवा विद्वानों तथा विशेषज्ञों को सम्मिश्र प्रयास में इकट्ठा आने तथा साथ में काम करने का अवसर प्राप्त होगा। आज विविध धाराओं के विशेषज्ञ व्यावसायिकों में आपस में कोई वैचारिक आदान-प्रदान नहीं हो रहा है। ऐसा करने से इन युवा विशेषज्ञों को विदेशी विशेषज्ञों की तुलना में अपने-अपने देश में संस्थात्मक तथा संगठनात्मक व्यवस्थाओं के मूल्यमापन का ठोस आधार भी मिलेगा।

□

अध्याय-४

बैलगाड़ी व्यवस्था तथा पशु ऊर्जा संसाधन

पूर्व अध्यायों में खेती तथा परिवहन कामों के लिए आवश्यक बैलों के गायों से पैदा होनेवाले एक महत्त्वपूर्ण पहलू का उल्लेख किया गया है। यह है ऐसे बैलों से कार्यरूप में उत्पन्न ऊर्जा। विकासशील देशों, खासकर भारत में तो इस पशु संसाधनों से प्राप्त ऊर्जा का बहुत महत्त्व है। इसलिए इस संदर्भ में उत्पन्न होनेवाली समस्याओं की स्वतंत्र चर्चा आवश्यक है।

विश्व ऊर्जा संकट के परिणामस्वरूप भारत में बैलों से काम करवा लेने की प्रथा का पिछले दशक में जोरदार पुनरागमन हुआ है। यह बात खासतौर पर सभी विकासशील देशों में देखी गई है। कारण, ये देश तेल पर निर्भर हैं और विश्व में तेल तथा गैस कीमतें इतनी बढ़ गई हैं कि किसान उनका उपयोग कर ही नहीं पा रहे हैं। अब बैलों का खेती-बाड़ी तथा परिवहन आदि कामों में उपयोग करना बीते जमाने की बात नहीं रही है। बल्कि उसे ऊर्जा बचत की संभावनाओं से भरपूर कृषि कामों तथा परिवहन की आवश्यकताओं को पूरा करने का चुस्त विकल्प माना जाने लगा है।

अफ्रीकी देशों की भाँति बैलों से खेती-बाड़ी के काम करवा लेना एशियाई देशों, खासकर दक्षिण-पूर्व एशियाई देशों में महत्त्वपूर्ण माना जा रहा है और उसका महत्त्व बढ़ता ही जा रहा है। यह रुझान—१. भारतीय प्रायद्वीप के पाकिस्तान, बँगलादेश, भारत और नेपाल जैसे देशों में, २. इंडो-चायना के लाओस, कंबोडिया, वियतनाम देशों में, ३. मलेशिया तथा इंडोनेशिया में और ४. चीन में देखा जा रहा है।

इस प्रथा को जो महत्त्व प्राप्त हो गया है उसकी गणना नहीं की जा सकती। इस समूचे क्षेत्र में २०० करोड़ की आबादी है और उसके पास २० करोड़

बैल हैं, जिनकी कार्यक्षमता उनकी नस्ल व्यवस्थापन तथा खुराक के अनुसार कम-अधिक है। अंतरराष्ट्रीय कृषि अनुसंधान के परिप्रेक्ष्य में सी.जी.आई.ए.आर. प्रणालियाँ एशियाई देशों में भी महत्त्व पा चुकी हैं। इनकी 'इलका' नामक एक संस्था इथियोपिया में है और उसने इस विषय की सारी जानकारी विकसित की है। उसमें बैलों द्वारा किए गए खेती परिश्रम से जुड़े सभी प्रश्नों के बारे में आवश्यक जानकारी है और यह संस्था इस विषय में किए गए या किए जानेवाले अध्ययनों में काफी मददगार होती है।

बैलगाड़ी प्रथा की स्थिति एवं समस्याएँ

भारत में ठाँठ पशुओं की संख्या लगभग ८ करोड़ है, जिनमें ७ करोड़ बैल ८० लाख भैंसे, ११.५ लाख ऊँट तथा ७.५ लाख घोड़े हैं। इनके अलावा कई हजार गधे, खच्चर तथा हाथी भी हैं। इनमें लगभग ७.४ करोड़ ठाँठ पशुओं को देहातों में तथा ६० लाख को नगरों में काम में लगाया जाता है। बैलों से अधिकतर खेती के काम तथा परिवहन परिश्रम लिये जाते हैं, जबकि भैंसें मुख्यत: धान की खेती में जोती जाती हैं। माल की ढुलाई भैंसों के बारे में द्वितीय महत्त्व रखती है। घोड़ों का काम मुख्यत: नगरों में मनुष्यों को लाने-ले जाने का होता है, जबकि ऊँट बोझ वहन के लिए पर्वतीय क्षेत्रों अथवा रेगिस्तानी इलाकों में काम में लगाए जाते हैं।

कृषि जमीन का ७० प्रतिशत खेत होते हैं और इनमें से केवल २० प्रतिशत खेतों की जमीन २ हेक्टेयर से भी कम होती है और इसलिए उसमें ट्रैक्टर का कोई उपयोग नहीं होता। कृषि विशेषज्ञों का मानना है कि सबसे छोटे ट्रैक्टर के उपयोग के लिए कम-से-कम ३ हेक्टेयर का खेत हो तभी वह किफायती होता है। उनका यह भी कहना है कि खेत कम-से-कम ४ से ५ हेक्टेयर के हों तभी १५ अश्वशक्तिवाला ट्रैक्टर अपनी पूरी क्षमता से उनमें चलाया जा सकता है। यह भी आवश्यक है कि ट्रैक्टर चलाए जानेवाले खेतों में खेती सघन हो। ये ऐसी परिस्थितियाँ हैं जो भारत में प्रचलित कृषि प्रणालियों में शायद ही पाई जाती हैं। यह परिस्थिति भारत में चल रहे चिरंतन विदेशी मुद्रा संकट तथा मजदूरों की स्थायी बहुतायत के कारण और भी गंभीर बन जाती है। देहातों में बेरोजगारी ४० से ६० प्रतिशत होती है। अत: प्रचलित कृषि प्रणालियों के अत्यधिक विदेशी मुद्रा पर आधारित यांत्रिकीकरण की वहाँ तुरंत कोई आवश्यकता नहीं है।

भारत में लंबी दूरी के माल परिवहन के लिए रेलवे (६१,००० कि.मी., जिनमें ४,८०० कि.मी. का विद्युतीकरण हो चुका है।) तथा ट्रकों की प्रधानता होती

है। फिर भी बैलगाड़ी प्रणाली ही एक देहात से दूसरे देहात तक माल की ढुलाई और परिवहन तथा पास-पड़ोस के नगरों एवं बाजार केंद्रों तक के लिए उपयोग में लाई जाती है। किंतु चूँकि भारत से, खेतों में काम करनेवाले बैल तथा अन्य पशु कितने हैं इसकी जानकारी बहुत ही कम मिली है, इसका उद्‍देश्य बैलगाड़ी प्रणालियों का बारीकियों के साथ अध्ययन करना ही है। हालाँकि इंडियन इंस्टीट्‍यूट ऑफ मैनेजमेंट ने सड़क परिवहन द्वारा होनेवाली माल की ढुलाई के बारे में कुछ जानकारी इकट्‍ठी की है।

तकनीकी और मानवीय समस्याएँ

सदियों से बैलगाड़ी प्रणाली में कोई परिवर्तन नहीं आया है। उनके आकार-प्रकार भी लगभग वैसे ही चले आ रहे हैं जैसे सदियों पहले थे। बैलगाड़ी की संरचना सादी होते हुए भी आज भी अन्य प्रणालियों की तुलना में अधिक प्रभावशाली है। तालिका-९ में विभिन्न बैलगाड़ियों के आधार और उनमें सुधार लाने के परिणाम दिखाए हैं।

बैलगाड़ियों के तीन प्रकार हैं—

१. परंपरा से चली आई सादी बैलगाड़ी, जिसके पहिये काठ या लोहे के होते हैं।
२. लकड़ी की गाड़ियाँ, जिनके पहियों में हवा भरे डनलप के टायर लगाए होते हैं।
३. लोहे की चादरों से बनाई गई गाड़ियाँ, जिनमें भी हवा भरे टायर लगे होते हैं।

अब तक सरकार ने बैलगाड़ी प्रणाली में कोई सुधार नहीं लाई हैं न ऐसा करने में कोई आस्था जताई है। ऐसा कई कारणों से हुआ होगा—

१. सार्वजनिक (सरकारी) परिवहन खासतौर पर नगरों में बहुत अधिक उपयोग में लाए जाने के कारण अपनी प्रणाली में सदैव सुधार तथा आधुनिकीकरण चाहता रहा है और इसीलिए निजी देहाती परिवहन क्षेत्र की अपेक्षा उसे ही वरीयता मिलती रही है।
२. अधिकतर बैलगाड़ियाँ देहाती कारीगर बनाते हैं और उनका उत्पादन माँग के अनुसार होता है न कि विशाल मात्रा में। हालाँकि हवा भरे टायरोंवाली बैलगाड़ियाँ बनाने का कुछ औद्योगिक प्रयास अवश्य हुआ है।
३. पश्चिमी कृषि तकनीकों में प्रशिक्षित तथा कृषि के यांत्रिकीकरण की

अवधारणा में ढाले गए तकनीशियनों को इसकी परिकल्पना भी करते नहीं बनता कि इस मध्ययुगीन परिवहन प्रणाली में सुधार लाने पर भी वे व्यावसायिक प्रतिष्ठा प्राप्त कर सकते हैं।

४. इस बैलगाड़ी परिवहन प्रणाली के प्रत्यक्ष महत्त्व तथा कार्यक्षमता के बारे में अधिकतर विदेशी परामर्शदाताओं में काफी अज्ञान ही पाया जाता है। वे भूल जाते हैं कि सन् १९६० के दशक तक ठाँठ पशुओं से लिया जानेवाला काम तथा औजार एवं उनके लिए आवश्यक साज-सामान का निर्माण यूरोपीय देशों में कृषि उत्पादकता में महत्त्वपूर्ण भूमिका निभाते रहे। यह उस काल में होता रहा जब वहाँ बड़े पैमाने पर यांत्रिकीकरण नहीं हुआ था। आगे चलकर इस क्षेत्र को द्विपक्षीय तथा बहुपक्षीय प्रकल्पों में कोई समर्थन नहीं मिला।

परंपरा से चली आई बैलगाड़ी मुख्यतः काठ की होती है और उसके पहियों पर लोहे की हाल चढ़ाई होती है। इसी प्रकार की गाड़ियाँ सर्वत्र पाई जाती हैं। हालाँकि इसके आकार-प्रकारों में कुछ सुधार अवश्य हुए हैं। एकदम सादी बैलगाड़ी बनाने के लिए १,००० से २,००० रुपए व सुधारित प्रकार की बनाने में २,००० से ४,००० रुपए खर्च आता है। (रामस्वामी, १९७१ १,००० रुपए = २५० ड्युश मार्क) इन बैलगाड़ियों का निर्माण एक उद्योग ही बन गया है, जैसा निम्न हिसाब के अनुसार स्पष्ट होगा कि यह कम महत्त्ववाला उद्योग क्षेत्र हरगिज नहीं है—

१. साल भर में अनुमानतः १ लाख बैलगाड़ियों की आवश्यकता होती है।
२. एक बैलगाड़ी बनाने के लिए ७० कार्यदिन लग जाते हैं।
३. आर्थिक दृष्टि से विचार किया जाए तो बैलगाड़ियों के आकार-प्रकार के अनुसार उनका वार्षिक उत्पादन अंदाजन १० से २५ करोड़ रुपए का होता है। इनके निर्माण में ७० लाख कार्यदिन लग जाते हैं।
४. इन बैलगाड़ियों के रख-रखाव और देखभाल पर प्रतिवर्ष प्रति गाड़ी ७ कार्यदिन लगते हैं।
५. बैलगाड़ियों का निर्माण तथा समूचे देश में पूरे १.५ करोड़ बैलगाड़ियों के समुदाय के रख-रखाव के लिए अनुमानतः १० करोड़ कार्यदिन प्रतिवर्ष लग जाते हैं। (रामस्वामी, १९७९)

साल में २०० दिवस कारीगर काम करते हैं ऐसा मानकर बैलगाड़ी निर्माण उद्योग में दिन/मजदूर/वर्ष के आधार पर ५ लाख लोगों को रोजगार प्राप्त होता है। यह मान लेने पर कि इनमें आधे लोग अंशकालीन मजदूर होते हैं, यह संख्या

७ लाख ५० हजार तक पहुँच जाती है। ये लोग नई बैलगाड़ी की मरम्मत करने के काम पर लगे होते हैं। अनुमान है कि २ करोड़ लोग प्रत्यक्ष अथवा परोक्ष में बैलगाड़ी प्रणाली पर अपनी जीविका चलाने की आमदनी पर निर्भर करते हैं और उनमें उनके आश्रितों की संख्या को मिला दें तो १२ करोड़ लोगों (यानी भारत की आबादी के १७ प्रतिशत हिस्से) को इस बैलगाड़ी प्रणाली से कोई-न-कोई आर्थिक लाभ मिलता रहता है।

इन बैलगाड़ियों की कार्यक्षमता इसपर निर्भर करती है कि वे आदिम काल के अनुसार लकड़ी के पहियों की बनाई हुई हैं, सादे रूप में पहियों पर लोहे की हालवाली हैं अथवा आधुनिक डनलप गाड़ी है, जिसमें रबड़ के टायरवाले पहिये लगे हैं (तालिका-९ देखें)। भारत में कुल १.५ करोड़ बैलगाड़ियाँ हैं। इनमें केवल ५ प्रतिशत यानी ८ लाख ही आधुनिक डनलप गाड़ियाँ हैं, जिनमें रबड़ के टायर लगे होने के कारण वे समतल पक्की सड़कों पर भी आसानी से दौड़ाई जा सकती हैं। तालिका-१० से स्पष्ट होगा कि सन् १९४७ और १९७८ के बीच भारत में बैलगाड़ियों की संख्या लगभग दूनी हो गई, जो वृद्धि ३ प्रतिशत प्रतिवर्ष बनती है। वृद्धि की यही दर कायम रही है ऐसा मान लें तो आज देश में कोई १.७७ करोड़ बैलगाड़ियाँ होंगी। शायद इनमें डनलप गाड़ियों का अनुपात ज्यादा ही होगा। उनकी आर्थिक भूमिका कम-से-कम ५.५ लाख छोटे खेतों के लिए तो शायद और भी महत्त्व रखने लगी हो।

इसमें कोई संदेह नहीं कि पारंपरिक बैलगाड़ी में काफी त्रुटियाँ हैं जो कोई विशेष खर्चा न करते हुए भी दूर की जा सकती हैं यदि निम्न बातों की ओर अधिक ध्यान दिया जाए—

१. चिकने बालबेयरिंग,
२. गाड़ी का वजन हलका रखें,
३. अड़गोड़े,
४. सुधारित साज और
५. समतल पक्की सड़कों पर डनलप पहियों का उपयोग।

बैलगाड़ी प्रणाली के तकनीकी पहलुओं की सविस्तार चर्चा इस रपट के दायरे के बाहर होगी। तथापि उपर्युक्त सुझावों पर अमल किया जाए तो गाड़ी के मालिक को निम्न अल्पावधि लाभ मिल सकेंगे—

१. अधिक आमदनी,
२. अतिरिक्त रोजगार,

३. अधिक भारवहन क्षमता,

४. सड़कें कम खराब होंगी,

५. बैलों की आयु बढ़ेगी तथा

६. बैलों की जीवन स्थिति सुधरेगी।

सन् १९७८ में भारत में १.२ करोड़ बैलगाड़ियाँ देहातों में तथा ३० लाख नगरों में थीं। ९९ प्रतिशत बैलगाड़ियाँ निजी थीं। देहातों में एक बैलगाड़ी एक दिन में ०.५ टन माल ढोती थी तथा शहरों में ३/४ टन। इंडियन इंस्टीट्यूट ऑफ मैनेजमेंट के अनुसार देहात की एक बैलगाड़ी १ दिन में १० कि.मी. का सफर करती थी तथा शहरों में २० कि.मी. का। यह भी अनुमान लगाया गया था कि बैलों तथा भैंसों को परिवहन के कामों में देहातों में लगभग ५२ दिन तथा शहरों में २६० दिन लगाया जाता है। इसके अतिरिक्त देहातों में खेती-बाड़ी के कामों में बैलों को सप्ताह में ३ से ४ दिन जोता जाता है।

इस सांख्यिकी के आधार पर बैलगाड़ियों द्वारा प्रतिवर्ष टन/कि.मी. में किया जानेवाला कार्य विवरण निम्नानुसार बनता है—

१.२ करोड़ गाड़ियाँ (ग्रामीण क्षेत्र में) × ०.५ टन भार
× १० कि.मी. × ५२ दिवस = ३१२ करोड़ टन/कि.मी.

३० लाख गाड़ियाँ (शहरी क्षेत्र में) × ०.७५ टन भार
× २० कि.मी. × २६० दिवस = ११७० करोड़ टन/कि.मी.

दोनों क्षेत्रों में कुल कार्यक्षमता अनुमानतः = १५०० करोड़ टन/कि.मी.

ये आँकड़े एकदम अचूक नहीं हैं, फिर भी उनके आधार पर पशुओं द्वारा कितनी कार्यरूप ऊर्जा मिलती है इसका मोटा अनुमान तो लगाया ही जा सकता है।

रामस्वामी (१९७९) के अनुसार ८ करोड़ पशुओं द्वारा किया जानेवाला वार्षिक कार्य ३० हजार मेगावाट ऊर्जा के बराबर होता है। यदि इतनी ऊर्जा का औद्योगिक उत्पादन किया जाए तो उसके लिए ३०,००० करोड़ रुपए (७,५०० करोड़ ड्युश मार्क) लागत आएगी, जबकि पशु श्रम पर आधारित उसकी लागत केवल १०,००० करोड़ रुपए (२,५०० करोड़ डी.एम.) ही आती है। इस मूल्यांकन में गोबर उत्पादन का मूल्य (खाद, ईंधन तथा लिपाई-पुताई) अथवा मांस तथा खालों का उत्पादन मूल्य शामिल नहीं किया गया है। इस सांख्यिकी की संबंधित विशालता महत्त्वपूर्ण है। ३० हजार मेगावाट की पशु ऊर्जा की तुलना में देश में कुल बिजली की खपत केवल २६ हजार मेगावाट ही है। एक अन्य अनुमान के अनुसार भारत की कुल ऊर्जा आवश्यकता का ६६ प्रतिशत पशु संसाधनों से आता

है। मानव परिश्रम से निर्मित ऊर्जा २० प्रतिशत होती है तथा शेष १४ प्रतिशत ऊर्जा कोयला जैसे अन्य संसाधनों से पैदा की जाती है। (रामस्वामी, १९७९)

अतः यह आश्चर्य की बात है कि ग्रामीण अंचल में ऊर्जा की स्पष्ट कमी तथा खेतों का आकार छोटा होते हुए भी ऊर्जा के स्रोत के रूप में ठाँठ पशुओं को आर्थिक दृष्टि से इतनी कम वरीयता दी जा रही है। वास्तव में इस स्रोत द्वारा प्राप्त ऊर्जा की मात्रा को पशु खाद्य व्यवस्थापन में काफी सुधार लाकर तथा प्रजनन क्षमता का पूरा उपयोग करते हुए काफी बढ़ाया जा सकता है। किंतु इस स्रोत से प्राप्त होनेवाली ऊर्जा का कभी-कभार ही—विशेषतः काम के समय बढ़नेवाली माँग को पूरा करने के लिए तथा अकसर संयोगवश ही उपयोग किया जाता है। परिणामतः इस क्षमता का काफी बड़ा हिस्सा जाया होने दिया जाता है। यहाँ कहना ही होगा कि इन पशुओं के साथ जो सदैव निर्दयता भरा व्यवहार किया जाता है उसके कारण उनकी कार्यक्षमता का पूरा उपयोग नहीं हो पाता।

इस परिप्रेक्ष्य में इंडियन इंस्टीट्यूट ऑफ मैनेजमेंट द्वारा लगाए गए मूल्यमापन काफी महत्त्वपूर्ण हो जाते हैं। इस संस्थान के अनुसार बैल या भैंस की कीमत १,००० से २,००० रुपए होती है। इन्हें दो-तीन साल के होते ही काम में जोता जाता है। इनके लिए प्रतिदिन २ से ४ रुपए का खाद्य खरीदा जाता है। ये पशु जब काम पर लगाए नहीं जाते होते आमतौर पर धान-फसल के कूड़े तथा सड़कों या गड्ढों के किनारे उगनेवाली घास खाकर ही गुजारा करते हैं। बैलों तथा भैंसों से ८ से १५ वर्ष तक काम करवाया जाता है। यह अवधि उनसे कितना काम करवाना है इसपर निर्भर करती है। उनसे किस प्रकार की मेहनत करवाई जाती है, उन्हें क्या और कितना खिलाया जाता है, किस प्रकार की गाड़ी में उन्हें जोता जाता है तथा पशु वैद्यकीय देखभाल कैसे और किस दरजे की है, इसपर भी उनके कार्यक्षम रहने की अवधि का कम-ज्यादा होना निर्भर करता है। ये अंतिम बातें पशुपालन की दुर्बलताएँ ही हैं।

जैसाकि पहले कहा गया है, बैलगाड़ी प्रणाली की कार्यक्षमता, उसकी लोकप्रियता और उसमें सुधार करने की लोकेच्छा पर इन कार्यपशुओं के साथ किए जानेवाले अमानवीय व्यवहार के कारण बुरा असर पड़ता है। कैसे? इसकी चर्चा हम अब करेंगे।

नर नस्लों को बधियाना

यूरोप में बछड़ों को उनके जनम के पहले ३ महीनों में ही बधियाया जाता है। इसलिए कि यथासंभव उन्हें वेदनाएँ कम हों और संक्रामक रोगों से उन्हें बचाया जा

सके। इसके विपरीत भारत में बछड़ों को १२ से १४ महीनों की आयु में बधियाया जाता है और इसके लिए उन्हें चेतनाशून्य करने की कोई दवाई नहीं दी जाती है। परिणामत: बछड़ा असहनीय वेदनाओं से तड़पता रहता है। बधियाने की प्रक्रिया भी एकदम मध्ययुगीन होती है। बछड़ों के पैर ऐसे बाँध दिए जाते हैं कि वे छटपटा भी नहीं सकते और फिर उनके अंडकोषों को पत्थर से कूट दिया जाता है। फलस्वरूप अकसर अंडकोषों की चमड़ी में काफी घाव हो जाते हैं, जिनके संक्रामक जंतुओं से पीड़ित होने का खतरा होता है।

सींगों की कटाई

पशु की उम्र बढ़ जाने के बाद उसके सींगों को काटना उन्हें भीषण यातनाएँ देनेवाला होता है। यूरोप में इन पशुओं के सींगों को जनम के कुछ ही दिनों बाद काट दिया जाता है और उतना भाग चेतनाशून्य बनाने की भी कोई आवश्यकता नहीं होती। किंतु बैल की उम्र बढ़ जाने के बाद आरी से उसके सींगों को काटना एक बड़ी शल्यक्रिया होती है जो स्थानीय चेतनाशून्यता की दवाई देकर ही की जानी चाहिए।

साज को कड़ाई से कसना

९० प्रतिशत बैलगाड़ियाँ दो पहियोंवाली होती हैं। खेती-बाड़ी के कामों के अतिरिक्त बैलों की गरदन पर जुए या अड़गोड़ा का भार भी डाला जाता है, जब उनसे कोई बोझ ले जाया जाना होता है। इसका बोझ उनकी गति को नियंत्रण में रखने के लिए बाँधा या चढ़ाया जाता है। ये साज और अड़गोड़ा गरदन पर रखे जानेवाले जुए के साथ संतुलन नहीं रखते तो बैलों को ढलान उतरते समय बहुत कष्ट पहुँचता है। इसके परिणामस्वरूप बैलों की गरदन पर स्थायी घाव पड़ जाते हैं, जिनके पककर सड़ने लगने की आशंका होती है। साजों को इतनी कड़ाई से कसने की प्रथा में सुधार लाने की इसीलिए काफी जरूरत है। बैलगाड़ियों के ढाँचों में भी काफी सुधार किए जा सकते हैं।

अत्यधिक बोझ

खेती के काम आनेवाला ठाँठ बैल उसके अपने वजन से दूना बोझ २५ से ३० कि.मी. तक खींचकर ले जाता है ऐसा अनुभव है। ढुलाई के काम के वास्ते साज चढ़ा बैल १५० कि.मी. का वजन २५ से ३० कि.मी. तक लादकर ले जा सकता है। लेखक ने स्वयं देखा है कि अकसर गाड़ियों में तथा बैल की पीठ पर इससे कहीं अधिक बोझ लादा जाता है। 'इलका' (इंटरनेशनल लाइवस्टॉक सेंटर

ऑफ अफ्रीका, आदिस अबाबा) द्वारा प्रकाशित सामग्री में बैलों पर लादे जानेवाले बोझ तथा उनकी कार्यकुशलता में क्या अनुपात होना चाहिए इसकी सविस्तार जानकारी दी गई है।

दाग देना

अनेक पशुपालनकर्ताओं में एक मिथ्या विश्वास होता है कि बैलों की पीठ तथा सिर पर जलती सलाखों से दाग देने पर उनकी रोग प्रतिकार क्षमता बढ़ जाती है। इस प्रकार लाल-लाल गर्म सलाखों से दाग देने पर बेचारे बैल को भयंकर यातनाएँ देनेवाली पीड़ा होती है और उसमें एक ऐसा डर पैदा हो जाता है कि जलती हुई लाल सलाखों को देखते ही वह हड़कंप मचा देता है यद्यपि उसे दागने की प्रक्रिया बरसों पहले हो चुकी होती है।

लोहे की छड़ों से हाँकना

अधिकांश देशों में बैलों को हाँकने के लिए सादा हंटर काम में लिया जाता है, किंतु भारत में उन्हें लोहे की छड़ से या आरी लगी लकड़ी की छड़ी से हाँका जाता है। ये आरी बैलों के पृष्ठभाग में गड़ाई या चुभाई जाती है। हंटर या चाबुक की फटकार की वेदनाएँ चमड़ी में काफी बड़े भाग तक फैल जाती है और स्वीकारणीय सीमा में ही रहती हैं। किंतु लोहे की छड़ या आरी से होनेवाली वेदनाएँ बहुत होती हैं। वे एक ही बिंदु में केंद्रित होती हैं और इस अकस्मात् होनेवाले उस आघात को सहने के लिए बैल तैयार नहीं होता और आरी के चुभोए जाते ही वह विरोध में संघर्ष करने पर उतर आता है। आरी के चुभोए जाने से होनेवाले घाव पकने की बात तो अकसर देखी जाती है।

खुरों की असुरक्षा

केंद्र सरकार के अधिकारवाले रास्ते अच्छी हालत में होते हैं, किंतु बैलगाड़ियों के लिए जिन रास्तों का उपयोग किया जाता है उनकी हालत बहुत अच्छी नहीं होती है। अधिकतर मार्ग पर बैलों को बहुत ही ऊँची-नीची और उखड़ी-उखड़ी राहों पर चलना तथा गाड़ी को खींचना पड़ता है। इससे उनके खुर खराब हो जाते हैं। फलतः अकसर बैल लँगड़ाने लगते हैं। भैंसों के खुर बैलों की तुलना में अधिक नरम होते हैं। हर रोज खेतों के कीचड़ में चलने से वे और भी नरम पड़ जाते हैं और खुर के रोगों के शिकार होते हैं। किंतु धान के खेतों में काम करते रहने पर भी भैंसों पर लँगड़ाने की नौबत नहीं आती, क्योंकि जमीन नरम

होती है। किंतु खराब सड़कों पर लंबी दूरी तक चलाए जाने पर अतीव वेदनाकारी लँगड़ाने की नौबत उनपर भी आ जाती है।

अपर्याप्त पशु वैद्यकीय सेवाएँ

भारत में सरकार द्वारा मुहैया की जानेवाली पशु वैद्यकीय सेवा की सबसे बड़ी कमजोरी है देहाती इलाकों में उसका लगभग अभाव। ये देहात सुदूर अंचल में जंगलों में होती हैं और वहाँ तक पहुँचने के लिए उपलब्ध रास्तों की हालत बहुत खराब रहती है। यही कारण है कि दूर-दूर की देहातों में पशु वैद्यकीय सेवा का कोई प्रबंध नहीं होता है। कई वेदनाकारी फोड़े या गहरे पहुँचे मवादी व्रण बैलों के शरीर से तुलनात्मक दृष्टि से शीघ्र ही और आसानी से निकाले जा सकते हैं, यदि इस काम का प्रशिक्षण स्थानीय अज्ञानी लोगों को दिया जाए। इस प्रशिक्षण के बाद ये लोग ये सारी शल्य क्रियाएँ अच्छी तरह से कर सकते हैं और पशु वैद्यकीय सेवा पर आनेवाला दबाव हलका कर सकते हैं।

धूप से बचाव नहीं

गरमी के दिनों में बैलों को चिलचिलाती धूप में लंबे समय तक काम करना पड़ता है। इसके कारण विशेष प्रकार की समस्याएँ पैदा होती हैं। भैंसों में तो गरमी को नियंत्रित करने का कोई अंदरूनी प्रबंध ही नहीं होता। उनकी त्वचा पर बाल बहुत कम होते हैं और भीतर स्वेद ग्रंथियाँ भी थोड़ी ही होती हैं। फिर भैंसों का रंग आमतौर पर काला होता है और इसलिए सूरज की पारजंबू-रश्मि को वह प्रत्यावर्तित नहीं कर पाते। इस प्रकार सूरज की गरमी से जिन्हें संरक्षण प्राप्त नहीं होता, उन पशुओं में गरमी के दिनों में शरीर में काफी गरमी इकट्ठी हो जाती है। लेखक द्वारा किए गए अध्ययनों में पाया गया कि सीधी धूप में पशु शरीर में तापमान प्रति घंटा ०.७५° सैल्सियस बढ़ता है। इसका अर्थ यह हुआ कि धूप में छह घंटे काम करने पर भैंसे के शरीर का तापमान सवेरे ९ बजे के ३७.५° सैल्सियस से बढ़कर ४२° सैल्सियस हो जाएगा। इसके अलावा धूप में काम करते रहने से चमड़ी जलने की वेदनाएँ भी भैंसे को सीधे होने लगती हैं तथा परोक्षत: शरीर का भीतरी तापमान बहुत बढ़ जाने के कारण भी वेदनाएँ होती हैं। इस प्रकार अत्यधिक तापमान से तपे भैंसे को पूरे शरीर में कीचड़-स्नान कराने से काफी ठंडक मिलती है जो उसकी प्राणरक्षा के लिए आवश्यक है। आमतौर पर आवश्यक है कि खेतों में काम करनेवाले ठाँठ पशुओं का धूप से बचाव करने के लिए विश्राम के समय छायादार स्थानों का प्रबंध करना चाहिए।

भैंसों के लिए पीने के पानी का अभाव

वर्षाकाल प्रारंभ होने से पहले गरमी के दिनों में अकसर देखा गया है कि खासकर भैंसों के लिए पीने का पानी पर्याप्त मात्रा में उपलब्ध नहीं होता। एक भैंस को प्रतिदिन ५० लीटर पानी की आवश्यकता होती है तब जाकर कहीं उसके अंदर के जल-संतुलन को बनाए रखा जा सकता है। (गायों के लिए ७५ लीटर।) पर्याप्त पानी न मिलने से भैंसें प्यासी होने के संकेत देने लगती हैं। परिणामतः वे बेचैन हो जाती हैं, दुर्बल होने लगती हैं तथा रोगों का शिकार होने की आशंकाएँ बढ़ जाती हैं।

हत्या पर प्रतिबंध

भैंसों की हत्या पर भारत में कहीं भी कोई प्रतिबंध नहीं है। सफेद या भूरे रंग की भैंसों के लिए कुछ राज्यों में खास कानून बनाए गए हैं। कुछ राज्यों में बूढ़े या असाध्य रोगों से पीड़ित बैलों को मारने पर प्रतिबंध है। किंतु अब सर्वसम्मत एक राय बन रही है कि जो बैल एक विशिष्ट आयु (२० वर्ष) के हो जाते हैं या पशु वैद्यक के अनुसार असाध्य रोग से ग्रस्त हैं उनकी हत्या की जा सकती है। किंतु पशुओं में दुर्बलता तथा व्याधियों को रोकने एवं आबादी की खाद्य समस्या में सुधार करने के लिए उनकी हत्या करने देने के मार्ग में काफी बाधाएँ हैं। उनको कम आँका नहीं जाना चाहिए। हिंदू अवधारणा में गाय या बैल एक व्यक्ति ही होता है और आदमी की भाँति वह भी मरने के बाद ही निर्जीव वस्तु बनता है। यह अवधारणा कानून में अंतर्निहित है।

ट्रकों में परिवहन

गाय-बैलों से खचाखच लदे ट्रकों को अकसर भारत की सड़कों पर दौड़ते देखा जा सकता है। इनमें लदे पशुओं को इतना ठेलकर भरा जाता है कि उनके बड़े-बड़े सींग एक-दूसरे को घायल करते रहते हैं। उनके शरीर पर इस प्रकार जो घाव हो जाते हैं उनसे खून बहता ही रहता है। शायद ही उसका कोई इलाज किया जाता है। लंबी यात्रा के दौरान भी इन्हें शायद ही कभी पानी पिलाया अथवा घास-चारा खिलाया जाता है।

'खुर बाँधकर' परिवहन

पशुहत्या पर प्रतिबंध के बारे में विविध राज्यों में विविध कानून हैं। उनसे बचने के लिए बूढ़े तथा बीमार बैलों को ऐसे राज्यों से जहाँ प्रतिबंध है, ऐसे राज्य में जहाँ वह नहीं है पैदल चलाते हुए ही ले जाया जाता है। कभी-कभी ऐसी यात्राएँ

कई सौ कि.मी. दूरी की होती हैं। क्योंकि इन पशुओं का आर्थिक मूल्य बहुत घटा हुआ होता है, उन्हें ट्रकों या रेल द्वारा इतनी दूर ले जाने का सवाल ही नहीं उठता। इन्हें हाँककर ले जाने के लिए कम-से-कम हाँक लगाने के लिए ४ से ६ पशुओं को खुरों से एक-दूसरे को बाँध दिया जाता है। ऐसे में यह लंबी यात्रा पशुओं के लिए अत्यंत पीड़ादायक होती है। जो पशु रास्ते में ही गिर पड़ते हैं उन्हें वहीं मरने के लिए छोड़ दिया जाता है। जैसे ही वे मर जाते हैं, शूद्र लोग उन्हें काटकर खा लेते हैं। इस प्रकार मरे हुए पशुओं को काटकर खा लेने की इस प्रथा को उस मूल्यांकन के परिप्रेक्ष्य में देखना चाहिए जिसके अनुसार ६६ प्रतिशत ग्रामीण तथा ३० प्रतिशत शहरी लोग गरीबी रेखा के नीचे जीवन बसर करते हैं। और कुल आबादी के ५० प्रतिशत लोगों को पोषाहार नहीं मिलता। मरे हुए पशुओं का कोई मूल्य नहीं होता और इसलिए उनका भक्षण भी कोई आर्थिक मूल्य नहीं रखता। मरे हुए पशुओं का मांस घंटों उबाल लिया जाता है और इसलिए उसे खाने से खानेवाले के लिए कोई स्वास्थ्य खतरा नहीं होता।

मूर्च्छित किए बिना हत्या

बैलों तथा भैंसों को काटने के बूचड़खाने अकसर आदिम होते हैं या उन्हें कसाई अपने किसी अहाते में काटते हैं। काटने या हत्या करने से पहले पशुओं को मूर्च्छित नहीं किया जाता यद्यपि हिंदू अवधारणा के अनुसार गायों को परम पवित्र माना जाता है। इन्हें बाँध दिया जाता है ताकि उनकी हलचल सीमित हो जाए। फिर उनकी धमनी काट दी जाती है, जिसके कारण इतना रक्त बह निकलता है कि आखिर पशु मर जाता है। यों मारे जानेवाला पशु काफी प्रतिकार करता है और कभी-कभी तो ऐसे अधमरे प्राणी बूचड़खाने में लुढ़कते-लड़खड़ाते देखे जा सकते हैं। काटे जाने के लिए बूचड़खाने में लाए गए जानवरों को पहले एक कमरे में बंद रखा जाता है, जिसके कारण काफी ऊधम तथा शोरगुल होता रहता है।

बैलगाड़ी परिवहन का विकास : निष्कर्ष

१. इंडियन इंस्टीट्यूट ऑफ मैनेजमेंट, बंगलौर के एन.एस. रामस्वामी ने बैलगाड़ी प्रणाली का पुनरावलोकन किया है और पारंपरिक ढाँचे की बैलगाड़ियों में सुधार लाने के लिए काफी सुझाव दिए हैं। इन सुझावों पर अमल करने से एक ओर जहाँ इन गाड़ियों की की भार-वहन क्षमता दूनी या तीन गुनी हो सकती है वहीं दूसरी ओर बैलों के साज और अड़गोड़े उन्हें सुविधाजनक

हों, ऐसे ढंग से उनपर चढ़ाए जा सकते हैं कि गाड़ी की गति थामने का काम बैलों को नहीं करना पड़ेगा तथा पीठ पर सामान लादने की प्रथा से उन्हें मुक्ति मिल जाएगी। बैलों के प्रति निर्ममता दिखाए बिना उनपर साज चढ़ाए जाने से उनकी कार्यक्षमता बढ़ेगी तथा बैलों को सुरक्षा प्राप्त होकर उनका आयुर्मान २० से २५ प्रतिशत बढ़ जाएगा। भारत की राज्य सरकारों, विश्व खाद्य तथा कृषि संगठन (फाओ), इंग्लैंड-स्वीडेन तथा जर्मनी जैसे दाता देशों को चाहिए कि रामस्वामी के सुझावों को अमल में लाने के लिए किए जानेवाले सभी अध्ययनों का जोरदार समर्थन करें।

२. बैलगाड़ियों में बहुत अधिक बोझ लादना भारत में एक आम बात है। किंतु अधिकतम कितना बोझ लादा जा सकता है यह तो सड़कों की स्थिति पर निर्भर करता है। भारत में लगभग ९० प्रतिशत देहातों को जोड़नेवाली सड़कें, मार्ग तथा राहें कच्ची होती हैं। अतः वर्तमान परिस्थितियों में भारत के विभिन्न मार्गों पर विभिन्न प्रकार की बैलगाड़ियों पर कितना माल लादा जा सकता है इसकी आधारभूत जानकारी को विस्तृत किया जाना चाहिए ताकि उनके भार-वहन पर प्रभावशाली तथा समर्थनीय नियंत्रण लगाया जा सके।

३. श्रम पशुओं की कार्यक्षमता तथा कल्याण की चिंता, उनको बढ़ी आयु में बधियाना तथा बधियाने के आदिम तरीकों को अपनाना अस्वीकार ही करेगी। अतः बधियाने के ये तौर-तरीके वर्जित माने जाने चाहिए। भारत में ऐसा कानून बनाया जाना चाहिए जिसके अनुसार बछड़ों को उनके छह माह के हो जाने के बाद बधियाना हो तो स्थानीय रीति से चेतनाविहीन करके ही किया जा सके। साथ ही सदियों से चली आई बधियाने की निर्मम प्रथा का अनुसरण करनेवालों को कड़ी सजा देने का प्रावधान भी इस कानून में होना चाहिए।

४. तपाकर ताँबा बनी लोहे की सलाखों से दाग देने की प्रथा भी इस कानून के अंतर्गत दंडनीय अपराध करार दी जानी चाहिए; क्योंकि इस प्रथा का कोई सकारात्मक परिणाम होने का एक भी सबूत उपलब्ध नहीं है।

५. लोहे की छड़ों तथा आरी-पिरानी से बैलों को गाड़ी तेजी से खींचने के लिए बाध्य करना एक क्रूर बात है। इससे बैलों की कार्यक्षमता कम होने तथा उन्हें अत्यंत पीड़ा पहुँचने की आशंकाएँ ही अधिक होती हैं। इन औजारों को भी गैरकानूनी करार दिया जाना चाहिए। इस काम के लिए केवल सादे चाबुक का ही उपयोग किया जाना चाहिए।

६. जिनकी हत्या करने की अनुमति प्राप्त है ऐसे पशुओं को काटने से पहले दवाई देकर मूर्च्छित करना कानून द्वारा अनिवार्य किया जाना चाहिए, जैसाकि दुनिया में सर्वत्र किया जाता है। इसी प्रकार कत्ल करने के लिए कतार में खड़े पशुओं तथा पहले ही कत्ल किए जा चुके पशुओं को अलग-अलग रखा जाना चाहिए ताकि अनावश्यक मानसिक पीड़ा से बचा जा सके।

७. ट्रकों या रेलों में गाय-बैलों को लाते-ले जाते समय उनके लिए उपलब्ध क्षेत्रफल के अनुपात के अनुसार ही उनकी अधिकतम संख्या प्रति वाहन निर्धारित कर दी जानी चाहिए। उपलब्ध क्षेत्रफल, उनका आयाम तथा वजन का भी यह अनुपात निर्धारित करते समय ध्यान रखा जाना चाहिए। रास्ते में हर बारह घंटों के बाद उन्हें पानी पिलाना अनिवार्य किया जाना चाहिए। संक्रामक रोगों के फैलाव को रोकने के लिए हर प्रवास के बाद परिवहन के वाहन की साफ-सफाई तथा निर्जंतुकीकरण भी अनिवार्य कर दिया जाना चाहिए।

८. बूचड़खाने में ले जाते समय 'खुर बाँधने' की प्रथा कदापि स्वीकारणीय नहीं हो सकती। प्रवास के हर एक घंटे के बाद इन जानवरों को बूचड़खाने में भेजने से पहले भी एक घंटे का विश्राम दिया जाना चाहिए ताकि उनके मांस का दरजा कम न हो। बूचड़खानों के पास ही पशुओं के आराम करने के वास्ते खास स्थान बनाए जाने चाहिए जहाँ पानी पर्याप्त मात्रा में उपलब्ध हो।

९. ठाँठ पशुओं को वैद्यकीय चिकित्सा दूर-दूर की देहातों में उपलब्ध ही नहीं होती, इस वास्तविकता को ध्यान में रखकर इन पशुओं के मालिक किसानों को बैलगाड़ी सहकारी समितियाँ स्थापित करनी चाहिए। इनके माध्यम से ग्रामीण पशु वैद्यकीय सेवा को सुविधा मिल जाएगी तथा उनका कार्य कम खर्चीला हो जाएगा। ऐसी सहकारी समितियों के सहयोग से कुशल तथा बुद्धिमान पशुपालनकर्ताओं को आवश्यक प्रशिक्षण दिया जा सकेगा ताकि वे बधियाना, सींग काटना, खुर-कटाई, गहरे फोड़ों तथा व्रणों को पशुओं की चमड़ी के नीचे से निकाल फेंकना आदि सादे पशु वैद्यकीय शल्य कर्म स्वयं कर सकें।

१०. खुर खराबी बैलों में तो बहुत ही मामूली बात है। भैंसों के बारे में वह बहुत महत्त्व रखती है। तुलना में इनके खुर काफी नरम होते हैं और सौम्य अथवा गंभीर लूलापन भैंसों में ला सकते हैं, जो बहुत क्लेशदायक होता है और उनकी कार्यक्षमता पर असर कर जाता है। इनके खुरों में भी नालें लगाई जाएँ

या खुरों को जूते पहनाए जाएँ तो इन्हें अपना काम करने में काफी सुविधा प्राप्त होगी।

११. हत्या पर प्रतिबंध ठाँठ बैलों के बारे में अधिक शिथिल किया जाना चाहिए। कुछ राज्यों में ऐसा किया जा चुका है। आमतौर पर जो पशु असाध्य रोगों से जर्जर हैं उनके कत्ल करने की अनुमति दी जानी चाहिए। इसके लिए पशु वैद्यकीय प्रमाणपत्र की शर्त रखी जा सकती है। इसी तरह पंद्रह वर्ष से अधिक उम्र के तथा दुर्बल ठाँठ पशुओं को मार डालने की भी अनुमति होनी चाहिए। कुछ राज्यों में गो हत्या पर पूर्ण प्रतिबंध है। किंतु गायों की हत्या बंद नहीं हो पाई है। उनके पालनकर्ता उन्हें पड़ोस के राज्यों में जहाँ ऐसा प्रतिबंध नहीं है, कत्ल के लिए ले जाते हैं और बूचड़ों को बेच देते हैं। कानून की गिरफ्त में आने से वे इस तरह अपने आपको बचा लेते हैं और गो हत्या जारी रहती है।

१२. पन-भैंसों को काम में जोतने और उनसे चिलचिलाती धूप में गरमी के दिनों में काम करवाने की जो प्रथा चली है उसका विशिष्ट आधार पर पुनरीक्षण कर विश्वसनीय सांख्यिकी जानकारी उपलब्ध करनी चाहिए। ऐसे अध्ययनों द्वारा भैंसों के शारीरिक तापमान में होनेवाली अत्यधिक वृद्धि और उसका नियंत्रण, खाल जल जाने की घटनाओं तथा प्रत्यक्ष पानी की आवश्यकता आदि बातों की पड़ताल की जानी चाहिए।

१३. बंगलौर के इंडियन इंस्टीट्यूट ऑफ मैनेजमेंट में बैलगाड़ी प्रणाली का विकास करने के लिए विशेष कक्ष खोलना चाहिए। यह स्पष्टतः क्रमागत अगला कदम होगा। इसका कारण यह है कि इस संस्थान में काफी प्रारंभिक कार्य पहले ही किया जा चुका है। बैलगाड़ियों की बनावट में सुधार तथा साज और औजारों आदि में जानवरों को दयाभाव से देखने की दृष्टि से सुविधाजनक परिवर्तन कर ऐसे नए अध्ययन प्रयासों पर बल दिया जाना चाहिए। ऐसे कक्ष के प्रमुख को आदिस अबाबा स्थित 'इलका' के विशेषज्ञों द्वारा किए गए अध्ययनों से काफी लाभ हो सकता है। खासकर तकनीकी मामलों में 'इलका' की सांख्यिकी काफी सहायक हो सकती है। इस क्षेत्र में जो अन्य विशेषज्ञ हों उनसे भी सहयोग लिया जा सकता है। ये विशेषज्ञ गाय प्रजननशास्त्र व गाय शरीरविज्ञान के ज्ञाता तथा इस विषय में विशेष आस्थावान् एवं कुशलताप्राप्त हों। ऐसे अध्ययनों के परिणामों के विश्लेषण के आधार पर इन समस्याओं का समाधान प्राप्त हो तो ग्रामों में चलनेवाले बैलगाड़ी उद्योग को काफी गति मिल सकती है।

१४. भारत सरकार को चाहिए कि ग्रामीण सड़कों की हालत सुधारने के कार्य को कुछ वरीयता दे, क्योंकि देहाती मार्गों की स्थिति में अच्छा सुधार लाने पर ही बैलगाड़ी प्रणाली के विकास के कारण बढ़नेवाले माल परिवहन का पूरा लाभ उठाया जा सकेगा।

१५. गोरक्षा संगठनों को चाहिए कि सभी कृषि परामर्शदाताओं, विशेषतः पशु वैद्यकीय व्यवसाय करनेवालों से गोरक्षा के बारे में जनमत को प्रशिक्षण देने में सहयोग दें। यह काम विशेषतः देहाती इलाकों में किया जाना चाहिए। सभी गो पालनकर्ताओं को यह बात अच्छी तरह से समझा देनी चाहिए कि पशु-संवर्धन तथा ठाँठ पशुओं की हालत में और उनके साजों एवं औजारों में सुधार लाने पर वे अपनी गायों की उत्पादकता में थोड़े ही समय में वृद्धि कर सकते हैं। ऐसा करने में अपनी गायों के प्रति दयाभाव रखने के कारण उनकी धार्मिक आस्था की भी अवमानना नहीं होगी।

□

अध्याय–५

'पवित्र गाय' और भैंस की समस्या

लेखक ने इस पुस्तक का मुख्य विषय गाय ही रखा है। किंतु भैंसों को भी इस अध्ययन में शामिल इसलिए किया गया है कि ये दोनों पशु भारत में साथ–साथ रहते हैं और इसलिए दोनों की कार्यप्रवणता तथा कार्यक्षमता की तुलना की जा सके। जहाँ तक परिवहन या गाड़ियाँ खींचने का सवाल है, बैलों से ही अधिकतर काम लिया जाते देखा जाता है। तुलना में ऐसे काम में भैंसें बहुत कम दिखाई देती हैं। किंतु दूध उत्पादन में स्थिति इसके ठीक उलटी है। चूँकि भैंसों की हत्या पर कोई प्रतिबंध नहीं है, गाय–बैलों की अपेक्षा भैंसों के कत्ल की सरकारी दर काफी ज्यादा है। इसलिए सोचा गया कि मांस तथा दूध उत्पादन के बारे में भैंसों की भूमिका को भी इस अध्ययन में शामिल किया जाए। इन्हीं दो क्षेत्रों में माँग लगातार बढ़ती ही जाने वाली है और इसलिए इनका भविष्य काफी आशा जगाने वाला है।

भैंसों का दूध उत्पादन

भारत में कुल पशुसंख्या का एक तिहाई भैंसें हैं। फिर भी भैंस के दूध की खपत कुल दूध उत्पादन का ५७ प्रतिशत है। ९० प्रतिशत भैंसें छोटे किसानों द्वारा पाली–पोसी जाती हैं। पशुगणना में इस अनुपात को कभी दर्ज भी नहीं किया जाता। भैंस के दूध उत्पादकों की अमूल जैसी सहकारी संस्थाओं, बड़े डेयरी क्षेत्रों, सरकारी कृषि क्षेत्रों तथा विश्वविद्यालयों के खेतों के अतिरिक्त कहीं भी यह जानकारी आधिकारिक स्तर पर दर्ज नहीं है कि देहातों में भैंसों का गाभिन काल कितना होता है और वे कितना दूध देती हैं। फिर भी आशा की जा सकती है कि 'बाढ़–१' तथा 'बाढ़–२' जैसे कार्यक्रमों के कारण इस स्थिति में सुधार होगा। (जसिओरोस्की, १९८१)

भैंसों का गाभिन काल

गाभिन अवस्था का काल भैंसों के बारे में कितना होता है, यह तो उनकी नस्ल, उन्हें दिया जानेवाला खाद्य तथा की जानेवाली देखभाल पर निर्भर करता है। इस विषय में अधिकांश जानकारी बड़े डेयरी खेतों एवं सरकारी तथा प्रायोगिक खेतों से ही प्राप्त है। औसतन एक भैंस की गर्भावस्था भारत में २८० से ३०० दिनों की होती है। वह १४० से १६० दिन दूध नहीं देती। औसत दूध उत्पादन १,५०० से २,३०० लीटर प्रति गाभिन काल में होता है। (फाहिमुद्दीन, १९७५) लघु भैंस पालन क्षेत्र में गाभिन काल लगभग २०० दिन तथा दूध उत्पादन १,००० से १,५०० लीटर होता है। भैंसों को खेती या परिवहन के कामों में भी जोता जाता हो तो गाभिन काल घटकर १५० से १८० दिन हो जाता है। और दूध उत्पादन भी घटकर ५०० से ७५० लीटर हो जाता है। भैंसों की कार्यक्षमता में होनेवाली यह कमी उनके साजों, औजारों तथा खाद्य में सुधार तथा काम कराने की पद्धति में कुछ परिवर्तन करते हुए पूरी की जा सकती है।

दूध उत्पादन

भारतीय भैंसों का दूध उत्पादन सर्वत्र एक-सा नहीं होता। तालिका-११ में विभिन्न आठ स्रोतों से एकत्रित जानकारी दिखाई गई है। इसमें गाभिन काल की अवधि तथा उनकी कार्यक्षमता के आँकड़े दिए हैं जो नियंत्रित समूहों के हैं, जिन्हें सम्मिश्र व्यवस्थापन प्राप्त है। इन भैंसों का गाभिन काल और उनकी कार्यक्षमता के आलेखों में लगभग सपाट और इसलिए अनुकूल गाभिन काल की वक्र रेखाएँ आई हों यह बिलकुल संभव है। यानी खाद्य तथा घास-चारे पर हुआ खर्च काफी कम है। ८० प्रतिशत भैंसें जून और सितंबर के बीच बियाती हैं। अत: गरमी के दिनों में हमें आवश्यकता से अधिक दूध प्राप्त होता है, जबकि सर्दी के दिनों दूध की कमी महसूस होती है। औसतन ८ साल की होने तक एक भैंस तीन या चार बार बियाती है और उसके बाद ही गाभिन काल में उसकी कार्यक्षमता सर्वोत्तम होती है। चौथी बार बियाने तक भैंस के दूध का उत्पादन बढ़ते ही जाता है और उसके बाद धीरे-धीरे कम होता जाता है। भारत में भैंस के दूध का कुल दूध उत्पादन में कितना योगदान होता है इसकी कल्पना तब तक नहीं की जा सकती जब तक गाय के दूध के उत्पादन से उसकी तुलना नहीं की जाती। उसे तालिका-३ में स्पष्ट किया गया है। प्रथम दो तालिकाओं के तुलनात्मक अध्ययन से स्पष्ट हो जाता है कि भारत में गाय के दूध उत्पादन की मात्रा उनकी भारी संख्या के बावजूद खेती के

लिए ठाँठ बैलों की आपूर्ति करने के अपने मूल उद्‌देश्य से काफी कम है। भारत में गायों की संख्या विश्वसंख्या का १५ प्रतिशत होते हुए भी उनका दूध उत्पाद केवल ३.२ प्रतिशत है। तथापि सन् १९७४-७६ से यह प्रतिशत प्रतिवर्ष ३.८ की गति से बढ़ रहा है।

भैंसों के बारे में स्थिति इससे सर्वथा भिन्न है। विश्वसंख्या का ५१ प्रतिशत भैंसें होते हुए भी भारत में उनके दूध उत्पादन का योगदान ६३ प्रतिशत है। इनका दूध उत्पादन भी प्रतिवर्ष ३.८ प्रतिशत की गति से बढ़ रहा है। आलोच्य काल में राष्ट्रीय दूध उत्पादन में गाय का दूध ४३ प्रतिशत तथा भैंस का ५७ प्रतिशत रहा। (पड़ोसी पाकिस्तान में भैंस के दूध उत्पादन का योगदान ७५ प्रतिशत है।)

दूध देनेवाले पशुओं की कुल संख्या तथा उनसे प्राप्त होनेवाले दूध उत्पादन (तालिका-२ तथा ३) के मद्‌देनजर हम पाते हैं कि भारत में प्रत्येक गाय साल में ७६ किलो दूध देती है। गाभिन काल में यह मात्रा ५३० किलो हो जाती है। दूसरी ओर भारतीय भैंस का औसत दूध उत्पादन २०० किलो प्रतिवर्ष होता है जो गाभिन काल में १,१०० किलो हो जाता है। भारत में पूरे गाय परिवार में १४-१५ प्रतिशत गायें गाभिन रहती हैं जबकि भैंसों में यह प्रतिशत २७ है।

सन् १९८२ में भारत में प्रति व्यक्ति प्रतिवर्ष ४४.७ किलो दूध ही उपलब्ध था, जिसमें गाय का १९.४ किलो तथा भैंस का २५.३ किलो था। जनसंख्या वृद्धि को ध्यान में लेने पर प्रति व्यक्ति प्रतिवर्ष उपलब्ध दूध सन् १९७४-७६ की अपेक्षा ४ किलो से बढ़ गया है।

भारत में दूध उत्पादन की क्षमता पड़ोसी पाकिस्तान के पशुओं की दूध उत्पादन क्षमता की तुलना में कितनी कम या अधिक है यह देखना काफी अर्थपूर्ण होगा। इसका कारण यह है कि भारत में उत्तर-पश्चिमी क्षेत्र ही दूध उत्पादन की दृष्टि से अत्यंत महत्त्वपूर्ण क्षेत्र है और दोनों देशों में काफी हद तक गायों और भैंसों की नस्लें वही हैं। पाकिस्तान में विश्वसंख्या का १.२ प्रतिशत गायें हैं (लगभग १.५ करोड़) और दूध उत्पादन विश्व के दूध उत्पादन का ०.५ प्रतिशत। सन् १९७४-७६ से पाकिस्तान में दूध उत्पादन की वृद्धि प्रतिवर्ष केवल ०.३ प्रतिशत की गति से हो रही है। इसके बावजूद वहाँ प्रतिवर्ष प्रति दुधारू गाय १४५ किलो दूध उत्पादन होता है। पाकिस्तान में विश्वसंख्या का १० प्रतिशत भैंसें हैं (लगभग १.२ करोड़) और वे विश्व दूध उत्पादन में २३ प्रतिशत का योगदान करती हैं। सन् १९७४-७६ से वहाँ भैंस के दूध उत्पादन में प्रतिवर्ष २ प्रतिशत की वृद्धि हो रही है। एक भैंस प्रतिवर्ष ५४२ किलो दूध देती है। सन् १९८२ में पाकिस्तान में प्रतिवर्ष प्रति व्यक्ति

९५ किलो दूध उपलब्ध था, जिसमें २४ किलो गाय का तथा ७१ किलो भैंस का होता था। तथापि जनसंख्या वृद्धि को हिसाब में लेते हुए सन् १९७५-७६ से प्रति व्यक्ति प्रतिवर्ष उपलब्ध दूध १० किलो से कम हो गया है।

दूध के घटक तत्त्व

तालिका-१२ सोलह स्रोतों से प्राप्त जानकारी पर आधारित है। विभिन्न प्रजातियों के, इनमें मानव प्रजातियाँ भी हैं तथा विविध भैंस प्रजातियाँ भी हैं, दूध के सभी घटक तत्त्वों का विश्लेषण इसमें दिया गया है। ये घटक हैं—चरबी या स्निग्धांश, प्रोटीन, दुग्ध शर्करा, राख, सूखे पदार्थ तथा स्निग्धांशरहित घन पदार्थ। सूखे पदार्थों को इन घटकों की गणना में बाद में जोड़ा गया है। भेड़ी के दूध में ये सब घटक अन्य प्राणियों के दूध की अपेक्षा सर्वाधिक होते हैं। ऊँटनी के दूध में दुग्ध शर्करा घटक अधिक तथा प्रोटीन घटक काफी कम होता है। तुलना में भैंस का दूध सभी घटकों से सर्वाधिक समृद्ध होता है, विशेषत: स्निग्धांश तथा प्रोटीन उसमें अन्य दूधों की अपेक्षा अधिक होते हैं। पशुओं की जनन प्रकृति ही उसके दूध के घटकों के निर्माण का मुख्य आधार होती है। यह प्रकृति विभिन्न प्राणियों में विभिन्न होती है। (तालिका-१३) तथापि पशुओं को खिलाई जानेवाली खुराक तथा उनके स्वास्थ्य का दरजा, गाभिन अवस्था का काल, उम्र तथा कुछ मात्रा में मौसम में होनेवाले आत्यंतिक परिवर्तन आदि का भी दूध के घटकों पर असर पड़ता ही है।

दूध उत्पादन का संगठन एवं प्रक्रियाकरण

भारतीय भैंसों की दूध क्षमता का योग्य आकलन करने की दृष्टि से विभिन्न दूध उत्पादक इकाइयों से परिचित होना आवश्यक है। ये इकाइयाँ एक-दूसरी से काफी भिन्न होती हैं, जैसे शहरी क्षेत्रों की छोटी डेयरियाँ, शहरों की विशाल डेयरियाँ, ग्रामीण इलाकों की छोटी तथा बड़ी दूध उत्पादक इकाइयाँ, दूध नगरियाँ, सरकारी तथा विश्वविद्यालयों की डेयरियाँ, सैनिकी डेयरियाँ तथा भैंस के दूध उत्पादकों की सहकारी संस्थाएँ आदि। अब हम इन इकाइयों का क्रमश: विचार करेंगे।

छोटी डेयरियाँ (शहरी)

बड़े शहरों तथा औद्योगिक क्षेत्रों में भूमिहीन भैंस पालनकर्ता अकसर दो या तीन भैंसों का भी पालन-पोषण करते पाए जाते हैं। ये लोग इन्हें छाया में बाँधते हैं तथा बाजार से खरीदा घास-चारा खिलाते हैं। भैंसें अधिकतर गाँवों में खरीदी जाती

हैं। गर्भावस्था के अंतिम काल में पहुँची भैंसों को ही प्राय: खरीदा जाता है। उनके प्रसव के बाद उन्हें बूचड़ को बेच दिया जाता है। केवल उन्हीं भैंसों को रख लिया जाता है जो खूब अच्छा तथा भरपूर दूध देती हैं। ऐसी भैंस को फिर प्रजनन के लिए या कृत्रिम रेतन के लिए भैंसे के पास ले जाया जाता है। यह यूरोप में प्रचलित प्रथा जैसी ही प्रथा है। भैंस पालनेवालों को तो दूध उत्पादन और उससे प्राप्त पैसा ही आमदनी का प्राय: एकमात्र स्रोत होता है।

शहरी बड़ी डेयरियाँ

शहरों में इन छोटी-छोटी डेयरियों के पास ही बड़ी डेयरियाँ तथा डेयरी फार्म भी होते हैं जहाँ १० से १०० तक और कहीं-कहीं तो २०० तक भैंसें पाली होती हैं। अधिकतर इन इकाइयों के पास उनकी अपनी जमीन नहीं होती। इसलिए वे आवश्यक घास-चारा तथा पशु खाद्य—सारा बाजारों से खरीदते हैं। ये स्वयं भैंसे भी पालते हैं और प्रजनन करवाते हैं। जो भैंसें गाभिन रहने के काबिल नहीं पाई जातीं उन्हें बूचड़खानों को बेच दिया जाता है। दूध निकालने के लिए उस कला में माहिर व्यावसायिक ग्वालों को नियुक्त किया जाता है जो दूर-दूर की देहातों से आए होते हैं। इन्हें भैंसों की टपरियों में उन्हीं के साथ रहने के लिए जगह दी जाती है। साल में एक-दो बार इन्हें अपने गाँव हो आने के लिए छुट्टी दी जाती है।

ग्रामीण इलाकों की छोटी डेयरियाँ

देहातों में ०.५ से १ हेक्टेयर जमीन जैसे छोटे खेत के मालिक भैंसों को पालते हैं। अपने यहाँ जाया जानेवाली धान के डंठर तथा भूसी जैसी चीजें ही खिलाई जाती हैं। इनके दूध का ज्यादातर हिस्सा घी बनाने के काम लाया जाता है। यह घी पास के नगर में बेच दिया जाता है। इनमें से कुछ दूध उत्पादक अपने जानवरों को कच्चा चारा ही खिलाते हैं। खाद्य-सारों को बाजार से कभी खरीदते ही नहीं। इक्के-दुक्के अपवाद हो सकते हैं। प्रजननक्षम पशुओं को टपरियों में रखा जाता है या कृत्रिम रेतन प्रक्रिया से गाभिन किया जाता है। इन छोटे किसानों के लिए दूध अतिरिक्त आमदनी का जरिया होता है। इसे बेचकर वे कुछ नकद रुपए प्राप्त करते हैं, जिन्हें खेती के कामों के वास्ते आवश्यक सामान आदि खरीदने पर खर्च किया जाता है। अपने खेतों की उत्पादकता बढ़ाने के लिए ऐसा सामान उनके लिए आवश्यक होता है।

ग्रामीण दूध उत्पादन (बड़े डेयरी फार्म)

१० से ५० भैंसें पालनेवाली ग्रामीण डेयरियों की श्रेणी इन दिनों काफी महत्त्वपूर्ण हो चली है। ये डेयरी फार्म दूध उत्पादन में महारत रखते हैं। ये आमतौर पर ३ से १० हेक्टेयर जमीन में जई की घास बोते हैं। पंजाब और हरियाणा में तो अत्यंत उपजाऊ जमीन में जई बोई जाती है। इसके अलावा रुई के पौधों के पत्ते और डंठर तथा मूँगफली के झड़ूलों को भी उचित दाम पर खरीदा जाता है। कई बड़ी डेयरीवाले फार्म मालिकों के पास शीतगृहों की सुविधा भी उनकी अपनी होती है। इसके कारण काफी तेज गरमी पड़ने पर भी इन्हें दूध बेच डालने के लिए विवश नहीं होना पड़ता। दूध के अलावा ये बड़ी डेयरियाँ घी भी बनाती हैं जो आमदनी का बहुत महत्त्वपूर्ण स्रोत बन गया है। घी को भीषण गरमी में भी आसानी से दूसरे स्थानों पर वाहनों में ले जाया जा सकता है और लंबे-से-लंबे प्रवास में भी वह खराब नहीं होता। एक बात और है, ये डेयरी फार्म गाभिन भैंसों को शहराती डेयरी फार्मों को बेच देते हैं। इनकी माँग आपूर्ति से अधिक होने के कारण काफी ऊँचे दाम प्राप्त हो जाते हैं।

दूध नगरियाँ

विगत कुछ दशकों से दूध नगरियों को काफी महत्त्व प्राप्त होता गया है। महाराष्ट्र में मुंबई के पास आरे दूध नगरी, कलकत्ता के पास हरीनघट्टा दूध नगरियाँ और तमिलनाडु में माधवराम दूध बस्तियाँ इनमें सर्वाधिक प्रमुख हैं। द्वितीय विश्वयुद्ध के बाद शहरों का अभूतपूर्व विस्तार होने लगा। शहरों से सभी गाय-भैंसों को बाहर निकाल दिया गया। अतः दूध की आपूर्ति के लिए शहर के बाहर ऐसी दूध नगरियाँ खड़ी करने का विकल्प सामने आया। जिन छोटे किसानों एवं दूध उत्पादकों को इस तरह शहरों से बाहर निकाला गया उन्होंने ही अपने आपको संगठित करने के लिए दूध नगरी खड़ी करने का विकल्प चुना।

इस दूध नगरी व्यवस्था में भैंसें उनके मालिक-किसानों की ही रहती हैं। ये लोग अपनी दूध नगरी में रखी भैंसों के लिए घास-चारा तथा खाद्य खरीद लाते हैं। यही नहीं, वे अपनी भैंसों की परवरिश स्वयं करते हैं, उनका दूध भी दुहते हैं तथा उनको खिलाने-पिलाने का भी ध्यान रखते हैं। कुछ ही अपवाद ऐसे होते हैं, जो दूध नगरी के कर्मचारियों की सेवाओं का उपयोग करते हैं। जैसाकि ऊपर बताया जा चुका है, इन दूध नगरियों के अपने चारागाह होते हैं, जिनमें व्यवस्थापन द्वारा घास-चारा ही उगाया होता है। ये प्रायः जल-मल निःसारण संयंत्र के आसपास ही

उगाए जाते हैं। ये जमीनें नगरपालिकाओं की होती हैं। दूध नगरी का व्यवस्थापन अपनी भैंसों की विशाल संख्या के लिए थोक के भाव में पशु खाद्य खरीदता है, मानो सारा पशु समूह एक ही व्यवस्थापन में हो, यद्यपि हर भैंस के स्वामी का उसपर स्वामित्व स्वीकार किया होता है। दूध नगरी में रखी गई सभी भैंसों को पर्याप्त खाद्य खिलाया जाता है। बछड़ों के लिए भलीभाँति परखे तथा उपयुक्त स्थान दिए जाते हैं तथा सुप्रशिक्षित पशु वैद्यकीय सेवाएँ भी मुहैया की जाती हैं। ये दूध नगरियाँ अपने यहाँ निकाले जानेवाला दूध तथा दूध के पदार्थ बेचने का भी प्रबंध करती हैं। प्रत्येक भैंस मालिक को दूध से मिलनेवाली आमदनी से इन सेवाओं का शुल्क काट लिया जाता है। शेष राशि प्रत्येक भैंस मालिक की शुद्ध आमदनी होती है। इस व्यवस्था से निजी स्वामित्व तथा सहकारी आर्थिक संगठन का अत्यंत सफल संतुलन संभव हुआ है। यह बहुत ही चुस्त, कुशल तथा कार्यदक्ष प्रबंध माना गया है और वास्तव में भारत में दूध उत्पादन का आदर्श मानक स्थापित कर दिया गया है। आगे चलकर दूध नगरियाँ भावी डेयरियों के लिए प्राणिशास्त्रीय एवं अर्थशास्त्रीय आधार-सिद्धांतों के मूल्यांकन की जटिल प्रक्रियाओं को सुलभ करा देंगी, ऐसा विश्वास करने के लिए काफी गुंजाइश है।

सरकारी एवं विश्वविद्यालय दूध उत्पादन

देश के कई भागों में सरकार ने आदर्श कृषि क्षेत्र स्थापित किए हैं। विश्वविद्यालयों ने भी ऐसा किया है। पिछले कई दशकों से, गाय को पवित्र मानने की परंपरा के कारण, भैंस की उपेक्षा ही होती रही है। परिणामतः भैंसों की नस्लें आदि के बारे में जानकारी का काफी अभाव ही रहा है। ये सरकारी तथा विश्वविद्यालयीय कृषि क्षेत्र भैंस पालन को उत्तम करने एवं उनके पालन-पोषण के क्षेत्र में काम करनेवालों की काफी सहायता कर सकते हैं। आधुनिक व्यवस्थापन तकनीकों से भैंस के दूध का उत्पादन २,५०० से ५,००० लीटर प्रतिवर्ष बढ़ाया जा सकता है, इसके पर्याप्त सबूत इस बीच उपलब्ध हुए हैं। सर्वोत्तम कार्यक्षमता की भैंस तो प्रतिवर्ष ७,०००/८,००० लीटर दूध भी दे सकती है, ऐसा इन सफल प्रयोगों ने प्रत्यक्ष में दिखा भी दिया है। इन प्रयोगों के परिणाम आम जनता के लिए इन फार्मों ने जाहिर किए हैं तथा उसका 'प्रात्यक्षिक' प्रतिवर्ष आयोजित की जानेवाली प्रदर्शनियों में भैंस मालिकों के लिए दिखाया जाता है। इसके अलावा छोटे दूध उत्पादकों के लिए जोर-शोर से अभ्यास क्रमों का आयोजन भी किया जाता है। अतः इन फार्मों को दूध उत्पादन के क्षेत्र में महत्त्वपूर्ण भूमिका निभाते

देखा जा रहा है। खासकर दूध उत्पादन के क्षेत्रों तथा दायरों का विस्तार करने में ये फार्म बड़े सहायक हो रहे हैं।

सैनिकी फार्म

भारत तथा पाकिस्तान में सैनिकी कृषि फार्म ब्रिटिश सत्ता के काल में बनाए गए थे। सेना के लिए दूध की आपूर्ति सुनिश्चित करने के लिए उनका निर्माण किया गया था। वास्तव में यहीं आधुनिक उत्पादन प्रणाली की नींव रखी गई थी। भारतीय विशेषज्ञ भी इस हकीकत को स्वीकार करते हैं। ये फार्म आज भी अच्छा दरजा कायम रखे हुए हैं।

यह एक रोचक सत्य है कि इन्हीं फार्मों ने सर्वप्रथम इसकी सुव्यवस्थित जानकारी दी कि शाकाहारी भारतीय आहार में दूध की भूमिका कितनी अहम है। (लगभग आधी भारतीय आबादी शाकाहारी है।) सेना के डॉक्टरों की दृष्टि से यह जानकारी निश्चय ही बड़ी महत्त्वपूर्ण थी, क्योंकि ये डॉक्टर सेना के अन्न तथा आहार के लिए जिम्मेदार थे। किंतु आगे चलकर इस जानकारी ने राष्ट्रीय अन्न नीति को भी प्रभावित किया होगा।

भैंस के दूध उत्पादकों की सहकारी संस्थाएँ

भारत के कुल दूध उत्पादन में भैंस के दूध उत्पादकों की सहकारी संस्थाओं की अहम भूमिका रही है। 'अमूल' सहकारी समिति इसका अत्यंत महत्त्वपूर्ण उदाहरण है। इसके कई हजार सदस्य हैं। भैंस के दूध उत्पादकों की यह विश्व में सबसे बड़ी सहकारी संस्था है। क्योंकि 'अमूल' अपनी रचना तथा कार्यप्रवणता के कारण इस क्षेत्र में अग्रणी है, उसके क्रियाकलापों की बारीकी से पड़ताल करना बेहतर होगा।

सन् १९४६ में एस.वी. पटेल के नेतृत्व में गुजरात के आनंद नगर में दूध उत्पादकों की पहली सहकारी संस्था स्थापित की गई। उससे पूर्व स्थिति यह थी कि दूध के व्यापारी दूध के भाव में अपने स्वार्थ हेतु मनमाने उतार–चढ़ाव लाते थे, जिससे दूध उत्पादकों में काफी असंतोष व्याप्त था। इस संस्था की स्थापना होते ही दूध का बाजार दूध उत्पादकों के सुदृढ़ हाथों में आ गया। उन्होंने फिर दूध पर प्रक्रिया करने की इकाई की स्थापना की, जिसके फलस्वरूप निर्जंतुकीकरण किया हुआ दूध ये लोग मुंबई के बाजारों में स्वयं भेजने लगे। दूध के दरजे के अनुसार उसका भाव तय करने लगे। कुछ वर्षों बाद वी. कुरियन ने इस संस्था के संचालन

का दायित्व उठाया और सन् १९५६ के अंत तक वे संस्था की सदस्य संख्या १०७ गाँवों में कुल मिलाकर २६,७९५ तक ले गए। इस प्रगति को दिशा मिली और सन् १९८४ के अंत तक इस सहकारी संस्था की सदस्यता ८९५ गाँवों में ३९,००० (दूध उत्पादक) हो गई। इन सभी सदस्य दूध उत्पादकों ने अपने आपको एक दूध उत्पादक संगठन से संलग्न कर लिया। (बी.के. गांगुली, १९८३)

जनवरी १९८४ में 'अमूल' में भैंसों व ठाँठों पर प्रक्रियाएँ की गईं, उनका पूरा विवरण निम्नानुसार है—

२,२७,६७६	= ५०.८	प्रतिशत दुधारू भैंसें
९९,३८१	= २२.२	प्रतिशत ठाँठ भैंसें
१,२०,५८७	= २७.०	प्रतिशत बछियाँ तथा गाभिन और अगाभिन भैंसें ३ साल से अधिक उम्र की
कुल ४,४७, ६४४	= १००	प्रतिशत

'अमूल' के पास भैंसों की संख्या से काफी कम गायें हैं।

२०,१०९	= ३८	प्रतिशत दुधारू गायें
२१,२३६	= ४०	प्रतिशत ठाँठ गायें
११,८५४	= २२	प्रतिशत बछियाँ, तथा ३ साल से अधिक उम्र की गाभिन अथवा अगाभिन गायें
कुल ५२,१९९	= १००	प्रतिशत

'अमूल' की गायें अधिकतर जर्सी या होलस्टाइन-फ्रिसियन से संकरित नस्लों की हैं। जर्सी गाय प्रतिदिन ८.६५ लीटर तथा एच.-एफ. गाय १०.९३ लीटर दूध देती हैं। (राष्ट्रीय डेयरी बोर्ड से किया गया पत्राचार, १९८४)

विविध ग्रामीण सहकारी समितियों ने, जिनमें प्रत्येक की सदस्य संख्या १०० से २०० तक होती है, अपने आपको दूध उत्पादकों की यूनियन से संलग्न कर लिया है। इसी यूनियन को 'अमूल' कहा जाता है। ये छोटे किसान हैं। इनके पास औसतन भैंसें १.५ होती हैं जो प्रतिदिन प्रति भैंस ५.२६ लीटर दूध देती हैं। ग्रामीण सहकारी समिति स्थापित करने के लिए कम-से-कम २५ दूध उत्पादकों की आवश्यकता होती है, जो प्रतिदिन १०० से अधिक दूध 'अमूल' को पहुँचा सकते हैं।

छोटे-छोटे किसानों को यूँ संगठित करना ही सहकारी समितियों की विशेषता है, और साथ ही कठिनाई भी। यह बात निम्न जानकारी से स्पष्ट हो जाएगी—

१. २५ प्रतिशत दूध उत्पादक भूमिहीन हैं, इनमें आधे लोगों का आमदनी का एकमात्र जरिया दूध ही है।

२. ५७ प्रतिशत दूध उत्पादक ऐसे हैं जिनके पास २.५ हेक्टेयर से कम जमीन है और ४० से ७० प्रतिशत आमदनी उन्हें दूध बेचने से ही मिलती है।

३. ८२ प्रतिशत दूध उत्पादक या तो भूमिहीन हैं या बहुत ही छोटा सा खेत और दूधारू भैंसों का रेवड़ रखते हैं। इनके पास ७८ प्रतिशत भैंसें होती हैं, जो कुल दूध उत्पादन का ७२ प्रतिशत दूध मुहैया करती हैं।

सन् १९८३ में दूध उत्पादकों को एक लीटर भैंस के दूध की बोतल पर ३.७८ रुपए मिलता था और उस दूध में चिकनाई ७.५ प्रतिशत होती थी। गाय के दूध की बोतल में ३.५ प्रतिशत चिकनाई होती थी और एक लीटर की बोतल पर २.५१ रुपए मिलते थे। भैंस तथा गाय के दूध को मिलाया जाता था और उसे निर्जंतुक करने के बाद उसमें ५ प्रतिशत चिकनाई हो जाती थी और इस दूध की एक लीटर की बोतल ग्राहकों को ३.४० रुपए में बेची जाती थी। उत्पादकों के लिए यह अत्यंत संतोष की बात रही कि 'अमूल' ने हर ग्राम सहकारी समिति से निर्धारित दर से सारा दूध खरीदने की जिम्मेदारी उठाई है। 'अमूल' यह दूध साल भर—चाहे गरमी हो या शीतकाल—खरीदती है। गरमी में दूध पर्याप्त से अधिक मात्रा में और सर्दियों में काफी कम मात्रा में उपलबध होता है, फिर भी 'अमूल' की निर्धारित दरों पर ही उसकी खरीद साल भर जारी रहती है, आश्वस्ति भी रहती है और यह बात उत्पादकों के लिए काफी राहत देनेवाली होती है। आमतौर पर चलती आई परिपाटी से यह सर्वथा भिन्न और अच्छी व्यवस्था है।

मुख्य पशु खाद्य के अलावा 'अमूल' अपने सदस्यों को खाद्य-सार १.२५ की दर से देता है और इसका परिणाम दूध उत्पादन की वृद्धि से देखा जा सकता है। खाद्य-सार न मिलनेवाली गाय-भैंसों के दूध से, उसे खानेवाली गाय-भैंसों के दूध का अनुपात भैंसों के बारे में १ : ३ तथा गायों के बारे में १ : २ होता है। मुख्य खाद्य (यानी घास) की खपत अधिकाधिक करने के लिए नेशनल डेयरी विकास बोर्ड ने यूरिया और खनिजों को मिलाकर एक अवलेह पिंड तैयार किया है। उसपर खाँड की जूसी की परतें चढ़ाई हैं। इसके कारण इस अवलेह पिंड को जानवरों के लिए सुस्वादु बनाया गया है। यह अवलेह पिंड भी खाद्य के साथ 'अमूल' अपने सदस्यों को मुहैया करता है। इसके कारण भी दूध का उत्पादन बढ़ाने में बड़ी सहायता मिलती है।

आज 'अमूल' में २,००० स्थायी कर्मचारी काम करते हैं। ये सब आनंद के केंद्रीय संकुल में काम पर हैं। इनके अलावा ग्राम सहकारी संस्थाओं में ६,००० अस्थायी कर्मचारी भी होते हैं। केंद्रीय संकुल पर दूध उत्पादन, उसपर प्रक्रिया करने

तथा विपणन की जिम्मेदारी है। संकुल में एक डेयरी इकाई भी है, जो प्रतिदिन ६.५० लाख लीटर दूध का उत्पादन करती है। इसके अलावा कई प्रयोगशालाएँ तथा आधुनिक उत्पादन एकक भी हैं, जो खाद्य-सार तैयार करते हैं। दो कृत्रिम रेतन केंद्र भी हैं तथा पशु वैद्यकीय सेवाओं का काफी जाल भी बनाया गया है। 'अमूल' की सेवाओं में पशुओं के वास्ते चलते-फिरते दवाखाने तथा कोई ५० पशुओं के डॉक्टर भी हैं। इन सबके कारण पशुओं को वैद्यकीय सेवाएँ भी अच्छे स्तर की उपलब्ध होती हैं। इस सेवा के अंतर्गत आपातकालीन सेवाएँ भी तत्काल उपलब्ध हैं और ये बीमार पशु के स्थान पर पहुँचकर उसका इलाज करती हैं। इनके अतिरिक्त 'अमूल' में घास-चारा, पशु खाद्य, आम देखभाल तथा साफ-सफाई के मामलों में सलाह देने के लिए व्यावसायिक विशेषज्ञ भी हैं।

अतः उत्पादक से ग्राहक तक दूध की आपूर्ति को पहुँचाने में उसे जिन अवस्थाओं से गुजरना पड़ता है उन्हें संक्षेप में यों कहा जा सकता है—

१. प्रतिदिन प्रातः एवं सायं ग्राम सहकारिता संस्था के संकलन केंद्र पर सारा दूध लाया जाता है।
२. प्रतिदिन दो बार यह दूध टैंकरों में बाहर भेजा जाता है।
३. हर बार दूध में चिकनाई के तथा बगैर चिकनाई घन-घटकों के (एस.एन.एफ.) अनुपात की जाँच-पड़ताल की जाता है।
४. इस प्रकार दूध का दरजा तय किए जाने के बाद उसका मूल्य निर्धारित किया जाता है और १२ घंटों बाद दूध की जब दूसरी किस्त आती है तो तदनुसार सारी कीमत अदा कर दी जाती है।
५. ग्राम सहकारी संस्था खाद्य-सारों तथा ताजा अथवा हिमांक से नीचे के तापमान में घना जमाया हुआ साँड़ों या भैंसाओं के शुक्राणुओं और अन्य पशु वैद्यकीय सेवाओं को केंद्रीय संकुल से खरीद लेती है और फिर आवश्यकतानुसार उन्हें अपने सदस्यों को देकर हिसाब मुजरा कर लेती है।
६. केंद्रीय संकुल प्राप्त दूध को निर्जंतुकीकरण प्रक्रिया करने और मानवी सेवन के काबिल बनाने के बाद मुंबई, दिल्ली और कलकत्ता रवाना करता है। शिशु आहार, मक्खन, घी, चीज, चॉकलेट आदि बनाने के लिए भी दूध के कुछ हिस्से पर प्रक्रिया की जाती है और इन चीजों को सारे देश में बेचने का काम भी संकुल करता है। (वी. कुरियन, १९७८)

देहातों से दूध लाने तथा उसे बाजारों में पहुँचाने के लिए 'अमूल' ने दूध वाहक ७० टैंकर ठेकों पर तैनात कर लिये हैं। ग्राहकों को एकदम शुद्ध उपज देना 'अमूल' का घोषित उद्देश्य है। परिणामतः, बहुत विश्वसनीय नहीं रहे शहरी दूध व्यापारियों का सफाया हो सकता है, क्योंकि ये लोग दूध को केवल बदनाम ही करते रहते हैं।

इस प्रकार 'अमूल' ने देहातों के दूध के गाँठ या टपरियों को सीधे विशाल जनसंख्यावाले माँग केंद्रों के साथ जोड़ा है, और इस बात की भी विश्वसनीयता पैदा की है कि लंबी दूरी तक भेजा जाने पर भी दूध तथा दूध के पदार्थों का दरजा बना रहेगा। (कलकत्ता की दूरी १,५०० कि.मी. है।) इसके लिए 'अमूल' ने शीतगृहों की एक कड़ी-सी खड़ी की है और दूध परिवहन इसका मुस्तैदी के साथ उपयोग कर लेता है।

'अमूल' द्वारा मुहैया की जानेवाली कुशलता तथा सेवाओं के कारण पशुपालन के तौर-तरीकों (खाद्य, स्वच्छता तथा आरोग्य) में आमतौर पर पिछले चंद दशकों में काफी सुधार आया है। सहकारिता संस्थाओं के सदस्य अब पहले से काफी अधिक दूध उत्पादन करने लगे हैं और वे गर्व से कह सकते हैं कि उनकी आमदनी भी काफी अधिक बढ़ गई है। यह बात अब सबको मालूम भी हो गई है। आपात आवश्यकताओं के समय सदस्यों को बहुत सस्ती ब्याज दरों पर ऋण मिलने की खबर भी सर्वत्र फैल गई है। सदस्य परिवारों का काफी बड़ी संख्या में सहकारी संस्था से जुड़े रहना एक ऐसा चमत्कार है जो उन्हें बाजार में सुदृढ स्थिति में पहुँचा चुका है। 'अमूल' की इस कुल सफलता और प्रगति का श्रेय प्रबंध निदेशक को जाता है। उन्होंने राज्य सरकार के ढर्रे और ढाँचे की लीक से हटकर नई व्यवस्था खड़ी करने के लिए अथक प्रयास किया है। उन्होंने, जैसाकि किसी निजी उपक्रम में होता है, दूध उत्पादकों की यूनियन के कामकाज का नियंत्रण अत्यंत गतिमानता से किया। प्रबंध निदेशक सहित सभी व्यवस्थापक, वैज्ञानिक, विशेषज्ञ तथा वे सब कर्मचारी जो इस व्यवस्थापन को चलाने के लिए आवश्यक होते हैं, यूनियन के सदस्य हैं। क्योंकि उनका अनुबंध किसी भी समय समाप्त किया जा सकता है, उनपर हमेशा चुस्ती से काम करने तथा अधिकतम उत्पादन हासिल करने का दबाव रहता है।

'अमूल' सहकारी डेयरी का आदर्श दो सुप्रसिद्ध सहकारी डेयरी विकास कार्यक्रमों ने अपने सामने रखा। एक कार्यक्रम है—'ऑपरेशन बाढ़-१' तथा दूसरा है 'ऑपरेशन बाढ़-२'। इन कार्यक्रमों को आवश्यक सहायता संयुक्त राष्ट्र, विश्व

खाद्य तथा कृषि संगठन तथा विश्व अनाज कार्यक्रम जैसी अंतरराष्ट्रीय संस्थाओं ने दी है। 'अमूल' के प्रबंध निदेशक को अन्य राज्यों में भी इसी प्रकार की डेयरी सहकारी संस्थाएँ स्थापित करने में सफलता मिली है। फलस्वरूप राष्ट्रीय दूध उपलब्धता में निश्चय ही काफी बढ़ोतरी हुई है। सन् १९७१ से १९८३ तक भारत की आबादी की दूध की उपलब्धता में २१ प्रतिशत की वृद्धि हुई है।

हालाँकि आनेवाले दिनों में दूध उत्पादन के स्थानीय तौर-तरीके अपने-अपने स्थान पर महत्त्व बनाए रख सकेंगे, भावी डेयरी विकास तकनीकी, संगठनात्मक तथा आर्थिक दृष्टि से बड़ी-बड़ी सहकारी संस्थाओं के ही हाथों में होगी, बशर्ते उनके व्यवस्थापन के समक्ष कुछ स्पष्ट घोषित उद्देश्य हों। यद्यपि अब तक हमने दूध उत्पादन के जिन तौर-तरीकों का विचार किया, उनमें दूध दुहने के पारंपरिक तौर-तरीके दूध की मात्रा की दृष्टि से फिर भी अपना महत्त्व बनाए रखेंगे, नए तथा सहकारी दूध उत्पादन व्यवस्थापन को उनका विरोध समाप्त नहीं होगा। (वी. कुरियन, १९८२)

दूध पर प्रक्रिया

सन् १९७० के अंत तक देश में १२० दूध डेयरियाँ थीं। सन् १९८२ तक आधुनिक विपणन व्यवस्था को स्वीकार करती हुई चलनेवाली डेयरियों की संख्या १९५ हो गई। इनके द्वारा पैदा किया जानेवाला दूध सकल राष्ट्रीय दूध उत्पादन का ७ प्रतिशत यानी लगभग २० लाख टन था। (उपर्युक्त अंतरराष्ट्रीय संस्थाओं की रिपोर्ट, सितंबर १९८१) सहज अनुमान है कि सन् १९८२-८३ तक यह प्रतिशत निश्चय ही १० के ऊपर चला गया होगा।

राष्ट्रीय कृषि आयोग का मूल्यमापन है कि ताजा दूध का ४५ प्रतिशत सीधे पीने के काम में लाया जाता है। ३९ प्रतिशत घी तथा मक्खन बनाने के काम आता है। ८ प्रतिशत छाछ (लस्सी) बनाने के काम आता है और ५ प्रतिशत खोया तथा मिठाइयाँ बनाने में प्रयोग किया जाता है। शेष ३ प्रतिशत क्रीम, दूध का पाउडर तथा अन्य चीजें बनाने के काम में लाया जाता है।

दूध उत्पादन का बड़ा हिस्सा आज भी स्थानीय प्रक्रियाओं से ही गुजरता है। जो बचता है, अधिकतर घी बनाने के काम आता है। इसे दूर-दूर के बाजारों में बेचा जाता है। दूध का व्यापार मुख्यतः बड़े जिलों तथा शहरों के गिर्द ही अपना जाल बुनता है। प्रायः बिचौलिए देहातों में दूध खरीदते हैं और शहरों में ग्राहकों को अथवा क्रीम बनानेवाले छोटे उपक्रमों को बेचते हैं। फिर भी कुछ दूध उत्पादक

स्वयं ही शहरों में दूध बेचते पाए जाते हैं। वे कुल कितना दूध बेच लेते हैं, इसका हिसाब करना वैसे कठिन काम है। ये लोग शहर के परिसर में या तो स्वयं अथवा व्यावसायिक दूध विक्रेताओं को अपना दूध बेचते हैं। यह भी होता है कि वे दूध थोक में बेच देते हैं। दूध की माँगवाले केंद्र कितनी दूरी पर हैं तथा मौसम के अनुसार कम–अधिक होनेवाली दूध की आपूर्ति, इसपर उत्पादकों की आमदनी निर्भर करती है, और कभी कम कभी ज्यादा होती रहती है। यह उतार–चढ़ाव भी काफी होता है। दूध बाजार में घी के दामों के अनुसार ही दूध का भाव तय किया जाता है। यह घी बाजार भी वनस्पति के बाजार के साथ हिंडोलता है। वनस्पति की माँग घी की अपेक्षा ज्यादा होती है। घी और वनस्पति के बाजारों में बहुत अंतर होता है। अनेक दबावों के नीचे घी बाजार आ ही जाता है। इसीलिए उत्पादक अकेले काम करने की बजाय सामूहिक प्रयत्नों पर अधिक बल देते हैं।

घी का बाजार भी दूध बाजार को प्रभावित करता ही है। मक्खन को १००° से १३०° सेल्सियस तापमान पर उबालकर ही घी बनाया जाता है। क्रीम को, जिसमें ५० प्रतिशत चिकनाई होती है, ११०° से १२०° सेल्सियस तापमान में उबालकर भी घी बनाया जाता है। शेष ५० प्रतिशत मामूली सेप्रेटा होता है। ९३ प्रतिशत चिकनाईवाला द्रव घी परिवहन अथवा भंडारण के लिए आसान होता है। ऊष्ण कटिबंधीय तापमानों में भी यह आसान होता है। भैंस के दूध से बनाया गया घी सफेद तथा गाय के दूध से बना पीला होता है।

मक्खन जैसे यूरोप में बनता है उसी तरह भारत में भी बनाया जाता है; किंतु उसकी माँग बहुत होती है। केवल ५ या ६ प्रतिशत दूध ही मक्खन बनाने के काम में लाया जाता है। भारत में दही, दूध का सर्वाधिक लोकप्रिय पदार्थ है। उसे यदि फ्रिज में नहीं रखा जाता, तो बनाने के २४ घंटों के अंदर उसका उपयोग कर लेना होता है, जबकि फ्रिज में वह कई दिनों तक सुरक्षित रखा जाता है। खोया या मावा मिठाई बनाने के काम आता है और सबसे लोकप्रिय मिठाइयों के लिए इस्तेमाल होता है।

मक्खन की भारत में कोई खास माँग नहीं है। भैंस का दूध चीज बनाने के लिए उचित नहीं माना जाता। दूध को पकाने की प्रक्रिया ६ से ८ हफ्तों तक चलती है। भारतीय डेयरी उद्योग ने भैंस के दूध का पाउडर बनाने में अत्यंत सफलतापूर्वक प्रयोग किया है। इसे नेत्रदीपक सफलता ही माना जाना चाहिए। इस सफलता के बाद इस उद्योग ने दूध पाउडर से शिशु आहार के डिब्बाबंद पदार्थ बनाने का उपक्रम शुरू किया है। 'अमूल' ने इस क्षेत्र में भी महत्त्वपूर्ण काम किया है और कई नामों से जानेवाले शिशु आहार बनाए हैं, क्योंकि गरमी के दिनों में होनेवाली दूध की

अत्यधिक बहुतायत का विनिमय उन्हें कारगर ढंग से करना होता है। दूध का पाउडर भंडारण तथा परिवहन के लिए आसान तो होता ही है, उसके ऊँचे पोषाहार-तत्त्व भी बरकरार रहते हैं और भैंस के दूध का एक बढ़िया उपयोग विविध क्षेत्रों में फैलाने के काम आते हैं, क्योंकि भैंस के दूध में चिकनाई का अनुपात बहुत अच्छा होता है। इसे चिकनाई रहित दूध में मिला दिया जाने पर भी उसके पोषाहार-तत्त्व पहले जैसे ही कायम रहते हैं। केवल उसके चिकनाई अंश कम हो जाते हैं। दूसरी महत्त्वपूर्ण बात यह है कि भैंस के दूध के विविध प्रकारों में परिवर्तित किए जाने पर भी उसके स्वाद में कोई फर्क नहीं पड़ता। दूध पाउडर बनाने के लिए भारत में दो प्रकार के भैंस के दूधों का प्रयोग होता है। पहला 'टोंड दूध', जिसमें चिकनाई ३ प्रतिशत होती है और चिकनाईरहित घनता ८.५ प्रतिशत। दूसरा है 'डबल टोंड' दूध, जिसमें चिकनाई १.५ प्रतिशत और चिकनाईरहित घनता १० प्रतिशत होती है। 'टोंड' दूध का भाव भैंस के ताजा दूध का ५० प्रतिशत और 'डबल टोंड' दूध का ३३ प्रतिशत होता है।

आधुनिक बड़ी डेयरियाँ इस प्रकार के मानकीकृत 'मिश्र उत्पादन' पेश करते हुए भी उनकी गुणवत्ता को कायम रखने में कामयाब हो गई हैं। साथ ही वे अपने इन उत्पादनों की निरामयता की अच्छी हामी देते हुए इनका दाम भी उचित रखती हैं। आज ये डेयरियाँ सबसे बड़े शहरी केंद्रों की सभी आवश्यकताओं को पूरा कर सकने के लिए आवश्यक सभी उपकरणों से भलीभाँति लैस हैं। इनके परिवहन ग्राहकों तक तेजी से तथा शुद्ध रूप में पहुँचाने के लिए पर्याप्त हैं। आवश्यक पेंचीदा वितरण-प्रबंध भी इनके पास होता है। भारत की बड़ी-बड़ी डेयरियों में प्रबंध और उत्पादन की तकनीक अंतरराष्ट्रीय डेयरियों से तुलना करने योग्य हो गई है। एक उदाहरण दिल्ली की 'मदर डेयरी' का दिया जा सकता है। (ए. पटेल, १९८४)

भारत में आधी आबादी गरीबी रेखा के नीचे जीवन बसर करती है। अतः इस गरीब जनसमूह को सस्ता दूध उपलब्ध कराना और भी महत्त्वपूर्ण हो जाता है। इस संदर्भ में डेयरी वैज्ञानिकों की एक महान् उपलब्धि है कि अब भैंस के 'टोंड' दूध को गरीब लोगों के लिए उत्पादन कहकर कोई तिरस्कृत नहीं करता। इस दूध का ऐसा वर्णन, उसके पोषाहार मूल्य को देखते हुए, किसी भी प्रकार से समर्थनीय भी नहीं है। विपणन की दृष्टि से यह दूध अब समाज की सभी सतहों को स्वीकारणीय हो गया है। यह भी एक महान् सफलता है।

१० साल पहले दिल्ली में वी. कुरियन तथा डॉ. पटेल के नेतृत्व में एक 'विश्व डेयरी कांग्रेस' का आयोजन किया गया था। उसने इस बात का प्रत्यक्ष

प्रमाण पेश किया कि प्रगत तथा विकसित डेयरी प्रणालियों का कुशलता से संचालन करने का दावा करनेवाले देशों की पंक्ति में भारत भी जा बैठा है, और सबसे बड़े शहरी केंद्रों को दूध की आपूर्ति करने के काम में तो उसने काफी ऊँची गुणवत्ता हासिल कर ली है।

अनेक शहरों तथा देहातों में भी भैंस के दूध में मिलावट आज भी एक समस्या बनी हुई है। यह मिलावट प्राय: इस दूध में पानी, गाय या बकरी का दूध, क्रीम निकाला गया सेप्रेटा आदि मिलाकर की जाती है। मक्खन तथा घी जैसे दूध से बननेवाले पदार्थों में भी मिलावट सस्ती वनस्पति या प्राणिज चरबी मिलाकर की जाती है। भारत की राष्ट्रीय डेयरी अनुसंधान संस्था, करनाल ने इसके लिए 'हंसा परीक्षण' तैयार किया है, जो ९९० मि.ली. भैंस के दूध में १० मि.ली. गाय के दूध की सूक्ष्म मिलावट को भी पकड़ लेता है। ऐसी नाचाही हरकतों को मक्खन और घी में मिलावट करने के काम भी लाया जाता है और उस मिलावट को पकड़ने के लिए इस संस्था ने 'बाउदिन परीक्षण' प्रक्रिया बना ली है। ये परीक्षण करने में आसान तथा प्रभावशाली सिद्ध हुए हैं।

भैंस का दूध और उसके पदार्थ

आज अनेक पश्चिमी देशों में अभिजात पशुजन्य पदार्थों यानी दूध तथा मांस का अनुपात क्रमश: दो तिहाई और एक तिहाई होता है। इन पशुओं को जोत या परिवहन आदि कामों में लगभग नहीं ही लगाया जाता। इसके विपरीत भारत में गाय को बैल पैदा करने की अत्यंत महत्त्वपूर्ण भूमिका निभानी होती है और उसके बाकी सारे कार्य इस मुख्य कार्य के काफी पीछे रह जाते हैं।

भैंसें संख्या में कुल पशुसंख्या का एक तिहाई ही होती हैं; किंतु दूध उत्पादन में उनके दूध का योगदान अलबत्ता, ५७ प्रतिशत होता है। अत: इसमें कोई आश्चर्य की बात नहीं कि भैंस को बेहतर दुधारू प्राणी माना जाता है तथा जोत या गाड़ियाँ खींचना अथवा आगे चलकर उनसे उपलब्ध मांस के उत्पादन को उतना महत्त्व नहीं दिया जाता।

पूर्व अध्यायों में इसका प्रमाण दिया जा चुका है कि भारत की अधिकतर पशुसंख्या के लिए जोत या परिवहन सेवाएँ ही मुख्य कार्य है, और रहेगा। निकट भविष्य में इसमें कोई खास परिवर्तन आने या लाए जाने की संभावना नहीं दिखती।

गायों के दूध का उत्पादन बढ़ाना केवल नियंत्रित परिस्थितियों में ही संभव है। यह बात देशी तथा विदेशी नस्लों से संकरित गायों के बारे में भी सच है। भैंस

ने तेजी से गाय का स्थान लेना शुरू कर दिया है और वह एक कार्यक्षम विकल्प के रूप में उभरी है। ग्रामीण भागों में छोटे किसानों के लिए तो वह कभी की बेहतर दुधारू प्राणी साबित हो चुकी है।

फिर भी विशेषज्ञों ने इस प्राणी की ओर कम ही ध्यान दिया है। परिणामतः उसमें जो असीम क्षमता है, उसका भी पूरा उपयोग नहीं किया जा सका है। भैंस को खिलाई जानेवाली खुराक में तथा उसके व्यवस्थापन में पर्याप्त सुधार लाते ही भैंस की पूरी क्षमता के उपयोग को बहुत ही थोड़े समय में संगठित किया जा सकता है, यह हमें मालूम है। ये जो आवश्यक जरूरतें हैं, उन्हें पूरा करते हुए कुछ सहकारी समितियों ने भैंस के दूध का उत्पादन दुगना-तिगना कर दिखाया है।

गायों की भाँति भैंसों की भी लगभग ८० प्रतिशत आबादी 'देशी' है। इनके अलावा कुछ स्थानीय नस्लें भी हैं तथा प्रदेश स्तर पर विकसित नस्लें हैं, जिनमें असीम क्षमता होती है, जिसे ठोस कदम उठाकर कई गुना बढ़ाया जा सकता है। प्राप्त जानकारी के अनुसार इन नस्लों में सबसे महत्त्वपूर्ण नस्ल 'मुर्रा' है। इस नस्ल की भैंसों के लिए प्रतिवर्ष ४,००० लीटर तक दूध देना कोई असाधारण बात नहीं होती है।

गायों और भैंसों में सुस्पष्ट अंतर दिखानेवाली विशेषतः दो श्रेणियाँ हैं। भैंसें निकृष्ट दरजे का खाद्य—जैसे रेशेदार धान-भूसा या डंठर खाकर भी उसका रूपांतर बढ़िया दूध में करने की क्षमता रखती हैं। भैंस का दूध उसके विभिन्न घटकों की दृष्टि से गाय के दूध की अपेक्षा कहीं अधिक पौष्टिक होता है। भैंस को खिलाने के लिए उसे पालनेवाले को कम खर्च आता है और भैंस के दूध से उसे लगभग ५० प्रतिशत ज्यादा आमदनी भी मिलती है, बनिस्बत गाय के।

डेयरी उद्योग को भैंस के दूध का महत्त्व भलीभाँति ज्ञात है, क्योंकि उसके समृद्ध घटकों के कारण आधुनिक तकनीकों का उपयोग करते हुए उसके कई पदार्थ बनाए जा सकते हैं। स्किम दूध पाउडर भी उससे बनाया जा सकता है, जिससे कई अन्य पदार्थ बनाए जा सकते हैं। ग्राहक भी भैंस के दूध से बनाए गए पदार्थों को अधिक पसंद करते हैं, इस बात को भी भुलाया नहीं जा सकता।

मांस उत्पादन

फिलहाल भैंस की मांस उत्पादन क्षमता का उल्लेखनीय उपयोग नहीं किया जा रहा है। भारत में भैंसों की संख्या इतनी अधिक होने के बावजूद उनके बारे में कोई विस्तृत जानकारी और आँकड़े उपलब्ध नहीं हैं। अतः स्वयं इधर-उधर किए

अन्वीक्षणों पर ही अधिकतर निर्भर करना पड़ता है। फिर भी जो मोटे अनुमान तैयार किए हैं, उनकी पुष्टि अन्य देशों में भैंस संवर्धन के बारे में प्राप्त जानकारी से हो जाती है।

विकास

भैंसों के विकास के ढाँचे के बारे में बहुत कम जानकारी उपलब्ध है। जो उपलब्ध है उसमें नस्ल का नाम तक दर्ज नहीं है और उस नस्ल की कितनी भैंसों का अन्वीक्षण किया गया इसकी संख्या भी लिखी नहीं है।

बदरुद्दीन ने (१९५५) भैंस के बछड़ों का विकास प्रतिदिन कैसे और कितना होता है, इसके बारे में अपनी रिपोर्ट में लिखा है—जन्म के बाद के प्रारंभिक ३० दिनों में बछड़े का वजन प्रतिदिन ८५० ग्राम बढ़ता रहता है। बेनेट ने (१९६४) लिखा है कि छह मास की उम्रवाले भैंस के बछड़े के अन्वीक्षण में पाया गया कि औसतन १९५ किलो तक उनका वजन १८ मासों में बढ़ गया। उन्हें कुछ सघन खाद्य खिलाया गया। जब वे २४ मास के हो गए, उनका औसत वजन ४७६ किलो हो गया था। यानी प्रतिदिन उनका वजन ६१० ग्राम बढ़ता रहा। मुटाती जा रही भैंसों के बारे में पहले ३ महीनों में प्रतिदिन ६४० ग्राम की वजन में बढ़ोतरी को अधिकतम विकास माना गया है। भैंस से मिलनेवाले पदार्थों का प्रतिशत लगभग ६० होता है। शूते ने (१९६६) भैंसों तथा जमैका रेड और ब्राह्मण नस्लों की गायों का तुलनात्मक अध्ययन किया और पाया कि बहुत ही कम घासवाले चारागाहों में दस सप्ताह तक चराई जानेवाली गाय-भैंसों तथा खूब लबालब लहलहाते चारागाहों पर इतने ही काल तक चराई गई गाय-भैंसों के वजन-विकास में काफी अंतर पड़ जाता है। कम तथा हलकी किस्म की घास पर चराई गई गायों को अपना वजन कायम रखना भी मुश्किल हो जाता है, वजन बढ़ना तो दूर ही रहा। किंतु उसी घास पर चराई गई भैंसों का वजन बढ़ जाता है। इन्हें ही जब समृद्ध चारागाहों में चराया जाता है तो इनके वजन में कई गुना वृद्धि हो जाती है। ब्राह्मण नस्ल की गाय की अपेक्षा वजन में यह वृद्धि दूनी होती है और अंत में जमैका रेड नस्ल की अपेक्षा २५ प्रतिशत अधिक।

संकरित नस्लें	*वजन वृद्धि हलकी घास पर ग्राम/दिन*	*वजन वृद्धि समृद्ध घास पर ग्राम/दिन*
जमैका रेड गायें	०	४७७

भैंसें	२१३	६१७
ब्राह्मण गायें	०	२९५
स्रोत : शूते (१९६६)		

लाशों का दरजा

भैंस की एक विशेषता यह है कि अंतर्स्नायविक चरबी उसमें लगभग न के बराबर होती है। इसके विपरीत गाय में वह काफी होती है। बूढ़ी भैंसों में चमड़ी के नीचे उससे सटी सफेद चरबी की परत पाई जाती है। यह चरबी सभी स्नायुओं पर छा जाती है। २४ मास की अच्छी तरह से पाली-पोसी गई जवान भैंसों के मांस में गो मांस में हमेशा पाए जानेवाला मुलायमपन होता है। प्रौढ़ भैंसों के मांस में मजबूत रेशे होते हैं, जोकि मुलायम गो मांस में नहीं पाए जाते। अतः उसे गो मांस की तुलना में मुलायम रखने के लिए मारी गई भैंसों को लटकाए रखना, काफी लंबे समय तक पकाना, और 'मुलायम' करने के लिए आवश्यक प्रक्रिया से उसे गुजारना पड़ता है।

भारतीय ग्राहकों को भैंस का मांस 'गरम' चाहिए होता है। यानी भैंस को कत्ल करते समय निकाला गया मांस ग्राहकों की पसंद होता है। ग्राहक को इसके लिए भैंस की लाश के फाड़े हुए भाग को लटकाए रखना रास नहीं आता। शायद यही कारण है कि बहुत कम बूचड़खानों में शीतगृह का प्रबंध होता है।

तालिका-१४ में बूढ़ी भैंसों से संबंधित तीन जानकारी स्रोतों का आधार लिया गया है। इसमें उम्र के अनुसार कत्ल की जानेवाली भैंसों का कत्ल के बाद का वजन, और भैंस के बछड़ों तथा जवान भैंसों (दो साल की उम्र तक) के मांस का प्रतिशत दिया गया है। यह सारी जानकारी विदेशी भैंसों से इकट्ठा की हुई है, उसमें भारतीय भैंसों के बारे में कोई जानकारी नहीं है। तालिका में दिए गए सभी निष्कर्ष नियंत्रित परिस्थितियों में किए गए परीक्षणों पर आधारित हैं। साफ-सफाई करने के बाद बेचे जानेवाले मांस का प्रतिशत आश्चर्यकारी है। साँड़ों और भैंसाओं के वजन में कोई खास फर्क नहीं पाया जाता, जो एक कुतूहल जगानेवाली बात है। एक या दो सालों के अंदर-ही-अंदर भैंसाओं तथा साँड़ों के अंदर मांस का निर्माण काफी अंतर पैदा कर जाता है। भैंसे में साँड़ की अपेक्षा काफी अधिक मांस तैयार हो जाता है। प्रतिदिन लगभग ६०० ग्राम वजन बढ़ना, लाश में मांस का अनुपात अधिक रहना, और दो साल में चमड़ी के नीचे बहुत कम चरबी का जमा होना आदि बातें भैंसे के बारे में काफी रोचक हैं।

भैंसों के विकास का तथा उनकी लाशों में पाए जानेवाले मांस के दरजे का आलेख भारत के बाहर की भैंसों से ही लेना पड़ा है और प्राप्त निष्कर्षों को समानता के सिद्धांतानुसार भारतीय भैंसों पर लागू किया गया है। भैंसों में अधिक मांस उत्पादन की क्षमता होने की बात को ये निष्कर्ष पुष्ट करते हैं। किंतु भारतीय भैंसों पर किए गए तत्सम प्रयोगों तथा परीक्षणों के निष्कर्षों के साथ उनकी तुलना करने से पहले भारतीय भैंसों का पुनरीक्षण आवश्यक प्रतीत होता है। ऐसे पुनरीक्षणों में भारतीय भैंसों की नस्लें तथा उन्हें उपलब्ध स्थानीय खाद्य एवं नियंत्रित परिस्थितियों का भी ध्यान रखा जाना चाहिए।

गो हत्या पर प्रतिबंध और भैंसों का मांस उत्पादन

भैंसों के दूध उत्पादन के बारे में कम-से-कम कुछ जानकारी तो उपलब्ध है, किंतु उनके मांस उत्पादन के बारे में बहुत ही कम जानकारी का उपलब्ध रहना एक आश्चर्य की बात मानी जाएगी।

निम्न विवरण से सारा चित्र स्पष्ट हो जाएगा। युवा भैंसों को मांस उत्पादन की दृष्टि से अधिक मुटापा देने की अवधारणा आमतौर पर अपरिचित ही है। प्राय: बीमार तथा दुबली भैंसों को ही बूचड़खानों में लाया जाता है। ऐसी भैंसों को पालने वाला बूचड़ को ऐसी भैंस बहुत ही मामूली दाम पर या कभी-कभी तो बिना मूल्य दे डालता है। ऐसा करने से भैंस को कत्ल करने के बोझ से वह अपने आपको मुक्त अनुभव करता है और इसमें जुड़ी धार्मिक मानसिकता पर भी काबू पा लेता है। भैंस को बूचड़खाने में बेच देने से अपनी आर्थिक परिस्थिति को सुधारने की भावना उसमें नहीं होती। तथापि अब उसे भी यह अहसास हो चला है कि भैंस का मांस भी आज एक पूर्ण विकसित व्यवसाय बन गया है और उससे निर्मित अनेक डिब्बाबंद व्यंजन घरेलू एवं निर्यात माँग को पूरा करने के लिए विविध रूपों में बेचे जा रहे हैं।

इज्जतनगर के भारतीय पशु अनुसंधान संस्थान में मांस उत्पादन का एक विशाल विभाग खोला गया है, जो इस बात का साक्षी है कि देश के वैज्ञानिक तथा आर्थिक नेतृत्व में भैंस के मांस का महत्त्व तथा बाजार क्षमता का सही बोध जागा है। किंतु इस परिस्थिति में प्रत्यक्ष उत्पादक का कोई उत्तर अभी नहीं मिल रहा है।

दूध उत्पादन से संबंधित जानकारी तथा सांख्यिकी के विपरीत, भारत में मांस उत्पादन के बारे में उसी तरह की समृद्ध एवं अनुभवों पर आधारित जानकारी उपलब्ध नहीं है। इसका कारण मुख्यत: भैंसें पालनेवालों की उस मानसिकता में

है, जिसके अनुसार अपनी धार्मिक भावनाओं के कारण वे भैंस के साथ गायों को भी पालते हैं और गायों की परवरिश पर अधिक ध्यान भी देते हैं, जोकि हिंदुत्व की एक प्रमुख अवधारणा है। पशुहत्या प्रतिबंधक कानून में भैंसों की हत्या के बारे में कुछ उदार दृष्टिकोण अपनाया तो गया है, किंतु उसके फलस्वरूप भैंस के प्रति पालनकर्ताओं के रवैए में कोई विशेष परिवर्तन नहीं आ पाया है। यह बात कत्ल की जानेवाली भैंसों की संख्या से भी स्पष्ट हो जाती है।

ऐसा दिखाई देता है कि किसान को अपनी गायों के प्रति जो भावनात्मक लगाव होता है, उससे कम भैंसों के प्रति भी नहीं होता। शायद यही कारण हो सकता है कि किसान अपनी भैंसों को उनके मांस से होनेवाली अतिरिक्त आमदनी के स्रोत के रूप में नहीं देखता।

भारतीय किसान की इस अ-वाणिज्यीय धारणा का विश्लेषण इस प्रकार से किया तो जा सकता है, किंतु यह बात समझ में नहीं आ पाती कि 'अमूल' जैसी पूर्ण वाणिज्यीय धारणा से ही स्थापित विशाल सहकारी डेयरी परियोजनाएँ भी बेच डालने योग्य हुई भैंसों के आर्थिक दृष्टि से सुसंबद्ध एवं किफायती हाट विनियोजन का आदर्श क्यों नहीं पेश कर सकतीं? यह भी समझ में आ पाना कठिन है कि ये परियोजनाएँ भैंस के बछड़ों को मुटाने के लिए वैज्ञानिक तौर-तरीकों को क्यों नहीं अपना सकतीं! वास्तव में 'अमूल' जैसी परियोजनाओं के पास इस काम के लिए आवश्यक तकनीकी ज्ञान, हाट व्यवस्था की जानकारी तथा प्रारंभिक आवश्यकताओं की उपलब्धता और पर्याप्त निधि आदि सारी सुविधाएँ हैं। अतः इन डेयरियों के लिए इस कार्य में आनेवाली प्राथमिक कठिनाइयों पर विजय प्राप्त करने की पूरी क्षमता है।

भैंसें पालनेवाले की मानसिकता उनकी मांस क्षमता का उपयोग करने में रुकावट बनती है। ऐसी स्थिति में सुझाव दिया जा सकता है कि वे दूध सहकारी संस्थाएँ, जिनका कि किसान स्वयं एक सदस्य होता है, सदस्य किसानों की धार्मिक मानसिकता को ठेस न पहुँचाते हुए उनकी आर्थिक स्थिति को सुधारने के उपाय खोजें। ये उपाय विपणन सुधार के लिए ही हों तथा साथ ही सदस्य को उत्तरोत्तर अधिकाधिक ठोस आर्थिक लाभ पहुँचानेवाले भी हों। वास्तव में इन दूध डेयरी सहकारी संस्थाओं का उद्देश्य ही आर्थिक लाभ पहुँचाना है। और यह मांस उत्पादन उपक्रम हर हालत में आर्थिक लाभ देनेवाला ही होगा। संभव है कि भैंस मांस उत्पादन के क्षेत्र से इन सहकारी डेयरियों ने अपने आपको इसलिए दूर रखा है, क्योंकि उनके सदस्यों में आम मानसिक रुकावट है और सदस्य मांस के लिए भैंसों को मारना-मरवाना नहीं चाहते हैं।

इस पुस्तक के दूसरे अध्याय में, देश में कुल मांस उत्पादन में भैंस के योगदान के बारे में कई सांख्यिकीय जानकारियाँ दी गई हैं। उसका निष्कर्ष यह निकाला गया है कि प्रति ६६ पंजीकृत हत्याओं में १ भैंस की होती है, जोकि वास्तव में बहुत ही कम अनुपात है, और फिर भी मांस उत्पादन के अनुपात में कत्ल की जानेवाली गायों की तुलना में वे काफी आगे हैं। गायों की संख्या उनसे ३ गुना होती है। फिर भी मांस उत्पादन भैंसों का ही अधिक होता है। हम अधिकृत सांख्यिकी पर ही निर्भर न करते हुए, यदि 'अनधिकृत' कत्लों तथा 'प्राकृतिक मौतों' को भी अपने हिसाब में जोड़ें, तो किसी-न-किसी प्रकार से विभिन्न प्रक्रियाओं में से गुजरनेवाली पशु लाशों की संख्या बढ़ जाएगी। ऐसे मूल्यांकन द्वारा हमें यह मालूम पड़ जाएगा कि आमतौर पर कितनी गाय-भैंसें प्रतिवर्ष समाप्त की जाती हैं। अतः स्पष्ट है कि अनाज आपूर्ति में भैंस का योगदान कितना? यह प्रश्न उतना महत्त्वपूर्ण नहीं है, हमें तो भैंस से प्राप्त मांस की गुणवत्ता से ही अधिक सरोकार है। अतः हमें देखना है कि किस आयु की कितनी भैंसें काटी जाती हैं, उनके जीवित रहते उनकी विकास क्षमता बढ़ाने के लिए कितना और क्या-क्या प्रयास किया जाता है, उनके मांस पर कितनी प्रक्रियाएँ की जाती हैं तथा अंत में उस मांस का क्या-क्या उपयोग किया जा सकता है? यही क्षेत्र है जिसपर हत्या प्रतिबंध का सर्वाधिक प्रभाव पड़ता है। हालाँकि भैंसों की हत्या किसी भी कानूनी अनिवार्यता के दायरे में आती ही नहीं।

कत्ल की गई भैंसों की पंजीकृत संख्या के अनुसार एक भैंस प्रति व्यक्ति प्रतिवर्ष ३७० ग्राम मांस उपलब्ध कराती है। गाय से प्रतिवर्ष प्रति व्यक्ति २२४ ग्राम गो मांस ही उपलब्ध होता है। भैंस मांस उस ५० प्रतिशत आबादी के आहार के लिए उपलब्ध होता है जो मांसाहारी है, ऐसा माना गया है। पाकिस्तान में कत्ल दर का विचार करें तो प्रति व्यक्ति प्रतिवर्ष ४.४ किलो मांस उपलब्ध होता है (तालिका-१५), किंतु इसके उत्पादन तथा प्रक्रियाओं में कोई सुधार नहीं आया है। भैंस हत्या पर कोई प्रतिबंध न होने के कारण भैंस कत्ल में कोई भावनात्मक रुकावट भी नहीं आती। अतः कत्ल विषयक नियमों का पालन करते-कराते हुए भी पंजीकृत भैंस कत्लों से प्राप्त होनेवाले मांस का उत्पादन १ लाख ३० हजार टन (१९८२) से अनुमानतः १६ लाख टन तक ले जाया जा सकता है। अब तक अँतड़ियाँ, तलछट आदि आमतौर पर कूड़े में फेंक दिया जाता है। उसी प्रकार चमड़ा कमाने तथा खालों का अधिक अच्छा उपयोग करने के क्षेत्र में भी सुधार की काफी गुंजाइश है।

भैंस के मांस की गुणवत्ता बढ़ाने के लिए अग्रसर होते समय, आम लोगों

की काफी कम क्रयशक्ति को ध्यान में रखते हुए मांस के दाम सीमित दायरे में रखने का प्रयास आवश्यक होगा। एम. जुल ने कहा है (१९७७) कि ब्यूरो ऑफ इकोनॉमिक्स एंड स्टेटिस्टिक्स द्वारा दी गई सांख्यिकीय जानकारी इस निष्कर्ष को पुष्ट करती है कि ६० प्रतिशत ग्रामीण और ३० प्रतिशत शहरी जनसंख्या गरीबी रेखा के नीचे बसर करती है। भारत की ओर से गरीबी रेखा को तय करने के लिए निम्न ठोस सुझाव दिए गए हैं—

हर वयस्क मजदूर को अपनी न्यूनतम ऊर्जा आवश्यकता को पूरा करने के लिए प्रति सप्ताह ४.५ किलो अनाज पदार्थों की जरूरत होती है। ग्रामीण इलाकों में अनाज के अतिरिक्त, अन्न पदार्थ तथा अन्न के अतिरिक्त वस्तुएँ खरीदने के लिए अनाज पदार्थों पर किए जानेवाले खर्च से कम-से-कम दूना खर्च आता है। शहरी क्षेत्र में यह खर्च ३ गुना आता है। औसत परिवार में एक वयस्क मजदूर को एक और वयस्क के पालन-पोषण का दायित्व उठाना पड़ता है। एक मजदूर को सप्ताह में कम-से-कम एक दिन की छुट्टी आवश्यक होती है। इस प्रकार गरीबी रेखा तक उठने के लिए ग्रामीण क्षेत्रों में ३ किलो अनाज तथा शहरी इलाकों में ४.५ किलो अनाज की आवश्यकता होती है। इतना अनाज खरीदने के लिए पर्याप्त मजदूरी उसके लिए आवश्यक होती है। कोई भी व्यक्ति इस रेखा के नीचे बसर करने के लिए विवश न हो, इस हेतु हमें ऐसे कार्यक्रम की आवश्यकता होगी जो हर ग्रामीण को रोजगार देने की हामी दे सके। काम करना चाहनेवाले तथा उसे कर सकने की क्षमता रखनेवाले हर ग्रामीण को रोजगार की गारंटी ऐसे कार्यक्रम के माध्यम से देनी होगी। साथ ही अत्यावश्यक वस्तुओं का उत्पादन भी निश्चित करना होगा। (दाग हैमरशील्ड की 'विकास तथा अंतरराष्ट्रीय सहयोग' पर रिपोर्ट, १९७५)

भैंसे तथा भैंसों का मांस बेचने के लिए पड़ोसी एशियाई देशों में विश्वसनीय बाजार हैं। अत: दोनों की गुणवत्ता में सुधार करने का अच्छा आधार इस बाजार के रूप में मिल सकता है। इन देशों को तथा उनसे भी अधिक देशांतरवासी भारतीय अप्रवासी मजदूरों के आगमन के कारण काफी जनसंख्या वृद्धि दर्ज करनेवाले अरब देशों को भैंसों तथा भैंस मांस के निर्यात करने की संभावनाएँ भी काफी अच्छी हैं। इन देशों में आमदनी के मानक भी काफी ऊँचे होते हैं। भारत में यद्यपि भैंस मांस की आपूर्ति काफी थी, सन् १९७७-७८ में भारत से इसका निर्यात १,५०० टन था। राष्ट्रीय अर्थव्यवस्था की दृष्टि से इतना निर्यात निश्चय ही लाभकारी है, क्योंकि उसके कारण विदेशी मुद्रा प्राप्त होती है। किंतु ऐसे में स्थानीय जनता को उतनी मात्रा में इससे वंचित रहना पड़ता है। यह जनसंख्या पहले ही आवश्यकता से कम

मांस प्राप्त करती है। इसके निर्यात से होनेवाले आर्थिक लाभ का लालच इसके नए-नए पदार्थ विकसित करने के लिए प्रेरित कर सकता है और यह नवविकसित मांस पदार्थ स्थानीय बाजारों में भी अच्छा विपणन कर सकते हैं। इस संदर्भ में डिब्बाबंद मांस का निर्यात विशेष ध्यान देने योग्य है, क्योंकि वह उन देशों को भी निर्यात किया जा सकता है, जहाँ पशुओं में महामारी फैलने से रोकने हेतु ताजा अथवा जमाया हुआ मांस आयात करने की मनाही करनेवाले कानून बने हैं और जिनपर कड़ाई से अमल किया जाता है, जब पशुओं में किसी भी संक्रामक रोग या महामारी नहीं होने का प्रमाणपत्र प्राप्त किया हो।

मुंबई के पास औरंगाबाद में ब्रुक ब्रांड मांस उद्योग ने ऐसी संभावनाओं को सिद्ध कर दिया है। इस उद्योग ने वास्तव में मांस उत्पादन में नई अवधारणाओं का उदाहरण पेश किया है। यह उद्योग किसानों से सीधे भैंसों को खरीदता है। परिणामस्वरूप बाजार तथा दलालों का सहारा लेना ही नहीं पड़ता। इसके अलावा यह कंपनी भैंस के पालनकर्ता किसान को उसके वाजिब दाम देती है। किसानों से भैंसों को सीधे कंपनी के बूचड़खानों में पहुँचाने का परिवहन प्रबंध भी उसने कर रखा है। किंतु भैंसों की यह खरीद औरंगाबाद परिसर तक ही सीमित है। यह कंपनी प्रतिदिन कोई २५० भैंसें काटती है और उनके मांस को विभिन्न प्रक्रियाओं द्वारा डिब्बाबंद पदार्थों में परिवर्तित करती है। इस प्रक्रिया व्यवस्थापन में मांस के खाने योग्य तथा अखाद्य पदार्थों का उत्पादन भी समाविष्ट होता है।

भैंसों की खालों के बारे में बहुत थोड़ी जानकारी उपलब्ध है। केवल इतना ही ज्ञात है कि प्रतिवर्ष कोई ५०-६० लाख खालें प्राप्त होती हैं। किंतु उनका दरजा बहुत घटिया रहता है। यह और भी खलनेवाली बात है, क्योंकि देश में अच्छे दरजे की खालों की माँग काफी है। यहाँ उल्लेखनीय है कि पड़ोस के श्रीलंका में ९५ प्रतिशत खालें, उन्हें उतारने के तरीके बहुत ही घटिया होने के कारण, काफी हानिग्रस्त होती हैं। और केवल २० प्रतिशत खालें ही, जिन्हें वहाँ 'ऊपरी' कहा जाता है, कमाने तथा निर्यात स्तर के अनुकूल चमड़ा तैयार करने के काम आती हैं। शायद भारत में भी खालों का यही हाल होगा, ऐसा माना जा सकता है। भारत हालाँकि खालों और चमड़े का सबसे बड़ा उत्पादक तथा निर्यातक देश है।

यह सब विवरण इसलिए दिया है ताकि पशुहत्या प्रतिबंध के कारण उत्पन्न मानसिकता, यद्यपि उसका प्रभाव कुछ कम होता जा रहा है, आज भी भारतीय किसानों पर हावी है, यह बात उसके सभी आयामों के साथ स्पष्ट हो। इस मानसिकता का परिणाम भैंसों की हत्या तथा मांस प्रक्रिया व्यवस्था पर भी

अवश्य ही पड़ा है। किंतु यह मानसिकता अब उतनी अभेद्य नहीं रही है, यानी मांस प्रक्रिया सुधारने की दिशा में प्रयास प्रारंभ हो गए हैं। माँग निरंतर बढ़ती जा रही है और आशा की जा सकती है कि उसके दबाव के कारण भैंस मांस की प्रचंड क्षमता का उपयोग आधुनिक तौर-तरीकों से करने की ओर भैंसें पालनेवालों का रुझान अवश्य बढ़ेगा।

भैंस का ठाँठ उपयोग

विगत अध्यायों में उल्लेख किया जा चुका है कि भैंसों को खेती तथा परिवहन आदि ठाँठ कामों में लगाकर उनसे जो काम करवाया जाता है वह भारतीय अर्थव्यवस्था में काफी महत्त्वपूर्ण भूमिका निभाता है। फिर भी गायों की तुलना में ऐसा काम कम ही करवाया जाता है और भैंसें अधिकतर दूध और मांस उत्पादन के जरिए के रूप में ही देखी जाती हैं।

गाड़ियों में जोती जानेवाली भैंसों की कार्यकुशलता कोई विशेष प्रभावशाली नहीं होती। इसका कारण यह है कि परिवहन के या अन्य कामों में भी भैंसें बहुत धीमी गति से चलती हैं। गरमियों के दिनों में दोपहर में तो उनकी यह क्षमता बहुत ही कम हो जाती है। किंतु भैंसों को ऐसे कामों में केवल शीतकाल में और गरमियों में केवल सुबह और शाम ही लगाया गया, तो दो भैंसों की एक जोड़ी २ टन का भार प्रति घंटा तीन से ४ कि.मी. की गति से घंटों खींच सकती है। यह जानकारी अनेक भैंस-पालनकर्ताओं द्वारा मौखिक रूप में दी गई है। किंतु ऐसा तभी हो सकता है जबकि उनके नाजुक खुरों पर लोहे की हाल चढ़ाई गई हो या अन्य किसी तरीके से खुरों की रक्षा का प्रबंध किया गया हो।

ढुलाई के काम में ऊँटों के अलावा भैंस का कार्य सबसे अधिक होता है। एक भैंस एक दिन में २५० किलो का बोझ ढोकर ले जा सकती है। इस हिसाब में यह मान लिया गया है कि भैंस से केवल शीतकाल में ही परिवहन का यह काम करवाया जाएगा, और उसे ३ कि.मी. प्रति घंटा की रफ्तार से ८-१० घंटे चलाया जाएगा और कि इस काम के लिए खास बनाई गई खुरजी थैलियों में बोझ को दोनों ओर समान भार में रखा जाएगा। कभी-कभी यह भी देखने को मिलता है कि भैंस पर खुरजी हो या न हो एक व्यक्ति उसकी पीठ पर सवार होकर सफर करता है। वह प्राय: भैंस पर लादे गए बोझ के पीछे बैठता है।

ठाँठ बैलों के विपरीत, भैंसों को अधिकतर आर्द्र मौसम में मुख्यत: धान की खेती में जोता जाता है। इस काम में भैंस १० हेक्टेयर खेत में काम करती है,

ऐसा मानकर काकरील ने अनुमान लगाया है कि भैंस प्रतिवर्ष १२२ दिन काम करती है। तथापि भीतरी गरमी को नियंत्रित करने के लिए भैंसों को कुछ सुविधाएँ देना आवश्यक होता है। जैसे उन्हें दिन में दो-एक बार कीचड़वाली दलदल में लुढ़कने-लोटने की सुविधा दी जानी चाहिए या उनपर दिन में कम-से-कम तीन बार पानी छिड़कना चाहिए। अन्य ठाँठ जानवरों की भाँति भैंसों को भी अनाज पिटाई के काम में लगाया जाता है।

भैंसों की कार्यक्षमता का अधिकतम उपयोग शायद ही कहीं किया जाता है। इसका कारण उनपर चढ़ाए जानेवाले साजों का सदोष होना है। साथ ही जानवरों द्वारा चलाए जानेवाले औजार तथा उनके द्वारा खिंचवाई जानेवाली गाड़ियाँ भी सदोष हो सकती हैं। इन सबका भैंसों की कार्यक्षमता पर असर पड़ता है। 'बैलगाड़ी प्रणाली' शीर्षक अध्याय में इस मुद्दे को स्पष्ट किया जा चुका है। अतः पूरी निश्चितता से यह दावा किया जा सकता है कि निकट भविष्य में भी धान की खेती में तथा माल परिवहन में भैंस की स्थिति सुदृढ ही बनी रहेगी।

पूरा चित्र सामने रखने के लिए फिलिपींस तथा इंडोनेशिया का उदाहरण देना उचित होगा। इन देशों में भैंसों की दौड़ों का आयोजन बार-बार किया जाता है। इन दौड़ों में भैंसों को हलकी गाड़ियों में जोता जाता है। स्पष्ट है कि भैंसों की कुछ नस्लें आज भी हैं, जो तेज दौड़ सकती हैं या जिन्हें तेज रफ्तार से दौड़ाया जा सकता है। इन तेज दौड़नेवाली भैंसों का दाम आम काम करनेवाली भैंसों के दाम से ८ गुना अधिक मिलता है। इतिहास साक्षी है कि थाईलैंड में कोई २०० वर्ष पूर्व भैंस सेना दल था, जिसने ब्रह्मदेश के विरुद्ध हुए थाई युद्ध में विजय हासिल की थी।

पूर्व आवश्यकताएँ तथा सीमाएँ

भैंस पहली बार दो वर्ष की होते ही मस्ती पर आ जाती है, तो कभी-कभी चार वर्ष की होने के बाद। यह मस्ती प्रायः २१ दिन रहती है। गाय के बारे में भी चक्र ऐसा ही होता है, किंतु किन्हीं प्राणियों में यह १९ से २३ दिन का होता है। एक बार मस्ती पर आई भैंस १२ से ४० घंटों तक मस्ती पर रहती है। किंतु भैंस के बारे में एक अजीब बात यह है कि उसे मस्ती रात में चढ़ती है और इसीलिए उसको समझ पाना कठिन होता है। कभी-कभी, अनुमानतः ५ से १० प्रतिशत गाभिन भैंसें भी मस्ती पर आ जाती हैं। अतः किसान उन्हें गाभिन न मानकर कत्ल के लिए बेच डालता है। (तालिका-१७)

भैंस पहला बछड़ा कब जनती है, यानी किस उम्र में, यह बात आगे की

आर्थिक गणना में बहुत महत्त्व रखती है, क्योंकि उस उम्र तक उसका पालन–पोषण करने के लिए आनेवाले खर्च का बाद के उत्पादन खर्च पर परिणाम अवश्यंभावी होता है। इन पशुओं को क्या और कैसा खाद्य खिलाया जाता है तथा कुल संगोपन किस ढंग से किया जाता है, इसपर यह खर्च निर्भर करता है। काकरील (१९७४) के अनुसार आमतौर पर भैंस पहली बार कमोबेश ३३ माह की होने के बाद गाभिन हो जाती है। यह काल २१.६ और ४६ माह के बीच घटता–बढ़ता रहता है। अतः पहली बार गाभिन होने की औसत आयु लगभग ४३ माह की होती है (३७.१ से ५०.७)। (तालिका–१८)

भैंसों का मस्ती पर आना, रेतन और प्रजनन विशिष्ट मौसम में होता है। रेतन सितंबर से फरवरी के बीच होते हैं और उसके फलस्वरूप बछड़ों का प्रजनन जुलाई से नवंबर के बीच होता है। रेतन मौसम (शीतकाल) में साँड़ों तथा भैंसाओं में मैथुन की भावना जोरदार होती है और उनके शुक्राणुओं का स्तर तथा मात्रा अच्छी से बहुत अच्छी रहती है। इसके विपरीत, तापमान २५° सेल्सियस के ऊपर हो तो शुक्राणु निर्माण एवं मैथुन क्षमता पर विपरीत परिणाम होते देखा गया है। गरमी के दिनों में भैंसाओं को धूप से संरक्षण नहीं दिया गया और उन्हें कीचड़ में लोटने की सुविधाएँ न मिलीं, अथवा दो–तीन बार नहलाने का प्रबंध न किया गया, तो उनमें मैथुन क्षमता का अभाव तथा अनिच्छा पाई जा सकती है। (पी. भट्टाचार्य, १९७४)

इसे आजमाकर देखा जा सकता है कि सर्दियों में थोड़ी देर भैंसाओं को खुली धूप में रखने से उनके अंदर शुक्राणु निर्माण तथा मैथुन की क्षमता बढ़ती है। भैंसों के बारे में भी देखा गया है कि शीतकाल में उनके मस्ती पर आने का अनुपात अधिक होता है और उनमें मादा–बीजाणुओं का निर्माण भी साथ–साथ तेजी से होता है। इसके विपरीत गरमियों में भैंस का मस्ती में आना चीन्हा नहीं जाता और मादा–बीजाणु निर्माण प्रक्रिया भी गड़बड़ा जाती है। गरमियों में विपुल मात्रा में खिलाया जानेवाला घास–चारा एक प्रबल कारण है कि आमतौर पर प्रजनन ग्रीष्म काल में ही होता है।

डेयरियों के लिए दो बछड़ों के प्रजनन के बीचवाला काल आर्थिक दृष्टि से बहुत महत्त्वपूर्ण होता है। यह काल कम हो ऐसे प्रयास भैंस पालनेवाला करता है। इसके लिए वह अपनी भैंस को अच्छी तरह से खिलाता–पिलाता है और उसकी परवरिश भी बढ़िया करता है। बछड़ा जनने के दो–तीन माह बाद भैंसों को भैंसे के पास ले जाया जाता है, या कृत्रिम रेतन के लिए भेजा जाता है। (तालिका–१९)

दो–तीन बार किए गए ऐसे प्रयासों के असफल रहने पर भैंस को सरकारी

पशु चिकित्सा केंद्र में ले जाया जाता है, बशर्ते ऐसा कोई केंद्र किसान की आसान पहुँच के भीतर हो। भारत में पशु प्रजनन क्षमता का परीक्षण करवाने की प्रथा का श्रेय एन. लेगरलोफ को जाता है। नियंत्रित परिस्थितियों में भैंस की प्रजनन शक्ति में सुधार लाने में इन परीक्षणों ने अहम भूमिका निभाई है। दो बछड़ों के जनन के बीच भारत में औसतन ४५० दिन जाते हैं, जबकि मिस्र में यह अवधि ५४० दिन की होती है। (फाहिमुद्दीन, १९७५) इस संदर्भ में नवजात बछड़ों के वजन पर नजर डाली जाए। (तालिका-२० तथा २१)

इन तालिकाओं से निकलनेवाले निष्कर्ष इस लेखक द्वारा जब-तब जीवित और मृत पशुओं पर किए गए विविध परीक्षणों के निष्कर्षों से मेल खाते हैं। लेखक का मत है कि किसी रोग के कारण केवल ५ से १० प्रतिशत भैंसों की ही प्रजनन क्षमता प्रभावित होती है। इसलिए भैंसों के बारे में तो यह कोई खास समस्या नहीं मानी जा सकती।

पी. भट्टाचार्य विश्व के अग्रणी पशु शरीर विज्ञानविद् तथा कृत्रिम रेतन के भारत में प्रणेता हैं। सन् १९४३ में ही उन्होंने भारत में कृत्रिम रेतन का प्रयोग प्रारंभ किया। विगत दशकों में यह प्रथा अब काफी महत्त्वपूर्ण हो गई है। भैंसों के नस्ल सुधार कार्य में इस प्रक्रिया का योगदान बहुत बड़ा होने जा रहा है। इस प्रक्रिया के द्वारा भैंसों की प्रजनन क्षमता में सुधार आने वाला है। किंतु इन उद्देश्यों की पूर्ति किन्हीं कारणों से काफी कठिन होती जा रही है। कृत्रिम रेतन केंद्रों में बहुत दूरियाँ होती हैं। सड़कों की हालत ठीक नहीं होती। संपर्क-संचार सेवाओं का अभाव है। अनुभवी तथा प्रशिक्षण प्राप्त विशेषज्ञों की बहुत कमी है। इन्हीं सब कारणों से कृत्रिम रेतन प्रणाली का पर्याप्त प्रसार नहीं हो पा रहा है। जहाँ भी इसका प्रयोग किया गया, नतीजे संतोषजनक नहीं मिले। भैंसाओं के शुक्राणु खराब दरजे के थे यह इसका आम कारण दिया जाता है, किंतु वह सच नहीं है। भैंसों के मस्ती पर आने के काल असाधारणतः अनियमित होते हैं यह इसका मुख्य कारण है। दिक्कत यह होती है कि कृत्रिम रेतन केंद्र पर अपनी भैंस को ले आने के लिए उसके पालनकर्ता को काफी लंबी पैदल यात्रा करते हुए जाना पड़ता है। इस बीच भैंस की मस्ती उतर गई होती है। किसान केंद्र पर लाई गई भैंस का कृत्रिम रेतन भर करवाना चाहता है। वह मस्ती के जारी रहने-न रहने की बात को ध्यान में लेना ही नहीं चाहता, जबकि केंद्र का तकनीशियन मस्ती के अस्तित्व या अभाव को पहले परख लेना चाहता है। यह भी कृत्रिम रेतन के परिणाम संतोषजनक न मिलने का एक कारण होता है।

भैंस परिपालन करनेवाले छोटे किसानों की भैंसों के बारे में शायद कृत्रिम

रेतन शुक्राणुओं के घटिया होने, पतला किए जाने, लंबे परिवहन तथा रेतन की सदोषता के कारण अपेक्षित परिणाम देने में असफल रहता है। ताजा शुक्राणु के स्थान पर जहाँ गहरे जमाए हुए शुक्राणुओं को प्रयोग में लाना शुरू कर दिया गया है वहाँ परिवहन तथा ग्रामीण परिस्थितियों में भंडारण अब कोई मायने नहीं रखता। तथापि शुक्राणुओं को पिघलाने की प्रक्रिया, अलबत्ता, कुछ खतरे पेश करती है। फिर बड़े-बड़े सरकारी फार्मों पर जैसे पूर्णतः प्रशिक्षित तकनीशियन होते हैं, वैसे ग्रामीण छोटे केंद्रों में नियुक्त किए भी नहीं जा सकते। वहाँ तो कृत्रिम रेतन प्रक्रिया धड़ल्ले के साथ कृति में उतारने का प्रशिक्षण प्राप्त देहाती तकनीशियन ही उपलब्ध होता है। इस प्रक्रिया की बारीकियों का पालन करने की तकनीकी आवश्यकताओं से वह परिचित भी नहीं होता, फिर उनमें माहिर कैसे हो सकता है ? ऐसे में उससे अपने काम में अचूक होने की आशा भी नहीं की जा सकती। इस स्थिति में सुधार लाना हो तो, इन्हीं देहाती तकनीशियनों को, भले ही वे कितने ही नीमहकीम क्यों न हों, नियमित प्रशिक्षण देते रहना तथा उनके प्रत्यक्ष कार्य का निरीक्षण-परीक्षण करते रहना ही एकमात्र विकल्प है, क्योंकि इन अर्धकुशल रेतन केंद्र परिचालकों के स्थान पर पूर्ण प्रशिक्षित तथा पूरे समय काम करनेवाले नियमित कर्मचारी परिचालक नियुक्त करना एक खयाली पुलाव मात्र है और इधर इस क्षेत्र का विस्तार तो तेजी से होते जाने वाला है।

आरोग्य विषयक पूर्व आवश्यकताएँ

भारत में पशु आरोग्य सेवाओं को समृद्ध परंपरा प्राप्त है और पशु आरोग्य के बारे में काफी अनुभवसिद्ध ज्ञान-विज्ञान भी उपलब्ध है। फिर भी आज तक भैंसों को होनेवाले रोगों की ओर बहुत कम ध्यान दिया गया है। इसलिए इन रोगों को पशु-संवर्धन में क्या महत्त्व है, इसे अचूक रूप से आँका नहीं जा सका है।

आम धारणा यह है कि भैंसों को कोई रोग होता ही नहीं। कुछ भैंस विशेषज्ञ तो कहते हैं कि 'भैंस यदि वास्तव में बीमार है, तो वह मरी हुई ही होनी चाहिए।' भैंस एक ऐसा जानवर है, जिसमें शायद काफी दुःख झेलने की आंतरिक क्षमता होती है। उसे हुए रोग का बाह्य लक्षण आमतौर पर उसके शरीर पर उभरता ही नहीं। इस परिप्रेक्ष्य में, भैंस को होनेवाले रोग तथा उन रोगों का प्रतिकार वह कैसे करती है इसके बारे में सारी जानकारी आश्चर्यकारी है। इस विषय की जानकारी मुख्यतः पिछले २५-३० वर्षों में ही इकट्ठा की गई है। ऐसी जानकारी संगृहीत करने में बड़ी सहकारी डेयरियों के फार्मों ने बड़ा योगदान किया है। इनके पास भैंसों

के बड़े-बड़े काफिले होते हैं और उन्हें होनेवाली बीमारियों का निदान तथा इलाज करनेवाले पशु वैद्यों को इस समस्या से जूझना पड़ा है। भैंस संवर्धन की बढ़ती माँगों को देखते हुए तो इन पशु वैद्यों का कार्य और भी महत्त्वपूर्ण हो जाता है। यह कार्य करते समय उन्हें भैंस संगोपन तथा उनकी आरोग्य विषयक पूर्व आवश्यकताओं का काफी अच्छा ज्ञान प्राप्त हो गया है। फिर भी २-४ भैंसें पालनेवाले किसानों द्वारा उनके भरण-पोषण के लिए क्या किया जाता है तथा उन्हें होनेवाली बीमारियों का सामना वे कैसे करते हैं, इसका व्यापक 'सर्वेक्षण' प्रयोगशालाओं में किए जानेवाले निदानों के आधार पर अभी नहीं किया जा सका है।

भारत की घनी आबादी तथा भैंसों और आदमियों में रोजमर्रा के जीवन में होते रहनेवाले संपर्क को ध्यान में रखते हुए ऐसी बीमारियों की ओर, जो आदमी और भैंस दोनों की दृष्टि से काफी महत्त्वपूर्ण हैं, जाँच-पड़तालों तथा परीक्षण-अन्वीक्षणों में ज्यादा ध्यान दिया गया है। अतः यहाँ हम उन बीमारियों की चर्चा करेंगे जो भैंस से आदमियों को लग जाती हैं।

तपेदिक—यह बीमारी जहाँ भैंसों के काफी झुंड पाले जाते हैं वहाँ कुछ समस्या पैदा कर सकती है, हालाँकि विश्व कृषि एवं खाद्य संगठन का अनुमान है कि भारत में गाय-भैंसों में इस बीमारी का अस्तित्व केवल १८ प्रतिशत ही पाया गया है। (पन-भैंस, फाओ, १९७५) जानवरों का परिवहन तथा निकट शारीरिक संपर्क के कारण जानवरों की यह बीमारी स्वाभाविक ढंग से आदमी को भी लग जाती है। ऐसी भैंस का दूध और मांस सेवन करनेवालों को इस बीमारी के लग जाने का कोई खतरा आमतौर पर नहीं होता, क्योंकि दूध को निर्जंतुक किया जाता है और सेवन करने के पहले उसे उबाल भी लिया जाता है। मांस भी खाने से पहले चुढ़ाया-पकाया जाता है। किंतु फेफड़ों का तपेदिक अवश्य ही आदमी के लिए भी खतरा पैदा कर सकता है। यह बीमारी उन आदमियों को लगने का विशेष खतरा होता है, जो भैंसों के लिए बनी टपरियों में काम करते हैं। इस बीमारी पर नियंत्रण कैसे पाना है, यह तो उन लोगों की अपनी-अपनी समझ पर निर्भर करता है।

ब्रुसेल्लासिस—आमतौर पर किसानों में इस बीमारी को 'ब्रुसेल्ला' ही कहा जाता है। यह महाभयंकर रोग है और अत्यंत संक्रामक भी है। इसमें भैंस का गर्भपतन हो जाता है और गर्भ की गंदगी उसके पेट में ही रह जाती है। आर्थिक दृष्टि से भी यह बीमारी लक्षणीय है, क्योंकि अधिकतर भैंसों के बड़े काफिलों में वह पाई जाती है, हालाँकि सकारात्मक घटकों का चयन कर तथा बछड़ों को 'स्ट्रेन-१९' का टीका लगवाकर इस रोग की रोकथाम की जा सकती है। सकारात्मक घटकों का चयन

करने के लिए भैंसों की रक्त-जल पड़ताल करना आवश्यक होता है और इसके लिए भैंस के शरीर से परीक्षण के वास्ते रक्त निकालना आसान नहीं होता। इसका कारण यह है कि इलाज और परीक्षणों के समय बीमार भैंस का प्रतिकार अकसर बहुत आक्रामक बन जाता है। इसके कारण प्राय: उसका रक्त-जल परीक्षण किया ही नहीं जाता। (फाहिमुद्दीन, १९७५)

जीवनाशी—यह 'झुओनासिस' शब्द का अपभ्रंश किसानों में प्रचलित है। यह बीमारी इनसान और जानवर दोनों के नाश का कारण बनती है और शायद इसीलिए यह 'जीवनाशी' नाम चल पड़ा होगा। दोनों के एक ही गंदे पानी में नहाने तथा डूबने-उतराने के कारण यह बीमारी फैलती है, किंतु इसमें मृत्यु बहुत कम होती है। भैंसें जिस गंदे कीचड़ में लोटना पसंद करती हैं उसी द्वारा प्रदूषित पानी में इनसान भी डूबता-उतराता है और फलत: दोनों को यह बीमारी लग जाती है। भैंसों का मल-मूत्र विसर्जन उसी गंदे पानी में होता रहता है जिससे काफी प्रदूषण होता है। यह बीमारी संक्रामक होती है, पर केवल टीका लगवाने के कार्यक्रम के तहत ही इसपर काबू पाया जा सकता है। चूँकि सामान्यत: यह बीमारी आगे नहीं बढ़ती, किसान टीका लगवाने के खर्च से बचने के लिए इलाज में टालमटोल करता है। (फाहिमुद्दीन, १९७५)

सालमोनेला—यह भी देहाती किसानों द्वारा प्रचलित 'सालमोनेल्लासिस' शब्द का अपभ्रंश है। पेक्स दूध में आवश्यक घटकों की अपर्याप्तता के कारण तथा अपर्याप्त आरोग्य विषयक सुविधाओं के कारण यह बीमारी बछड़ों को लग जाती है। बड़े नगरों के परिसर में रहनेवाले भैंसों के बड़े काफिलों की भैंसों का इस बीमारी की शिकार होना मानो तय ही रहता है और उनके बछड़ों को इसका शिकार होते हुए पंगु पाया जाता है या वे मर जाते हैं। पशु-संवर्धन के व्यवस्थापन में सुधार तथा प्रभावशाली दवाइयों द्वारा इलाज करवाकर इस बीमारी का मुकाबला किया जा सकता है।

संक्रामक रोगों का एक और गुट भी है, जिसका आक्रमण भैंसों पर होता रहता है। इनके कारण भैंसें पंगु हो सकती हैं; किंतु, क्योंकि वह उतनी अधिक मात्रा में नहीं होतीं, इन बीमारियों का फैलाव बहुत अधिक नहीं हो पाता। फिर भी भैंस मांस के बढ़ते हुए निर्यात के मार्ग में ये बाधा बन सकती हैं। इसका कारण यह है कि अधिकांश देश जो भारत से मांस का आयात करते हैं, उनकी शर्त यही होती है कि भारत कम-से-कम उन क्षेत्रों से आनेवाले मांस के बारे में यह गारंटी दे कि वहाँ की भैंसों को लार और खुरफटी, फेफड़ों की बीमारी तथा 'दस्ती' जैसी

महामारी से पूर्णतः सुरक्षित किया गया है।

दस्ती—यह भैंसों को होनेवाली सबसे भयानक बीमारी है। अंग्रेजी में इसे 'रिंडरपेस्ट' कहा जाता है। किसानों ने इसे 'दस्ती' नाम दे रखा है, क्योंकि इसमें भैंस को निरंतर दस्त जारी ही रहते हैं। न तो भैंस उसे रोक पाती है, न कोई मामूली दवा। इसमें १० से १०० प्रतिशत मौतें हो जाती हैं और गुदा बाहर निकल आने का अनुपात ९० से १०० प्रतिशत होता है। किंतु इस भयंकर बीमारी के अक्सीर इलाज के रूप में एक टीका तैयार किया गया है, और छह मास की उम्र होते ही यह टीका लगवाने से भैंस को इस बीमारी से शत-प्रतिशत मुक्ति दिलाई जा सकती है, यानी टीका लगवाने के बाद उसे जीवन भर 'दस्ती' नहीं होती। पिछली सदी (१९००) के अंत तक 'दस्ती' के कारण मर गई भैंसों की संख्या मोटे हिसाब से ४ लाख थी। भारत जब स्वतंत्र हुआ उस वर्ष (१९४७) यह संख्या, फिर भी, ४०,००० थी। सन् १९५४ में देश में प्रभावकारी ढंग से टीकाकरण कार्यक्रम चलाया गया। कुछ वर्ष पूर्व की रिपोर्ट के अनुसार 'दस्ती' की बीमारी सौ स्थानों पर ही हुई और मरनेवाली भैंसों की संख्या केवल ५,००० रही। आज जिम्मेदारी के साथ कहा जा सकता है कि सन् १९९० के अंत तक (या २०वीं सदी के अंत तक तो निश्चय ही) 'दस्ती' महामारी का निर्मूलन भारत से पूर्णतया हो चुका होगा। (अदलारका, एस.सी., १९८२)

लार-खुरफटी (एफ.एम.डी.)—यह बीमारी लगभग सभी राज्यों में भैंसों में पाई जाती है। इसके कारण भैंसें अपाहिज होने के मामले काफी अधिक होते हैं। किंतु लार-खुरफटी वयस्क भैंसों में सौम्य रूप में होती है। तथापि बछड़ों तथा युवा भैंसों में शारीरिक विद्रूप का अनुपात अधिक देखा जाता है। यह बीमारी जिन भैंसों को हो जाती है, उनका दूध देना ५० प्रतिशत कम हो जाता है, किंतु विद्रूप उनमें नहीं आता। रोग की लाग सौम्य होने, तथा टीका लगवाना भारत में बहुत खर्चीला होने के कारण आमतौर पर टीकाकरण से बचने की मनोवृत्ति पाई जाती है। अतिकार्यकुशल दुधारू भैंसों को, अलबत्ता, टीके लगवाए जाते हैं। १५ वर्ष पूर्व बेहरिंग वेर्क नामक जर्मन कंपनी ने भारत में टीका तैयार करने की सुविधा स्थापित की। इसके कारण कम उत्पादन खर्च में टीका तैयार करने का आधार भारत में ही उपलब्ध हो गया। इस बीच भारत ने 'लार-खुरफटी का टीका' बनाने की अपनी ही प्रयोगशालाएँ देश में स्थापित कीं। इनमें प्रतिवर्ष ४.५ करोड़ टीके बनाए जाने लगे और देश इस बीमारी की रोकथाम करने में आत्मनिर्भर हो गया। (लाल, १९७२)

गलसुआ (हेमरेजिक सेप्टोसेमिया)—भैंसों को होनेवाला यह एक

महाभयंकर रोग है। जिन भैंसों को घास-चारा चरने के लिए छोड़ा जाता है, उन्हें यह भयानक बीमारी उस घास के जरिए लग जाती है। एक अनुमान के अनुसार गलसुए से भारत में प्रतिवर्ष कोई ३०,००० से ५०,००० भैंसें मर जाती हैं। प्रारंभिक अवस्था में ही इसका इलाज संभव होता है और उसके लिए भी दवाइयों की काफी खुराकें देनी पड़ती हैं। इस बीमारी का प्रादुर्भाव जहाँ होता है उन क्षेत्रों में प्रयोग करने के लिए इस रोग का सफल प्रतिकार करनेवाला टीका देश में बनाए जाने की काफी संभावना है।

जहरबाद (एंथ्रॉक्स)—यह भी भैंसों को होनेवाली संक्रामक बीमारी है। इसके विषाणु रक्त, मांस तथा खालों आदि के माध्यम से इनसान के भी शरीर में पहुँच जाते हैं। यह बीमारी तीव्र से तीव्रतर होती जाती है और उसके कारण मरने वाली भैंसों की संख्या तदनुसार कम-ज्यादा होती है। अब तक तो जहरबाद से पीड़ित भैंसों का इलाज करने के लिए दिए गए सभी प्रयास विफल ही रहे हैं। रोगप्रवण भैंसों के काफिलों पर किया गया जहरबाद प्रतिबंधक टीका, अलबत्ता, सफल रहा है।

भीतरी और बाहरी केंचुए—विषाणुओं तथा रोगाणुओं द्वारा फैलाए जानेवाले रोगों के अतिरिक्त भैंसों के शरीर में ही उत्पन्न विभिन्न प्रकार के केंचुओं के कारण फैलनेवाली बीमारियाँ काफी महत्त्वपूर्ण होती हैं, जबकि पिस्सू, जोंक आदि बाह्य केंचुओं के कारण भैंसों में रोगों का प्रादुर्भाव बिरला ही होता है। लेखक ने विभिन्न बूचड़खानों में किए गए शव परीक्षणों में पाया कि ८० प्रतिशत भैंसों के पेट में विभिन्न केंचुओं की उपस्थिति थी, कहीं कम कहीं अधिक। भैंसें आमतौर पर जिस आर्द्र तथा उष्ण वातावरण में रहती हैं, उसमें इन केंचुओं का उनपर आक्रमण स्वाभाविक माना जाता है। भारत में विपणन की जो व्यवस्था है, उसमें इन भीतरी केंचुओं के कारण देश को कितना आर्थिक नुकसान उठाना पड़ता है, इसका हिसाब करना संभव नहीं हो पाया है।

बाह्य जंतुओं, केंचुओं तथा अन्य रक्तशोषक कीड़ों आदि का भैंसों पर कोई खास प्रभाव नहीं पड़ता। गायों के विपरीत, भैंसों के शरीर पर बालों की बहुत पतली और विरल परत होती है। यह बाह्य जंतु इसीलिए वहाँ अपना आसन नहीं जमा पाते। इसपर भी कहीं कोई जंतु जिंदा बच ही लेते हैं, तो उनको प्रतिदिन के कीचड़ स्नान में आसानी से धो डाला जा सकता है। (आर.बी. ग्रिफिथ्स, १९७४)

भैंस संवर्धन

परंपरा से देहातों में चली आई परिस्थितियों में भैंसों का पालन-पोषण और संवर्धन टपरी तथा तड़ागों की उपलब्धता को देखकर ही किया जाता है।

भैंस पालन के लिए विशिष्ट आवश्यकताएँ क्या होती हैं, इसपर कोई विशेष ज्ञान-विज्ञान तैयार नहीं किया गया है। मझोले तथा बड़े भैंस संवर्धन एककों—विशेषत: सहकारी डेयरियों के पास इस बीच उनके प्रयोगसिद्ध मूल्य तैयार हो गए हैं जो वे भैंस पालन करनेवालों को दे सकते हैं।

लेखक ने स्वयं जो अन्वीक्षण किया है, उसके आधार पर भैंस के अंदर भीतरी गरमी को नियंत्रित करनेवाली तथा उसका नियमन करनेवाली जो जन्मजात व्यवस्था होती है, वह एक रोचक पहलू प्रस्तुत करती है। 'पन-भैंस' शब्द स्वयं ही सूचित करता है कि भैंस को पानी की कितनी आवश्यकता होती है। जहाँ भी उसे मौका मिलता है, वह घंटों कीचड़ भरे तड़ागों में लोटना या बैठे रहना पसंद करती है। अकसर भैंसों के झुंड-के-झुंड ऐसे तड़ागों में बैठे देखे जा सकते हैं। किंतु जहाँ तक हो सकता है, भैंस खारे पानी में नहीं बैठती। मीठा पानी कहीं मिला ही नहीं तो अंतिम विवशता के रूप में ही वह खारे पानी में उतरना पसंद करती है। आधुनिक विशाल भैंस संवर्धन केंद्रों तथा बृहत् फार्मों में कीचड़-स्नान के स्थान पर भैंसों को दिन में तीन बार पानी के फव्वारों में नहलाया जाता है। इससे कीचड़ के साथ आनेवाले रोगाणुओं से भैंसों को बचाया जाता है। किंतु पर्याप्त पानी उपलब्ध न हुआ तो भैंसों का जोश तथा दमखम घटने, तथा अन्य रोगप्रवणता के बढ़ने का खतरा रहता है।

भैंस के बछड़े-बछिया काफी छोटी उम्र में ही अपनी माँ के साथ पानी में उतरने लगते हैं। इस लेखक ने अभी कल-परसों जन्मे बछड़ों को भी कीचड़-स्नान करते देखा है।

भैंसा हमेशा किसी टपरी की छाया में रहना पसंद करता है। अन्यथा उसे पेड़ की छाया में खड़ा या झड़ूलों की छाया का सहारा लेते देखा जा सकता है। ऐसा इसलिए होता है, क्योंकि वह उष्णता के प्रति बहुत ही संवेदनशील होता है। गरमी उसे बरदाश्त नहीं होती। उसे यदि चंद घंटे धूप में रहना पड़ा, तो उसके शरीर का तापमान प्रतिघंटा ०.७५ अंश सेल्सियस बढ़ जाता है। यानी आमतौर पर शरीर का तापमान ३७.५ अंश सेल्सियसवाला भैंसा धूप में ६ घंटे रहा तो उसका तापमान ४२ अंश सेल्सियस हो जाता है। लेखक ने कई अन्वीक्षणों के बाद यह हिसाब सही पाया है। इसके विपरीत यदि उसे केवल एक घंटा कीचड़ में लोटने-बैठने दिया गया, तो उसके शरीर का तापमान वापस हमेशा के स्तर पर यानी ३७.५ से ३८ अंश सेल्सियस पर आ जाता है। लेखक ने यह भी सप्रयोग देखा है कि जिन भैंसों को कुछ घंटे धूप में रखा गया हो, उनका दूध कितना कम हो जाता है।

देहातों में भैंस के लिए टपरी यानी चार बल्लियाँ और ऊपर एक घासफूस की छत ही होती है। भैंसों के लिए अच्छे पक्के तबेले शायद ही कहीं पाए जाते हैं। वहाँ जमीन अच्छी लीपी-पुती भी देखने को मिलती है और कहीं-कहीं तो भैंसों के आराम के लिए घासफूस का बिछौना-सा भी बना पाया जाता है।

तापमान में अचानक गिरावट आई तो उसके प्रति भी भैंसें बहुत संवेदनशील होती हैं। ठंडी हवाएँ और टूटी-फूटी टपरी के प्रति भी वे बड़ी ही संवेदनशीलता दिखाती हैं। इनकी वजह से अकसर फेफड़ों के रोग हो जाते हैं और भैंस की मृत्यु भी उनके कारण हो सकती है। फिर भी देखा गया है कि काफी ऊँचाईवाले और तुलना में काफी ठंडे स्थानों पर भी भैंसें जी लेती हैं। किंतु वहाँ उन्हें कंबल और शीत तथा सूखे से बचाव के अन्य साधन मुहैया करना अत्यावश्यक होता है। नेपाल की चंद घाटियों में तो १,७०० मीटर की ऊँचाई पर भी भैंसें पाली जाती हैं। (काकरील, १९७५)

बछड़ों के संवर्धन में बछिया और पाड़े में पक्षपात किया जाता है। जिनके स्थान पर दूसरे बछिया-बछड़े लाना होता है, या जिन्हें बेच डालना पहले से ही तय किया होता है, उन्हें तो माँ का दूध और अन्य घास-चारा आदि खाद्य भरपूर दिया जाता है, किंतु पाड़ों को अकसर भूखा रखा जाता है। उन्हें तो भैंस का दूध निकालने से पहले, उसे पेनहाने के उद्देश्य से, प्रारंभ में कुछ ही क्षण माँ का दूध चूसने दिया जाता है और बाद में अपने हाल पर छोड़ दिया जाता है। केवल उन्हीं पाड़ों की अच्छी परवरिश की जाती है, जिन्हें प्रजनन अथवा परिवहन आदि काम में लगाना होता है। इन्हें, खासकर धान की खेतीवाले इलाकों में, अपेक्षाकृत अच्छी तरह से खिलाया-पिलाया जाता है।

यद्यपि अनेक प्रयोगों द्वारा यह दिखा दिया गया है कि पाड़ों का वजन एक महीने में ही दूना किया जा सकता है, और इस प्रकार पाड़ों के मुटाने से बाजार में उनकी अच्छी कीमत आ सकती है, इस प्रक्रिया के प्रति आम भैंस पालनकर्ताओं ने कोई विशेष रुचि नहीं दिखाई है। कुछ बड़े डेयरी फार्म इसका अपवाद हैं। इस अरुचि का एक कारण यह है कि जवान पाड़ों को शहरी बाजारों में ले जाने के लिए लंबे परिवहन का सहारा लेना पड़ता है और उसमें काफी मुश्किलें आती हैं।

पशु खाद्य और घास-चारा

जैसाकि पूर्व अध्यायों में बताया गया है, भैंसों तथा पशुओं को खिलाया जानेवाला खाद्य और घास-चारा अधिकतर फसल कटाई के बाद बचनेवाले डंठरों,

सूखी घास के तिनके, धान तथा गेहूँ आदि अनाजों की भूसी ही होता है। खली जैसे खाद्य-सार कुल घास-चारे की आपूर्ति में २ प्रतिशत से अधिक नहीं होते।

घास के तिनकों का ऊर्जा मूल्य उनपर अमोनिया (NH_3) तथा नैत्रिक हाइड्रॉक्साइड (NaOH) आदि रसायनों की प्रक्रिया पर ७० प्रतिशत बढ़ाया जा सकता है। इस दिशा में अनुसंधान कार्य जारी तो हैं, किंतु इसका व्यापक पैमाने पर प्रयोग होने में कई दिक्कतें हैं। एक तो यह कि प्रत्येक खेत में यह सूखी घास बहुत कम मात्रा में पाई जाती है और उसकी रासायनिक प्रक्रिया की प्रयोगशाला तक ढुलाई के लिए आवश्यक प्राथमिक सुविधाएँ किसानों के बस की नहीं होतीं। जैसे सड़क तथा परिवहन के ट्रकों-ट्रैक्टरों आदि साधन उपलब्ध करना आम किसानों के बूते के बाहर की बात होती है। तीसरे, छोटे-छोटे खेतों पर रसायन तथा तकनीकी उपकरण आदि उपलब्ध नहीं किए जा सकते। इन कारणों से पशु खाद्य विपुल मात्रा में देने की क्षमता रखनेवाली इस सूखी घास का अधिकाधिक उपयोग करने की दृष्टि से इन समस्याओं के समाधान के लिए काफी संसाधनों को लगाना आवश्यक हो गया है।

विशाल भूमि ऐसी पड़ी है जिसपर प्राकृतिक ढंग से अपने आप घास बढ़ती ही रहती है। उसे बोना नहीं पड़ता। किंतु यह जमीन नजूल की होती है अथवा सरकारी। अत: बारिश के कम-ज्यादा होने के अनुसार घास का उत्पादन भी हिंडोलता रहता है। उसपर पशु खाद्य के लिए भरोसा नहीं किया जा सकता। इनमें से अधिकतर स्थानों पर घास इतनी बढ़ जाती है कि उसे पशु खा नहीं सकते और उसकी कटाई के लिए पैसा भी ज्यादा खर्च करना पड़ता है, जिसे कोई क्यों करने चला? ऐसी जमीन पर योजनापूर्वक बहुत अधिक उत्पादन देनेवाली घास बोने, उसके विकास के लिए रासायनिक उर्वरकों का तथा उन्नत तौर-तरीकों का उपयोग करने की काफी गुंजाइश है। खाद्यान्नों की पैदावार करनेवाले खेतों की खरपतवार भी अच्छा पशु खाद्य बनती है।

भारत में विभिन्न प्रकार की घास की पैदावार बढ़ाने के लिए काफी तेजी से प्रयास किए जा रहे हैं। दूब, पत्तीघास, मक्के की घास आदि इसके कुछ उदाहरण हैं। इनकी बाकायदा खेती ही प्रारंभ हो चुकी है। इन घासों के बीजा-७ सरकारी फार्मों पर उगाए जा रहे हैं। ९५ फार्मों तथा कुछ निजी केंद्र भी घास-बीजा की खेती करने लगे हैं। इन सब बीजा-खेतों में पैदा किया जानेवाला बीजा अकसर किसानों को मुफ्त में बाँटा जाता है। यह उन्हें छोटी थैलियों में दिया जाता है। कई देहातों में इन बीजाओं की खेती कैसे की जाती है इसे देखने के लिए नमूना-खेत बनाए गए

हैं। अनाज की दो फसलों के बीच मिलनेवाले समय में घास-खेती की जाती है।

बहुत बढ़िया पशु खाद्य बनी सुबबूल का यहाँ विशेष उल्लेख आवश्यक है। इस पेड़ का उपयोग पशु खाद्य, इमारती लकड़ी तथा ईंधन लकड़ी के नाते किया जा सकता है। पशु खाद्य के रूप में इसका प्रयोग करने के लिए इसकी खेती की जाए तो उत्पादन प्रति हेक्टेयर १०० टन तक आता है। काफी मजबूत तथा १२ महीने पशु खाद्य उपलब्ध करानेवाली सुबबूल की ओर भारतीय परिवेश में तो काफी ध्यान देने की आवश्यकता है।

भारत में तेल-तिलहन देनेवाले काफी पौधे पाए जाते हैं। रेशेवाले पौधे भी काफी हैं। इनसे उत्पन्न होनेवाले उपपदार्थों को सघन-सार, भूसी तथा दोयम अनाज की पैदावार बढ़ाने के काम में लाया जाता है।

पशु खाद्य बनानेवाले १८ सरकारी तथा ६३ सहकारी कारखानों में प्रतिवर्ष कोई २० लाख टन पशु खाद्य तैयार होता है, जो इन कारखानों की कुल उत्पादन क्षमता का केवल ३४ प्रतिशत ही उपयोग में लाते हैं। खली आदि खाद्य-सारों का उपयोग सीमित होने का कारण यह है कि उसके दाम काफी होते हैं। १ किलो के लिए १.२५ से १.७० रुपए देना पड़ता है। दूसरा कारण यह है कि दुबले कद की भारतीय गाय-भैंसों को खाद्य-सार खिलाने की कोई तुक भारतीय किसान नहीं देखता। उत्पादन क्षमता में जैसे-जैसे वृद्धि होते जाएगी, खली आदि खाद्य-सार की माँग भी बढ़ने की आशा है, बशर्ते दूध और खाद्य-सार की कीमत का अनुपात किफायती हो। भारत में पशु खाद्य बनानेवाले कारखानों को भारतीय उपपदार्थों की जबरदस्त अंतरराष्ट्रीय माँग के साथ जब तक स्पर्द्धा करनी पड़ेगी, तब तक तो इन खाद्य-सारों के दाम इसके उत्पादन में गंभीर बाधा ही बने रहेंगे, भले ही उत्पादन वृद्धि के लिए वह कितने ही आवश्यक क्यों न हों।

आणंद की 'अमूल' कंपनी ने 'प्राणियों के लिए एक चॉकलेट' बनाया है। इसे भैंसों को चाटने के लिए उनके सामने रखा जाता है। यह चाटन पत्थर ३ किलो वजन का होता है और उसमें २० प्रतिशत यूरिया, ६० प्रतिशत खाँड, ३ प्रतिशत खनिज और शेष (१७ प्रतिशत) धान की भूसी होती है। इसका दाम ४ रुपए होता है। इस पत्थर को चाट-चाटकर प्रौढ़ पशु ७ दिन में साफ कर जाता है। यानी वह प्रतिदिन ८०-९० ग्राम यूरिया का सेवन कर जाता है। यह बात प्रयोगसिद्ध हो चुकी है कि इस चाटन के कारण 'अमूल' प्रतिदिन, प्रति पशु २ किलो खाद्य-सार की बचत कर लेती है और फिर भी दूध उत्पादन में कोई कमी नहीं आती। बछड़ों को तो इस चाटन से बहुत ही बढ़िया लाभ होते देखा गया है।

भैंसों की नस्लें

भारत में ८० प्रतिशत भैंसें 'देसी' नस्ल की होती हैं। इनके बारे में शायद ही कोई शास्त्रीय आधार की जानकारी उपलब्ध है। भारत में भैंस संवर्धन व्यवस्था भी छोटे-छोटे एककों पर ही आधारित है। अतः उनके बारे में यदि सारी जानकारी एकत्रित की जा सकी, तो इस नस्ल की भैंसों की कार्यकुशलता, कार्यक्षमता, उत्पादन आदि के बारे में बहुमूल्य सहायता होगी।

इनके अलावा १८ प्रादेशिक नस्लें भी हैं। उन्हें परिलक्षित तथा क्षेत्र केंद्रित नस्लें माना जाता है। इनका मुख्य क्षेत्र, जिससे कि वे अपने विकास का इतिहास भी प्राप्त करती हैं, पाकिस्तानी नस्लों का है और यह मुख्यतः पश्चिमोत्तर भारत है। तथापि अन्य क्षेत्रों में भी कुछ खास नस्लें विकसित हुई हैं—

१. उत्तर-पश्चिम क्षेत्र में मुर्रा, नीली रावी और कुंदी।
२. उत्तर प्रदेश में भदावरी और तराई।
३. मध्य भारत में नागपुरी, पंढरपुरी, मांडा, जेरांगी, कालाहांडी तथा संबलपुर।
४. दक्षिण भारत में तोड़ा और दक्षिण कनारा नस्लें।

किस नस्ल की कितनी संख्या है, इसकी अचूक जानकारी न होने के कारण उनके तुलनात्मक महत्त्व को आँका नहीं जा सकता। किंतु इन सबमें मुर्रा सर्वत्र पाई जानेवाली नस्ल है। वह अपनी मूल तथा संकरित नस्लों के रूप में न केवल भारत में सर्वत्र पाई जाती है, बल्कि उन देशों में भी पहुँच गई है, जहाँ भैंस का दूध उत्पादन बढ़ाने में लोगों को आस्था है। पंजाब, हरियाणा, महाराष्ट्र, उत्तर प्रदेश तथा आंध्र प्रदेश में तो मुर्रा डेयरी खेती की रीढ़ की हड्डी बन चुकी है, जहाँ सामान्य वातावरण में दूध का उत्पादन १,२०० से १,५०० किलो तथा उसमें चिकनाई का अंश ६ से ८ प्रतिशत होता है। अच्छे व्यवस्थापन में तो इनके दूध का औसत उत्पादन ४,००० किलो भी हो जाता है। (तालिका-२२)

मेहसाणा नस्ल मुर्रा तथा गुजरात की सुरती नस्ल के संकर से निर्मित है। इसे बहुत ही उत्तम माना गया है और उसका दूध उत्पादन भी काफी ऊँचा होता है। बछड़ों का प्रजनन ९० प्रतिशत होता है। भदावरी में विशेषतः चरबी का अनुपात काफी अधिक (१३ प्रतिशत) होता है। यह नस्ल गरमी को भी अच्छी तरह झेल लेती है।

गुजरात की जाफराबादी भैंसें अपने भारी-भरकम आकार के कारण प्रसिद्ध हैं। (भैंसें—६५० से ७५० किलो तथा भैंसा—८०० से १,००० किलो।) ये ४,५००

से ५,००० किलो दूध देती हैं, हालाँकि इनके बछड़ों में काफी अंतर होता है।

मध्य भारत की संबलपुर नस्ल की भैंसें खाने को काफी माँगती हैं तो दूध भी काफी देती हैं। मांडा नस्ल की भैंसें तेज तथा दुडकी गति से दौड़ सकती हैं और इसीलिए परिवहन तथा जोत आदि के काम के लिए अधिक प्रयुक्त की जाती हैं।

इन नस्लों के साथ ही कुछ प्रदेशों में भैंस प्रजनन के विषय में अच्छी महारत प्राप्त लोग भी हैं और वह प्रदेश इन्हीं लोगों के कारण इस क्षेत्र में प्रख्यात भी हो चुके हैं। उन्होंने भैंसों के चयनित एवं सोद्देश्य संकर भी कराए हैं। भैंसों की आबादी के भावी सुनियोजित विकास के लिए इन लोगों द्वारा तैयार की गई संकरित नस्लें एकदम शुद्ध नस्ल की हैं और उनके काफिले उन्होंने अच्छी तरह से पाले-पोसे हैं। उनके पास लगभग सभी बढ़िया नस्लों की भैंसें तथा भैंसे हैं। इस क्षेत्र में शुद्ध नस्लों का ऐसा उपक्रम भावी विकास के लिए बहुत सहायक हो सकता है।

भावी भैंस संवर्धन विकास के लिए सुझाव

भैंस-भैंसाओं के कार्य और महत्त्व के बारे में इतनी सारी चर्चा के बाद यहाँ हम पंद्रह सुझाव देते हैं, जो भारत में भैंस संवर्धन के भावी विकास की दृष्टि से महत्त्वपूर्ण हो सकते हैं। (मूल सुझावों का संक्षेप)—

१. नस्ल परीक्षण में उत्तीर्ण भैंसाओं को ही कृत्रिम रेतन के काम में लेना चाहिए। यानी सबसे अच्छी मानी गई उच्च एक तिहाई भैंसों से पैदा हुए भैंसाओं को ही लेना चाहिए, जो विभिन्न नस्लों की हों। कृत्रिम रेतन केंद्रों को चाहिए कि जानबूझकर ऐसे भैंसाओं को ढूँढ़ें तथा उन्हें जवान अवस्था में खरीदकर उनका एक साथ पालन-पोषण करें। कृत्रिम रेतन के लिए चुनी गई भैंसें नियमित प्रजननक्षम हों, यानी उनके दो बछड़ों में अंतर कम रहता आया हो, वे अच्छी मात्रा में दूध देने में सक्षम हों, उनके पैर पुष्ट हों तथा खुर मजबूत। कृत्रिम रेतन केंद्रों को मामूली सूद पर कृषि मंत्रालय द्वारा दिया जानेवाला कर्ज इस क्षेत्र में एक अच्छा निवेश हो सकता है और समूची भैंस आबादी की उत्पादन क्षमता में सुधार लाने की दिशा में काफी सहायक हो सकता है।

२. भारत के कृषि मंत्रालय को चाहिए कि लुधियाना स्थित कृषि विश्वविद्यालय और इज्जतनगर के भारतीय पशु अनुसंधान संस्थान जैसे प्रायोगिक फार्मों तथा सरकारी फार्मों को भैंसों के बारे में पर्याप्त अनुसंधान तथा अध्ययन के लिए प्रोत्साहित करें। ऐसे अध्ययनों के

लिए आवश्यक सभी संसाधन सरकार उपलब्ध कराए। ये अध्ययन भैंसों की अत्यंत महत्त्वपूर्ण नस्लों पर केंद्रित हों। ऐसे अध्ययनों में प्राप्त जानकारी तथा सांख्यिकी एक समान ढाँचे पर आधारित हो तथा प्राप्त सभी जानकारी आम आदमी की समझ में आनेवाली भाषा में प्रस्तुत की जाए ताकि देहातों का सामान्य सलाहकार भी उसके महत्त्व को समझ सके।

३. कृत्रिम रेतन केंद्र, भैंसा के मालिक तथा भैंसों को प्रजनन के लिए खरीदनेवाले ग्राहकों को, आबपाशी तथा वर्षा निर्भर भूमि में पशु खाद्य की खेती करने की सारी जानकारी दी जाए। पशु खाद्य में अनाज की फसल का कैसे और कितना उपयोग किया जाना चाहिए यह भी उन्हें समझाया जाए। लुधियाना और हिसार के विश्वविद्यालय तथा करनाल का राष्ट्रीय डेयरी संस्थान इस दिशा में मार्गदर्शक प्रणालियाँ प्रस्तुत कर देहातों तक विस्तार कार्य में परामर्श दे सकते हैं। अच्छी नस्ल के प्रजनन के लिए पशु खाद्य की खेती तथा भलीभाँति तैयार किया गया पशु खाद्य अत्यंत आवश्यक घटक हैं।

४. भारत में भैंसों की गर्भधारणा की गति ५० प्रतिशत से भी कम आँकी गई है। इसे वास्तव में बढ़ाना हो, तो कृत्रिम रेतन बारह घंटों में दो बार करवाना चाहिए तथा ताजा शुक्राणु की बजाय गहरा जमाया हुआ शुक्राणु प्रयोग में लाना चाहिए। कृत्रिम रेतन द्वारा गर्भधारणा करानेवाले तकनीशियनों को अच्छी तरह से प्रशिक्षित करना चाहिए तथा प्रशिक्षितों के पुनराभ्यास शिविरों का भी समय-समय पर आयोजन करते रहना चाहिए। विशेषतः उन्हें गहरे जमाए शुक्राणुओं को पिघलाने की प्रक्रिया की सभी बारीकियों से पूर्णतः अवगत करना चाहिए।

५. नस्ल सुधार कार्य के बारे में छोटे भैंस पालनकर्ता के अनुभव पर आधारित सुझाव भी भैंस तथा भैंसा के चयन के लिए काफी मार्ग-दर्शक हो सकते हैं। विधायक घटकोंवाली भैंसों को एकत्रित करने की पसंद अकसर स्तन की सूजन अथवा थोड़े से परिश्रम के बाद लूलापन प्रदर्शित करनेवाली भैंसों के बारे में ही कारगर हो सकती है। दूसरी ओर पालनकर्ता दो बछड़ों के बीच ७०० दिन का अंतर भी बरदाश्त कर लेता है, यदि भैंसें विपुल दूध देनेवाली हों। लेखक ने स्वयं देखा है कि सरकारी पशुसेवा केंद्रों में लाई जानेवाली हर दूसरी

भैंस बंध्यता का इलाज कराने के लिए आती है। स्पष्ट है कि बंध्यता किसी बीमारी के कारण है अथवा अन्य किसी कारण से, इसका भी गहन अध्ययन करने की आवश्यकता है, जैसाकि पी. भट्टाचार्य तथा एन. लेगरलॉफ ने सन् १९५० में ही सुझाया था।

६. विश्वविद्यालयों तथा अनुसंधान संस्थाओं द्वारा भैंस पर अनुसंधान तथा अध्ययन काफी किए जा रहे हैं। इन सबमें उन्हीं बातों को दोहराया जाने से बचने के लिए आपस में सहयोग तथा समन्वय स्थापित करना अत्यंत आवश्यक है।

७. बछड़ों को 'मुटाने' की योजना बनाई जानी चाहिए। नवजात पाड़ा खरीदने के लिए मंत्रालय सरकारी तथा निजी 'मुटाना' केंद्रों को आर्थिक सहायता दें, ताकि वे नवजात पाड़ों को उनके मालिक से तत्काल खरीद सकें। इससे पाड़ा मालिकों को भी अतिरिक्त आमदनी हो जाएगी।

८. जीवित भैंसों तथा उनके मांस का निर्यात निश्चित होने पर यह आवश्यक हो जाएगा कि भैंसें रोगमुक्त हों। इसके लिए इसी अध्याय में पूर्वचर्चित रोगों से भैंसों को मुक्त रखने के सभी कारगर उपाय करने होंगे।

९. छोटे और मझोले किसानों की भैंसों के दूध उत्पादन में महत्त्वपूर्ण भूमिका रहती है। उनकी वजह से ही दूध उत्पादन अधिकतम करने, उसपर आधुनिक प्रक्रिया करने तथा उसके विपणन के मार्ग में बाधा उत्पन्न होती है। अत: इन किसानों को 'अमूल' की पद्धति के अनुसार अपनी सहकारी संस्था स्थापित करने में सहायता करनी चाहिए ताकि उन्हें आर्थिक लाभ भी पहुँचे तथा दूध का उत्पादन भी अधिकतम किया जा सके।

१०. अब तक के सारे अनुभवों को देखते हुए पशु वैद्यक के लिए राष्ट्रीय पशुचिकित्सा सेवा की स्थापना प्रशंसनीय होगी।

११. विशाल दूध सहकारी डेयरियों को मांस प्रक्रिया विभाग भी खोलने चाहिए ताकि भैंस मांस का निर्यात शास्त्रीय तथा आर्थिक दृष्टि से सुनियोजित किया जा सके। इसके लिए इन बड़ी डेयरियों को अपने स्वतंत्र वैज्ञानिक ढंग पर चलाए जानेवाले बूचड़खाने स्थापित करने चाहिए।

१२. भैंसों को होनेवाली बीमारियाँ, गाय को होनेवाली बीमारियों से भिन्न होती हैं। अत: भैंसों की सभी पूर्वोक्त बीमारियों के बारे में सभी पशु चिकित्सा संस्थानों में अधिक अनुसंधान तथा जानकारी संकलन किया जाना चाहिए।

१३. दूध में मिलावट की समस्या ने दूध व्यवसाय को बदनाम कर रखा है। अत: सुस्पष्ट कानूनी प्रावधान तथा संदेहरहित परीक्षण पद्धति को विकसित करने की आवश्यकता है। मिलावट करनेवाले को कठोर दंड देने का भी प्रावधान करना चाहिए ताकि दूध की निरामयता जनमानस में फिर से स्थापित हो सके।

१४. दूध द्वारा बीमारियाँ न हों, इस हेतु ऐसा प्रबंध किया जाना चाहिए कि केवल निर्जंतुक किया गया दूध ही बेचा जाएगा। व्यावहारिक कठिनाइयों के कारण इस प्रकार निर्जंतुक दूध का विपणन संगठित न किया जा सकता हो तो दूध उत्पादकों को चाहिए कि बीमार भैंसों का दूध न बेचें तथा स्तनों में सूजनवाली भैंसों का दूध तो बेचने के लिए हरगिज न लाएँ।

१५. भैंसों द्वारा किए जानेवाले काम का अधिक शास्त्रशुद्ध मूल्यांकन करने की आवश्यकता है। बैलगाड़ी प्रणाली के अध्ययनकर्ताओं के साथ सहयोग एवं समन्वय भी इसके लिए लाभदायक होगा।

□

अध्याय-६

पशुधन विकास तथा बैलगाड़ी प्रणाली का कुल मूल्यमापन-सार

भारत में कुल १८ करोड़ २० लाख पशुसंख्या है। तथापि दूध तथा मांस उत्पादन की उनकी क्षमता काफी कम है। यह क्षमता प्रति पशु तथा राष्ट्रीय स्तर दोनों पर बहुत कम है। यह बताते समय इस पुस्तक में यह भी निर्देशित किया गया है कि भारतीय गाय-भैंसों के और दो उपयोग हैं—परिवहन तथा गोबर उत्पादन। भारत में पशु-संवर्धन की विशेषता है कि उनसे केवल ठाँठ परिश्रम ही नहीं करवाया जाता (यानी खेतों में जोत तथा गाड़ियाँ खींचना), बल्कि उनके गोबर में घरेलू ईंधन देने की अद्‌भुत ऊर्जा क्षमता भी होती है। भविष्य में भी ये दो विशेषताएँ महत्त्वपूर्ण स्थान बनाए रखेंगी।

इन दो विशेषताओं की गाय-भैंसों की कार्यकुशलता का मूल्यमापन करते समय अब तक उपेक्षा की गई है और इनके बारे में बहुत कम सांख्यिकीय जानकारी उपलब्ध है। अतः इन दो घटकों का मूल्यमापन विस्तारपूर्वक नहीं किया जा सका है। जो किया गया है वह कुल उत्पादन का हिसाब होने के कारण काफी संक्षिप्त है और उसे केवल तुलनात्मक दृष्टि से ही देखा जाना चाहिए।

इसके बावजूद जोत तथा परिवहन आदि में गाय-भैंसों द्वारा किया गया परिश्रम उनकी ऊर्जा उत्पादन क्षमता के रूप में आँका गया है। सीमित संसाधनों के रहते हुए भी इस क्षमता के कारण भारतीय पशुधन के प्रति समादर का दृष्टिकोण पैदा हो गया है।

कार्यकुशलता तय करनेवाले घटकों का अनोखा सिलसिला जानकारी प्राप्तकाल में कोई खास बदला नहीं है। यह कालखंड, आधुनिक वैज्ञानिकी तथा प्रौद्योगिकी का उपयोग दूध तथा मांस उत्पादन बढ़ाने के लिए जिस कालखंड में

किया गया, उसके साथ-साथ चला है।

अपने बुनियादी सिद्धांतों के बारे में भारतीय पशु-संवर्धन अत्यंत सुस्थिर रहा है। उसका अपना जो अर्थशास्त्र है, उसे उसने सदियों से बराबर सँभाला तथा सुरक्षित रखा है। छोटे किसानों का अपने सीमित संसाधनों का उपयोग करने का अपना तरीका होता है। उसका वैचारिक अधिष्ठान हिंदू धर्मग्रंथों एवं पुराणों में निहित है।

ओदेंधाल ने (१९६९) पहली बार भारतीय गो संवर्धन का, छोटे किसानों को आधार बनाकर, ऊर्जा संतुलन की दृष्टि से अध्ययन किया। उन्होंने अपने वैज्ञानिक तथा प्रयोगसिद्ध अन्वीक्षणों को सामाजिक तथा पारिस्थितिक आधारों से जोड़ा। इसलिए उनके सभी अन्वीक्षणों का अन्वयार्थ विविध प्रथाओं एवं प्रणालियों में तालमेल तथा सौमनस्य पर आधारित था। ओदेंधाल की रिपोर्ट ठोस भारतीय परिस्थितियों में गो संवर्धन की जटिलताओं तथा परिसीमाओं को स्पष्ट करती है। स्थान-स्थान के अनुसार इसमें थोड़ा-बहुत परिवर्तन आ सकता है, किंतु गो संवर्धन का बुनियादी ढाँचा उसमें पूरी तरह से प्रस्तुत किया गया है।

यह बुनियादी ढाँचा है—मानव समाज की आवश्यकताओं को पूरा करने के लिए जो भी संसाधन उपलब्ध हों उनका संवेदनशील एवं तर्कशुद्ध व्यवस्थापन करना। यह भी देखा गया है कि जहाँ भी किसी नई खोज या अनुसंधान को एकतरफा लागू करने का प्रयास हुआ, लोगों ने उसका आम प्रतिरोध किया है। इस प्रतिरोध का कारण यह हो सकता है कि लोग सदियों से बराबर अक्षुण्ण चलती आई अपनी जीवन प्रणाली, उसका स्तर कैसा भी क्यों न हो,को बलात् बदलने का प्रयास करनेवाले घटकों एवं शक्तियों का विरोध करते हुए जीवन प्रणाली का संरक्षण करने के लिए जाने-अनजाने अपने आप सिद्ध हो जाते हैं।

वस्तु-विनिमय द्वारा अथवा बाजार में खरीदकर जो थोड़ा पशु खाद्य प्राप्त किया जाता है, उसके अतिरिक्त भारत की गायों को इनसान के खाने योग्य न रहे अन्न पर ही जीवित रहना पड़ता है। इस परिस्थिति में आज की छोटे कद की, कम वजनवाली, देसी झेबु नस्ल के लिए दूसरा कोई विकल्प नजर नहीं आता। पूरे देश की पूरी गाय आबादी में झेबु गायों की प्रमुख तथा महत्त्वपूर्ण भूमिका रही है, ठीक वैसी ही जैसी छोटे किसानों की खेती की समूचे कृषि उत्पादन में। ओदेंधाल ने यही उदाहरण अपने अध्ययन के लिए दिए हैं। और उपलब्ध जानकारी की सांख्यिकी उसके इस निष्कर्ष को पुष्ट ही करती है।

गरीब देहाती घरों में ये झेबु गायें मानव कल्याण में महत्त्वपूर्ण योगदान करती हैं—

गोबर के रूप में वे घरेलू ईंधन देती हैं, जो पारिस्थितिक वातावरण तथा आर्थिक दृष्टि से काफी मूल्यवान् होता है। वे गोबर के रूप में खेती-बाड़ी के लिए बढ़िया सेंद्रिय खाद भी देती हैं, जो ऊर्जा व्यवस्था में बहुत महत्त्व रखता है।

सूखों और अनाज के अभावों के बावजूद इन गायों में पुनः स्वास्थ्य लाभ करने की प्रचंड शक्ति होती है और घास-चारे की स्थिति में जरा सा सुधार होते ही ये फिर से प्रजनन की क्षमता प्राप्त कर लेती हैं और इस प्रकार बैल मुहैया करने का आश्वासन देती हैं। ये बछियों को पैदा भी करती हैं तथा अतिरिक्त दूध देकर किसान को कुछ ज्यादा आमदनी प्राप्त करने का अवसर भी प्रदान करती हैं, क्योंकि यह आमदनी नकद होती है।

हलके या घटिया खाद्य खाकर भी बढ़िया चीजों का उत्पादन करने की अद्‌भुत शारीरिक क्षमता भी इन गायों में होती है। घास-चारे की हालत में थोड़ा भी सुधार होते ही ये पुनः गर्भधारणा के लिए बहुत शीघ्र तैयार हो जाती हैं। ये गायें गरमी को काफी बरदाश्त कर सकती हैं, तथा इन्हें बीमारियाँ भी कम ही लगती हैं। इन्हीं सब कारणों से भारत में गो पालन तथा संवर्धन काफी आसान हो गया है। भारत में गो संवर्धन एककों में ८० प्रतिशत के पास, या अब हो सकता है कि ७० प्रतिशत के पास, अधिकतर ये झेबु गायें ही होती हैं। यह प्रणाली काफी लंबे अरसे से देखीभाली और परखी हुई है। यह प्रयोगसिद्ध अनुभवों पर आधारित है। हिंदू अवधारणाओं का जबरदस्त संरक्षक कवच उसे प्राप्त है।

समूचे ग्रामीण जनसमाज को शांति के साथ रहने की एक व्यवस्था इस प्रणाली ने दी है और अपने अस्तित्व का एक मजबूत आधार भी दिया है। फिर भी इस विशाल जनसमाज के भौतिक कल्याण की समेकित विकास योजना अभी नहीं बन पाई है। अतः सदियों से चली आई और जनसमाज में सुस्थिर बनी इस व्यवस्था को असमय बिगाड़ने से यह विशाल जनसमाज शहरों की ओर स्थलांतरण करेगा और पहले ही जिनका भीड़ के कारण दम घुटने लगा है, उन शहरों में और भी ज्यादा घुटन पैदा करेगा।

पीढ़ी-दर-पीढ़ी चली आ रही व्यवस्था खेती तथा परिवहन के लिए ठाँठ बैल देती है, बैलगाड़ियों में जोतने के लिए भी बैल उपलब्ध कराती है और इस प्रकार देश के माल परिवहन में यह परंपरा से चला आया भार-वहन का तरीका गहरी पैठ जमा चुका है। यांत्रिकी परिवहन बड़े पैमाने पर इसका स्थान ले सकेगा यह बात तेल कीमतों के चलते तथा देश में विदेशी मुद्रा के अभाव को देखते हुए असंभव ही है। इससे कल्पना की जा सकती है कि देश में गो पालन तथा संवर्धन

की प्रणाली का ताना–बाना देश की राष्ट्रीय अर्थव्यवस्था के साथ कितना घना बुना गया है।

शहरों का तेजी से होता जा रहा विस्तार यह तकाजा कर रहा है कि उसे खाद्यान्न की आपूर्ति और भी द्रुत गति से होनी चाहिए। यहाँ भी बैलगाड़ी परिवहन ही अत्यावश्यक सेवा प्रदान करता है। स्वतंत्रता के बाद से भारत में बैलगाड़ियों की संख्या दूनी हो गई है।

बढ़ते शहरों के कारण कृषि उत्पादन में वृद्धि अनिवार्य हो गई है। इसके फलस्वरूप कृषि क्षेत्रों में उत्पादन वृद्धि के नए तौर–तरीके अपनाए जाना भी अत्यावश्यक हो गया है। अनाज तथा दालों एवं तेलहनों की खेती में सुधारित बहु उत्पादक बीजों का उपयोग उत्पादन वृद्धि को गति दे गया है। इन तौर–तरीकों के कारण उत्पादन में आशातीत वृद्धि हो चुकी है। यद्यपि अल्प मात्रा में ही सही, दाल सदृश अन्य अनाजों के उत्पादन में भी वृद्धि हो सकी है। परिणामत: वनस्पति प्रोटीनों की मात्रा भी बढ़ती गई। शहरों के विस्तार के साथ दूध की माँग भी बढ़ती गई। पर्याप्त दूध आपूर्ति की आवश्यकता ने नगरों के परिसरों में दूध नगरियों को जन्म दिया। सभी दुधारू जानवरों को शहर से बाहर कर दिया गया और इन दूध नगरियों में लाया गया। आसपास के डेयरी फार्म चलानेवाले किसानों ने संगठित होकर सहकारी दूध संस्थाएँ बनाईं, अथवा अपना वर्तमान क्षेत्र बढ़ाया। 'अमूल' की स्थापना के बाद उसका अनुसरण करते हुए अनेक डेयरी कंपनियाँ स्थापित हुईं। इसके साथ ही डेयरी व्यवस्थापन का एक समेकित परिक्षेत्र स्थापित हुआ। उसमें विस्तार, संकलन, प्रक्रियाकरण तथा विपणन आदि सभी आनुषंगिक अंगोपांग भी बनाए गए। कृषि में हुई इस प्रगति का परिणाम यह हुआ कि दूध उत्पादन भी बढ़ने लगा। कृषि में अब पशु खाद्य की खेती भी शामिल हो गई।

विशाल डेयरी फार्म बने और उन्होंने दूध का उत्पादन बढ़ाने में रुचि दिखाई। इसमें से ही विदेशी नस्लों के संकर से नई नस्लों की दुधारू गायें पैदा करने की उन्होंने सिद्धता दिखाई। ऐसे संकर में जहाँ दूध उत्पादन वृद्धि का लक्ष्य रखा गया, वहीं गायों की कार्यकुशलता और कार्यक्षमता बढ़ाने की ओर भी ध्यान दिया गया। किंतु ये संकरित गायें अधिक खुराक तथा अधिक परवरिश की माँग करने लगीं। इसके अलावा उन्हें देसी नस्लों की अपेक्षा गरमी कतई बरदाश्त नहीं होती और उन्हें बीमारियाँ भी अपेक्षाकृत जल्दी लग जाती हैं, यह बात भी देखने में आई।

यह ऐसी अवस्था थी, जिसमें कुछ अधिक दूध क्षमता दिखने लगी। देसी नस्लों का विकास पिछड़ता गया। किसी भी विशेषज्ञ के यह बात गले नहीं उतरेगी

कि जब देसी नस्लें, भले ही कम दूध देती हों, गरमी को अधिक अच्छी तरह से बरदाश्त करती हैं, बीमारियों का प्रतिकार करने की क्षमता उनमें अधिक होती है, और ठाँठ परिश्रमों के लिए अच्छे बैल पैदा करने की क्षमता भी उनमें अधिक होती है, तो क्यों विदेशी नस्लों से संकर कराने का यह महत्त्वाकांक्षी कार्यक्रम चलाया गया।

जो भी हो, 'आधुनिक' क्षेत्र का विस्तार, कम-से-कम निकट भविष्य में तो उपरिनिर्दिष्ट दायरे में ही होगा। यह विस्तार 'पारंपरिक' क्षेत्र तक और संभवतः उसे भी अपनी लपेट में लेने तक ही बढ़ेगा। किंतु वह पारंपरिक दायरे में घुसपैठ कदापि नहीं कर पाएगा।

कर्मचारीगण तथा वित्त की अपर्याप्तता के कारण राष्ट्रीय विस्तार तथा पशु चिकित्सा सेवाओं का विस्तार रुक जाएगा। ऐसी हालत में किसानों की सहकारी संस्थाओं को इन सेवाओं के बारे में स्वतंत्र होते जाना पड़ेगा और संभवतः अपनी ही सेवाओं को सरकारी सहायता के बिना चलाने के लिए सक्षम होना पड़ेगा। उदाहरण के लिए, उन्हें ही विशेषज्ञों को नियुक्त करना पड़ेगा और उनके सहायकों की सहायता से विषय में अनाड़ी देहातियों को उचित प्रशिक्षण देना पड़ेगा। यह प्रक्रिया निश्चय ही कुछ समय लेगी। 'पारंपरिक' क्षेत्र में सामाजिक-आर्थिक तथा पारिस्थिक पड़ताल-परीक्षण करवाने के लिए शिक्षाशास्त्री तथा नियोजन विशेषज्ञों को चाहिए कि विविध अंगों का अध्ययन करनेवाली टुकड़ियाँ स्थापित करें। सावधानतापूर्वक तैयार किए गए नमूनों की सहायता से परस्परावलंबी तथा परस्पर जुड़ीं बातों में तालमेल बैठाते हुए ये टुकड़ियाँ एक समेकित विकास कार्यक्रम तैयार कर सकेंगी।

हिंदू जीवनदर्शन की मान्यताओं की सामर्थ्य को आत्मसात् करनेवाला विकास कार्यक्रम बनाना फिर संभव होगा। ऐसे कार्यक्रम के द्वारा न केवल विकास की प्रक्रिया को निर्बाध रूप से चलाया जा सकेगा और देहाती जनसमाज को जीविका चलाने का न केवल आश्वासन दिया जा सकेगा, बल्कि पारिस्थितिक दबावों से संबंधित व्यक्तियों को मुक्त भी किया जा सकेगा।

□

अध्याय-७

भारत में चकबंदी कानून

(पी.टी. जॉर्ज, १९७६, 'भारत में चकबंदी कानून')

१. आंध्र प्रदेश

कानून का शीर्षक एवं तिथि

आंध्र प्रदेश भूमि सुधार (कृषि भूमि की चकबंदी) कानून, १९७३।

चकबंदी की अधिकतम सीमा

क. दो फसलोंवाली आबपाशी जमीन।

ख. आबपाशी दो फसलोंवाली के अतिरिक्त जमीन।

ग. बारानी जमीन।

श्रेणी (क)	श्रेणी (ख)	श्रेणी (ग)
वर्ग-१—१० एकड़	वर्ग-१—१५ एकड़	वर्ग-७—३५ एकड़
वर्ग-२—१२ एकड़	वर्ग-२—१८ एकड़	वर्ग-८—४० एकड़
वर्ग-३—१३.५ एकड़	वर्ग-३—२० एकड़	वर्ग-९—४५ एकड़
वर्ग-४—१५ एकड़	वर्ग-४—२२.५ एकड़	वर्ग-१०—५० एकड़
वर्ग-५—१६.५ एकड़	वर्ग-५—२५ एकड़	वर्ग-११—५४ एकड़
वर्ग-६—१८ एकड़	वर्ग-६—२७ एकड़	

चकबंदी के एकक

परिवार, जिसमें पाँच से अधिक सदस्य न हों। प्रत्येक ज्यादा सदस्य के लिए चकबंदी का एक बटा पाँच क्षेत्र बशर्ते वह चकबंदी सीमा के दूने से अधिक न हो।

चकबंदी की सीमा परिवार के सभी सदस्यों की एकत्रित जमीन पर लागू होगी।

परिवार के सदस्यों की गिनती अधिसूचित तिथि से लागू होगी।

छूटें

१. राज्य/केंद्रीय सरकार अथवा स्थानीय अधिकरण की जमीनें।

२. धार्मिक, धर्मादाय और शैक्षणिक संस्थाओं (वक्फ) की सार्वजनिक जमीनें।

३. सरकारी प्राधिकरणों की अथवा उनके अधिकार की जमीनें।

४. चाय, कोको, इलायची और रबड़ बागानों की जमीनें।

५. वे जमीनें जो (क) सहकारी संस्थाओं/बंधक बैंकों, (ख) बैंकों की हों तथा जो (आंध्र) प्रदेश भूदान यज्ञ परिमंडल अथवा ग्राम सभा को दी गई हों।

६. सिंचाई परियोजनाओं, बिजली योजनाओं, औद्योगिक तथा अन्य निर्माणाधीन परियोजनाओं के लिए सरकार द्वारा अधिगृहीत जमीनें। इस कानून के अमल में आने की तिथि को जारी सभी सरकारी योजनाओं की जमीनें भी।

हरजाना देने के मापदंड

हरजाने के तौर पर दी जानेवाली रकम सरकार चाहे तो नकद अथवा ऋणपत्रों के रूप में अथवा दोनों रूपों में अदा करेगी। हरजाना की रकम निम्नानुसार होगी—

१. लगान यदि ५० रुपए तक का हो, तो लगान के १०० गुना।

२. लगान ५० से १५० रुपए का हो, तो लगान का ५० गुना या ५,००० रुपए।

३. लगान १५० से ५०० रुपए तक का हो, तो उसका २० गुना या ७५० रुपए।

४. लगान ५०० से अधिक हो, तो उसका १० गुना या १०,००० रुपए बशर्ते अधिकतम हरजाना १ लाख रुपए से अधिक न हो।

अतिरिक्त जमीन के वितरण के प्रावधान

चकबंदी के कारण सरकार के अधिकार में आनेवाली जमीन 'भूमिहीनों एवं बेघर लोगों को मकान बनाने के लिए दी जाएगी अथवा समाज के दुर्बल घटकों को खेती के लिए दे दी जाएगी। उपलब्ध जमीन की कम-से-कम आधी जमीन अनुसूचित जातियों तथा अनुसूचित जनजातियों के लोगों को दी जाएगी। शेष आधी जमीन का दो तिहाई भाग पिछड़े वर्गों के लोगों को दिया जाएगा।'

ऐसी जमीन प्राप्त करनेवाले को कुल लगान का ५० गुना रकम, निर्धारित किए जानेवाली किस्तों में पंद्रह साल या उससे कम अवधि में सरकार में जमा

करनी होगी, बशर्ते यह रकम आबपाशी जमीन के लिए प्रति हेक्टेयर १,२५० रुपए तथा बारानी जमीन के लिए प्रति हेक्टेयर ३७५ रुपए होगी।

पूरी रकम का भुगतान करने के बाद उस जमीन के स्वामित्व का पट्टा किसान के नाम कर दिया जाएगा।

पूर्वलक्षित तिथि

यह कानून २४ जनवरी, १९७१ से लागू किया गया है। चकबंदी की सीमा से बचने के लिए अधिकार-हस्तांतरण, स्वामित्व-हस्तांतरण, विभाजन, न्यासों का निर्माण, विवाह-विच्छेद तथा दत्तक को प्रदान आदि सभी मामलों की समीक्षा इस तिथि को जो स्थिति थी उसीके अनुसार एक पंचाट द्वारा करानी होगी। पंचाट के निर्णय पर एक बार ही अपील तथा एक ही बार पुनर्विचार की याचिका दी जा सकेगी।

२. असम

कानून का शीर्षक एवं तिथि

कृषि भूमि चकबंदी सीमा निर्धारण कानून, १९५६; जिसमें सन् १९७२ तथा १९७६ में संशोधन किए गए।

चकबंदी की सीमा

(परिवार समेत) एक व्यक्ति के लिए पचास बीघा। जहाँ व्यक्ति फलोद्यान का भी मालिक है, इस सीमा को फलोद्यान के क्षेत्र जितना बढ़ाया जा सकेगा, बशर्ते फलोद्यान अधिक-से-अधिक १५ बीघा का हो। राज्य सरकार पूरक उद्देश्यों के लिए यह परिसीमा बढ़ा सकती है। उसी प्रकार खास चाय बागानों के लिए भी चकबंदी की सीमा में बढ़ोतरी करने की नियमानुसार अनुमति दे सकती है।

चकबंदी की इकाई

यह कानून हर व्यक्ति पर लागू है। 'व्यक्ति' की परिभाषा में परिवार, संयुक्त परिवार, किसी कंपनी तथा संस्था का भी समावेश है। यह चकबंदी जमीन के मालिक या काश्त करनेवाले पर लागू होगी तथा इसके लिए व्यक्ति द्वारा अथवा उसके परिवार के सदस्यों द्वारा संयुक्त स्वामित्ववाली कुल जमीन पर लागू मानी जाएगी।

छूटें

इस कानून से निम्न जमीनों को छूट है—

१. राज्य और केंद्र सरकार अथवा स्थानीय संस्था तथा ग्राम सभा व ग्रामदान कानून के अधीन जमीनें।

२. चाय बागानों तथा उसके पूरक व्यवसायों के लिए प्रयुक्त तथा खरीदी हुई जमीनें।
३. १ जनवरी, १९५५ से पहले निंबू-वर्गीय फलों के बागानों में लगी जमीनों के भूखंड।
४. विशिष्ट उद्देश्यों से गिरनी, कारखाना, कार्यशाला आदि द्वारा आवश्यक मानी गई जमीनें।
५. सहकारी कृषि समिति की वह जमीन जो सहकारी चीनी कारखाने को गन्ना मुहैया करने के लिए गन्ने की खेती के काम में लाई जा रही हो। यह जमीन चकबंदी से तभी मुक्त रहेगी, जब तक कि वह इसी काम में लाई जाती है।

हरजाना और उसे देने के मापदंड

१. (अ) पड़ती जमीन पर लगान देने की पूरी दर के २५ गुना तथा (ब) अन्य जमीनों पर लगान का ५० गुना।
२. अतिरिक्त जमीन काश्तकार से ली हो तो, (अ) बटाईदार को पड़ती जमीन पर लगान का १० गुना, अन्य मामलों में ३५ गुना। (ब) बेनामी काश्तकार को पड़ती जमीन पर लगान का १० गुना, तथा अन्य जमीनों पर लगान का ३० गुना।
३. जमीन पर बटाईदार ने उपबटाईदार रखा हो तो, उपबटाईदार को हरजाने की आधी रकम दी जाएगी। अतिरिक्त जमीन पर जो भी निर्माण कार्य किया गया हो उसे संबंधित व्यक्ति या तो हटा ले, या उसे नीलाम कर दिया जाएगा। यही बात उस जमीन पर जो अनाज रखा हो उसपर भी लागू होगी। इस तरह किए गए नीलामी में जो पैसा आएगा उसे उस व्यक्ति को खर्च मुजरा कर दे दिया जाएगा।

किसी भी हालत में, सरकार में जमा होनेवाली जमीन पर संबंधित व्यक्ति ने जो भी सुधार आदि किया होगा उसका हरजाना-मूल्य जरूर दिया जाएगा, किंतु वह कुल हरजाने की रकम के २ गुना से अधिक नहीं होगा।

चकबंदी में प्राप्त अतिरिक्त भूमि का वितरण

चकबंदी सीमा से अधिक जमीन, यदि उस जमीन में कोई काश्तकार रखा हो तो, उस काश्तकार को दी जाएगी। किंतु वह भी चकबंदी सीमा के अंदर ही होगी और उसका दाम उस काश्तकार से लिया जाएगा। उसके भुगतान पर वह जमीन उस काश्तकार की हो जाएगी और उसका पट्टा उसे दे दिया जाएगा।

यदि जमीन काश्तकार से ली गई हो तो, उसे उप-काश्तकार को दिया जाएगा, बशर्ते ऐसा कोई उप-काश्तकार हो। ऐसी जमीन भी चकबंदी सीमा के अंदर ही होगी और उसके लिए सरकार में उसका दाम जमा करना होगा। यदि कोई उप-काश्तकार नहीं है, तो वह जमीन किसी ऐसे व्यक्ति को दे दी जाएगी जिसकी सामाजिक दशा वही हो, जैसी काश्तकार की होगी, जिससे जमीन ली गई है। इस प्रकार जिस जमीन का वितरण नहीं किया जा सकता हो, उसका निपटारा असम भू-राजस्व नियमन कानून, १८८६ के अनुसार किया जाएगा। ऐसे वितरण में—

अ. भूमिहीन किसान को, जो बाढ़, क्षरण, भूकंप आदि प्राकृतिक विपदाओं के कारण भूमिहीन हो गया है,

आ. भूमिहीन खेतिहर, तथा

इ. असम कृषि खेत निगम कानून, १९७३ में परिभाषित खेती निगम को वरीयता दी जाएगी। अतिरिक्त भूमि के वितरण निपटारे को यदि उसपर बसा काश्तकार स्वीकार नहीं करता, तो उसे बेदखल कर दिया जाएगा।

पूर्वलक्षित तिथि

१ अप्रैल, १९७० के बाद जो सन् १९७० के संशोधन लागू करने की तिथि है, किए जमीन के हस्तांतरण तथा बँटवारे इस कानून को प्रभावहीन करने के लिए ही किए गए माने जाएँगे, बशर्ते वैसा न होने की बात को निर्विवाद रूप में सिद्ध कर दिया जाए। सभी बेनामी हस्तांतरण, जो १२ नवंबर, १९५५ के बाद किए गए हों, चकबंदी की सीमा तय करने के लिए अवैध माने जाएँगे।

३. बिहार

शीर्षक एवं तिथि

बिहार भूमि सुधार (चकबंदी क्षेत्रनिर्धारण तथा अतिरिक्त भूमि का अधिग्रहण) कानून, १९६१, यथा संशोधित १९७३।

चकबंदी की परिसीमा

क. प्रथम श्रेणी की जमीन—सरकारी नहरों एवं अन्य सिंचाई स्रोतों से सिंचित तथा जिसमें एक से अधिक मौसम में सिंचाई आश्वस्त हो तथा जिसमें साल में कम-से-कम दो फसलें ली जाती हों : १५ एकड़।

ख. द्वितीय श्रेणी की जमीन—निजी सिंचन-स्रोतों से सिंचित तथा एक से अधिक मौसम में पानी की आपूर्ति आश्वासित : १८ एकड़।

ग. तृतीय श्रेणी की जमीन—एक ही मौसम के लिए सिंचन पानीवाली

जमीन : २५ एकड़।

घ. चतुर्थ श्रेणी की जमीन—उपर्युक्त तीनों तथा (च) और (छ) श्रेणियों में परिभाषित जमीन के अतिरिक्त फलोद्यान तथा बागवानी की जमीन : ३० एकड़।

च. पंचम श्रेणी की जमीन—दियारा या छोर जमीन : ३७.५० एकड़।

छ. छठी श्रेणी की जमीन—पहाड़ी, रेतीली तथा धान, रबी तथा नकद फसलें न लेनेवाली अन्य जमीन—४५ एकड़।

इन जमीनों के अतिरिक्त, अपने घर से लगी तथा घरबार का ही भाग मानी जानेवाली जमीन तथा सटा हुआ भूखंड या सटे हुए अनेक भूखंडों की फलोद्यानों की अथवा बाँसबाड़ी जमीन चकबंदी से अधिक होते हुए भी रखी जा सकती है, बशर्ते वह उसी काम के लिए जोती जाती हो।

चकबंदी की इकाई

चकबंदी पूरे परिवार की जमीन पर लागू। परिवार के सदस्यों की सारी जमीनों का एकत्रित हिसाब। चकबंदी पाँच सदस्यों के परिवार पर लागू। प्रत्येक ज्यादा सदस्य के लिए चकबंदी सीमा का एक दहाई हिस्सा और रखने की अनुमति, बशर्ते सब सदस्यों की जमीनें कुल चकबंदी सीमा के १.५ गुना से अधिक न हों।

छूटें

सभी छूटें राष्ट्रीय मार्गदर्शक सिद्धांतों के अनुसार ही दी गई हैं—

१. लाख कर समिति द्वारा लाख की खेती के लिए जोती जानेवाली जमीनें चकबंदी से मुक्त।

२. शौर्य पुरस्कार में प्राप्त जमीनें भी पुरस्कार प्राप्त व्यक्ति के जीवनकाल तक चकबंदी से मुक्त।

३. बागवानी को दी गई छूटें समाप्त कर दी गई हैं।

४. इस कानून को अधिसूचित करने की तिथि को जिन शैक्षिक संस्थाओं, अस्पतालों, प्रसूति-गृहों, अनाथाश्रमों अथवा उस तिथि को कार्यरत धार्मिक एवं अन्य संगठनों की जमीनें चकबंदी से मुक्त रहेंगी।

हरजाना और उसे देने की प्रक्रिया

१. रैयत के अधीन न रहनेवाली जमीनें—

प्रथम श्रेणी की जमीनें—९०० रुपए प्रति एकड़, द्वितीय श्रेणी की—७५० रुपए प्रति एकड़, तृतीय श्रेणी—५४० रुपए प्रति एकड़, चतुर्थ श्रेणी—४५० रुपए प्रति एकड़, पंचम श्रेणी की जमीनें—३६० रुपए प्रति एकड़।

क. धान तथा रबी के अलावा अन्य फसलें लेनेवाली तथा 'तौर-१' अथवा 'तौर-२' में वर्गीकृत छोटानागपुर तथा संथालपरगना की जमीनें—१५० रुपए प्रति एकड़।

ख. छोटानागपुर तथा संथालपरगना में 'तौर-१' तथा 'तौर-२' के नाते वर्गीकृत जमीनें—७५ रुपए प्रति एकड़।

ग. पड़ती जमीन—५० रुपए प्रति एकड़।

२. रैयत के अधीन जमीनें—

क. अनुसूची में भाग-१ के अंतर्गत रैयताधीन काश्त के लिए दर्ज दर का ३/४।

ख. रैयताधीन किंतु काश्त को न दी हुई जमीन पर अनुसूची भाग-१ में दर्ज कर का ७/८।

अतिरिक्त जमीन के वितरण के प्रावधान

१. राजस्व विभाग की सन् १९५६ तथा १९६२ में जारी अधिसूचनाओं में दर्ज अनुसूचित जातियों तथा जनजातियों अथवा पिछड़े वर्गों के ग्रामवासी भूमिहीन लोगों को यह जमीन दी जाएगी।

२. इन्हीं जातियों तथा जनजातियों आदि के उन ग्रामवासियों को जमीन दी जाएगी जिनके पास श्रेणी तीन की एक एकड़ से अधिक जमीन नहीं है।

३. ग्राम के अन्य भूमिहीनों को जमीन दी जाएगी।

४. उन लोगों को जो उपर्युक्त वर्गों में नहीं आते, किंतु जिनके पास प्रथम श्रेणी की १ एकड़ से भी कम जमीन है, यह जमीन दी जाएगी।

५. सेना-दलों में कार्यरत तथा युद्ध में मारे गए सैनिक के आश्रित लोगों को जमीन दी जाएगी।

६. ग्रामवासी भूतपूर्व सैनिकों को जमीन दी जाएगी।

इन सभी नए मालिकों को सरकार में प्राप्त प्रथम श्रेणी की जमीन पर प्रति वर्ष, प्रति एकड़ ५० रुपए ३० साल तक जमा करना पड़ेगा। अन्य श्रेणियों की जमीनों पर अनुसूची में दिए गए अनुपात में दी गई दरों से पैसा सरकार में जमा करना होगा।

पूर्वलक्षित तिथि

यह कानून ९ सितंबर, १९७० से लागू हुआ। २२ अक्तूबर, १९५९ से किए गए सभी हस्तांतरणों का, यह तय करने के लिए कि क्या वे इस कानून से बचने के उद्देश्य से किए गए थे, जिलाधिकारी द्वारा पुनरावलोकन होना था।

४. गुजरात

शीर्षक एवं तिथि

गुजरात कृषि भूमि धारण कानून, १९६०, यथा संशोधित १९७४।

चकबंदी की सीमा

पाँच सदस्योंवाले परिवार के लिए—

१. बारहमासी सिंचित जमीनें—(क) निजी स्रोतों के अलावा अन्य स्रोतों से सिंचित : १० से १८ एकड़। (ख) निजी स्रोतों से सिंचित : १२.५ से १८ एकड़।
२. मौसम में सिंचित जमीनें—१५ से २७ एकड़।
३. श्रेष्ठ किस्म की बारानी फसलों की जमीनें—२० एकड़।
४. सामान्य बारानी फसलों की जमीनें—३० से ५४ एकड़।

सरकार द्वारा रेगिस्तानी या सूखाप्रवण घोषित क्षेत्रों की अथवा पहाड़ी क्षेत्रों की जमीनों के बारे में, उनमें फसल ली जाती हो तो चकबंदी की परिसीमा १२.५ प्रतिशत से बढ़ाई जा सकती है, बशर्ते उसका क्षेत्र ५४ एकड़ से अधिक न हो।

इकाई

चकबंदी पूरे परिवार की कुल जमीन पर लगाई जाएगी। चकबंदी की सीमा के लिए पाँच सदस्यों का परिवार माना जाएगा। प्रत्येक अतिरिक्त सदस्य के लिए एक बटा पाँचवाँ हिस्सा बढ़ाया जाएगा। तथापि इस प्रकार कुल चकबंदी की जमीन सीमा की दुगुनी से अधिक नहीं होगी।

छूटें

नीचे दी हुई जमीनों को चकबंदी से छूट दी जाएगी—

१. सरकार द्वारा अधिगृहीत या सरकारी स्वामित्व की जमीनें।
२. खार तथा समुद्री लहरों की चपेट में आनेवाली जमीनें जो सरकार से अधिकतम २० वर्ष के पट्टे पर ली गई हों।
३. स्थानीय स्वराज संस्थाओं या विश्वविद्यालयों की अथवा उनके द्वारा सावधिक पट्टे पर ली गई जमीनें।
४. अकृषि कार्य के लिए आरक्षित जमीनें।
५. विशिष्ट तिथि को सार्वजनिक न्यासों या अस्पतालों की अथवा उनके द्वारा ली गई जमीनें, जिनका विस्तार प्रत्येक के बारे में तय किया जाएगा।

६. पिंजरापोल की जमीनें। कितनी, इसकी प्रत्येक पिंजरापोल का पुनरावलोकन कर मात्रा तय की जाएगी। यह देखा जाएगा कि ये जमीनें केवल और सीधे उन्हीं घोषित कामों के लिए प्रयुक्त हैं और उनसे कोई आर्थिक आमदनी प्राप्त करने के लिए उनका उपयोग नहीं किया जा रहा।

इस प्रकार चकबंदी से छूट मिली जमीनों का हस्तांतरण जिलाधिकारी की अनुमति के बिना नहीं किया जा सकेगा।

हरजाना और उसकी अदायगी की विधि

चकबंदी के बाद सरकार के अधिकार में आई जमीनों पर निम्न उप-धाराओं के अनुसार हरजाना दिया जाएगा—

क. सरकार से २० साल से कम अवधि के लिए पट्टे पर ली गई जमीनें : उनके पूरे मूल्यांकन के १२ गुना।

ख. अन्य जमीनों पर—

स्थानीय क्षेत्र-१	=	पूरे मूल्यांकन का २०० गुना।
स्थानीय क्षेत्र-२	=	पूरे मूल्यांकन का १८५ गुना।
स्थानीय क्षेत्र-३	=	पूरे मूल्यांकन का १७० गुना।
स्थानीय क्षेत्र-४	=	पूरे मूल्यांकन का १५५ गुना।
स्थानीय क्षेत्र-५	=	पूरे मूल्यांकन का १४० गुना।
स्थानीय क्षेत्र-६	=	पूरे मूल्यांकन का १२५ गुना।
स्थानीय क्षेत्र-७	=	पूरे मूल्यांकन का ११० गुना।
स्थानीय क्षेत्र-८	=	पूरे मूल्यांकन का ९५ गुना।
स्थानीय क्षेत्र-९	=	पूरे मूल्यांकन का ८५ गुना।

जो जमीन लगातार ३ साल बिना जोती रही होगी उसपर हरजाना उपर्युक्त हिसाब के अनुसार २५ प्रतिशत दिया जाएगा। जहाँ जमीन सिंचाई योग्य तथा अहस्तांतरणीय हो, इस राशि का दो तिहाई हरजाना दिया जाएगा।

हर हालत में हरजाना प्रति एकड़ २,००० रुपए से अधिक नहीं होगा।

इसके अलावा वृक्षों का बाजार मूल्य तथा स्थायी निर्माणों का घटाव मूल्य भी दिया जाएगा।

इस प्रकार कुल मूल्य यदि २०,००० रुपए से अधिक बनता है तो दस से २५ प्रतिशत की कटौती उसमें की जाएगी।

हरजाना नकद अथवा सरकारी ऋणपत्रों के रूप में या कुछ हिस्सा नकद

और शेष ऋणपत्रों के रूप में दिया जाएगा। (ऋणपत्र हस्तांतरणीय होंगे।)

अतिरिक्त भूमि का वितरण

काश्त की कीमत अदा करने के बाद अतिरिक्त भूमि का वितरण निम्न वरीयताओं के अनुसार किया जाएगा—

१. सहकारी संयुक्त खेती अथवा खेत मजदूरों, भूमिहीनों या छोटे खेतवाले किसानों या इन लोगों के समूहों द्वारा कृषि संस्थाएँ।

२. खेत मजदूर और भूमिहीन।

३. छोटे किसान।

उपर्युक्त दो और तीन में परिलक्षित व्यक्तियों में अनुसूचित जातियों एवं जनजातियों के लोगों को यथाक्रम पहले पसंद किया जाएगा। ऐसे लोगों ने एक से अधिक सहकारी समितियाँ स्थापित की हों तो वरीयता निम्नानुसार रहेगी—

१. शत-प्रतिशत अनुसूचित जनजातियों के लोगों की सहकारी समितियाँ।

२. कुछ जनजातियों के तथा कुछ अनुसूचित जातियों के लोगों की समितियाँ।

३. शत-प्रतिशत अनुसूचित जातियों के लोगों की समितियाँ।

४. ऐसी सहकारी समितियाँ जिनके सदस्यों में कोई भी अनुसूचित जातियों या जनजातियों का नहीं है।

फलोद्यानों की तथा सुचारु व्यवस्थापनवाली सटी हुई जमीनें, जिनको टुकड़ों में बाँट देने से उत्पादन पर असर पड़ेगा, पूरी-की-पूरी नियमानुसार आवंटित की जा सकेंगी। ऐसी जमीनों के वितरण के लिए भी वरीयता इस प्रकार होगी—

क. ऐसी सहकारी समिति, जिसके ६० प्रतिशत सदस्य अनुसूचित जातियों या जनजातियों या दोनों के हों।

ख. अन्य कोई भी सहकारी कृषि समिति।

ग. सरकारी या सरकार नियंत्रित निगम (जिसमें कंपनी भी शामिल)।

पूर्वलक्षित तिथि

२४ जनवरी, १९७१।

५. हरियाणा

शीर्षक एवं तिथि

हरियाणा भूमि चकबंदी कानून, १९७२।

चकबंदी की परिसीमा

पाँच सदस्यों तक के परिवारों के लिए—

क. साल में कम-से-कम दो फसलें ले सकनेवाली तथा सिंचाई का भरोसेमंद प्रबंधवाली जमीनें : ७.५ हेक्टेयर।

ख. भरोसेमंद सिंचाई व्यवस्थावाली साल भर में कम-से-कम एक फसल ले सकनेवाली जमीनें : १०.९ हेक्टेयर।

ग. फलोद्यानों समेत अन्य सभी जमीनें : २१.८ हेक्टेयर।

पाँच से अतिरिक्त प्रत्येक सदस्य के लिए चकबंदी सीमा का एक बटा पाँचवाँ हिस्सा जमीन अतिरिक्त दी जाएगी, बशर्ते कुल आवंटित जमीन चकबंदी सीमा के दूनी से अधिक न हो हो।

इकाई

पाँच से अधिक सदस्य न हो, ऐसा परिवार।

छूटें

राष्ट्रीय मार्गदर्शक सिद्धांतों के अनुसार ही चकबंदी सीमा से छूटें दी जाएँगी। तथापि हरियाणा सहकारी भू-बंधक बैंक द्वारा पट्टे पर दी गई जमीनें चकबंदी से मुक्त रहेंगी।

हरजाना व अदायगी की विधि

जमीन के मूल्यांकन के अनुसार—

१. पहले १० हेक्टेयर पर २,००० रुपए से २०० रुपए प्रति एकड़, जमीन की श्रेणी के अनुसार।

२. उसके बाद के २० हेक्टेयर जमीन के लिए १,७६० रुपए से १६० रुपए प्रति एकड़, जमीन की श्रेणी के अनुसार।

३. शेष जमीन पर १,६०० रुपए से १५० रुपए प्रति एकड़, जमीन की श्रेणी के अनुसार।

'आनावारी' के आधार पर जमीन की सोलह श्रेणियाँ की गई हैं। ये सोलह आने फसल देनेवाली से लेकर केवल आधा आना फसल देनेवाली जमीनों तक बनाई गई हैं। यह जमीन प्राप्त करनेवालों को उसकी कीमत ५ प्रतिशत ब्याज की दर से दस वार्षिक किस्तों में अदा करनी होगी। यह रकम नकद देनी होगी।

अतिरिक्त जमीन वितरण के प्रावधान

१. अनुसूचित जातियाँ तथा पिछड़े वर्गों के लोग।

२. भूमिहीन व्यक्ति।

३. खेत मजदूर।

४. काश्तकार।

५. भूतपूर्व सैनिक।

६. बेदखली के पात्र काश्तकार, अथवा

७. जिनके पास आश्वस्त सिंचाई की २ हेक्टेयर से कम जमीन है या उसके सममूल्य जमीन है।

ये जमीनें जिन्हें दी जाएँगी उन्हें उनके दाम ५ प्रतिशत ब्याज की वार्षिक दर से दस समान वार्षिक किस्तों में सरकार में जमा करने होंगे। किंतु यह रकम उसके लिए दिए गए मुआवजे से अधिक नहीं होनी चाहिए। पहली किस्त जमा करते ही जमीन का प्राप्तकर्ता उसका मालिक बन जाएगा। शेष रकम उस जमीन पर ऋण मानी जाएगी।

पूर्वलक्षित तिथि

२४ जनवरी, १९७१।

६. हिमाचल प्रदेश

शीर्षक एवं तिथि

हिमाचल प्रदेश चकबंदी कानून, १९७३।

चकबंदी की परिसीमा

पाँच सदस्योंवाले परिवार के लिए—

क. साल में दो फसलें लेने के लिए आश्वस्त सिंचाई-व्यवस्थावाली जमीन : १० एकड़।

ख. केवल एक फसल लेने के लिए आश्वस्त सिंचाई क्षमतावाली जमीन : १० एकड़।

ग. फलोद्यानों समेत अन्य जमीनें : ३० एकड़।

घ. किन्हीं विशिष्ट क्षेत्रों की अन्य जमीनें : ७० एकड़।

परिवार के पाँच सदस्यों के अतिरिक्त प्रत्येक ज्यादा नाबालिग सदस्य के लिए चकबंदी सीमा का पाँचवाँ हिस्सा जमीन अतिरिक्त दी जाएगी, बशर्ते कुल प्राप्त जमीन चकबंदी के दूनी से अधिक न हो।

परिवार के प्रत्येक बालिग सदस्य को भूमि प्राप्त करने के लिए स्वतंत्र इकाई माना जाएगा और उसके नाम अलग से भूमि दी जा सकेगी, बशर्ते इस तरह परिवार को प्राप्त कुल जमीन चकबंदी सीमा की दूनी से अधिक न हो।

इकाई

पाँच सदस्योंवाला परिवार।

छूटें

राष्ट्रीय मार्गदर्शक सिद्धांतों के अनुसार।

मुआवजा तथा देने की विधि

क. १० एकड़ तक की अतिरिक्त भूमि : लगान का ९५ गुना (कर, विशेष कर आदि को मिलाकर लगान की कुल राशि को आधार माना जाएगा)।

ख. १० से ३० एकड़ अतिरिक्त जमीन के लिए : कुल लगान का ७५ गुना।

ग. शेष अतिरिक्त भूमि पर : कुल लगान का ४५ गुना।

इसके अलावा उस जमीन पर मकान, अन्य निर्माण तथा कूपनलिका आदि के बाजार भावों के अनुसार बननेवाले मूल्य का ५० प्रतिशत भी दिया जाएगा, यदि ऐसा कोई निर्माण वितरणाधीन जमीन पर हो। इसके अलावा उस जमीन पर खड़ी फसल को काट लेने का अधिकार भी प्राप्तकर्ता को दिया जाएगा। मुआवजे की सारी रकम या तो एकमुश्त दी जाएगी या छह मासिक किस्तों में दी जाएगी। किस्तें किसी सूरत में दस से अधिक नहीं ही होंगी। अदायगी निर्धारित तरीके से की जाएगी।

भूमि वितरण के प्रावधान

राज्य सरकार इस अतिरिक्त भूमि के वितरण की ऐसी योजना तैयार करेगी, जिसके अंतर्गत यह जमीन भूमिहीन को और जिसके पास एक एकड़ से भी कम जमीन है उसे एक एकड़ पूरा करने के लिए आवश्यक मात्रा में दी जा सके। भूमिहीनों में प्रथम वरीयता अनुसूचित तथा अनुसूचित जनजातियों के लोगों को दी जाएगी।

पूर्वलक्षित तिथि

२४ जनवरी, १९७१।

७. जम्मू और कश्मीर

शीर्षक एवं तिथि

जम्मू और कश्मीर कृषि सुधार कानून, १९७२। (इस कानून पर काररवाई बाद में स्थगित की गई।)

चकबंदी की सीमा

फलोद्यान, जमीन, या दोनों—१२.५ मानक एकड़। विभिन्न क्षेत्रों में आम एकड़ के मूल्यांकन की तालिका के अनुसार १ मानक एकड़ १ रुपए के बराबर

होता है [संविधान अनुसूची(१)/भाग (क)]। यह मानकर विभिन्न श्रेणियों की जमीन की चकबंदी निम्नानुसार होगी—

१. सिंचाईवाली जमीन : ९.१ से १६.८ एकड़।

२. बिना सिंचाईवाली जमीन : १४.४ से २२.२ एकड़।

३. लद्दाख क्षेत्र (सभी श्रेणियों की जमीन) : १९.२ एकड़।

चकबंदी सीमा के अतिरिक्त फलोद्यानों की जमीन उसका मालिक रख सकता है, बशर्ते वह उसपर एक वार्षिक कर तथा विशेष अधिभार, कानून में दिए अनुसार अदा कर दे।

इकाई

पाँच सदस्योंवाला परिवार।

छूटें

१. चकबंदी क्षेत्र के अलावा, कोई व्यक्ति या परिवार अरक तथा काप की भूमि ४ मानक एकड़ तक और आवासी काम के लिए प्रयुक्त भूमि ४ कनाल तक रख सकता है।
२. लद्दाख में ईंधन तथा घास-चारे के लिए प्रयुक्त जमीनें।
३. मंदिरों, गिरजाघरों, मसजिदों, गुरुद्वारों आदि के स्थान। इन्हें चकबंदी सीमा तक जमीन रखने की अनुमति होगी।
४. सीमावर्ती इलाकों में विशिष्ट प्रकार की जमीनों को निहित शर्तों पर चकबंदी से छूट दी गई है।

मुआवजा व अदायगी की पद्धति

इस कानून में निहित प्रावधानों के तहत बनाए गए नियमों के अनुसार कितना मुआवजा देना है उसकी राशि निर्धारित की गई है।

अतिरिक्त भूमि के वितरण के प्रावधान

मातहत बनाए जानेवाले नियमों के अनुसार।

पूर्वलक्षित तिथि

१ सितंबर, १९७१।

८. कर्नाटक

शीर्षक एवं तिथि

कर्नाटक भूमि सुधार कानून, १९६१ तथा कर्नाटक विधानसभा द्वारा पारित संशोधन, १९७४।

चकबंदी की सीमा

पाँच सदस्यों तक संख्यावाले परिवार के लिए दस यूनिट। यह आम एकड़ की नाप के अनुसार निम्नानुसार होती है—

१. प्रथम श्रेणी की जमीन—यानी वह जमीन जिसे सरकारी सिंचाई साधनों से, नहरों या तालाबों से साल भर पानी आश्वस्त होता है और जो साल में धान की दो फसलें लेने की क्षमता रखती है : १० से १३ एकड़।

२. द्वितीय श्रेणी की जमीन—यानी वह जमीन जिसे सरकारी स्रोतों से साल में धान की एक फसल लेने के लिए पानी आश्वस्त होता है और वे जमीनें भी जिन्हें उन्हीं स्रोतों से उत्थापन-सिंचन का पानी साल में धान की दो फसलें लेने के लिए आवश्यक मात्रा में मिलता है : १५ से २० एकड़।

३. तृतीय श्रेणी की जमीनें—यानी १. उपरिनिर्दिष्ट प्रथम तथा द्वितीय श्रेणियों में न आनेवाली जमीनें जिन्हें सरकारी स्रोतों तथा उत्थापन-सिंचन से पानी मिलता है, २. वे जमीनें जो धान तथा क्षेत्रीय अनाज की फसलें वर्षा के पानी से ही लेती हैं तथा ३. वे जमीनें जो नदी का पानी उत्थापित करती हैं या सरकारी स्रोतों से लेने के लिए पंप आदि निजी साधनों का उपयोग करती हैं : २५ से ३० एकड़।

४. चतुर्थ श्रेणी की जमीनें—यानी बारानी जमीनें तथा उपरिनिर्दिष्ट तीनों श्रेणियों में न आनेवाली जमीनें : ५४ एकड़।

पाँच से अधिक प्रत्येक सदस्य के लिए दो यूनिट जमीन, बशर्ते कुल आवंटन चकबंदी सीमा से २ गुना से अधिक न हो।

शैक्षिक, धार्मिक अथवा धर्मादाय संस्थाओं अथवा सार्वजनिक स्वरूप की सोसाइटियों और न्यासों के लिए बीस यूनिट, बशर्ते उस जमीन से होनेवाली आमदनी का विनियोग संस्था के घोषित उद्देश्यों के लिए ही किया जाता हो। चीनी का कारखाना पचास यूनिट तक जमीन रख सकता है, जो अनुसंधान या बीजा-खेती या दोनों काम में लाई जाती हो।

इकाई

पाँच सदस्योंवाला परिवार।

छूटें

१. सरकारी स्वामित्व की जमीनें।

२. सरकार से २० साल से कम अवधि के लिए पट्टे पर ली हुई जमीनें।

३. स्थानीय अधिकरण की, या उससे पट्टे पर ली हुई, या अधिकरण के स्वामित्व की, कृषि उत्पादन विपणन समिति की, किसी विश्वविद्यालय की या मैसूर भूदान यज्ञ परिमंडल की जमीनें।

४. शौर्य पुरस्कार के रूप में दी गई जमीनें।

५. २४ जनवरी, १९७१ को अस्तित्व में रहीं तथा सरकार द्वारा स्वीकृत अश्वशालाओं की जमीनें।

६. LINALOE की खेती की जमीनें।

७. अनुसंधान, विकास या प्रसार के लिए कॉफी बोर्ड द्वारा प्रयुक्त जमीनें।

तथापि इस कानून के लागू होने के बाद, लिनालो (LINALOE) की खेती के लिए अर्जित जमीन मिलाकर लिनालो की खेती में लगी जमीन दस यूनिट से अधिक नहीं होनी चाहिए (इसमें पहले से ही लिनालो की खेती में लगी जमीन भी शामिल मानी जाएगी)।

राज्य सरकार अधिसूचना द्वारा यह निर्देश दे सकती है कि उपरिनिर्दिष्ट श्रेणियों में आनेवाली जमीनें इस कानून के अंतर्गत दी गई छूटों में शामिल नहीं मानी जाएँगी यानी चकबंदी से छूट नहीं मिलेगी, यदि वे पहले से ही सीमा से मुक्त हों।

मुआवजा तथा उसे देने की विधि

क. वार्षिक आमदनी के पहले ५,००० रुपए के १५ गुना या उसका अंश।

ख. दूसरे ५,००० रुपए की आमदनी का १२ गुना या उसका अंश।

ग. शेष आमदनी का १० गुना या उसका अंश।

चतुर्थ श्रेणी की जमीन पर उससे मिलनेवाली विशुद्ध आमदनी का २० गुना मुआवजा दिया जाएगा। ये मुआवजे की रकमें इस प्रकार दी जाएँगी—१. काश्तकार हो तो उसे वार्षिक आमदनी के बराबर की राशि। २. मालिक को—शेष रकम।

इसके अलावा कुएँ आदि स्थायी निर्माण इस जमीन पर हों, तो उनका भी मुआवजा दिया जाएगा। किंतु कुल अदायगी की रकम किसी भी हालत में २ लाख रुपए से अधिक नहीं होगी।

अतिरिक्त भूमि के वितरण प्रावधान

अनुसूचित जातियों तथा अनुसूचित जनजातियों के लोगों के लिए अतिरिक्त भूमि का ५० प्रतिशत आरक्षित किया जाएगा। साथ ही घोषित निर्बंधों तथा शर्तों का भी पालन किया जाएगा और फिर अतिरिक्त जमीन नीचे दिए तरीके से वितरित की जाएगी—

१. बेदखल किए गए भूमिहीन काश्तकार : कम-से-कम एक बुनियादी खेत।
२. भूमिहीन खेतिहर मजदूर : कम-से-कम एक बुनियादी खेत।
३. भूतपूर्व सैनिकों सहित भूमिहीन व्यक्तियों को, जिनकी विशुद्ध वार्षिक आमदनी २,००० रुपए से ज्यादा नहीं है : कम-से-कम एक बुनियादी खेत।
४. उसी या पड़ोस की तहसीलों के गाँवों में एक परिवार के गुजारे के लिए आवश्यक जमीन से भी कम जमीन रखनेवाले तथा जिनकी विशुद्ध वार्षिक आमदनी २,००० रुपए से ज्यादा नहीं है, ऐसे लोगों को : परिवार के गुजारे के लिए आवश्यक न्यूनतम जमीन में जितनी कमी रहती हो उतनी जमीन।

प्रथम, द्वितीय तथा तृतीय श्रेणी की जमीनों पर उनसे मिलनेवाली विशुद्ध वार्षिक आमदनी का १५ गुना तथा चतुर्थ श्रेणी की जमीनों पर उनसे मिलने वाली विशुद्ध वार्षिक आमदनी का २० गुना मुआवजा दिया जाएगा।

मुआवजे की यह रकम या तो एकमुश्त दी जाएगी अथवा समान वार्षिक किस्तों में, जिनकी संख्या बीस से अधिक नहीं होगी। इसका निर्धारण तहसीलदार करेगा। बकाया रकम पर ४ प्रतिशत दर से ब्याज भी दिया जाएगा। इस प्रकार दिया जानेवाला मुआवजा उस जमीन पर दिया ऋण माना जाएगा और भू-राजस्व के बकाए के रूप में मुजरा कर लिया जाएगा।

पूर्वलक्षित तिथि

२४ जनवरी, १९७१। (१८ नवंबर, १९६१ से किए गए सभी हस्तांतरण नहीं माने जाएँगे।)

९. केरल

शीर्षक एवं तिथि

केरल भूमि सुधार कानून, १९६३ (यथा संशोधित, १९६९)।

चकबंदी की परिसीमा

१. अविवाहित प्रौढ़ व्यक्ति अथवा परिवार के एकमात्र जीवित व्यक्ति के लिए : ५ मानक एकड़ अथवा ६ से ७.५ आम एकड़।
२. दो से पाँच व्यक्तियों के परिवार के लिए : १० मानक एकड़ अथवा १२ से १५ आम एकड़।

३. पाँच से अधिक सदस्योंवाले परिवार के लिए : १० मानक एकड़ तथा प्रत्येक अतिरिक्त व्यक्ति के लिए एक अतिरिक्त मानक एकड़ अथवा १२ से २० आम एकड़ अतिरिक्त।

४. संयुक्त परिवार के अतिरिक्त अन्य किसी भी व्यक्ति के लिए : १० मानक एकड़ अथवा १२ से १५ आम एकड़।

पाँच सदस्यों के परिवार के लिए अधिकतम सीमा २० एकड़।

इकाई

पाँच सदस्योंवाला परिवार।

छूटें

मुख्यतः राष्ट्रीय मार्गदर्शक सिद्धांतों के अनुसार ही, किंतु निम्न छूटें विशेष उल्लेखनीय हैं—

१. औद्योगिक या व्यापारिक प्रतिष्ठानों की जमीनों को तभी छूट मिलेगी, जबकि जिलाधिकारी द्वारा निर्देशित अवधि के भीतर निर्देशित कामों के लिए ही उन जमीनों का उपयोग किया जा रहा होगा।

२. मकानों की जमीन, यानी निवासी मकान जिसपर खड़े हैं, वह जमीन, जिसपर तालाब, कुएँ और अन्य ऐसे ही निर्माण, जो निवासी के लिए अत्यावश्यक हो, किए गए हैं।

३. शौर्य पुरस्कार के रूप में सुरक्षा दलों के लोगों को दी गई जमीनें।

४. (क) किन्हीं खास कामों के लिए प्रयुक्त जमीन। (ख) ऐसी जमीनें जिन्हें प्रामाणिकता से बागवानी में परिवर्तित करना है या जो वर्तमान बागवानी के विस्तार के लिए अथवा किन्हीं व्यापारिक/औद्योगिक/शैक्षणिक या धर्मादाय कामों के लिए अत्यावश्यक हैं।

५. निजी जंगलों की जमीनें।

६. नाबालिगों की न्यायालयों के अधीन जमीनें, इस कानून के लागू होने के तीन साल बाद तक।

७. किसी ऋण के लिए सरकार के पास गिरवी रखी जमीनें। इसी वजह से सहकारी समितियों तथा निगमों के पास गिरवी रखी जमीनें भी। किंतु निगमें सरकार-नियंत्रित हों। गिरवी से मुक्त होने तक ही ये जमीनें चकबंदी से मुक्त रहेंगी। इस कानून के लागू होने के तीन साल बाद ये छूटें समाप्त हो जाएँगी।

८. गोदामों समेत अन्य इमारतों के लिए सुरक्षित जमीनें।

९. मंदिरों, गिरजाघरों, मसजिदों व सभी प्रकार के मरघटों की जमीनें।
१०. व्यापारिक स्थानों की जमीनें।
११. शैक्षणिक संस्थाओं तथा उनके सुविधाजनक उपयोग के लिए व्याप्त जमीनें और खेलकूद के मैदान।
१२. इस कानून के लागू होने के बाद किसी विश्वविद्यालय, संस्था या सार्वजनिक न्यास द्वारा प्राप्त जमीनें, बशर्ते उन्हें सरकार की पूर्वानुमति प्राप्त हो।

मुआवजा तथा उसे अदा करने की विधि

जिसकी जमीन अतिरिक्त हो गई है उसे तथा जिसे वह प्राप्त हुई है, उन्हें निम्न दरों से मुआवजा दिया जाएगा—

भाग-१ : निम्न जिलों में गैर नील जमीन

त्रिवेंद्रम	
क्विलोन	पालघाट
अलेप्पी	मालापुरम्
कोट्टायम्	कोझीकोड़
अर्नाकलम्	कन्ननूर
त्रिचूर	

	दर प्रति एकड़ रुपए	
१. उद्यान-भूमि :		
नारियल वृक्ष	२,०००	१,६००
सुपारी का पेड़	२,०००	३,०००
काली मिर्च लताएँ	१,३००	७००
२. बारानी भूमि	७५०	५००
३. पाल्लियाल भूमि	५००	४००
४. पड़ती जमीन	४००	२००
५. अब तक खेती न की गई और जिसे जोतने के लिए भारी खर्च करना पड़ेगा, ऐसी जमीन	१००	१००
६. उपरोक्त वर्गों में न आनेवाली जमीन	५००	३००

भाग-२ : नील जमीनें—

१. दो फसलोंवाली जमीनें : २०० से १,३०० रुपए प्रति एकड़ (विभिन्न जिलों में।)

२. एक फसलवाली जमीनें : (विभिन्न जिलों में) ७०० से १,३०० रुपए। मुआवजा की रकम १ लाख रुपए से अधिक बनती हो, तो उसकी अदायगी निम्न दरों से की जाएगी : १ लाख रुपए—१०० प्रतिशत, बाद के ५० हजार रुपए—५० प्रतिशत, शेष २५ प्रतिशत। कुल मुआवजा किसी भी हालत में २ लाख रुपए से अधिक नहीं होगा।

मुआवजे की रकम या तो नकद दी जाएगी अथवा ऋणपत्रों के रूप में, जिनकी रकम १६ साल की अवधि पूरी होने के बाद ब्याज सहित पत्रधारक को वापस मिलेगी। इसपर ४.५ प्रतिशत ब्याज मिलेगा। ऐसा भी हो सकता है कि कुछ रकम नकद और कुछ ऋणपत्रों के रूप में दी जाए। इसकी पद्धति पहले तय कर ली जाएगी।

अतिरिक्त भूमि के वितरण के प्रावधान

क. ऐसी जमीन जिसपर कुडिकिडप्पुकर यानी भूमिहीन काश्तकार बसा हो, जमीन उसे दे दी जाएगी।

ख. शेष जमीनें (१) ८७.५ प्रतिशत भूमिहीन खेत मजदूरों को दी जाएँगी, जिनका ५० प्रतिशत अनुसूचित जातियों तथा अनुसूचित जनजातियों के लिए सुरक्षित होगा। (२) शेष १२.५ प्रतिशत जमीनें छोटे किसानों को तथा अन्य ऐसे जमींदारों को दी जाएँगी, जिन्हें कोई जमीन रखने का अधिकार था ही नहीं।

इस प्रकार दी जानेवाली जमीन एक एकड़ से अधिक नहीं होगी। जहाँ प्राप्तिकर्ता के पास पहले से ही कुछ जमीन है उसे उतनी ही जमीन दी जाएगी जिससे उसके पास कुल जमीन एक एकड़ हो जाए।

ऐसी जमीन की खरीद का दाम 'अनुसूची ४' में दिए दर के अनुसार होगा। इसे या तो एकमुश्त जमा करना होगा या सोलह समान वार्षिक किस्तों में। एकमुश्त रकम अथवा पहली किस्त जमा करते ही जमीन प्राप्तिकर्ता के नाम हो जाएगी। किस्तों में जमा करनेवालों को शेष किस्तों पर प्रतिवर्ष ४.५ प्रतिशत की दर से ब्याज देना पड़ेगा।

पूर्वलक्षित तिथि

१ जुलाई, १९६९।

१०. मध्य प्रदेश

शीर्षक एवं तिथि

मध्य प्रदेश कृषि भूमि चकबंदी कानून, १९६०।

चकबंदी की सीमा

क. जहाँ भूस्वामी का कोई परिवार नहीं है—

१. आश्वस्त सिंचाई तथा दो फसलोंवाली जमीन—१० एकड़ तथा एक फसलवाली जमीन—१५ एकड़।

२. आश्वस्त निजी सिंचाई दो फसलोंवाली जमीन—१२.५० एकड़ तथा एक फसलवाली जमीन—१८.७५ एकड़।

३. बारानी जमीन—३० एकड़।

ख. जहाँ प्राप्तिकर्ता पाँच या कम सदस्योंवाले परिवार का सदस्य हो—

१. आश्वस्त सरकारी या निजी सिंचाईवाली दो फसलोंवाली जमीन-१८ एकड़, एक फसलवाली जमीन—२७ एकड़।

ग. जहाँ प्राप्तिकर्ता पाँच से ज्यादा सदस्योंवाले परिवार का सदस्य हो—

१. जहाँ सरकारी या निजी सिंचाई की आश्वस्त व्यवस्था हो वहाँ दो फसलोंवाली जमीन—१८ एकड़ और पाँच से ज्यादा प्रत्येक सदस्य के लिए ३ एकड़ अतिरिक्त, बशर्ते अधिकतम जमीन ऐसे परिवार के लिए ३६ एकड़ रहे। एक फसलवाली जमीन २७ एकड़ और प्रत्येक अतिरिक्त सदस्य के लिए ९ एकड़, बशर्ते ऐसे परिवार की अधिकतम जमीन १०८ एकड़ रहे।

फलोद्यान तथा केलों के बगीचे और अंगूर लताओं की जमीन को बारानी जमीन माना जाएगा।

इकाई

पाँच सदस्यों तक का परिवार। जिनका कोई परिवार नहीं उनके लिए चकबंदी की सीमा थोड़ी कम होती है।

छूटें

सन् १९७२ में किए गए संशोधन द्वारा चकबंदी से दी जानेवाली छूटें राष्ट्रीय मार्गदर्शक सिद्धांतों के अनुसार तय की गईं। तथापि २४ जनवरी, १९७१ से पहले पंजीकृत सार्वजनिक न्यासों तथा वक्फों की जमीनों को भी चकबंदी से छूट दी गई, बशर्ते नियत तिथि को वह जमीन इन संस्थाओं की अपनी हो और उनकी आमदनी का उपयोग इन संस्थाओं के उद्देश्यों की पूर्ति के लिए ही किया जाता हो। विधि

द्वारा स्थापित विश्वविद्यालय की जमीनें भी चकबंदी से मुक्त रहेंगी।

इसके अलावा सरकार अधिसूचना जारी कर किसी भी जमीन को सार्वजनिक उपयोग के लिए चकबंदी से मुक्त कर सकती है।

मुआवजा तथा उसकी अदायगी की विधि

१. जहाँ जमीन का लगान प्रति एकड़ १ रुपया से कम हो, लगान का ५० गुना एकड़, न्यूनतम २० रुपए।

२. जहाँ भू-राजस्व प्रति एकड़ १ रुपया से अधिक किंतु २ रुपए से कम हो, ५० रुपए; और जितनी मात्रा में राजस्व प्रति एकड़ १ रुपया से अधिक हो, उसका ४५ गुना।

३. जहाँ राजस्व २ और ५ रुपए के बीच हो : ९५ रुपए रकम का ४० गुना जो प्रति एकड़ २ रुपए से अधिक हो।

४. जहाँ राजस्व ३ रुपए प्रति एकड़ से अधिक किंतु ४ रुपए प्रति एकड़ से कम हो, १३५ रुपए + उस रकम का ३५ गुना जो प्रति एकड़ ३ रुपए से अधिक हो।

५. जहाँ भू-राजस्व प्रति एकड़ ४ रुपए से अधिक किंतु ५ रुपए से कम हो, १७० रुपए + उस रकम का ३० गुना जो प्रति एकड़ ४ रुपए से अधिक हो।

६. जहाँ भू-राजस्व प्रति एकड़ ५ रुपए से अधिक किंतु ६ रुपए से कम हो, २०० रुपए + उस रकम का २५ गुना जो प्रति एकड़ ५ रुपए से अधिक हो।

७. जहाँ भू-राजस्व ६ रुपए प्रति एकड़ से अधिक हो, २२५ रुपए + उस रकम का २० गुना जो ६ रुपए प्रति एकड़ से अधिक हो।

जहाँ मुआवजे की रकम १,००० रुपए से अधिक न हो, वहाँ एकमुश्त नकद दिया जाएगा। इस अदायगी के लिए अधिक-से-अधिक ६ महीने ही लगाए जाएँगे। अन्य मामलों में कम-से-कम १,००० रुपए ६ माह के अंदर तथा शेष रकम अधिकतम १९ समान वार्षिक किस्तों में अदा कर दी जाएगी। आखिरी किस्त के अलावा कोई किस्त १०० रुपए से कम नहीं होगी। निर्धारित समय के अंदर यदि मुआवजे की राशि तय नहीं की जाती, तो अंतरिम अदायगी का भी प्रावधान किया गया है।

भूमि वितरण के प्रावधान

१ खेत मजदूर : (क) अनुसूचित जातियों तथा अनुसूचित जनजातियों के। (ख) अन्य लोग।

२. खेत मजदूरों तथा भूमिहीन लोगों की सहकारी संयुक्त कृषि समितियाँ।

३. खेत मजदूरों तथा भूमिहीनों की अधिक कुशल समितियाँ।

४. बेदखल किए गए काश्तकार।

५. सटे हुए भूखंडों के मालिक।

६. किसानों की संयुक्त कृषि समितियाँ।

७. किसानों की अधिक कुशल समितियाँ।

८. कोई भी अन्य सहकारी कृषि समितियाँ।

९. ऐसे किसान जिनके पास चकबंदी क्षेत्र से कम जमीन हो।

जहाँ प्राप्त जमीन फलोद्यान हो (केले और अंगूर लताओं को छोड़कर), प्राप्तिकर्ता फलोद्यान का सुचारु ढंग से संवर्धन करेगा।

ऐसी जमीन के लिए दिए जानेवाले मुआवजे जितनी किस्त इस जमीन के लिए प्राप्तिकर्ता को देनी होगी। यह रकम या तो एकमुश्त या आगामी कृषि वर्ष प्रारंभ होने के छह माह के अंदर जमा करे अथवा बीस समान वार्षिक किस्तों में। न दी गई रकम पर प्रतिवर्ष ३ प्रतिशत की दर से ब्याज भी देना होगा।

पूर्वलक्षित तिथि

२४ जनवरी, १९७१।

११. महाराष्ट्र

शीर्षक एवं तिथि

महाराष्ट्र कृषि भूमि (चकबंदी) कानून, १९६१, यथा संशोधित १९७५।

चकबंदी की परिसीमा

पाँच सदस्योंवाले परिवार के लिए—

१. आश्वस्त सिंचाई तथा साल में कम-से-कम दो फसलें लेने की क्षमता वाली जमीन : १८ एकड़।

२. आश्वस्त सिंचाई की कम-से-कम एक फसल साल में ले सकनेवाली जमीन : २७ एकड़।

३. सरकारी नहर या वर्षा के स्रोत से मौसम में ही सिंचाई प्राप्त यानी सिंचाई की आश्वस्त व्यवस्था न रखनेवाली जमीन : ३६ एकड़।

४. मुंबई के उपनगरों तथा अन्य विशिष्ट जिलों की बारानी जमीन : ३६ एकड़।

५. उपरिनिर्दिष्ट किसी भी श्रेणी में न आनेवाली बारानी जमीन : ५४ एकड़।

परिवार में पाँच के अतिरिक्त प्रत्येक सदस्य के लिए चकबंदी की २० प्रतिशत जमीन। किंतु कुल मिलाकर परिवार को प्राप्त जमीन चकबंदी सीमा से अधिकतम २ गुना ही रहेगी।

इकाई

पाँच सदस्योंवाला परिवार।

छूटें

आमतौर पर राष्ट्रीय मार्गदर्शक सिद्धांतों के ही अनुसार। तथापि विशिष्ट कृषि कार्य के फार्मों, जिन्हें निर्धारित पद्धति से स्वीकृत किया गया है, को एवं कृषि औद्योगिक निगमों को चकबंदी से मुक्त रखा गया है। इनके अलावा, संबंधित नियमों के अनुसार सरकार निम्न जमीनों को भी चकबंदी से मुक्त रख सकती है—

क. किसी सार्वजनिक न्यास या वक्फ द्वारा २६ सितंबर, १९७० से पहले प्राप्त की हुई जमीन, यदि उससे होनेवाली आमदनी का अधिकांश हिस्सा शिक्षा या वैद्यकीय सहायता कार्य अथवा दोनों के लिए खर्च किया जाता हो।

ख. किसी व्यक्ति द्वारा २६ सितंबर, १९७० से पहले अश्वशाला के लिए या किसी सार्वजनिक न्यास द्वारा या वक्फ द्वारा पिंजरापोल या गोशाला के लिए प्राप्त की हुई जमीन।

ग. किसी औद्योगिक उपक्रम द्वारा विशुद्ध औद्योगिक या अन्य गैर कृषि कार्य के लिए प्राप्त अथवा प्राप्त की जानेवाली जमीन।

मुआवजा व उसे अदा करने की विधि

क. अनुसूची में दर्ज किए अनुसार बारानी जमीन पर उसके कुल मूल्यांकन का १५० से २५० गुना।

ख. अन्य जमीनों पर, उनके मूल्यांकन का २५ से १०० प्रतिशत प्रति हेक्टेयर।

भूमि वितरण के प्रावधान

क. जमींदार द्वारा काश्तकारी कानून के अंतर्गत स्वयं खेती करने का कारण देकर बेदखल किए गए भूमिहीन काश्तकार।

ख. ऐसी जमीन पर काम कर रहे खेत मजदूर और अन्य तकनीकी कर्मचारी जिन्हें स्वयं खेती करने के बहाने रोजगार से हटाया गया, किंतु जमींदार ने स्वयं भी खेती नहीं की, ऐसी जमीन चकबंदी के कारण अतिरिक्त करार दी गई हो, तो।

ग. शेष ५० प्रतिशत भूमि वितरण के लिए अनुसूचित जातियों तथा अनुसूचित जनजातियों, विमुक्त घुमंतू जातियों तथा पिछड़े वर्गों के लोगों के लिए आरक्षित।

घ. शेष अतिरिक्त जमीन का वितरण निम्न वरीयता क्रमानुसार : (१) काश्त कानून के अंतर्गत जिन्हें बेदखल किया गया हो वे लोग यदि वितरण के लिए तैयार जमीन के ८ कि.मी. के भीतर ही रहते हों। (२) ऐसे व्यक्ति जिन्होंने अपनी जमीन विशिष्ट कंपनी या अधिकरण को पट्टे पर दी हो, किंतु जिसके बदले में कानून के अनुसार जिन्हें कोई अन्य जमीन न दी गई हो, जो उसी तहसील के निवासी हों जहाँ जमीन वितरित की जाने वाली है और जिनकी वार्षिक आमदनी कुल मिलाकर ४,००० रुपए से कम हो। (३) सेना-दलों के कार्यरत सदस्य, भूतपूर्व सैनिक तथा युद्ध में मारे गए सैनिक के आश्रित और (४) भूमिहीन व्यक्ति।

पूर्वलक्षित तिथि

२६ सितंबर, १९७०।

१२. उड़ीसा

शीर्षक एवं तिथि

उड़ीसा भूमि सुधार कानून, १९६०।

चकबंदी की परिसीमा

पाँच सदस्योंवाले परिवार के लिए : १० मानक एकड़, जो आम एकड़ों में निम्नानुसार परिवर्तित होते हैं—

१. प्रथम श्रेणी की जमीन, यानी सिंचाई की पूरी व्यवस्थावाली वह जमीन जिसमें साल में दो या अधिक फसलें ली जा सकती हैं : १० एकड़।
२. द्वितीय श्रेणी—सिंचाईवाली जमीन, जिसमें साल में एक फसल ली जाती है : १५ एकड़।
३. तृतीय श्रेणी—जिसमें धान की फसल ली जाती है : ३० एकड़।

४. चतुर्थ श्रेणी—यानी अन्य सभी जमीनें : ४५ एकड़।

परिवार के पाँच सदस्यों से ज्यादा प्रत्येक सदस्य के लिए दो मानक एकड़ अतिरिक्त अधिकतम सीमा चकबंदी क्षेत्र का १.८ गुना फलोद्यान, तालाब, नारियल-उद्यान (केले के बगीचे शामिल नहीं) आदि तृतीय श्रेणी की भूमि माने जाएँगे।

इकाई

पाँच सदस्योंवाला परिवार।

छूटें

१. विशेषाधिकार प्राप्त रैयत, पंजीकृत या पंजीकृत मानी जानेवाली सहकारी समिति, भूमि विकास बैंक की जमीन, पुरी के भगवान् जगन्नाथ मंदिर की जमीन, किसी न्यास या तत्सम संस्था की जमीन जो धार्मिक या धर्मादाय हो।
२. औद्योगिक या व्यापारिक अधिकरणों की जमीन जो गैर कृषि उद्देश्यों के लिए आवश्यक हो, बशर्ते ५ साल के अंदर—यह अवधि ८ साल तक बढ़ाई जा सकती है—उस काम में लगाई जाती हो।
३. चाय तथा कॉफी बागवानी की जमीनें।
४. कृषि विश्वविद्यालयों, कृषि विद्यालयों या महाविद्यालयों अथवा कृषि अनुसंधान में जुटी किसी भी संस्था की जमीनें।

मुआवजा व अदायगी की विधि

पहले दस मानक एकड़ के लिए	: ८०० रुपए प्रति मानक एकड़।
उसके बाद के दस मानक एकड़	: ६०० रुपए प्रति मानक एकड़।
उसके बाद के दस मानक एकड़	: ४०० रुपए प्रति मानक एकड़।
शेष सब के लिए	: २०० रुपए प्रति मानक एकड़।

इसके अतिरिक्त तालाबों, कुओं और स्थायी निर्माण कार्यों तथा उस जमीन पर खड़े वृक्षों के लिए उनके बाजार मूल्य की ५० प्रतिशत रकम दी जाएगी।

मुआवजे की राशि दस समान किस्तों में दी जाएगी। तथापि किसी भी समय, उस दस वर्ष की अवधि में, सरकार एकमुश्त शेष देय को स्वीकार कर सकती है।

अतिरिक्त भूमि वितरण के प्रावधान

७० प्रतिशत अनुसूचित जातियों तथा अनुसूचित जनजातियों के लोगों को उनकी उस ग्राम में जनसंख्या के अनुपात में दी जाएगी। शेष ३ प्रतिशत जमीनें निम्न वरीयताओं के अनुसार दी जाएँगी—

अ. भूमिहीन खेत मजदूरों द्वारा स्थापित सहकारी कृषि संस्थाएँ।

आ. जमीन जिस गाँव में हो उसके भूमिहीन खेत मजदूर या पड़ोसी गाँव के भूमिहीन खेत मजदूर।

इ. भूतपूर्व सैनिक या भारतीय सेना-दलों में कार्यरत सैनिक, जो इस भूमि वाले गाँव के हों।

ई. रैयत जो सटी हुई, एक एकड़ से कम, जमीन में स्वयं खेती करते हैं।

उ. उपर्युक्त श्रेणियों में वर्णित व्यक्ति उपलब्ध ही न हों, तो अन्य लोग।

पूर्वलक्षित तिथि

२६ सितंबर, १९७०।

१३. पंजाब

शीर्षक एवं तिथि

पंजाब भूमि सुधार कानून, १९७२।

चकबंदी की परिसीमा

पाँच सदस्योंवाले परिवार के लिए—

क. आश्वस्त सिंचाई तथा साल में कम-से-कम दो फसलें ले सकनेवाली जमीन : ७ हेक्टेयर।

ख. साल में एक ही फसल लेने के लिए आश्वस्त सिंचाई उपलब्ध जमीन : ११ हेक्टेयर।

ग. बारानी जमीन : २०.५ हेक्टेयर।

घ. अन्य श्रेणियों की, जिनमें बंजर भूमि भी शामिल है, जमीन : सिंचाई की सघनता कितनी है, उत्पादकता कितनी है, उपजाऊता की मात्रा कितनी है आदि बातों का विचार करते हुए तथा प्रत्येक भूमि का मूल्यांकन ध्यान में रखते हुए, एवं उपर्युक्त क, ख तथा ग श्रेणियों में उल्लेखित जमीनों का भी ध्यान रखते हुए सीमा तय की जाएगी।

जहाँ उपलब्ध जमीनें दो या अधिक श्रेणियोंवाली हैं, वहाँ चकबंदी की अधिकतम सीमा प्रत्येक श्रेणी के मूल्यांकनों के अनुसार तय की जाएगी। किंतु वह २१.८ हेक्टेयर से अधिक नहीं होगी।

पाँच सदस्योंवाले परिवार के प्रत्येक अतिरिक्त सदस्य को चकबंदी की २० प्रतिशत अतिरिक्त जमीन दी जाएगी, किंतु इसकी अधिकतम मात्रा चकबंदी सीमा के १.६ गुना ही रहेगी।

इकाई

पाँच सदस्यों तक वाला परिवार।

छूटें

राष्ट्रीय मार्गदर्शक सिद्धांतों के अनुसार।

सूचना—केंद्रीय सरकार, राज्य सरकारों, स्थानीय स्वराज्य संस्थाओं, शैक्षणिक संस्थाओं की जमीनें चकबंदी से मुक्त रहेंगी। किंतु उन्हें प्राप्त यह छूट, उन जमीनों को पट्टे करनेवालों को नहीं मिलेगी।

मुआवजा तथा अदायगी की विधि

१. प्रथम ३ हेक्टेयर जमीन : उचित भाड़े के १२ गुना, बशर्ते अधिकतम ५,००० रुपए प्रति हेक्टेयर।
२. उसके बाद की ३ हेक्टेयर जमीन : उचित भाड़े के ९ गुना। अधिकतम ३,७०० प्रति हेक्टेयर।
३. शेष जमीन : उचित भाड़े का ६ गुना, अधिकतम २,५०० रुपए प्रति हेक्टेयर। (उचित भाड़ा, यानी निर्धारित तरीके से तय किए गए कुल उत्पादन का २० प्रतिशत।)

मुआवजा या तो एकमुश्त अथवा निर्धारित तरीके से छमाही किस्तों में, जिनकी अधिकतम संख्या पंद्रह होगी, दिया जाएगा।

अतिरिक्त भूमि वितरण के प्रावधान

क. अतिरिक्त जमीन का स्वामित्व काश्तकारों को दिया जाएगा।
ख. काश्तकारों, अनुसूचित जातियों तथा पिछड़े वर्गों एवं भूमिहीन खेत मजदूरों को प्रथम श्रेणी की २ हेक्टेयर या उसकी सममूल्य जमीन इस तरह दी जाएगी कि प्राप्तिकर्ता की अपनी या पट्टे पर ली हुई जमीन का क्षेत्र २ हेक्टेयर प्रथम श्रेणी की जमीन से अधिक नहीं होगा।

पूर्वलक्षित तिथि

२४ जनवरी, १९७१।

१४. राजस्थान

शीर्षक एवं तिथि

राजस्थान कृषि भूमि चकबंदी कानून, १९७३।

चकबंदी की परिसीमा

पाँच सदस्यों तक के परिवार के लिए—

१. आश्वस्त सिंचाईवाली साल में कम-से-कम दो फसलें लेने की क्षमतावाली जमीन : १८ एकड़।
२. आश्वस्त सिंचाईवाली साल में कम-से-कम एक फसल ले सकने की क्षमतावाली जमीन : २७ एकड़।
३. २८ जुलाई, १९७२ को फलोद्यानों की जमीन : ५४ एकड़।
४. इन तीनों श्रेणियों में न आनेवाली और उर्वर क्षेत्र* में आनेवाली जमीन : ४८ एकड़।
५. उपरिनिर्दिष्ट किसी भी श्रेणी में न आनेवाली और अर्ध-उर्वर क्षेत्र* में आनेवाली जमीन : ५४ एकड़।
६. उपरिनिर्दिष्ट सभी श्रेणियों से बाहर और पहाड़ी क्षेत्र* में आनेवाली जमीन : ५४ एकड़।
७. ऊपर दी हुई किसी भी श्रेणी में न आनेवाली और अर्ध-रेगिस्तानी क्षेत्र* में आनेवाली जमीन : १२५ एकड़।
८. उपर्युक्त किसी भी श्रेणी में न आनेवाली रेगिस्तानी क्षेत्र* की जमीन : १७५ एकड़।

पाँच के बाद प्रत्येक अतिरिक्त परिवार-सदस्य के लिए चकबंदी की २० प्रतिशत अतिरिक्त जमीन, अधिकतम सीमा चकबंदी की दुगुनी।

कुएँ का पानी लेकर सिंचित की जानेवाली जमीन एक और दो में वर्णित श्रेणी की जमीन नहीं मानी जाएगी। उसे चार में वर्णित श्रेणी की जमीन माना जाएगा।

व्यक्ति या परिवार के लिए घोषित जमीन जहाँ धारा ४० के तहत रद्द किए गए कानूनों के अनुसार चकबंदी सीमा से अधिक होगी, वहाँ चकबंदी सीमा रद्द हुए कानूनों के अनुसार ही सीमित की जाएगी।

इकाई

पाँच सदस्योंवाला परिवार।

छूटें

अ. केंद्रीय सरकार या केंद्रीय अथवा राज्यीय कानून द्वारा स्थापित निगम की जमीन।
आ. २६ सितंबर, १९७० को या उससे पूर्व पंजीकृत सहकारी कृषि समिति की जमीन।

* अनुसूची में परिभाषित।

इ किसी बैंक या सहकारी भूमि–विकास बैंक या अन्य किसी भी सहकारी बैंक द्वारा अपना ऋण बकाया वसूलने के लिए प्राप्त की हुई जमीन।

ई. धार्मिक या धर्मादाय न्यास, जिनमें सार्वजनिक स्वरूप का वक्फ भी शामिल रहेगा, या गोशाला की २६ सितंबर, १९७० को अथवा उससे पहले ही दर्ज जमीन।

उ. सार्वजनिक स्वरूप की शैक्षणिक या अनुसंधान संस्थाओं के अधीन जमीन, यदि उससे प्राप्त आमदनी पूरी–की–पूरी संस्थाओं के ही कामों के लिए विनिमयित की जाती है।

ऊ. सरकार की विशेष अधिसूचना द्वारा सार्वजनिक उद्देश्य के लिए आवश्यक घोषित जमीन।

मुआवजा व अदायगी की विधि

१. अतिरिक्त भूमि की पहली ७.४ एकड़ जमीन : उचित भाड़े का १२ गुना, अधिकतम रुपए १,६०० से विभिन्न श्रेणियों के अनुसार ७५ रुपए प्रति एकड़।

२. बाद की ७.५ हेक्टेयर जमीन : उचित भाड़े का ९ गुना, अधिकतम १,४०० रुपए से विभिन्न श्रेणियों के अनुसार ६५ रुपए प्रति एकड़।

३. शेष अतिरिक्त जमीन : उचित भाड़े का ६ गुना, अधिकतम १,२८० रुपए से विभिन्न श्रेणियों के अनुसार ६० रुपए प्रति एकड़।

'उचित भाड़ा' यानी सकल उत्पादन का २० प्रतिशत। मुआवजा या तो एकमुश्त दिया जाएगा, यदि वह ५०० रुपए तक हो। पाँच समान किस्तों में वह अदा किया जाएगा, यदि देय रकम ५०० से ५,००० रुपए के बीच हो। जहाँ देय रकम ५,००० रुपए से अधिक हो, वहाँ वह दस समान किस्तों में अदा की जाएगी।

वितरण के प्रावधान

अतिरिक्त जमीन वरीयता के आधार पर भूमिहीन खेत मजदूरों को, विशेषतः अनुसूचित जातियों/जनजातियों के खेत मजदूरों को इस कानून के तहत बनाए जानेवाले नियमों के अनुसार निर्धारित मात्रा में तथा शर्तों पर दी जाएगी।

पूर्वलक्षित तिथि

२६ सितंबर, १९७०।

१५. तामिलनाडु

शीर्षक एवं तिथि

तामिलनाडु भूमि सुधार (चकबंदी निर्धारण) कानून, १९६१, यथा संशोधित।

चकबंदी की परिसीमा

पाँच सदस्यों तक के परिवार के लिए—१५ मानक एकड़। (१ मानक एकड़ सिंचाईयुक्त सर्वोत्तम दरजे की जमीन के जमीन के ०.८ एकड़ से बारानी जमीन के ४ एकड़ के बराबर होता है।)

परिवार के प्रत्येक अतिरिक्त सदस्य के लिए ५ मानक एकड़ अतिरिक्त जमीन, किंतु परिवार के पास कुल जमीन ३० मानक एकड़ से अधिक नहीं होगी।

इस कानून के लागू होने की तिथि को शैक्षणिक संस्थाओं के पास रही जमीन की चकबंदी निम्नानुसार होगी, बशर्ते उस दिन वह जमीन इन संस्थाओं की अपनी जमीन होगी—

१. किसी भी विश्वविद्यालय से संलग्न अथवा मान्यता प्राप्त महाविद्यालय : ४० मानक एकड़।
२. सरकार या विश्वविद्यालय द्वारा मान्यताप्राप्त उच्च विद्यालय या उसके समकक्ष अन्य विद्यालय : २० मानक एकड़।
३. कोई भी प्रारंभिक अथवा उच्च प्रारंभिक विद्यालय या अन्य समकक्ष संस्था, जिसे सरकारी मान्यता प्राप्त हो : १० मानक एकड़।
४. कोई भी छात्रावास, पॉलिटेकनिक संस्था, कृषि विद्यालय या कोई अनाथालय : २५ एकड़।

इकाई

पाँच सदस्योंवाला परिवार।

छूटें

मोटे तौर पर राष्ट्रीय मार्गदर्शक सिद्धांतों के अनुसार। तथापि धारा ३७ (क) के तहत यदि किसी औद्योगिक या व्यापारिक प्राधिकरण ने अपनी किसी जमीन को चकबंदी से मुक्त रखने की याचिका दायर की और उसे इसकी अनुमति दी गई है, तो वह प्राधिकरण चकबंदी सीमा से अधिक जमीन रख सकता है।

शौर्य पुरस्कार के रूप में दी गई जमीन पुरस्कार प्राप्त व्यक्ति के जीवन काल में चकबंदी से मुक्त रहेगी।

१ जुलाई, १९५९ से पहले जिस जमीन को बागवानी में अथवा सुपारी बागों में परिवर्तित कर दिया गया हो, वह जमीन जब तक इसी स्वरूप में काम में लाई

जाती है, चकबंदी से मुक्त रहेगी।

इस कानून के लागू होने की तिथि को जो जमीन केवल ईंधन लकड़ी के पेड़ लगाने के ही काम आती रही, चकबंदी से मुक्त रहेगी। साथ ही कूनन की तिथि को कोई भी जमीन, जो बागानों के बीच में हो या बागानों से सटी हो और जिसके लिए भूमि परिमंडल से आवश्यक अनुमति प्राप्त कर ली गई हो, भी चकबंदी से मुक्त रहेगी।

चीनी कारखानों का केवल अनुसंधान तथा बीजा तैयार करने के लिए ही १०० मानक एकड़ जमीन रखने की अनुमति है।

मुआवजा व अदायगी की विधि

१. उस जमीन से प्राप्त वार्षिक आमदनी के पहले ५,००० रुपए या उनके अंश का : १२ गुना या अंश

२. उसके बाद के ५,००० रुपए या उनके अंश का : ११ गुना या अंश

३. उसके बाद के ५,००० रुपए या उनके अंश का : १० गुना या अंश

४. उसके बाद के ५,००० रुपए या उनके अंश का : ९ गुना या अंश

५. उसके बाद के ५,००० रुपए या उनके अंश का ५,००० रुपए या : ८ गुना या अंश

६. उसके बाद के ५,००० रुपए या उनके अंश का ५,००० रुपए या : ७ गुना या अंश

७. उसके बाद के ५,००० रुपए या उनके अंश का ५,००० रुपए या : ८ गुना या अंश

८. उसके बाद के ५,००० रुपए या उनके अंश का ५,००० रुपए या : ५ गुना या अंश

९. उसके बाद के ५,००० रुपए या उनके अंश का ५,००० रुपए या : ४ गुना या अंश

१०. उसके बाद के ५,००० रुपए या उनके अंश का ५,००० रुपए या : ३ गुना या अंश

११. शुद्ध वार्षिक आमदनी के शेष पर : २ गुना या अंश

यह रकम या तो नकद या ऋणपत्रों के रूप में अथवा जैसे सरकार उचित समझे—नकद तथा ऋणपत्रों दोनों रूपों में अदा करेगी।

भूमि वितरण के प्रावधान

१. जमीन जोतनेवाला किसान जिसे इस अतिरिक्त जमीन के कारण पूरी तरह से बेदखल होना पड़ा है।
२. इस कानून के प्रावधानों के कारण जिन्हें पूर्णतया बेदखल होना पड़ा है।
३. इस कानून के प्रावधानों के कारण जिनकी अपनी जमीन कुछ तो काश्त की तथा कुछ स्वामित्व की तीन मानक एकड़ से कम हो गई हो।
४. अनुसूचित जातियों/जनजातियों के भूमिहीन खेत मजदूर।
५. भूतपूर्व सैनिक।
६. प्रावधान चार में वर्णित लोगों के अतिरिक्त भूमिहीन खेत मजदूर।
७. काश्त करनेवाला किसान, जिसके पास तीन मानक एकड़ से कम भूमि हो।
८. ब्रह्मदेश या श्रीलंका से आए भारतीय।
९. भूमिहीन खेत मजदूरों द्वारा स्थापित सहकारी खेती समिति।

सरकार द्वारा अधिगृहीत चीनी कारखानों की जमीन यदि अतिरिक्त घोषित होती है, तो उसका विनियोग सरकारी या सरकार नियंत्रित निगम के द्वारा गन्ने की खेती के लिए किया जा सकता है।

इस प्रकार आवंटित जमीन की कीमत किस तरह सरकार में जमा करनी होगी, इस कानून के तहत बनाए गए नियमों में विस्तार से दिया गया है।

पूर्वलक्षित तिथि

अधिसूचित तिथि से पहले, किंतु इस कानून के लागू होने के बाद किए गए जमीनों के सभी हस्तांतरण अवैध माने जाएँगे, यदि वे इस कानून के उद्देश्यों को विफल करने के लिए किए गए हों।

१६. त्रिपुरा

शीर्षक एवं तिथि

त्रिपुरा भू-राजस्व तथा भूमि सुधार कानून, १९६० यथा संशोधित १९६४ के कानून द्वारा।

चकबंदी की परिसीमा

दो से पाँच सदस्योंवाले परिवार के लिए चार मानक एकड़, यानी (१) लुंगा या नाल भूमि—४ हेक्टेयर और (२) तिल्ला भूमि-१२ हेक्टेयर। पाँच से ज

यादा सदस्य हों तो प्रत्येक अतिरिक्त सदस्य के लिए ०.६० मानक हेक्टेयर (या ०.६० से १.८० हेक्टेयर)। अतिरिक्त आवंटित जमीन को मिलाकर परिवार के लिए अधिकतम भूमि सीमा ७.२० हेक्टेयर।

अविवाहित प्रौढ़ या परिवार के एकमात्र जीवित सदस्य के लिए दो मानक हेक्टेयर (यानी २ से ६ हेक्टेयर तक) जमीन।

न्यासों या समर्पित संस्थाओं की जमीन, यदि सार्वजनिक स्वरूप की न हो, लाभार्थियों की ही जमीन मानी जाएगी। सहकारी समिति, कंपनी या सहकारी कृषि संस्था, अविभाजित हिंदू परिवार या फर्म की जमीन इनके प्रत्येक सदस्य की चकबंदी के जोड़ से अधिक नहीं होगी।

इकाई

पाँच सदस्योंवाला परिवार। तथापि, एकमात्र जीवित सदस्य या अविवाहित प्रौढ़ सदस्य के लिए अधिकतम सीमा कम की गई है।

छूटें

१. चाय, कॉफी या रबड़ की बागवानी के लिए प्रयुक्त तथा इनके पूरक उद्देश्य के लिए उपयोग में लाई गई जमीनें।

२. सहकारी समिति की जमीनें।

इस कानून के प्रावधानों से किसी भी श्रेणी की जमीन को चकबंदी से मुक्त रखने का सरकार को अधिकार दिया गया है।

मुआवजा तथा अदायगी की विधि

भू-राजस्व के निर्धारित गुना रकम मुआवजा के रूप में निम्न तालिकानुसार दी जाएगी—

भू-राजस्व की रकम	*मुआवजे की रकम*
१. भू-राजस्व १२५ रु. तक	राजस्व का १०० गुना।
२. उसके बाद के १२५ रु. या अंश	राजस्व का ९० गुना।
३. उसके बाद २५० रु. या अंश	राजस्व का ८५ गुना।
४. उसके बाद ५०० रु. या अंश	राजस्व का ६० गुना।
५. उसके बाद २,५०० रु. या अंश	राजस्व का ५० गुना।
६. शेष जमीन के लिए	राजस्व का ३० गुना।

जब अतिरिक्त भूमि उप-रैयत के अधीन हो, मुआवजा रैयत तथा उप-रैयत के बीच में बाँटा जाएगा। भवन, अन्य निर्माण, वृक्ष आदि उस जमीन पर खड़े हों, तो बाजार मूल्यों के अनुसार उनका भी मुआवजा दिया जाएगा। मुआवजे की रकम

नकद या किस्तों में अथवा ऋणपत्रों के रूप में अदा की जाएगी।

अतिरिक्त जमीन वितरण के प्रावधान

इस कानून के अंतर्गत बनाए जानेवाले नियमों के अनुसार।

पूर्वलक्षित तिथि

२४ जनवरी, १९७१।

१७. उत्तर प्रदेश

शीर्षक एवं तिथि

उत्तर प्रदेश चकबंदी कानून, १९६०, यथा संशोधित कानून १८, १९७३ द्वारा।

चकबंदी की परिसीमा

पाँच सदस्योंवाले परिवार के लिए—

१. सिंचाईयुक्त जमीन—७.३० हेक्टेयर,

२. सिंचाईरहित जमीन—१०.९५ हेक्टेयर,

३. वृक्षवाटिकाओं की जमीन—१८.२५ हेक्टेयर तथा

४. ऊसर जमीन—१८.२५ हेक्टेयर

५. विशिष्ट क्षेत्रों में सिंचाईरहित जमीन—१८.२५ हेक्टेयर।

चकबंदी की सीमा परिवार के पाँच से ज्यादा प्रत्येक सदस्य के लिए दो सिंचाईयुक्त हेक्टेयर से बढ़ाई जाएगी, बशर्ते कुल चकबंदी ६ हेक्टेयर से अधिक न हो। प्रत्येक प्रौढ़ पुत्र के लिए २ हेक्टेयर सिंचित भूमि या इतनी भूमि दी जाएगी, जिससे उसके नाम पर २ हेक्टेयर जमीन हो जाए, बशर्ते बढ़ोतरी ६ हेक्टेयर से अधिक न हो।

काश्तकार यदि कृषि शिक्षा देनेवाला स्नातक-महाविद्यालय हो तो उसे २० हेक्टेयर सिंचाईयुक्त जमीन दी जाएगी। वह यदि इंटर तक कृषि शिक्षा देनेवाला महाविद्यालय हो तो १२ हेक्टेयर सिंचाईयुक्त जमीन दी जाएगी। इसके अतिरिक्त जो भी काश्त हो—७.३ हेक्टेयर सिंचित भूमि प्राप्त करने का हकदार होगा।

(१ हेक्टेयर सिंचाईयुक्त जमीन १.५ हेक्टेयर सिंचाईरहित या २.५ हेक्टेयर वृक्षवाटिकावाली या ऊसर जमीन के बराबर होती है।)

इकाई

पाँच सदस्योंवाला परिवार।

छूटें

केंद्रीय/राज्य सरकारों, स्थानीय स्वयंसेवी संस्थाओं, सरकारी या सरकार

नियंत्रित कंपनी या निगम, विश्वविद्यालय, स्नातकोत्तर महाविद्यालय, बैंकिंग कंपनी/सहकारी बैंक/सहकारी भूमि-विकास बैंक तथा भूदान यज्ञ समिति की जमीनें चकबंदी से मुक्त रहेंगी। इनके अलावा निम्न जमीनें भी चकबंदी सीमा से छूट प्राप्त कर सकेंगी—

क. निवासी मकान की जमीन।

ख. २४ जनवरी, १९७१ को या उससे पहले अश्वशाला के लिए प्राप्त जमीन : निर्धारित की जानेवाली मात्रा तक।

ग. १ मई, १९५९ से सार्वजनिक, धार्मिक या धर्मादाय न्यासों, वक्फ, समर्पित संस्थाओं द्वारा प्रयुक्त जमीनें, बशर्ते उनसे संस्थाओं को प्राप्त होनेवाली पूरी आमदनी धार्मिक या धर्मादाय कामों के लिए ही विनियुक्त की जाती हो।

घ. पंजीकृत गोशालाओं की जमीन निर्धारित सीमा तक।

च. इस कानून के लागू होने के बाद किसी सरकारी पट्टेदार को, सुधारने तथा किन्हीं विशिष्ट फसलों की खेती के लिए अथवा पूर्व निर्धारित उद्देश्यों के लिए दी गई जमीनें।

मुआवजा व अदायगी की विधि

विभिन्न प्रकार के जमींदारों से अधिगृहीत जमीनों का मुआवजा निम्नानुसार दिया जाएगा—

अ. भूमिदारों को—भू-राजस्व का ८० गुना अथवा आनुवंशिक दर के अनुसार निर्धारित दर से बननेवाले राजस्व का ४० गुना, इनमें जो अधिक होगा। उसमें इन दो पद्धतियों से बननेवाले राजस्व में जो अंतर होगा उसका २० गुना मिलाया जाएगा, जहाँ इस प्रकार देय भू-राजस्व आनुवंशिक दर से बननेवाले राजस्व से कम होगा।

आ. भूमिदार को उसके असामी द्वारा जोती जानेवाली अतिरिक्त भूमि के लिए—१. यदि असामी के पास वह जमीन निरंतरता से हो तो, (अ) में किए गए जोड़ का एक बटा आठ। २. असामी यदि केवल अपने जीवन काल के लिए ही वह जमीन रखता हो तो, (अ) की गणना का पाँच बटा आठ। ३. यदि असामी विशिष्ट अवधि के लिए ही उस जमीन को रखता हो तो, (उ-३) के अनुसार बनती राशि को (अ) में वर्णित गणना से बनी राशि से घटाकर शेष।

इ. सरदार को—आनुवंशिक दर से बननेवाले राजस्व का २० गुना और

जहाँ देय भू-राजस्व उससे कम हो, वहाँ दोनों गणना में पड़नेवाले अंतर का २० गुना और अतिरिक्त।

ई. असामी को—जो ग्राम सभा या स्थानीय अधिकारी हो तो, उसके द्वारा जमा किए जानेवाले भाड़े का ५ गुना।

उ. असामी को वह (इ) में वर्णित के अलावा हो तो (१) निरंतरता से प्राप्त जमीन के लिए (अ) में वर्णित गणना का सात बटा आठ। (२) जीवन काल तक ही प्राप्त जमीन के लिए (अ) में वर्णित गणना का तीन बटा आठ। ३.विशिष्ट अवधि के लिए ही प्राप्त जमीन के लिए आनुवंशिक दर से बनते राजस्व का आधा। आनुवंशिक दर—अवधि की मियाद के प्रत्येक वर्ष के लिए गिनी जाएगी और उसकी अधिकतम राशि इस प्रकार निकाली राजस्व राशि की ३५ गुना होगी।

उन क्षेत्रों में जहाँ उत्तर प्रदेश जमींदारी निर्मूलन तथा भूमि सुधार कानून, १९५० लागू नहीं होता—

क. उपभोक्ता होने, स्वामित्व होने, पीढ़ियों से काश्त करने तथा किफायती भाड़ा देने के कारण जिन लोगों को लाभ मिलना है उनको : आनुवंशिक दर जहाँ लागू हो वहाँ उसका २० गुना, और जहाँ भाड़ा इस राशि से कम बनता हो तो दोनों में पड़ने वाले अंतर का २० गुना और अतिरिक्त।

ख. अन्य काश्त : देय भाड़े का ५ गुना।

अतिरिक्त भूमि वितरण के प्रावधान

क. किसी ग्राम में सामुदायिक कामों के लिए कोई जमीन उपलब्ध नहीं हो, या जो उपलब्ध है वह १५ एकड़ से कम हो, तो वहाँ ऐसे कामों के लिए १५ एकड़ तक जमीन दी जाएगी।

ख. शेष जमीन का वितरण निम्न वरीयताओं के अनुसार होगा—

१. कृषि, बागवानी या पशु-संवर्धन विषयों की शिक्षा दे रही मान्यताप्राप्त शैक्षणिक संस्था।

२. भूमिहीन खेत मजदूर।

३. भूमि अधिग्रहण कानून के तहत जिसकी जमीन अनिवार्यतः अधिगृहीत कर ली जाने के कारण भूमिहीन बना उस मंडल का निवासी।

४. उस मंडल में रहनेवाला सेना-दलों से निवृत्त, मुक्त या सेवामुक्त किया गया व्यक्ति।

५. मंडलनिवासी स्वतंत्रता सेनानी, जो भूमिहीन है और जिसे कोई पेंशन आदि नहीं मिल रही है।
६. अनुसूचित जाति या जनजाति का भूमिहीन खेत मजदूर।
७. मंडलनिवासी कोई भी अन्य भूमिहीन खेत मजदूर।
८. भूमिदार, सरदार या असामी जिसके पास १.२६ हेक्टेयर से कम जमीन हो।
९. अन्य कोई भी व्यक्ति।

पूर्वलक्षित तिथि

२४ जनवरी, १९७१।

१८. पश्चिम बंगाल

शीर्षक एवं तिथि

पश्चिम बंगाल भूमि सुधार (संशोधन) कानून, १९७२।

चकबंदी की परिसीमा

१. प्रौढ़ अविवाहित व्यक्ति के लिए — २.५ मानक हेक्टेयर
२. परिवार के एकमात्र जीवित सदस्य के लिए — २.५ मानक हेक्टेयर
३. पाँच तक सदस्योंवाले परिवार के लिए — ५ मानक हेक्टेयर
४. पाँच से अधिक सदस्योंवाले परिवार के पाँच के बाद प्रत्येक अतिरिक्त सदस्य के लिए चकबंदी से अधिक ०.०५ मानक हेक्टेयर, अधिकतम सीमा कुल ७ मानक हेक्टेयर
५. अन्य कोई भी रैयत — ७ मानक हेक्टेयर

जहाँ रैयत के पास बागवानी की जमीन है, उसे उसके पास अन्य जमीन हो या न हो, चकबंदी सीमा से २ मानक हेक्टेयर अतिरिक्त जमीन दी जाएगी या बागवानी की वह जमीन रखने की अनुमति दी जाएगी, जो भी कम हो।

१ मानक हेक्टेयर = १ हेक्टेयर सिंचित क्षेत्र = १.४० हेक्टेयर कोई भी अन्य क्षेत्र और बागवानी की भूमि।

इकाई

पाँच से अधिक सदस्य न होनेवाला परिवार। तथापि एक प्रौढ़ अविवाहित व्यक्ति या परिवार के एकमात्र जीवित सदस्य के लिए केवल २.५० हेक्टेयर भूमि रखने की ही अनुमति दी जाएगी।

छूटें

१. किसी स्थानीय अधिकरण की, जो विधि द्वारा स्थापित संस्था या प्राधिकरण हो, भूमि।

२. दार्जिलिंग जैसे जिले की अधिसूचित पहाड़ी भूमि।

यदि किसी धार्मिक या धर्मादाय संस्था आदि को अपने दायित्वों को निभाने के लिए भूमि की आवश्यकता हो तो सरकार अधिसूचना द्वारा उस संस्था को चकबंदी से अतिरिक्त जमीन दे सकती है, बशर्ते संस्था उस जमीन को आमदनी का जरिया न बनाए।

मुआवजा तथा अदायगी की विधि

विशुद्ध आमदनी के पहले ५०० रुपए या कम का	२० गुना।
उसके बाद के ५०० रुपए आमदनी का	१८ गुना।
उसके बाद के १,००० रुपए आमदनी का	१७ गुना।
उसके बाद के २,००० रुपए आमदनी का	१२ गुना।
उसके बाद के १०,००० रुपए आमदनी का	१० गुना।
उसके बाद के १५,००० रुपए आमदनी का	६ गुना।
उसके बाद के ८०,००० रुपए आमदनी का	३ गुना।
विशुद्ध आमदनी के शेष का	२ गुना।

मुआवजा कुछ नकद तथा कुछ पश्चिम बंगाल संपदा अधिग्रहण कानून, १९५३ के तहत ऋणपत्रों के रूप में अदा किया जाएगा।

अतिरिक्त भूमि वितरण के प्रावधान

बस्ती के निवासी भूमिहीन व्यक्ति या ऐसे व्यक्ति जिनके पास १ हेक्टेयर से कम भूमि है, को वरीयता दी जाएगी। किंतु इनमें भी जो लोग आपस में मिलकर सहकारी कृषि समिति बनाते हैं, उन्हें सबसे प्रथम वरीयता दी जाएगी, कोई अग्रिम हफ्ता-वप्ता नहीं लिया जाएगा।

तथापि जहाँ कृषि कार्यों के लिए आवश्यक प्रतीत होता हो वहाँ सरकार उचित शर्तों तथा प्रावधानों पर ऐसी जमीन के वितरण का मामला तय कर सकती है।

पूर्वलक्षित तिथि

७ अगस्त, १९६९।

□

अध्याय-८

तालिकाएँ

तालिका-१

जनसंख्या

	वर्ष	कमानेवाले —१,००० में—	कृषि क्षेत्र में कार्यरत	प्रतिशत	कुल जनसंख्या १,००० में
विश्व	१९७०	१५,४८,७४०	७,९५,८७८	५१.४	३६,९६,६७०
	१९७५	१६,९३,८१०	८,१८,४५८	४८.३	४०,६९,८६०
	१९८०	१८,२७,४९०	८,२७,३८९	४५.३	४४,३७,२८०
	१९८१	१८,५५,५५०	८,२८,९१३	४४.७	४५,१३,४६०
	१९८२	१८,८३,९३०	८,३०,७१३	४४.१	४५,९०,८९०
पश्चिम यूरोप	१९७०	१,४७,३१५	२२,६२२	१५.४	३,५४,०६२
	१९७५	१,५३,४१४	१९,५२८	१२.७	३,६५,३९४
	१९८०	१,५७,८३७	१६,५७१	१०.५	३,७२,१५०
	१९८१	१,५८,९९३	१६,०२२	१०.१	३,७३,५८३

	१९८२	१,६०,०६४	१५,४९६	९.७	३,७४,८२६
एशिया	१९७०	८,९७,७४३	५,८२,५०६	६४.९	२१,१०,९५०
	१९७५	९,८६,००२	६,०२,४३३	६१.४	२३,५२,७८०
	१९८०	१०,६३,३००	६,१४,३१४	५७.८	२५,७९,०९०
	१९८१	१०,८०,३५०	६,१५,७८७	५७.०	२६,२५,२७०
	१९८२	१०,९७,५९०	६,१७,२६४	५६.२	२६,७२,१४०
—पाकिस्तान	१९७०	१८,८७७	११,१०९	५८.९	६५,७०६
	१९७५	२१,०२५	११,८१५	५६.२	७३,४९२
	१९८०	२३,५१५	१२,५८२	५३.५	८६,८९९
	१९८१	२४,१२०	१२,७७३	५३.०	८९,४१६
	१९८२	२४,७४२	१२,९६७	५२.४	९२,००९
—भारत	१९७०	२,२१,८५०	१,५३,८४०	६९.३	५,५२,४६९
	१९७५	२,४२,४९३	१,६१,४३९	६६.६	६,१८,८३१
	१९८०	२,६२,३३०	१,६५,८९५	६३.२	६,८४,४६०
	१९८१	२,६६,८२४	१,६६,६२९	६२.४	६,९७,९७४
	१९८२	२,७१,३५२	१,६७,००२	६१.७	७,१२,८००

तालिका-२

गायों और भैसों की संख्या (१,००० में)

गायें

	१९७४-७६	१९८०	१९८१	१९८२
विश्व	११,८७,४१५	१२,०४,७२४	१२,१२,९११	१२,२६,४३२
पश्चिम यूरोप	१,०१,२९५	१,००,६२४	९९,६९९	१०,००,७१
एशिया	३,४५,४९५	३,५८,५२६	३,६१,८६३	३,६५,५७८
—पाकिस्तान	१४,८१०	१५,०३८	१५,०८४	१५,१३१
—भारत	१,७९,४६२	१,८२,५००*	१,८२,०००*	१,८२,०००

भैंसें

	१९७४-७६	१९८०	१९८१	१९८२
विश्व	१,१५,३२७	१,१९,८००	१,२१,१६८	१,२२,०५३
पश्चिम यूरोप	१५५	१५५	१६४	१७३
एशिया	१,११,९९३	१,१६,१५८	१,१७,४२१	१,१८,२५७
—पाकिस्तान	१०,३९१	११,५४७	११,७९४	१२,०४६
—भारत	५९,९५४	६१,३००*	६१,५००*	६२,०००

* स्रोत : 'फाओ प्रोडक्शन ईयर बुक', १९८२।

तालिका-३

दूध उत्पादन गाय व भैंस का (१,००० टनों में)

गायें

	१९७४-७६	१९८०	१९८१	१९८२
विश्व	३,९४,४७४	४,२७,९३०	४,२९,१३४	४,३७,९०९
पश्चिम यूरोप	१,२३,४००	१,३८,८३४	१,३९,६०८	१,४२,७३०
एशिया	३०,७०२	३७,७९६	३९,१५७	४०,३२१
—पाकिस्तान	२,१५६	२,१८९	२,१९६	२,२००*
—भारत	१०,८६७	१३,०००*	१३,५००*	१३,८००*

भैंसें

	१९७४-७६	१९८०	१९८१	१९८२
विश्व	२३,३९१	२७,१८४	२७,८७५	२८,४८०
पश्चिम यूरोप	६२	६८	६९	६८
एशिया	२२,१६२	२५,८३७	२६,५०५	२७,०८८
—पाकिस्तान	५,७४४	६,३८३	६,५१९	६,५२५*
—भारत	१४,२६७	१७,०००*	१७,५००*	१८,०००*

* स्रोत : 'फाओ प्रोडक्शन ईयर बुक', १९८२।

तालिका-४
गो मांस व बछड़ा मांस

	कत्ल १,००० में	लाशों का वजन प्रति पशु/किलो	उत्पादन १,००० टनों में			
	१९८२	१९८२	१९७४-७६	१९८०	१९८१	१९८२
विश्व	२,३३,८६१	१९५	४४,२८२	४५,१७१	४५,४४२	४५,६५०
पश्चिम यूरोप	३५,१८६	२३४	८,१८५	८,७११	८,४९०	८,२१०
एशिया	३०,५८६	१४०	३,३६१	३,९११	४,०९५	४,२८०
—पाकिस्तान	१,४९५*	१३३	१६५	१६७	१६८	१६९
—भारत	१,०००*	८०	६१	७४*	७८*	८०*

* स्रोत : 'फाओ प्रोडक्शन ईयर बुक', १९८२।

तालिका-५
भैंस मांस

	कत्ल १,००० में	लाशों का वजन प्रति पशु/किलो	उत्पादन १,००० टनों में			
	१९८२	१९८२	१९७४-७६	१९८०	१९८१	१९८२
विश्व	९,३१७	१४५	१,१६८	१,२६५	१,३२०	१,३५२
पश्चिम यूरोप	७८	२०१	१६	१५	१५	१६
एशिया	८,१२२	१४७	१,०४७	१,१३१	१,१६५	१,१९७
—पाकिस्तान	२,२०५*	८४	१६०	१७७	१८१	१८५*
—भारत	९४०*	१४०	९८	१२०*	१३०*	१३२*

* स्रोत : 'फाओ प्रोडक्शन ईयर बुक', १९८२।

तालिका-६
मानव पोषाहार (१९७८-८०)

ऊष्मांक सेवन प्रति व्यक्ति/दिन पदार्थ			प्रोटीन प्रति व्यक्ति/दिन ग्राम में			चिकनाई प्रति व्यक्ति/दिन ग्राम में		
कुल	वनस्पतिज	प्राणिज	कुल	वनस्पतिज	प्राणिज	कुल	वनस्पतिज	प्राणिज
२,६१७	२,१८३	४३५	६९.४	४५.६	२३.८	६३.०	२९.९	३३.६
३,४६२	२,३२२	१,१४०	९७.१	४२.०	५५.१	१४६.४	५२.८	९३.६
२,३२६	२,१२६	२००	५९.३	४७.७	११.६	३७.७	२२.४	१५.३
२,३००	२,०५५	२४५	६०.२	४६.१	१४.१	४२.१	२५.३	१६.८
१,९९८	१,९०९	८९	४८.५	४३.९	४.७	२९.५	२३.४	६.१

तालिका-७

गायों तथा भैंसों की खालें (ताजा खालों का उत्पादन टनों में)

	१९७४-७६	१९८०	१९८१	१९८२
विश्व	६४,८१,१७७	६४,७५,४८७	६५,८६,६८२	६०,८६,१३१
पश्चिम यूरोप	९,४०,९४०	९,३७,८६८	९,१३,२६७	९,०६,६८२
एशिया	१५,२१,४२६	१६,४६,१२७	१६,९०,७५३	१७,३९,९७१
—पाकिस्तान	७५,०८३	८०,२०८*	८१,२९*	८१,६७०*
—भारत	७,५३,६७७	७,९०,०००*	८,००,०००*	८,१०,०००*

तालिका-८

सर्वेक्षित घरों, मनुष्यों तथा पालतू पशुओं की कुल संख्या

	घर	मनुष्य	गायें	भैंसें	बकरियाँ	मुर्ग/बत्तक	सुअर	कुत्ते-बिल्ली (पालतू)
प्रथम सर्वेक्षण	२,४९७	१६,१२७	३,७५९	२८	१,५७७	२,६२१	५	३२०
द्वितीय सर्वेक्षण	२,६०३	१६,५६६	३,७७७	२८	१,९६४	३,२०१	६	३८९
तृतीय सर्वेक्षण	२,६८०	१६,६४३	३,७७६	४२	१,७४२	२,९५२	१	३९८
सुवर्ण-मध्य	२,५९३	१६,४४५	३,७७०	३२	१,७६१	२,९२५	४	३६९

* स्रोत : 'ह्यूमन इकोलॉजी', खंड-१, नं.-१, १९७२।

तालिका-९

पारस्परिक तथा सुधारित बैलगाड़ियों की तौलनिक कार्यक्षमता

०१ मन = ८२$\frac{२}{७}$ पौंड = लगभग ३७.५ किलो

बैलगाड़ी का प्रकार	खाली गाड़ी का वजन मनों में	गन्ना भार मनों में	कुल वजन मनों में	ड्रा बार पुल पौंड में	ड्रा बार पुल प्रति मन पौंड में	तौलनिक ठाँठ श्रम पौंड में
खेती की जमीन						
डनलप काठ गाड़ी	९.७५	२५	३४.७५	११२	३.४६	१००
डनलप लौह गाड़ी	१३.२५	५०	६३.२५	३०८	४.८७	१४१
खेत–गाड़ी लोहे के पहियेवाली	१०.००	२५	३५.००	३९२	११.२०	३२४
देहात की आम गाड़ी बिना हाल की	६.७५	१६	२२.७५	२८०	१२.३०	३५५
देहाती भारवाहक गाड़ी						
डनलप काठ गाड़ी	९.७५	२५	३४.७५	४८	१.३८	१००
डनलप लौह गाड़ी	१३.२५	५०	६३.२५	१००	१.५८	११५
खेत–गाड़ी लोहे के पहियेवाली	१०.००	२५	३५.००	६०	१.७२	१२५
देहात की आम गाड़ी बिना हाल की	६.७५	१६	२२.७५	८०	३.५२	२५५
डनलप बनाम आम काठ गाड़ी						
डनलप लौह गाड़ी पक्की सड़क पर	१३.२५	५०	६३.२५	७५	१.१९	१००
डनलप लौह गाड़ी कच्ची सड़क पर	१३.२५	५०	६३.२५	१००	१.५९	१३३

तालिका-१०
पशुचालित गाड़ियों का भारत में विकास

वर्ष	संख्या दशलक्ष में
१९४७ (वेग के अनुसार)	८.०
१९५६	११.०
१९६१	१२.१
१९६६	१२.७
१९७५ (अनुमानत:)	१४.०
१९७८ (अनुमानत:)	१५.०

स्रोत : इंडियन इंस्टीट्यूट ऑफ मैनेजमेंट, १९७९।

तालिका-११
भैंस के दूध का उत्पादन

प्रजाति	देश	दूध उत्पादन	दुग्ध संचय की क्षमता एवं अवधि (दिनों में)	प्रतिदिन उत्पादन	स्रोत
मुर्रा	राष्ट्रीय दुग्ध अनुसंधान संस्थान बंगलौर, भारत	७९२.१–३११७.५ कि.ग्रा. ϕ = २००५.७ कि.ग्रा.			वेनकैय्या एवं अनंत कृष्णन् (१९६४)
भारतीय भैंस	भारत के विविध क्षेत्रों में पाली जानेवाली भैंसें	१८२४.४ ± ४९८.० कि.ग्रा.	२८१ ± ५३		कारथा (१९६५)
मुर्रा (फार्म में पाली जानेवाली तथा बेची जानेवाली भैंस)	भारत के सैनिक फार्म में खरीदी गई भैंसें	ϕ = १८४६.५ कि.ग्रा. ϕ = १७६०.३ कि.ग्रा.	२८० २६९		कारथा (१९४१)
भदवारी	पशुधन एवं कृषि फार्म भरारी, उ.प्र., भारत	ϕ = ११०४ कि.ग्रा.	३०५		सिंह और देसाउ (१९६२)

मुर्रा	उत्तर प्रदेश, भारत	ϕ = १७५६.८ ± ५५०३ कि.ग्रा.		दो बार ϕ = ७.३ कि.ग्रा.	ढींसा (१९६३)
मुर्रा (फार्म में पाली जानेवाली)	डिस्ट्रिक्ट डेमोंस्ट्रेशन फार्म, मथुरा उ.प्र., भारत	प्रथम दुग्ध संचयन की मात्रा १४०९ कि.ग्रा.	३०५		दत्ता एवं अन्य (१९६५)
भारतीय भैंसें	भारत	ϕ = २३९३.७–४४००.५ कि.ग्रा.			ऑलिवर (१९३८)
भारतीय भैंसें (फार्म में पाली जानेवाली तथा खरीदी जानेवाली)		१८३६ कि.ग्रा. १७५९.४ कि.ग्रा.	२८१ २६९		आई.सी.ए.आर. (१९४१)

तालिका-१२

तोल के आधार पर भैंसों तथा अन्य दुधारू प्रजातियों के दूध देने संबंधी तथ्य

	पानी	वसा	प्रोटीन	लेक्टोज	अवशिष्ट प्रदार्थ (एश)	शुष्क पदार्थ	ठोस वसारहित	स्रोत
मानवीय	८८.५३	३.२३	१.२५	६.७५	०.२३	९.४७	६.२४	रिचमंड (१९३०)
बकरी	८८.२०	४.००	३.४०	३.६०	०.७८	११.८०	७.८०	डेविस (१९४०)
भेड़	७९.५०	८.५०	६.७०	४.३०	०.९६	२०.५०	१२.००	डेविस (१९४०)
गाय (मध्यम जलवायु)	८७.६०	३.७०	३.२०	४.८०	०.७२	१२.४०	८.७०	डेविस (१९४०)
गाय (उष्ण प्रदेशीय जलवायु)	८६.४०	४.७०	३.३०	४.९०	०.६८	१३.६०	८.७०	बासु एवं अन्य (१९६२)
ऊँट	८७.००	२.९०	३.९०	५.४०	०.७७	१३.००	१०.१०	डेविस (१९४०)
यूरोपीय भैंस	८२.९३	७.४६	४.२१	४.५९	०.८८	१७.०७	९.६४	रिचमंड (१९३०)

इजिप्शियन भैंस	८४.१०	५.५६	३.९५	५.४१	०.८५	१५.७०	१०.३४	रिचमंड (१९३०)
भारतीय भैंस	८२.१०	८.००	४.२०	४.९०	०.८०	१७.९०	९.९०	'एनसाइक्लो–(१९६३ संस्करण)
भारतीय भैंस	८२.९६	७.४१	३.९१	४.७२	०.७५	१७.०४	९.६३	रिचमंड (१९३०)
भारतीय भैंस	८१.००	७.००	४.३०	५.००	०.८०	१७.१०	१०.१०	माथुर (१९७२)
भारतीय भैंस	८६.४०	६.९०	३.८०	४.९०	०.६८	१३.६०	८.७०	एनन (१९५०)
फिलिपींस काराबाओ	८७.५०	१०.४०	५.९०	४.३०	०.९०	२१.५०	११.१०	'एनसाइक्लो–पीडिया ब्रिटानिका' (१९६३ संस्करण)
फिलिपींस काराबाओ	८२.१४	७.४४	४.८०	४.८१	०.८३	१७.८६	१०.४२	केपलाँग (१९६३) व्यक्तिगत पत्राचार
चीनी भैंस	७६.८०	१२.००	६.००	३.७०	०.९०	२२.६०	१२.६०	'एनसाइक्लो–(१९६३ संस्करण)
थाई मार्श भैंस	९.१९	४.६७				१८.१६	८.९०	बरनामानास (१९६३)

तालिका-१३
भैंस के दूध से संबंधित तथ्य

किस्म	देश	वसा की मात्रा	औसत प्रतिशत	स्रोत
मुर्रा	लखनऊ, भारत	६.५-७.५२	७.१९	मैकमोहन एवं अन्य (१९६३)
मुर्रा	इलाहाबाद, उत्तर भारत	३.२-१२.६०	७.२०	श्निजर एवं अन्य (१९४८)
मुर्रा	इलाहाबाद एग्रीकल्चर इंस्टीट्यूट, उत्तर भारत		७.१६	वार्नर (१९५३)
मुर्रा	बंगलौर, दक्षिण भारत	५.०-९.०	६.६०	पॉल एवं अन्य (१९५४)
मुर्रा	राष्ट्रीय दुग्ध अनुसंधान संस्थान, बंगलौर, द.भारत		६.८०	घोष तथा अनंतकृष्णन् (१९६३)
सुराती	पुणे, द. भारत	५.०-१०.९०	८.५-८.९	मैजी तथा मान (१९१२)
सुराती	पुणे, द. भारत	६.२-१०.३०	७.९०	कुलकर्णी और डोले (१९५६)
भारतीय भैंस (संकर जाति)	पुणे, द. भारत	६.८-८.१०	७.४०	कुलकर्णी और डोले (१९५६)
ग्रामीण भैंस	उत्तर भारत		७.६२४	कुलकर्णी और डोले (१९५६)

सामान्य भैंस	उत्तर भारत		७.००	कुलकर्णी और डोले (१९५६)
मुर्रा	राष्ट्रीय दुग्ध अनुसंधान संस्थान, करनाल एवं पश्चिमी भारत	५.५-८.४०	७.००	पुरी एवं अन्य (१९६३)

तालिका-१४
भैंस मांस का उत्पादन

प्रजाति/जाँच	आयु, काटते समय वजन			विशेषताएँ				स्रोत
इजिप्शियन भैंस/मिस्र	३०-४० दिन वजन ϕ = ६१.७ कि.ग्रा.			साफ-सफाई ϕ = ६६ज				बैड्रेल्डिन (१९५५)
इजिप्शियन भैंस/मिस्र	ϕ वजन में प्रतिदिन वृद्धि (प्रारंभिक वजन ४० कि.ग्रा.)			जीवित पशु के वजन के प्रतिशत की साफ-सफाई				रेगाब और अन्य (१९६६)
				बूचड़खाने में भार	चरबी रहित मांस	वसा	हड्डियाँ	
साँड़	५० दिन	७४.० कि.ग्रा.	६८० ग्रा.	५९.०	३५.४	३.३	१३.०३	
	६ माह	१५६.६ कि.ग्रा.	५३० ग्रा.	५७.२	३४.०	२.८	११.८१	
	१२ माह	२३०.३ कि.ग्रा.	५९० ग्रा.	५३.७	३२.६	५.६	९.९५	
	१८ माह	३५७.० कि.ग्रा.	५७० ग्रा.	५७.६	३३.५	६.७	७.८४	
स्टड साँड़	१२ माह	२३६.० कि.ग्रा.	५४० ग्रा.	५३.३	३१.३	७.३	९.१४	
	१८ माह	३६०.३ कि.ग्रा.	५९० ग्रा.	५४.५	३४.८	७.२	९.५२	
	२४ माह	४५०.४ कि.ग्रा.	५७० ग्रा.	५४.३	३४.१	७.७	८.८७	

प्रजाति/जाँच	आयु, काटते समय वजन	विशेषताएँ	स्रोत
		५१ और ५३ के बीच अलग समूहों के कच्चे मांस (कारकेस) का अनुपात अलग-अलग होता है। मृत पशु के शरीर के आधे हिस्से से ४८.८ से लेकर ५२.७ज्तक मांस प्राप्त होता है।	
भारतीय भैंस/इटली	कटडे, ४ मास १४४.१-१५४ कि.ग्रा.	काटते समय ५८.२ज्-६०.०२ज्	फरेरा और अन्य (१९६३)

तालिका-१५

विश्व में भैंसों का वितरण, वध करने की दर तथा मांस उत्पादन

	संख्या के अनुपात में वध करने का %	१,००० टन में वार्षिक मांस उत्पादन
विश्व	७.२०	१,३७५
अफ्रीका (मिस्र)	३७.७०	११३
उत्तर तथा मध्य अमेरिका (त्रिनिदाद आदि)	–	–
दक्षिण अमेरिका (ब्राजील)	–	–
एशिया	६.६३	१,२४५
बँगलादेश	२.०९	५
बर्मा	५.६९	१७
चीन	१२.३४	६३१
भारत	१.४०	१२०
इंडोनेशिया	९.५६	३४
ईरान	२९.३६	९
इराक	१२.५	४
कंबोडिया	३.९१	३
लाओस	५.०३	१५
मलेशिया	१७.४१	९

	संख्या के अनुपात में वध करने का %	१,००० टन में वार्षिक मांस उत्पादन
नेपाल	३.४५	१९
पाकिस्तान	१८.६८	१७४
फिलिपींस	८.७०	४६
श्रीलंका	४.७४	६
थाईलैंड	५.०९	७१
तुर्की	१३.६९	२०
वियतनाम	१२.३४	६२
अन्य देश	–	–
यूरोप	१९.४३	१७
बुल्गारिया	४६.४२	५
इटली	–	–
रुमानिया	२७.१९	१२
युगोस्लाविया	–	–
अन्य देश	–	–
सोवियत संघ	–	–

स्रोत : 'फाओ प्रोडक्शन ईयर बुक', १९७९।

तालिका-१६

उठान चक्र तथा भैंसों में उठान की अवधि

प्रजाति	देश/क्षेत्र	चक्र की रेंज	औसत अवधि (दिनों में)	उठान की अवधि (घंटों में)	स्रोत
भारतीय भैंस	भारत	३४–३९	३७	२४	ओकांपो (१९३९)
पाकिस्तानी भैंस	पाकिस्तान			२१	इंशाक (१९५७)
कुंधी	कोंगो		२१		मोमेरिक्स (१९६१)
इजिप्शियन	मिस्र		२१	१२–३६	हफीज (१९५२)
इजिप्शियन	मिस्र		२१.१४ ± ०.७२		हफीज (१९५३)
इजिप्शियन	काहिरा, मिस्र के पास डेलटा क्षेत्र		२७.६५		अल शेख (१९६७)
बुल्गारियन भैंस	बुल्गारिया	१२–२८	२१	२४–३४	कालिफ (१९३२)
ट्रांस कॉकेशियन	अजरबैजान सोवियत संघ	१५–३०		३०–४०	बसिरोव (१९६४)

तालिका-१७

पहली बार गर्भाधान के समय आयु

प्रजाति	देश/क्षेत्र	पहली बार गर्भाधान के समय आयु		स्रोत
		रेंज	औसत	
भारतीय भैंस	डिस्ट्रिक्ट डेयरी डेमोंस्ट्रेशन फार्म, उ.प्र. (उत्तर भारत)		३२.७ ± ०.८२	सिंह और दत्ता (१९६४)
भारतीय भैंस	भारत		४६	ओकांपो (१९३९)
भारतीय मुर्रा नीली	मिलिट्री डेयरी फार्म, गुजरात (भारत)		३०	रिफे (१९५४)
भारतीय भैंस (सुरती)	पश्चिम भारत (भारत)			
मुर्रा	फिलिपींस	२३.३–२९	२६.५	ग्राम (१९५९)
इजिप्शियन भैंस	डेलटा क्षेत्र, मिस्र		३१	अल शेख (१९६७)
इजिप्शियन भैंस	मिस्र	१५–१८		हफीज (१९५२)
इजिप्शियन भैंस	मिस्र		२१.६	हफीज (१९५३)
यूरोपीय प्रजाति	इटली		३६	मैकग्रेगर (१९४१)

तालिका-१८

पहली बार बियाने के समय उम्र

प्रजाति	देश/क्षेत्र	पहली बार बियाने के समय उम्र (मास में)		स्रोत
		रेंज	औसत	
मुर्रा	भारत		४४.३	वेंकैय्या एवं अनंतकृष्णन् (१९५९)
भारतीय भैंस	भारत	३०–४२		रिफे (१९५९)
भारतीय भैंस	तराई स्टेट फार्म्स आई.वी.आर.आई., कृषि महाविद्यालय, आगरा; मिलिट्री फार्म्स, आई.ए.आर.आई., दिल्ली	४१–५१	४५.७	रिफे (१९५९)
भारतीय भैंस (फार्म में पाली जानेवाली)	मिलिट्री डेयरी फार्म्स		४२	एम्ब्ले तथा अन्य (१९७०)
मुर्रा, नीली	मिलिट्री फार्म्स इन इंडिया	३७–४०		एम्ब्ले तथा अन्य (१९७०)
मुर्रा	डिस्ट्रिक्ट डेमोंस्ट्रेशन फार्म, मथुरा, उ.प्र. (भारत)		४२	दत्ता तथा अन्य

प्रजाति	देश/क्षेत्र	पहली बार बियाने के समय उम्र (मास में)		स्रोत
		रेंज	औसत	
मुर्रा	कृषि संस्थान, इलाहाबाद (उ.भारत)		४३.४	अग्रवाल (१९५२)
मुर्रा	लाइवस्टॉक शोध केंद्र, मथुरा, उ.प्र.		४२.३१	गौतम तथा अन्य (१९६५)
भारतीय भैंस	आरे मिल्क कॉलोनी, महाराष्ट्र (प.भारत)	२७–५०	३९.२	गुडी तथा अन्य (१९६९)
मुर्रा	आरे मिल्क कॉलोनी, महाराष्ट्र (प.भारत)		३७.१	खुरोडी (१९५९)
भैंस (संगठित दूध फार्मों में पाली जानेवाली)	उत्तर भारत के मिलिट्री फार्म	४०.०४–४१.९८		सिंह (१९६७)
मुर्रा	भारतीय सैनिक दूध फार्म		४०.७	आर्य तथा देसाई (१९६९)
भदवारी	लाइवस्टॉक फार्म भरारी, झाँसी (भारत)		५०.७	सिंह और देसाई (१९६९)

तालिका-१९

भैंस के मामले में बियाने के बीच अंतराल

प्रजाति	देश/क्षेत्र	पहली बार बियाने के समय उम्र (दिन में)		स्रोत
		रेंज	औसत	
भारतीय भैंस	भारत के सात प्रजाति-क्षेत्रों के ग्रामीण जिले		५४१	आई.सी.ए.आर. (१९३९)
भारतीय मुर्रा	ग्रामीण मुर्रा प्रजाति-क्षेत्र		४४१	आई.सी.ए. आर. (१९३९)
भारतीय मुर्रा	भारतीय सैनिक दुग्ध केंद्र		४१९	कारथा (१९४१)
भारतीय भैंस (फार्म में पाली जानेवाली)	भारतीय सैनिक दुग्ध केंद्र		४५४	एम्ब्ले तथा अन्य (१९७०)
भारतीय भैंस	भारत		४२० ± ८८	कारथा (१९६५)
भारतीय मुर्रा	कृषि संस्थान, इलाहाबाद	४०१ - ४७३	४२२	अग्रवाल (१९६२)
भारतीय भैंस	भारत	४०० - ४६५	४४४	रिफे (१९५९)
भारतीय मुर्रा	तराई स्टेट फार्म उ.प्र. (उ. भारत)		४५५	रिफे (१९५९)

प्रजाति	देश/क्षेत्र	पहली बार बियाने के समय उम्र (दिन में)		स्रोत
		रेंज	औसत	
भारतीय मुर्रा	गवर्नमेंट लाइवस्टॉक हिसार, हरियाणा		५१३.४	भटनागर तथा अन्य (१९६१)
भारतीय भैंस	आरे मिल्क कॉलोनी	४२८.६ – ६३४.८	४६१ ± १०.२	गुडी तथा अन्य (१९६९)
भारतीय मुर्रा	फिलिपींस		६२६	ग्राम (१९६९)
भारतीय मुर्रा	फिलिपींस		४८५.२	ग्राम (१९५८)
भारतीय मुर्रा	फिलिपींस		५४२.५ ± ४४.९	ग्राम (१९५७)
भारतीय मुर्रा	फिलिपींस	३२७ – १०६१	५२०.६	ओकांपो (१९३९)

तालिका-२०

जन्म के समय भैंस का वजन

प्रजाति	देश/क्षेत्र	जन्म के समय भार	अन्य जानकारी	स्रोत
भारतीय भैंस	भारत	कटड़ा २९ कि.ग्रा. कटिया २८ कि.ग्रा.	कटड़े का जन्म के समय वजन भैंस के बियाने तथा भैंस के वजन के अनुसार बढ़ता है।	अग्रवाल (१९६२)
भारतीय भैंस	आरे मिल्क कॉलोनी, मुंबई	२७.३ कि.ग्रा. (पहली बार बयानेवाली भैंस के मामले में)		गुडी एवं अन्य (१९६९)
भारतीय भैंस	सैनिक फार्म, पंजाब, उ.प्र. (उ.भारत)	सभी पशुओं के लिए औसत ३०.७ कि.ग्रा. कटड़ा ३१.६ कि.ग्रा. कटिया २९.८ कि.ग्रा.	भैंस की आयु और जन्म के समय वजन के बीच परस्पर बहुत ज्यादा संबंध है।	तोमर और देसाई (१९६७)
भारतीय भैंस	राष्ट्रीय दुग्ध अनुसंधान संस्थान, बंगलौर (दक्षिण भारत)	फार्मों में पाले जानेवाले पशुओं का औसत : ३२.२ कि.ग्रा.	जन्म के समय इस बात का कोई प्रभाव नहीं पड़ता है कि बच्चा कटड़ा है या कटिया	अरुनचा एवं अन्य (१९५२)
पाकिस्तान	सैनिक फार्म, पाकिस्तान	३१.९ कि.ग्रा.		रिफे (१९५९)

प्रजाति	देश/क्षेत्र	जन्म के समय भार	अन्य जानकारी	स्रोत
कुंधी	कांगो	कटड़ा ३८.५ कि.ग्रा. कटिया ३१.७ कि.ग्रा.	पहले साल में प्रतिदिन वजन में होनेवाली वृद्धि कटड़ा ०.९०७ कि.ग्रा. कटिया ०.८८८ कि.ग्रा. दूसरे साल में होनेवाली वृद्धि कटड़ा ०.५२५ कि.ग्रा. कटिया ०.५८२ कि.ग्रा.	मेमेरिक्स (१९६१)

तालिका-२१

भैंस के मामले में उठान (Oestrus) पोस्टमार्टम

प्रजाति	देश/क्षेत्र	औसतन उठान संबंधी पोस्टमार्टम (दिनों में)	स्रोत
भारतीय मुर्रा	भारत	८७	राव और मुरारी (१९५६)
भारतीय मुर्रा	भारत	११५	लक्ट्यूक और राय (१९६४)
भारतीय मुर्रा	लाइवस्टॉक रिसर्च स्टेशन, उत्तर प्रदेश कृषि विश्वविद्यालय, उ. भारत	१८८ ± १३.६५	भल्ला और अन्य (१९६७)
भारतीय मुर्रा	फिलिपींस	४९.६ (रेंज ४५–५३)	ओकांपो (१९३९)
इजिप्शियन भैंस	मिस्र	४३	हफीज (१९५३)

तालिका-२२

भैंसों की दूध देने की क्षमता और प्रजनन क्षमता

प्रजाति	पहली बार बियाने की आयु (मास में)	बियाने के बीच अंतर (दिन)	दूध देने की क्षमता (किलो)	दूध देने की अवधि (दिन)
भदवारी	५०.७ ± ०.८	४५३.६ ± १०.२	१,१११.० ± १२.९	२७६.० ± २.२
मराठवाड़ा	५५.२ ± ०.९	४२९.९ ± ७.४	९६०.० ± ३८.०	२७०.० ± ६.५
मुर्रा	४१.३ ± १.४	४९५.१ ± १२.२	१,७४४.० ± १०३.५	२७९.० ± ६.५
मुर्रा	४२.४ ± ०.१	४७९.५ ± २.४	१,५९७.३ ± ८.०	२३५.९ ± १.०
नीली	५३.२ ± ०.६	४६१.६ ± १८.८	१,८८५.२ ± १०६.३	३१६.० ± ८.५
सुरती	४४.५ ± २.०	४६१.१ ± १५.३	१,७२२.० ± १०.३	३५०.१ ± ५.४
इतर	४९.५ ± ०.८	४८१.० ± १८.४	५४१.० ± ३९.९	२७२.३ ± ८.५

स्रोत : भारत में पशु आनुवंशिकी संसाधन, राष्ट्रीय दुग्ध अनुसंधान संस्थान, १९८१।

तालिका-२३

भारत के प्रमुख छह गेहूँ उत्पादक राज्यों में गेहूँ, दाल, चावल और जौ के क्षेत्रों के रुझान में परिवर्तन, १९६४-६५ से १९७४-७५ तक

फसल		रुझान रेखा से फसल का क्षेत्र ('००० हेक्ट.)		१९६४-६५ की प्रतिशतता के अनुसार अंतर
	१९६४-६५	१९७४-७५	अंतर	(%)
गेहूँ	१०,६३०	१७,२०८	+ ६,५७८	+ ६१.८८
छोटी मटर	७,४५७	६,३६२	-१,०९५	-१४.६८
अरहर	१,३२०	१,१६९	-१५१	-११.४४
अन्य दालें	६,५८७	६,३८६	-२०१	-३.०५
कुल दालें	१५,३६४	१३,९१७	-१,४४७	-९.४२
चावल	६,७६४	८,४१६	-३३८	-५.००
जौ	२,७०३	२,५०८	-१९५	-७.२१

स्रोत : १९६४-६५ से लेकर १९७४-७५ तक रुझान रेखा अर्थशास्त्र एवं सांख्यिकीय निदेशालय (१०) में उपलब्ध डाटा से तैयार चित्र १-२७ तक में परिशिष्ट से ली गई है।

□

अध्याय-९

उपसंहार

सन् १९५९ में फोर्ड फाउंडेशन ने भारत सरकार के अनुरोध पर 'भारत का अन्न-संकट और उसके निवारण के उपाय' शीर्षक एक रिपोर्ट तैयार की। यह एक विस्तृत दस्तावेज था, जो उस समय भारत के मूर्धन्य कृषि विशेषज्ञों के अभिमतों को दर्ज कर गया था। उस समय भारत में जनसंख्या का विस्फोट सन्निकट था और अनाज की माँग निरंतर बढ़ती जा रही थी, जबकि कृषि उत्पादन बढ़ नहीं रहा था। ऐसे में गो हत्या पर प्रतिबंध का समर्थन करना असंभव-सा हो गया था, क्योंकि देश की कुल १८ करोड़ की पशु आबादी का एक तिहाई हिस्सा अनुत्पादक माना जा रहा था। अत: फोर्ड फाउंडेशन ने अपनी रिपोर्ट में, तब तर्कसंगत लगती, सलाह दी कि पशुहत्या पर लगा प्रतिबंध या तो रद्द कर दिया जाए या उसे काफी शिथिल बनाया जाए ताकि आपूर्ति की विकट स्थिति से देश को उबारा जा सके।

यह लेखक सन् १९६४ में जब पहली बार अनुसंधान-अनुदान पर भारत में आया तब भारतीय तथा विदेशी विशेषज्ञों की इस राय से सहमत था। किंतु बाद में सन् १९७४ तथा १९८४ में जब वह फिर से भारत आया, तो अपनी इस राय पर पुनर्विचार करने की आवश्यकता अनुभव की। इस दौरान उसे जो अंतर्दृष्टि प्राप्त हुई उसीके कारण इस आवश्यकता को उसने अनुभव किया। पुनर्विचार करने के लिए वह विवश हुआ। इस विचार-परिवर्तन का कारण यह था कि उसने देखा कि देश की पशु-संवर्धन व्यवस्थापन प्रणाली में बहुत ही मामूली परिवर्तन होते हुए भी तथा गो हत्या पर प्रतिबंध के जारी रहते हुए भी, कृषि उत्पादन न केवल जनसंख्या विस्फोट को झेलने लायक रहा है बल्कि अनाज उत्पादन की स्थिति में कुछ सुधार ही हुआ है। तो स्वभावत: लेखक के मन में प्रश्न उत्पन्न हुआ कि क्या देश में

पशुओं, विशेषतः गायों के उत्पादन का सही–सही मूल्यांकन केवल पारंपरिक एवं विशुद्ध तकनीकी दृष्टिकोण से किया जा सकता है ?

सन् १९६९ में ओदेंधाल द्वारा किए गए अध्ययनों के कारण पहली बार इस तरह नए सिरे से सभी पहलुओं को स्पर्श करनेवाली अन्वीक्षण–परीक्षण की आवश्यकता का प्रथम संकेत प्राप्त हुआ। ओदेंधाल को भारतीय गायों में ऊर्जा घटक आश्चर्यजनक रूप से काफी मात्रा में मिला। उन्होंने बंगाल में किए अनुसंधान में यह हकीकत पाई। पशु–संवर्धन व्यवस्थापन का उन्होंने सामाजिक–आर्थिक आधार पर अध्ययन किया था।

इस अध्ययन के निष्कर्षों से आगे चलकर उन्हें ठाँठ कामों के लिए गोधन का मुख्य स्रोत कितना कारगर है इसकी खोज करने की प्रेरणा मिली। गाय से प्राप्त होनेवाला दूध तथा मांस ही तब तक मूल्यांकन का आधार था। किंतु ओदेंधाल ने पाया कि उससे भी अधिक गायों के कारण प्राप्त ऊर्जा महत्त्वपूर्ण है। उसके बाद उन्होंने 'पवित्र गाय' अवधारणा के इतिहास को समझने की कोशिश की। यही अवधारणा गो हत्या पर प्रतिबंध का मुख्य आधार थी। भारतीय जनता और विशेषतः अत्यंत सुसंस्कृत तथा बुद्धिमान् ब्राह्मण समाज सदियों तक इस अवधारणा को यूँ ही सँजोता रहा है और उसे गो हत्या पर प्रतिबंध के कारण होनेवाली हानियों का कोई खयाल ही नहीं है, ऐसा मान लेना कठिन था। इस विचार से नए सिरे से किए अध्ययन में लेखक ने पाया कि इस समस्या के सामाजिक पहलू भी हैं। इन पहलुओं की अब तक के अध्ययनों में उपेक्षा ही की गई थी। ये पहलू थे—इस प्रणाली के कारण गरीब–से–गरीब आदमी को भी गुजारा करने का सहारा मिल जाता है, और इसके अंतर्गत सामाजिक–आर्थिक लाभ यह होता है कि बड़े पैमाने पर ठाँठ बैल खेती और परिवहन आदि कामों के लिए प्राप्त होते हैं। अंत में दूध तथा मांस उत्पादन का घाटा पूरा करने में भैंस आबादी का प्रत्यक्ष और भावी क्षमतानुसार कितना योगदान हो सकता है यह सवाल भी सामने आया और इसके समाधान–प्रयासों में पाया गया है कि अभी इस दिशा में भैंस की पूरी क्षमता का उपयोग करने की दृष्टि से काफी कुछ किया जा सकता है। अभी इस क्षमता को पूरी तरह से प्रयुक्त नहीं किया गया है।

लेखक ने एक और बात देखी कि ये सभी सवाल अपने आपमें आंशिक हैं और सबकी जड़ में एक हकीकत व्याप्त है कि परंपरा से चली आई सभी उत्पादन प्रणालियाँ असाधारण रूप में सुस्थिर हैं, और किसी भी नई खोज को एकतरफा लागू करने के बारे में बहुत ही संवेदनशील हैं। इसलिए यह आवश्यक है कि आंतर्प्रणाली अनुसंधान बहुत ही सावधानता से जनता के सामने लाने चाहिए। लेखक स्वयं एक

पशु शल्य चिकित्सक है और इस व्यवसाय में उसने यही आंतर्प्रणाली दृष्टिकोण अपने ३० वर्ष से अधिक के सेवा काल में प्राप्त किया है। यह सेवा उसने देश-विदेशों में की है। हालाँकि प्रारंभ में उसे इस प्रकार आंतर्प्रणाली अध्ययन का अनुभव नहीं था। उसके भारतीय साथी-सहयोगी भी लगभग ऐसी ही स्थिति में हैं। अतः लेखक ने इस पुस्तक द्वारा जो प्रयास किया है, उसका उद्‌देश्य यही है कि उत्पादन की विविध प्रणालियों में आपसी सहयोग का माहौल बनाने के लिए प्रोत्साहन देने में अपना योगदान दें। लेखक का मानना है कि ऐसा सहयोगवाला माहौल ही सामने खड़ी समस्याओं के समाधान ढूँढ़ने में संतुलित सुझाव प्रस्तुत कर सकता है।

महत्त्वपूर्ण द्रष्टव्य संदर्भ

सन् १९८३ में भारत की आबादी अनुमानतः ७१.३० करोड़ थी, जो ३३ लाख वर्ग कि.मी. (प्रति वर्ग कि.मी. २१७) क्षेत्र में बसी थी। जनसंख्या प्रतिवर्ष २.१ प्रतिशत की दर से बढ़ रही थी। अर्थात् प्रतिवर्ष भारत की आबादी १.५ करोड़ बढ़ती थी। इसमें धार्मिक हिंदुओं का प्रतिशत ६० था। जातिविहीन समाज २२ प्रतिशत था, जिसमें ब्रह्मवादी तथा अन्य लोग भी शामिल थे जो अपने आपको हिंदू नहीं मानते।

औद्योगिकीकरण का बड़ा प्रयास किया जाने के बावजूद ७० प्रतिशत जनता के लिए सन् १९७० में रोजगार तथा जीविका का मुख्य स्रोत जमीन ही था।

ऐसे लोगों की तादाद सन् १९८२ में ६१.७ प्रतिशत हो गई थी। लगभग ४० प्रतिशत सकल राष्ट्रीय उत्पादन कृषि से आता था। कुल १५.४ करोड़ हेक्टेयर उपलब्ध जमीन का ४७ प्रतिशत कृषि के लिए उपयोग में लाया जाता था।

कृषि उत्पादन घटता-बढ़ता रहा था। सन् १९५० के दशक में वह ३.२ प्रतिशत बढ़ा, जबकि सन् १९६० के दशक में २.५ प्रतिशत और '७० के दशक में फिर २.८ प्रतिशत की दर से बढ़ा था। सन् १९७० और १९८० के बीच केंद्रीय सरकार की कृषि अनुसंधान संस्थाओं से उन्नत किस्म के अनाज-बीज प्राप्त होने के कारण गेहूँ तथा धान उत्पादन में खूब वृद्धि हुई। परिणामतः प्रत्यक्ष सारी माँग पूरी करने लायक आत्मनिर्भरता भारत ने प्राप्त की।

सन् १९५० के दशक में भूमि सुधार तथा सामुदायिक विकास कार्यक्रम (१९५२) ने यशापयश की चर्चा की। औद्योगिकीकरण प्रक्रिया का सिंहावलोकन भी किया गया। यह बात अधोरेखित की गई कि खाद्यान्नों के सफल उत्पादनवाले क्षेत्रों में प्रतिदिन दूध बेचकर मिलनेवाला नकद पैसा कैसे किसानों के लिए पूँजी निवेश का काम करता है।

भारत में विश्व गो संख्या का लगभग १५ प्रतिशत यानी १८.२० करोड़ गायें हैं। विश्व भैंस आबादी का ५० प्रतिशत यानी ३.२ करोड़ भैंसें भारत में हैं। सन् १९७४-७६ के बीच भारत में गायों की संख्या प्रतिवर्ष ०.२ प्रतिशत और भैंस आबादी ०.५ प्रतिशत बढ़ी। विश्व में यही अनुपात क्रमशः ०.५ प्रतिशत तथा ०.८ प्रतिशत रहा।

भारत में गाय के दूध का उत्पादन विश्व के कुल उत्पादन का केवल ३.१५ प्रतिशत होता है, जबकि भैंस के दूध का उत्पादन ६३ प्रतिशत। देश के कुल दूध उत्पादन में गाय का प्रतिशत ४३ प्रतिशत तथा भैंस का ५७ प्रतिशत होता है।

कुल गायों की आबादी की २० प्रतिशत गायें ही दूध देनेवाली होती हैं। यह विश्व-अनुपात है, किंतु यूरोप में यह प्रतिशत ४० तथा भारत में १४ और १५ के बीच होता है। विशुद्ध गणितीय हिसाब से देखा जाए तो भारत में प्रति व्यक्ति प्रतिवर्ष दूध का उत्पादन ७६० किलो होता है। यानी प्रति गाय प्रतिवर्ष ५४१ किलो और प्रति भैंस २९० किलो। पाकिस्तान में यह प्रतिशत प्रति पशु लगभग दूना है। सन् १९७४-७६ से १९८२ तक गाय का दूध उत्पादन प्रति वर्ष २ किलो तथा भैंस का ७ किलो की दर से बढ़ा।

भारत में गाय का दूध प्रतिवर्ष प्रति व्यक्ति २ किलो तथा भैंस का २५ किलो उपलब्ध है। प्रतिदिन यह मात्रा केवल १२३ ग्राम बैठती है। सन् १९७४-७६ से यह उपलब्धता बढ़ी है। गाय का दूध प्रति व्यक्ति प्रतिवर्ष ०.३५ ग्राम तथा भैंस का ०.४ ग्राम बढ़ा है।

गो मांस और भैंस मांस की आपूर्ति कुल पशु आबादी तथा पंजीकृत कत्लों के आधार पर मापी गई थी। पाया गया कि भारत में प्रति १८२ गायों में एक तथा प्रति ६६ भैंसों में एक का ही कत्ल पंजीकृत होता है। यूरोप में यह अनुपात २.८ : १ गायों के बारे में होता है, जबकि पाकिस्तान में यह अनुपात १०.१ गायों के बारे में तथा ५.५ : १ भैंसों के बारे में पाया जाता है।

भारत में मरी हुई गाय की लाश का वजन ८० किलो तथा भैंस का १४० किलो होता है। इसका अर्थ यह हुआ कि भारत में गायों की लाशें अपेक्षाकृत हलकी तथा भैंसों की भारी होती हैं। विश्व में गाय की लाश का जो औसत वजन होता है उससे भारत में ४० प्रतिशत तथा भैंस की लाश का विश्व तथा एशियाई औसत से थोड़ा ही कम होता है।

अधिकृत पंजीकृत आँकड़ों के अनुसार भारतीय लोगों को गो मांस तथा बछड़ों का मांस प्रतिवर्ष ८० हजार टन प्राप्त होता है, जबकि भैंस का १ लाख ३० हजार टन। यह अनुमानतः प्रति व्यक्ति प्रतिवर्ष ११२ ग्राम गो मांस या बछड़ा मांस पड़ता

है। भैंस मांस प्रति व्यक्ति प्रतिवर्ष ८५ ग्राम आता है। सांख्यिकी पंजीकरण के अनुसार यदि यह मांस केवल अहिदुंओं में ही—जिनकी जनसंख्या ४० प्रतिशत है—वितरित करना हो, तो प्रति व्यक्ति प्रतिवर्ष उपलब्ध मांस की मात्रा ७४४ ग्राम होगी।

विश्व में औसतन ५.२ : १ दर से गायें तथा १३ : १ की दर से भैंसें काटी जाती हैं। यही दर भारत पर भी लागू करें और भारत में इन पशुओं की लाशों का वजन गाय ८० तथा भैंस १४० किलो मान लें तो लगभग २८ लाख टन गो मांस और लगभग ६ लाख ७० हजार टन भैंस मांस उपलब्ध होगा, यानी लगभग ४.७ किलो प्रति व्यक्ति प्रतिवर्ष।

सभी प्राणियों का कुल मांस उत्पादन १.१ किलो प्रति व्यक्ति प्रतिवर्ष होता है। तथापि इसमें लगभग आधा मांस छोटे-छोटे प्राणियों का होता है, और मुर्ग-बत्तकों का मांस १५.५ प्रतिशत होता है। यद्यपि गो मांस ९.५ प्रतिशत और भैंस मांस १५.८ प्रतिशत होता है, इन पशुओं की विशाल संख्या की तुलना में वह कुल उत्पादन का केवल २ प्रतिशत ही होता है। सुअर का मांस भी गो मांस जितना ही यानी ९.५ प्रतिशत मिलता है।

सन् १९७८-८० में भारतीय लोगों का औसत अनाज सेवन २ हजार ऊष्मांक से कम ही था। इसमें ४८.५ ग्राम प्रोटीन होते थे। इन प्रोटीनों में ४.७ ग्राम प्रोटीन तथा २९.५ चरबी होती थी। चरबी में ६.१ ग्राम प्राणिज-मूल की होती थी। ऊष्मांक सेवन के हिसाब से इस प्रकार भारत विश्व औसत से २४ प्रतिशत नीचे था। आहार में प्रोटीन सेवन में भारत तीसरे स्थान पर है और चिकनाई सेवन तो भारत में विश्व औसत से आधा ही है। विश्व औसत से प्रोटीन तथा प्राणिज चिकनाई सेवन का अनुपात २० प्रतिशत ही है। पड़ोसी पाकिस्तान में आहार के इन सभी घटकों के सेवन का अनुपात कहीं अधिक है।

भारतीय कृषि की परिस्थितियाँ, देश में गायों तथा भैंसों का महत्त्वपूर्ण उत्पादन क्षेत्रों में योगदान तथा जनसंख्या एवं अनाज की आपूर्ति की स्थिति का जायजा लेने के बाद यह निष्कर्ष निकाला गया कि इन सभी मोरचों पर भारत की स्थिति पड़ोसी पाकिस्तान की तुलना में अच्छी नहीं है। फिर इसका कारण खोजते हुए यह मुद्दा प्रस्तुत करने का लेखक ने प्रयास किया कि गाय के प्रति भारतीय दृष्टिकोण विश्व के अन्य देशों में पाए जानेवाले मानव दृष्टिकोण से सर्वथा भिन्न है। भारतीय दृष्टिकोण की कारण-मीमांसा भी की गई।

सरकार में बैठे हिंदुओं तथा उच्च वर्गीय ब्राह्मणों की अहम भूमिका को स्पष्ट करते हुए हिंदुत्व का परिचय कराने की भी चेष्टा लेखक ने की है। इस

अवधारणा पर हिंदुओं की सामाजिक तथा धार्मिक व्यवस्था आधारित है। मनुष्य इस सोपान के ठीक बीच में है और मानव समाज में हिंदू जातियाँ सबसे ऊपरवाली सीढ़ी पर हैं, यह भी इस अवधारणा का एक अंग है। मनुष्य किस जाति में जन्म ले, यह तो उसके पूर्वजन्म के कर्मों पर निर्भर करता है यह हिंदुओं की मान्यता है, यह बात भी स्पष्ट की गई है।

हिंदुओं की दो धर्माज्ञाएँ हैं—अहिंसा तथा गो हत्या निषेध। अहिंसा ईसाई धर्म के—'तुम किसीकी हत्या नहीं करोगे'—आज्ञा के समान है, किंतु हिंदू इस आज्ञा को अन्य प्राणियों पर भी लागू करते हैं। इसका अर्थ है मांस सेवन को निषिद्ध मानना तथा जीवन में अहिंसा का पालन करना।

गो हत्या निषेध हिंदू धर्म की मानव समाज को दी गई देन है, ऐसा गांधीजी कहा करते थे। अहिंसा का मूल प्राक्-आर्य काल से वर्तमान काल तक की ऐतिहासिक घटनाओं द्वारा बताया गया है, किंतु इसका ठीक और सही उत्तर लेखक नहीं दे पाया है। प्राक्-आर्य काल से ही अहिंसा तथा गो हत्या निषेध की परिपाटी चलती आई है, ऐसे संकेत लेखक ने स्पष्ट रूप में दिए हैं।

गो हत्या प्रतिबंध के बारे में इन धर्मादेशों को अलग-अलग रूप में शिथिल किया गया और यह बात विशेषत: इस्लामी मुगल तथा ब्रिटिश सत्ता काल में हुई, जबकि भारत और पाकिस्तान के नाम से दो अलग-अलग राष्ट्र बनाए गए। आज की भाँति गो हत्या प्रतिबंध का प्रश्न उस समय इतना प्रमुख और तीव्र नहीं था। भारत में गायों की संख्या लगभग स्थिर रही है, जो इस बात का संकेत है कि गो हत्या काफी बड़े पैमाने पर होती रही होगी। भारत विभाजन के बाद जब मुसलमानों को निकाल-बाहर किया गया तब भारत में गो हत्या पर प्रतिबंध की माँग ने काफी जोर पकड़ा।

हिंदू धर्म का एक ही प्राणतत्त्व या सिद्धांत क्या है इसकी खोज विफल ही रही है। इस बारे में लचीलापन पाया गया है, किंतु इस लचीलेपन में भी एक व्यापक नैतिक मुख्य धारा हमेशा रहती है, जिसे किसी भी समय संगठित किया जा सकता है। यह बात गो हत्या पर प्रतिबंध लगाने का कानून बनाते समय देखी गई। इसमें जहाँ गांधीजी की गो हत्या पर पूर्ण प्रतिबंध की बात स्वीकार की गई, वहीं नेहरू की खुले मन से दी गई ठीक विपरीत राय को भी स्वीकार कर लिया गया। दोनों धारणाएँ हिंदू धर्म के मूल तत्त्वों के अनुसार ही हैं। शायद इसीलिए सारे देश में गो हत्या पर प्रतिबंध का एक संघीय कानून नहीं है। बाईस विभिन्न राज्यों में पशु-संवर्धन व्यवस्थापन में रही भिन्नता के महत्त्व को ध्यान में रखकर अलग-अलग कानून बनाए गए हैं—

- कुल गायों की संख्या का ७५ प्रतिशत आठ राज्यों में केंद्रित है, शेष २५ प्रतिशत चौदह राज्यों में वितरित है।
- प्रति १०० हेक्टेयर खेती की जमीन पर पाली जानेवाली गायों के बारे में भी यही तथ्य है—भारतीय औसत ११६ है, जो विभिन्न राज्यों में ६१ से २८३ तक पाई जाती है।
- प्रति १०० निवासियों के लिए पाली गई गायों की संख्या = भारतीय औसत ४०, विभिन्न राज्यों में २० से ९०।

इस प्रारूप से इन घटकों तथा प्रतिबंध कानूनों का कोई समान या एक-सा रिश्ता स्पष्ट नहीं होता। अतः हिंदू और अहिंदू आबादी, भावनात्मक मानसिकता तथा राजनीतिक पहलू आदि निकष इसके लिए लगाने होंगे।

परिस्थिति निम्नानुसार है—

- प्रत्यक्षतः गो हत्या पर संपूर्ण प्रतिबंध केवल उत्तर-पश्चिमी सात राज यों में ही है। दक्षिण के तीन राज्यों में गो हत्या की जा सकती है।
- बारह राज्यों में किन्हीं खास परिस्थितियों में ही गो वध की अनुमति है।
- गो वध पर पूर्ण प्रतिबंधवाले राज्यों में रहनेवाली गायों का उनकी कुल आबादी से प्रतिशत २० से अधिक नहीं है।

कानून की इस अपेक्षाकृत उदार नीति के कारण वास्तव में गो हत्या काफी बड़े पैमाने पर होनी चाहिए थी, किंतु प्रत्यक्ष में उसका अनुपात कम है। यानी 'पवित्र गाय' को पूरा संरक्षण प्राप्त नहीं है, केवल सैद्धांतिक संरक्षण प्राप्त है।

अतः यहाँ यह प्रश्न उपस्थित होता है कि हिंदुत्व के नीति-नियमों पर चलनेवाले समाज में गो वध पर पूर्ण प्रतिबंध लगाना वास्तव में क्या आवश्यक है? अहिंसा के आचरण में क्या यह किया जा सकता है? आम धारणा यह है कि भारत की गायों में काफी बड़ी संख्या 'निरुपयोगी' गायों की होती है। (बूढ़ी, अप्रजननक्षम, बीमार गायों का प्रतिशत काफी अधिक होता है।) किंतु इस धारणा को निम्न कारणों से चुनौती दी जा सकती है—

- भारतीय किसान की आर्थिक वरीयताएँ विपणनाभिमुख अर्थशास्त्रियों की वरीयताओं से मेल नहीं खातीं। किसान जानता है कि घास-चारे की किल्लत के समय कोई काम न कर सकनेवाली, दूध न देनेवाली तथा कुछ समय के लिए अपनी प्रजनन क्षमता भी खो देनेवाली गाय बूढ़ी हो जाने पर भी फिर से वह क्षमता प्राप्त कर सकती है।

- भारतीय किसान को पारिस्थितक वातावरण से अपने रहन-सहन में आवश्यक सुधार करने ही पड़ते हैं। ये सुधार गणितीय औसत पर आधारित नहीं हो सकते, बल्कि आत्यंतिक परिस्थितियों के अनुसार होते हैं। उदाहरण के लिए यदि वर्षा न हुई और अकाल पड़ गया तो...
- भारतीय किसान और उसकी गाय का रिश्ता परस्पर पूरक होता है न कि अनाज के स्रोत के लिए स्पर्द्धात्मक।
- सूखे और अकाल के दिनों यदि वह अपनी गाय की हत्या कर उसका मांस खा डालता है, तो बाद में उसका जीना मुश्किल ही नहीं अपितु दूभर ही हो जाएगा, क्योंकि उसने औष्णिक ऊर्जा यानी खाद तथा ठाँठ बैलों का स्रोत ही समाप्त कर दिया होगा।

इन प्रयोगसिद्ध बातों की अवहेलना करने का मोह—उदाहरण के लिए आपातकाल में—भारतीय किसानों ने सदियों से आज तक संवरण किया है। इसका मुख्य कारण गाय को पवित्र मानने की तथा उससे (मातृवत्) प्रेम करने की उसकी पारंपरिक श्रद्धा और हिंदू धर्मानुसार गो वध को निषिद्ध मानने के उसके संस्कार ही हैं, जो कानून बनाने-न बनाने से काई संबंध नहीं रखते।

खेती-बाड़ी तथा परिवहन के कामों में देश के ६ करोड़ घरों में लगाए जानेवाले बैलों तथा भैंसाओं की संख्या लगभग ८ करोड़ है, जो खेत-मजदूरी के ८० प्रतिशत काम करते हैं। स्पष्ट है कि इस काम के लिए बैल पैदा करना ही भारत में गाय का सबसे महत्त्वपूर्ण योगदान है। कुछ कम मात्रा में भैंसें भी यही योगदान करती हैं। इन ठाँठ कामों में आनेवाले पशु का पालन-पोषण करना किसान के लिए उसके अपने अस्तित्व के लिए अत्यंत महत्त्वपूर्ण होता है। एक बैल की हानि का अर्थ कर्ज की गर्त में गहरे डूबना और संभवतः बरबाद हो जाना ही होता है।

भारत में कुल दूध उत्पादन का ४३ प्रतिशत देहाती घरों में पाली गई गायों का होता है (भैंस का ५७ प्रतिशत)। काफी घट-बढ़ के बावजूद एक देहाती या घरेलू गाय प्रतिवर्ष ५०० किलो दूध देती है। बछड़ों का उपयोग केवल नर-बछड़ों के रूप में ही होता है, शेष को मरने दिया जाता है। नर-बछड़ों की परवरिश काफी अच्छी की जाती है, क्योंकि उन्हें ही आगे चलकर खेतों तथा परिवहन में जोतना होता है। दूध ही किसानों के लिए नकद आमदनी का एकमात्र जरिया होता है। यह आमदनी वह खेती के औजार आदि की खरीद पर खर्च करता है।

हिसाब लगाया गया है कि भारत में गाय के गोबर का ऊर्जा मूल्य ३.५ करोड़ टन कोयले के अथवा ६.८ करोड़ टन लकड़ी के बराबर होता है। लगभग

३४ करोड़ टन गोबर खेतों में उर्वरक के रूप में वापस पहुँचता है। ३० करोड़ टन गोबर घरों में ईंधन के रूप में जलाया जाता है। १६ करोड़ टन गोबर सड़कों पर या सड़कों के किनारे बेकार जाता है और पारिस्थितिक वातावरण बनाने के आवर्तन में अपने आप काम आता है। निकट भविष्य में किसानों के पास गाय के गोबर का खाद ईंधन के वास्ते कोई विकल्प नहीं हो सकता।

अनुमानतः प्रतिवर्ष भारत में २ से ३.५ करोड़ गायें 'प्राकृतिक' मौत मरती हैं। यह संख्या अधिकृत कत्ल की संख्या से २० से २५ गुना अधिक है। गाय की लाश का अधिकृत वजन ८० किलो मान लिया तो इन मौतों से १६ से २० लाख टन मांस उपलब्ध होता है। यह मांस और खालें खपत और उपयोग की दृष्टि से बेकार नहीं जाते। भारत की आबादी का ४० प्रतिशत यानी लगभग २८.५ करोड़ लोग कर्मठ हिंदू नहीं होते। ये लोग गरीब तथा जातिविहीन होते हैं। उनकी अचूक संख्या का अनुमान लगाना कठिन है। किंतु ये लोग ऐसे मांस का सेवन करते हैं और खालों का भी उपयोग कर लेते हैं। ये गायें मारी गई हैं या अपने आप मर गईं, इससे उन्हें कोई सरोकार नहीं होता। जो भी हो, इसके कारण जन-आहार में प्राणिज प्रोटीनों की आपूर्ति की हालत में काफी राहत मिल जाती है। बाजारों में आनेवाली खालों की संख्या काफी बड़ी होती है, जिससे 'स्वाभाविक' मौतों का अनुमान लगाया जा सकता है, भले ही खालों को श्रेणीबद्ध करनेवाले निवेदन में कुछ भी कहा गया हो (मरे हुए या मारे गए प्राणियों की खालें)।

गो हत्या प्रतिबंध के कारण संरक्षण प्राप्त गायें कार्यकुशल होती हैं, क्योंकि उन्हें काम करने के लिए छोटे-छोटे खेत ही उपलब्ध होते हैं (प्रति वर्गमील भारत में ११५, अमेरिका में २८ तथा कनाडा में ३ गायें)। उनकी मनुष्य के साथ स्पर्द्धा भी नहीं होती। (प्रति १०० लोग भारत में ४०, अमेरिका में ५८, कनाडा में ९० गायें।) भारत का किसान उसकी गाय की परवरिश के लिए आवश्यक न्यूनतम जरूरतों तथा ईप्सित उत्पादन का हिसाब करने में माहिर प्रतीत होता है। गाय को दिया जानेवाला खाद्य आदमी तो खा ही नहीं सकता।

गाय का, विशेषतः छोटे किसान की गाय का, ऊर्जा उत्पादन कितना होता है इसके बारे ओदेंधाल द्वारा प्रत्यक्ष स्थान पर जाकर किया अध्ययन काफी रोचक निष्कर्ष प्रस्तुत करता है। ओदेंधाल ने इस अध्ययन द्वारा दिखा दिया है कि निवेश उत्पादन का हिसाब करने पर भारत में गाय की कार्यकुशलता १७ प्रतिशत होती है। अमेरिका में केवल मांस के लिए पाली जानेवाली गाय की कार्यकुशलता केवल ४ प्रतिशत होती है।

यह प्रतिशत उपयोग किए जानेवाले ऊर्जा उत्पादनों के जोड़ को पशु खाद्य द्वारा सेवन किए जानेवाले ऊष्मांकों के जोड़ से भाग देने से प्राप्त किया गया है। परिणाम आश्चर्यकारी हैं और गाय से प्राप्त सभी उत्पादनों के अधिकतम उपयोग पर आधारित हैं।

भारत का छोटा किसान गाय को संरक्षण के सिद्धांत का उपयोग गाय के वास्ते जहाँ से, जैसे भी मिले खाद्य प्राप्त करने की खुली छूट के रूप में करता है। ऐसा करने में वह मानता है कि गाय, क्योंकि पवित्र मानी गई है, को किसीके भी खेत में या बाड़ी में अथवा खलिहानों में घुसकर खाद्य पर मुँह मारने का अधिकार है। हम किसीके अधिकारों का हनन कर रहे हैं, उल्लंघन कर रहे हैं, इसका बोध ही वह नहीं रखता। परिणामत: खेत मालिक तथा खेतिहर मजदूरों में प्राय: नित्य ही झगड़ा-फसाद खड़े होते हैं।

छोटे खेतों पर पशुओं द्वारा मेहनत करवाने को छोटे काश्तकारों की दृष्टि से अधिक महत्त्व है। अत: बड़े पैमाने पर कृषि का यांत्रिकीकरण कहीं संभव हो भी सकता हो तथा आर्थिक दृष्टि से व्यावहारिक भी होता हो, तब भी किसानों की आजीविका के लिए खतरा ही बनेगा और लगभग २५ करोड़ लोगों का अपनी भूमि से शहरों की ओर स्थलांतर का कारण बन जाएगा। इतने व्यापक स्थलांतरण से शहरों में भी नई गंभीर समस्याएँ खड़ी हो जाएँगी। इस खतरे के प्रति छोटे किसान तथा भारत में अनेक गैर किसान लोग भी जागरूक एवं चिंतित हैं। वे इस संदर्भ में गांधीजी की सलाह को उद्धृत करते हैं। इस मानसिकता के कारण गो हत्या पर प्रतिबंध को और भी अधिक समर्थन प्राप्त होता है।

अर्थशास्त्री हेस्टन (१९७१) द्वारा दिए गए सुझाव का भी यही परिणाम होता है। उन्होंने सुझाया था कि (उस समय) ५.४ करोड़ गायों में से ३ करोड़ गायों को कत्ल कर दिया जाना चाहिए और इस प्रकार बचनेवाला घास-चारा तथा पशु खाद्य शेष २.४ करोड़ गायों को देकर गोबर, बैल तथा दूध के उत्पादन को फिर भी पूर्व स्तर पर कायम रखा जाना चाहिए।

किंतु इस सुझाव को तत्काल ही अस्वीकार कर दिया गया। सवाल उपस्थित किया गया कि जब ६२ प्रतिशत ग्रामीण जनता ०.५ से १ हेक्टेयर खेतों पर ही खेती करती है, और कुल चारागाह जमीन में से केवल ५ प्रतिशत भूमि पर ४३ प्रतिशत पशु आबादी अपना गुजारा करती है, तो किसकी गायों को काटा जाए? अहम सवाल तो यही है कि किसान की गाय गई तो वह बैल-जोड़ी कहाँ से लाएगा?

हेस्टन सुझाव देते समय जैसे इस हकीकत को नजरअंदाज करता है कि

अधभूखी गायों के प्रजनन में बड़ी ही अनिश्चितता आने के बावजूद वे घास-चारे की आपूर्ति में थोड़ा सा सुधार होते ही अनपेक्षित ढंग से अपनी प्रजनन क्षमता को पुनः प्राप्त कर लेती हैं।

यह सुझाव भी कि वर्तमान दो छोटे कदवाली गायों के स्थान पर सुधारित नस्ल की मोटी और भारी-भरकम एक ही गाय को पाला जाए, भारतीय किसानों को रास नहीं आया। सुझाव में माना गया था कि ऐसा करने से उपलब्ध घास-चारा तथा पशु खाद्य का अधिक मुस्तैद उपयोग किया जा सकेगा। किंतु इस सुझाव का भी यह कहकर विरोध किया गया कि देसी नस्ल की गायें एतद्देशीय भीषण और संकटपूर्ण पारिस्थितिक वातावरण के साथ आसानी से अपना तालमेल बैठा लेती हैं। और यही एक सोच सुधारित नस्लों की बड़ी गायों से होनेवाले कल्पित लाभों पर विजय प्राप्त कर जाती है।

छोटे खेतोंवाले किसान गो पालन का व्यवस्थापन बहुत ही घटिया करते हैं, इस आरोप का भी उत्तर दिया जाता है कि बहुत ही सीमित संसाधनों के आधार पर इसी व्यवस्थापन प्रणाली ने गायों तथा उनके पालनकर्ताओं को अब तक जीवित तो रखा है। इसी बात पर बल देकर नए व्यवस्थापन के हिमायतदारों को उत्तर दिया जाता है।

ओदेंधाल (१९७२) ने पश्चिम बंगाल के गंगा-त्रिभुज प्रदेश में २,६०० छोटे खेतों पर कार्यरत ३,७०७ गायों की ऊर्जा खपत और ऊर्जा उत्पादन का लेखा-जोखा अपने अध्ययन में प्रस्तुत किया। उससे सामाजिक-आर्थिक वास्तविकता क्या है, केवल भारत में ही पाई जानेवाली पशु-संवर्धन व्यवस्थापन की प्रणाली की विशेषताएँ क्या हैं, पशुओं को क्या-क्या खिलाया-पिलाया जाता है, उनसे उत्पन्न होनेवाले उत्पादनों का मानव समाज द्वारा उपयोग प्रत्यक्ष तथा अप्रत्यक्ष रूप में कैसे किया जाता है, इसका स्वरूप ऊष्मांकों की गणना में समझ में आता है। ओदेंधाल ने यह दिखा दिया है कि इस 'आदिम' व्यवस्थापन में उल्लेखनीय कार्यकुशलता सिद्ध होती है। उसका प्रतिशत अनुपात १०.३ से २१ के बीच रहता है। यह अनुपात इस बात पर निर्भर करता है कि गाय का कितना गोबर ईंधन के रूप में प्रयुक्त हुआ और बैलों ने कितना परिश्रम किया। ओदेंधाल ने जिस क्षेत्र में अध्ययन किया, वहाँ जलाने के लिए लकड़ी दुर्लभ है। वहाँ के अध्ययन में पाई गई विशेषता यह है कि गाय से प्राप्त गोबर का दो तिहाई भाग खाना पकाने के ईंधन के नाते जलाया जाता है। अध्ययनाधीन क्षेत्र में लगभग १६ हजार लोग रहते हैं। उनके लिए जलाए गए इस ईंधन का ऊर्जा मूल्य २६२ करोड़ ऊष्मांक या ४५३ टन कोयले के बराबर होता है।

इस ऊर्जा का वर्गीकरण महत्त्वानुसार रोचक है, जो इस प्रकार है—

गोबर	=	३.९३ × $१०^{९}$ ऊष्मांक/वर्ष
परिश्रम	=	०.५६ × $१०^{९}$ ऊष्मांक/वर्ष
दूध	=	०.१८ × $१०^{९}$ ऊष्मांक/वर्ष
बछड़े	=	०.०१ × $१०^{९}$ ऊष्मांक/वर्ष
कुल उत्पादन	=	४.६८ × $१०^{९}$ ऊष्मांक/वर्ष
कुल ऊर्जा निवेश	=	१९.८३ × $१०^{९}$ ऊष्मांक/वर्ष

कार्यकुशलता की कुल दर = २३.६ प्रतिशत (जो गोबर के परोक्ष उपयोग एवं बछड़ों के ऊर्जा उत्पादन घटक के साथ ठीक कर ली गई है)।

ऊर्जा खपत खासतौर पर केवल उस पशु खाद्य के आधार पर ही आँकी गई है जो मनुष्य के खाने योग्य नहीं होता (धान-भूसी, डंठर कुल ऊर्जा खपत का ७५ प्रतिशत होता है)।

सन् १९७७ में इस अध्ययन को फिर से जाँचा-पड़ताला गया। नए अध्ययन पहलेवाले क्षेत्र में ही किए गए और फिर उन्हें पश्चिम बंगाल के दूर-दराज के पहाड़ी इलाकों तक विस्तारित किया गया। परिणाम एवं निष्कर्ष और सुदृढ़ हो गए।

भारत में १४.५ करोड़ गायें यानी कुल संख्या का ८० प्रतिशत देसी नस्लों की होती हैं। शेष २० प्रतिशत भारत में विशेष तथा सुस्पष्ट परिलक्षित नस्लों की होती हैं जो चुनिंदा और देसी नस्लों के आपसी संकर से अथवा विदेशी नस्लों से संकरित नस्लों की होती हैं। (उदा. होलस्टाइन-फ्रिसियन और जर्सी।) कुछ भारतीय नस्लें बहुप्रसवा होती हैं। पिछली सदी से इन्हीं नस्लों ने सुविख्यात अंतरराष्ट्रीय नस्लें दी हैं, जैसे ब्राह्मण, सांता गर्त्रुडिस और नेल्लोर। सन् १९६० के दशक तक इन नस्लों की कार्य विशेषताओं को विभिन्न दस्तावेजों में भलीभाँति अंकित किया जाता रहा। किंतु आगे चलकर विदेशी नस्लों के साथ संकर कराने में रुझान बढ़ता गया और इन नस्लों में आस्था घटती गई। यह खेदजनक बात है, क्योंकि इन नस्लों में पारिस्थितिक माहौल के साथ तालमेल बैठाने की अद्भुत क्षमता होती है और वे गरमी को झेलने की क्षमता भी काफी रखती हैं।

संकर परियोजनाओं एवं कार्यक्रमों में होलस्टाइन-फ्रिसियन तथा जर्सी नस्लों के अतिरिक्त नस्लों का भी संकर क्षमता की दृष्टि से परीक्षण किया गया। इनमें ब्राऊन स्विस, रेड डैनिश, सिमेंताल आदि विदेशी नस्लें थीं। केवल दूध का उत्पादन तेजी से बढ़ाने के चक्कर में प्रायः होलस्टाइन-फ्रिसियन नस्लों की सिफारिश करने

की ओर लोगों का रुझान दिखाई देता है। किंतु ऐसा संकर केवल किन्हीं खास परिस्थितियों में ही सफल हो सकता है। जहाँ गोशालाओं की हालत विशेष ध्यान देकर अच्छी बनाई हो और जहाँ हर एकक में संकर के बाद आवश्यक जटिल यंत्रणा हो, परामर्श तथा पशु चिकित्सा की सभी सुविधाएँ उपलब्ध हों, वहीं इन नस्लों से संकर सफल हो सकता है। ऐसी स्थितियाँ, जाहिर है कि सभी केंद्रों में नहीं होतीं।

गो पालन करनेवाले अधिकांश किसानों तक परामर्श तथा पशु चिकित्सा सेवाओं को पहुँचाने में काफी कठिनाइयाँ आती हैं। विदेशी नस्लों के साँड़ों या उनके शुक्राणुओं को किसानों तक पहुँचाने पर किसान उसका स्वीकार करने में आनाकानी करते हैं। ये संकर गायें खाद्य, परवरिश आदि की सामान्य से अधिक माँगें करनेवाली तथा अधिक संवेदनशील होंगी और इन माँगों को पूरा करने में अधिक दूध उत्पादन के कारण प्राप्त होनेवाली आमदनी से ज्यादा पैसा खर्च करना पड़ेगा, ऐसी इन किसानों की आम धारणा होती है।

अब समय आ गया है कि सभी स्तरों पर किए गए संकरों का सघनता से पुनरीक्षण किया जाए तथा विदेशी नस्लों से कराए गए संकरों को उन मामलों में सुदृढ किया जाए, जहाँ गायों की कार्यकुशलता तय करनेवाले अन्य सभी घटक मौजूद हों।

देसी नस्लों के संकरों पर आधारित गो पालन की पारंपरिक प्रणालियों को अधिकांश खेतों में बिना छेड़े चलने देना अधिक श्रेयष्कर है, क्योंकि कठिनाइयों को झेलते हुए, गुणात्मकता के अभाव में भी प्राप्त परिस्थितियों में ये प्रणालियाँ ही विद्यमान व्यवस्थापन के अधिक अनुकूल हैं। जब तक सुधारित व्यवस्थापन प्रणाली पर्याप्त परामर्श एवं विपणन सेवाओं के साथ प्रस्तुत करना संभव नहीं होता, चलती आई प्रणाली को छेड़ना ठीक नहीं होगा।

लघु पशु-संवर्धन का भावी विकास शायद उन्हीं केंद्रों के आसपास में होगा जहाँ सघन व्यवस्थापन प्रणालियाँ पहले से ही अस्तित्व में आ चुकी हैं। आज तो प्रत्येक केंद्र में उत्पत्ति क्षमता की दृष्टि से जो भी नस्लें सर्वोत्तम पाई गई हों, उन्हींके आधार पर आहिस्ता-आहिस्ता क्रमिक पद्धति से गायों का विकास करते रहना चाहिए, बशर्ते पहले से अधिक पैमाने पर उनका मूल्यांकन तथा विकास चयनिक पद्धति से किया जा रहा हो।

चयनिक पद्धति से किए या कराए जानेवाले संकरों में आवश्यकता इस बात की होती है कि संकरित बछड़ों को किफायती मूल्य पर तुरंत बेच दिया जाए, सिवा उन बछड़ों के जो वंश चलाने के लिए आवश्यक हों। गो हत्या पर प्रतिबंध से इस काम में झगड़ा मोल लेने की कोई आवश्यकता नहीं होनी चाहिए। बछियों को बेचने

में कोई दिक्कतें नहीं आनेवाली हैं, क्योंकि ये संकरित नस्लें काफी उन्नत होंगी और बछड़ों को भी आसानी से बाजार मिल जाएगा, क्योंकि ठाँठ कामों के लिए बैलों की आवश्यकता तो होगी ही। इस क्षमता का नस्ल संकर के लक्ष्य निर्धारित करते समय बराबर ध्यान रखना चाहिए। कुछ स्थानों पर, कानून तथा ग्राहकों के रुझान को देखते हुए, भविष्य में 'मुटाए' बछड़ों के लिए भी अच्छा हाट मिल सकता है।

लघु गो संवर्धन के भावी नियोजन के लिए ओदेंधाल द्वारा किया गया सामाजिक-आर्थिक अध्ययन आधार बन सकता है। यह अध्ययन अन्य क्षेत्रों में भी व्यवस्थापन प्रणालियों के लिए सर्वेक्षणों का संदर्भ स्रोत बन सकता है। विशेषत: पारिस्थितिक एवं आर्थिक दृष्टि से महत्त्वपूर्ण क्षेत्रों में सर्वेक्षणों के लिए तो वह अध्ययन एक उत्तम संदर्भ-स्रोत हो सकता है। आंतर्प्रणालीय कार्यदल बनाने को वरीयता देनी चाहिए। ऐसा करने से सामाजिक-आर्थिक तथा वैज्ञानिक प्रणालियों के बीच पाई जानेवाली खाई पाटी जा सकेगी। हर प्रणाली के घटकों में भी तालमेल बैठाया जा सकेगा।

भारत में ७ करोड़ बैल, ८० लाख भैंसे, १० लाख ऊँट और १० लाख घोड़े खेती तथा परिवहन और भार-वहन के कामों में जोते जाते हैं। इनमें ७.४० करोड़ देहाती इलाकों में तथा ६० लाख नगर इलाकों में जोते जाते हैं। ७० प्रतिशत खेत २ हेक्टेयर से छोटे होते हैं और उन्हें बैलों या भैंसाओं पर ही धान की खेती के लिए निर्भर करना पड़ता है। (छोटा सा ट्रैक्टर चलाने के लिए कम-से-कम तीन हेक्टेयर का खेत आवश्यक होता है और ऐसा ट्रैक्टर तो उस खेत के लिए भी उपलब्ध ही नहीं होता।)

अनुमान लगाया गया है कि पशु परिश्रम के रूप में लगभग ३० हजार मेगावाट ऊर्जा प्रतिवर्ष उत्पन्न होती है। इसका मूल्य २.५ करोड़ ड्यूश मार्क होगा, यदि इतनी ऊर्जा औद्योगिक प्रक्रिया द्वारा यानी बिजलीघरों में पैदा की जाती है। बिजलीघरों में इतनी ऊर्जा पैदा करने का खर्च ३ गुना अधिक होगा।

पशु परिश्रम के रूप में पैदा होनेवाली ३० हजार मेगावाट ऊर्जा तब कितनी महत्त्वपूर्ण लगती है जब हम पाते हैं कि भारत में बिजलीघरों में निर्मित ऊर्जा की खपत केवल २६ हजार मेगावाट ही है।

अन्य सूत्रों के अनुसार, भारत की कुल ऊर्जा आवश्यकता की ६६ प्रतिशत ऊर्जा पशु परिश्रम के रूप में प्राप्त होती है, २० प्रतिशत मानव परिश्रम के रूप में तथा १४ प्रतिशत तापीय बिजलीघरों से जहाँ कोयला ही मुख्य स्रोत होता है।

हल, बख्खर आदि कृषि औजारों में जोते जानेवाले पशुओं का स्थान अव्वल

होता है। किंतु उनका परिश्रम तब नकद आमदनी देता है जब उन्हें दो पहियोंवाली बैलगाड़ियों में परिवहन के काम में जोता जाता है। देहाती इलाकों में बैलगाड़ियों की संख्या १.२० करोड़ तथा शहरों में ३० लाख है। (१९७८) ये ०.५ से ०.७५ टन भार-वहन की क्षमता रखती हैं। (अब तो यह संख्या काफी बढ़ गई होगी।)

ये गाड़ियाँ देहातों में प्रतिदिन १० कि.मी. के हिसाब से साल में ५२ दिन चलती हैं। शहरों में साल में २६० दिन ये प्रतिदिन २० कि.मी. चलती हैं। यानी साल में बैलगाड़ियों द्वारा १५ अरब टन माल ढोया जाता है। सन् १९४७ और १९७८ के बीच बैलगाड़ियों की संख्या लगभग दूनी हो गई। उतनी मात्रा में उनका माल परिवहन भी बढ़ गया, खासकर देहातों और बाजारों के बीच।

परंपरा से चली आ रही दो काठ के पहियोंवाली बैलगाड़ी की रचना में बहुत ही मामूली सुधार आया है। अब पहियों पर लोहे की हाल चढ़ाई जाती है। आगे चलकर पहिये भी लोहे के बनने लगे और अंत में इन डनलप गाड़ियों में पीछे लोहे की चादरों से बनी नाँद लगाई जाने लगी। पहले यह काठ की बनी होती थी। इस प्रकार बैलगाड़ी की वहन क्षमता काफी बढ़ गई। किंतु फिर भी देश में आज कुल १.५ करोड़ बैलगाड़ियों में केवल ५ प्रतिशत ही डनलप गाड़ियाँ हैं।

इंडियन इंस्टीट्यूट ऑफ मैनेजमेंट पहली सरकारी संस्था है, जिसने भारतीय परिवहन के इस मुख्य साधन पर ध्यान दिया और उसके बारे में जानकारी संकलन तथा उसकी रचना में सुधार करने की ओर अग्रसर हुई। इस कार्य में बैलगाड़ी निर्माण उद्योग का महत्त्व उभरकर सामने आया। अनुमान लगाया गया कि बैलगाड़ियाँ बनाने तथा उनके रख-रखाव के लिए प्रतिवर्ष कोई १० करोड़ कार्यदिवस लग जाते हैं। प्रतिवर्ष २०० कार्यदिवस ही काम होता है, ऐसा मान लेने पर, इस उद्योग में ५ लाख लोगों को रोजगार मिलता है ऐसा अर्थ निकलता है। बैलगाड़ी बनाना तथा उसकी रचना में सुधार करने के काम प्रारंभ करने से ग्रामीण कारीगरों तथा ग्राम कला-कुशलता को विकास की और गुंजाइश होगी।

पशुओं पर जो अड़गोड़ा चढ़ाया जाता है, वह आज भी ऊबड़खाबड़ लकड़ी का ही होता है, जिसे गाड़ी में जोते गए पशु की गरदन पर चढ़ाए गए जूए के सामने टाँग दिया जाता है। पशु को उतारकर गाड़ी की गति को ब्रेक लगाने के लिए इसका उपयोग करना पड़ता है। इस साज में सुधार कर उसे पशु के लिए अधिक आरामदेह बनाने की दिशा में आज तक कुछ भी नहीं किया गया है।

बैल दो-तीन साल की उम्र में खरीदे जाते हैं और ड्यूश मार्क में उनका भाव २५० से ५०० तक होता है। खरीदने के तुरंत बाद बैलों पर यह साज चढ़ा

दिया जाता है। वे धान के डंठर खाते हैं तथा सड़कों के आसपास चरते हैं। ये ८ से १५ साल काम करते हैं और बाद में या तो कत्ल कर दिए जाते हैं या स्वाभाविक मौत मर जाते हैं। पशुओं के प्रति निर्दयता प्रायः सर्वत्र पाई जाती है, जैसे आयु बढ़ने के बाद बंध्याकरण के घोर आदिम तरीके अपनाना, सींग काटना-कटवाना, लोहे की तपाई सलाखों से दागना, पिरानी चुभो-चुभोकर हाँकना और गाड़ियों में अत्यधिक भार लदवाना आदि।

बहरहाल, सड़कों की मरम्मत न होने से उनके निर्माण में कोई खास प्रगति न होते हुए भी, तथा बैलगाड़ियों के यांत्रिकीकरण और परिणामतः ऊर्जा उत्पादन के लिए विदेशी मुद्रा का अभाव होते हुए भी निकट भविष्य में बैलगाड़ी प्रणाली का महत्त्व कम होने की कोई आशंका नहीं है। प्रत्युत् आगे चलकर वह और भी अधिक बढ़ने की ही संभावना है। बैल मालिकों तथा देहात के बढ़ई कारीगरों के लिए बैलगाड़ी आमदनी का महत्त्वपूर्ण साधन है और अपने ज्यादा उत्पादनों को बाजार-हाटों में बेचने के लिए ले जाना ग्रामीण कृषि व्यवस्था का अत्यंत महत्त्वपूर्ण घटक है।

अतः इस परिस्थिति में बैलगाड़ी प्रणाली और ठाँठ पशुओं को उसमें जोतने की प्रथा का गहराई से अध्ययन करने की आवश्यकता है। ऐसा अध्ययन औजारों की रचना और डिजाइनों में सुधार करने के उद्‍देश्य से किया जाना चाहिए और उसमें आई.एल.सी.ए. इंस्टीट्यूट (सी.जी.आई.ए.आर.) द्वारा किए गए सुझावों को भी शामिल कर लेना चाहिए। इसके अलावा हिंदू सिद्धांतों के अनुसार जीवदया के सभी नीति-नियमों का पालन करते हुए इन मेहनत करनेवाले पशुओं के प्रति आचरण के नियमों का मंच भी बनाना चाहिए।

शहरों तथा औद्योगिक बस्तियों को दूध की आपूर्ति निम्न स्रोतों से होती है—

- गायों के उन मालिकों से, जिनके पास एक से तीन गायें तो होती हैं, किंतु अपनी कोई खेत-जमीन नहीं होती।
- दस से सौ गायों को पालनेवाले उन मालिकों से, जो शहरों के परिसर में गायों के बाड़े बनाते हैं और उन्हें लगनेवाला सारा खाद्य स्वयं पैदा करते हैं या खरीद लाते हैं।
- छोटे किसानों से, जिनके पास शहर से लगी देहातों में ०.५ से १ हेक्टेयर के खेत होते हैं और जो गायों को पालने के अतिरिक्त घी बनाकर बेचने के लिए लाते हैं।
- दुग्ध व्यवसाय के उन विशेषज्ञों से, जिनके पास ३ से १० हेक्टेयर जमीन होती है और ५ से २५ गायें होती हैं, जिनके लिए आवश्यक

खाद्य वे अपनी जमीन से ही पैदा करते हैं, और फसलों के मौसम में मूँगफली तथा कपास उत्पादकों से उनका बचा हुआ माल खरीद लेते हैं। ये लोग ताजा दूध और घी बेचने के लिए लाते हैं और गाभिन गायों को भूमिहीन गो पालकों को बेच भी देते हैं।

मुंबई के पास आरे, कलकत्ता के पास हरीनघट्टा, तमिलनाडु के पास माधवराम आदि दूध नगरियाँ स्वतंत्रता के बाद के प्रथम दशकों में स्थापित हुईं। ये दूध के महत्त्वपूर्ण उत्पादन क्षेत्र हैं। शहरों से निकाल-बाहर किए गए दूध उत्पादकों ने शहर के बाहर अपने आपको बड़े वर्गों में एकत्र किया। वहाँ उन्होंने अपनी गायों के लिए अपना घास-चारा पैदा करना प्रारंभ किया। गायों का स्वामित्व नहीं बदला। किंतु समूचे वर्ग को एक विशाल गो समूह के नाते पालना-पोसना शुरू किया। घास-चारा तथा दूध बेचकर प्राप्त होनेवाली आमदनी से उन्होंने सारे गो समूह के लिए चिकित्सा सेवाएँ तथा छाया के लिए टपरियाँ आदि सुविधाएँ मुहैया कीं। उत्पादनाभिमुख पशु खाद्य का उत्पादन किया। विपणन का प्रबंध भी किया। गायें प्रत्येक मालिक की अपनी ही रहीं। यह निजी तथा सहकार की मिलीजुली व्यवस्थापन प्रणाली देश के डेयरी उद्योग की प्रबल प्रेरणा बन गई है।

ब्रिटिश शासनकाल में सेना के डेयरी फार्म स्थापित किए गए। यह देश में आधुनिक दूध उत्पादन प्रणाली स्थापित करने की दिशा में पहला कदम था। शाकाहारी लोगों के आहार में दूध एक पोषाहार के नाते कितना महत्त्वपूर्ण काम करता है इसकी जानकारी भी पहली बार इन सेना डेयरी फार्मों ने ही देना प्रारंभ किया।

सहकारी दूध डेयरियों में दूध संकलन किसानों को इस प्रकार नकद पैसा देता है—

- हर प्रात: और शाम संकलन-ग्राम में दूध इकट्ठा किया जाता है।
- दूध का दरजा, उसमें चिकनाई का अनुपात तथा चिकनाईरहित अन्य घन घटकों का मूल्यांकन किया जाता है।
- बारह घंटों बाद जब फिर से दूध की नई किस्त लाई जाती है, उत्पादक किसानों को पहलीवाली किस्त के दूध के दाम चुकता कर दिए जाते हैं।

□□□